SWALLOWS AND AMAZONS

燕子号与亚马逊号

蟹岛寻宝

[英] 亚瑟·兰塞姆 著 刘小群 译

山西出版传媒集团 山西人民出版社

图书在版编目（CIP）数据

蟹岛寻宝 /（英）亚瑟·兰塞姆著；刘小群译. -- 太原：山西人民出版社，2021.2

（燕子号与亚马逊号）

ISBN 978-7-203-11668-4

Ⅰ. ①蟹… Ⅱ. ①亚… ②刘… Ⅲ. ①儿童小说–长篇小说–英国–现代 Ⅳ. ① I561.84

中国版本图书馆 CIP 数据核字 (2021) 第 019930 号

蟹岛寻宝

著　　者：［英］亚瑟·兰塞姆
译　　者：刘小群
责任编辑：任秀芳
复　　审：武　静
终　　审：秦继华
装帧设计：仙　境

出 版 者：山西出版传媒集团·山西人民出版社
地　　址：太原市建设南路 21 号
邮　　编：030012
发行营销：0351-4922220　4955996　4956039　4922127（传真）
天猫官网：https://sxrmcbs.tmall.com　电话：0351-4922159
E-mail：sxskcb@163.com　发行部
sxskcb@126.com　总编室
网　　址：www.sxskcb.com

经 销 者：山西出版传媒集团·山西人民出版社
承 印 厂：三河市明华印务有限公司

开　　本：710mm × 1000mm　1/16
印　　张：18.25
字　　数：296 千字
印　　数：1—5000 册
版　　次：2021 年 2 月　第 1 版
印　　次：2021 年 2 月　第 1 次印刷
书　　号：ISBN 978-7-203-11668-4
定　　价：48.00 元

目录

CONTENTS

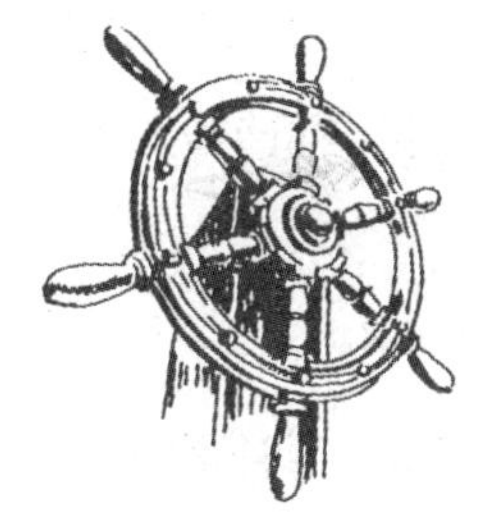

第一章　码　头

他回首侧耳倾听，
强劲的信风呼啸而过；
他抬头凝视远方，
阳光下唯有汹涌的海浪。
——比恩尼

皮特鸭稳稳地坐在洛斯托夫特内港北侧码头上的一根系船桩上，享受着正午温暖的阳光。他一边吧嗒吧嗒地抽着烟斗，一边注视着下方那艘准备出海的小型绿色双桅帆船。他是一个老水手，眼角布满了核桃壳般的皱纹，脸颊上蓄着一圈花白的胡须。他曾驾驶过高速帆船，前往中国采购茶叶；他也曾驾驶过羊毛船，前往澳大利亚购买羊毛；还曾无数次绕过好望角，对那儿的每一块礁石、每一片港湾都了如指掌。但现在，他很久都没有出海了。他住在诺福克河畔的一艘旧船上，只在诺维奇、洛斯托夫特、雅茅斯以及柏克尔斯之间往返航行。有时候，他的船上堆满了圆溜溜的土豆；有时候，他的船上堆满了黑乎乎的煤炭；有时候，他的船上堆满了搭建茅屋用的芦苇，高到几乎让船帆都难以展开。然而，他平时并没有太多的事要忙。因此，他时常会把他的老货船留在沃尔顿水泊，自己则会溜达到洛斯托夫特港，看看往来的船只和打鱼的渔夫，呼吸一下清新宜人的海风。最近两三天，他总是坐在那根系船桩上抽烟，因为他非常喜欢那艘停泊在港口里的绿色小帆船。

这艘小帆船看上去有些与众不同。船上似乎只有一名船员，就是那个秃头的大胖子。还有两个小女孩儿是他的助手，她们偶尔会叫他“吉姆舅舅”，但多数时候会叫他“弗林特船长”，所以皮特鸭知道他的名字。那个弗林特船长把两个女孩儿分别叫着“南希船长”和“佩吉大副”，然而，皮特鸭心想，那只不过是他在逗她们玩罢了。然而，最让皮特鸭感到奇怪的是，船上好像再也没有其他船员了。不过，谁都能看出来，这艘帆船马上就要出海了。弗林特船长和这俩女孩儿总在镇上的航海商店进出，不仅买过新帆布桶、油漆、穿索针，而且还买过一些备用木块和其他一大堆物品。就在船上的储备品几乎准备齐全的时候，皮特鸭的一个海关朋友告诉他说：“你知道吗？这艘船曾经完成过两次环球航行呢，不久前刚从海上返航归来。”老皮特鸭从码头上方注视着码头下的这艘船，希望他自己也能搭上它去远航。“它可能要去遥远的他乡，要去深海航行。”他自言自语地说道。他想起了南海附近纽芬兰浅滩上的那些小帆船，想起了海面上翻滚追逐的飞鱼和海豚，想起了帆索的嘎吱声，摇晃着的罗盘上的灯光，还有划过夜晚星空的高大桅杆。他希望他能够再次出海，再次扬帆远航。

那天早上，弗林特船长和他的两个外甥女似乎比平时更加繁忙了。先是整理船舱，接着又打扫木屑和刨花，后来又擦洗甲板、粉刷油漆，最后还通过排水口清除污水。他们时不时地抬起头来，望一眼码头和海关大楼与火车站之间的那条公路。老皮特鸭仍然端坐在码头上，悠闲地抽着烟斗，偶尔也扭过头去看看身后，然后挠挠头，不明白下边那些船员们为什么老要往上看。过了一会儿，一个骑着一辆红色自行车的电报童出现在码头上。这时候，弗林特船长已经爬上梯子，接着走上码头迎了过去。他接过一份装有电报的橙色信封，递给那个小男孩儿六个便士，告诉他说：“电报不用回了。”信封一撕开，就听到他对那俩女孩儿说：“哎呀，这下完了，他不能来，来不了啦！要是没有他，我们出不了海呀。可是现在发电报给燕子号的船员们已经来不及了。他们马上就要赶过来了。”船上三个人显出一脸沮丧的样子。不过，除了电报外，他们似乎还在等人，因为南希船长和佩吉大副还在甲板上焦急地来回走着，不时抬起头，望望码头。没过多久，海关大楼的拐角处突然走来两个男孩儿和两个女孩儿。他们走在一名搬运工身旁，伸出手帮忙扶着一辆手推车，生怕车上堆放的行李会滑落下来。行李最上方是一个笼子，笼子内装着一只绿鹦鹉。那个较小的男孩儿走在后面，他身后跟了一只动作敏捷的小猴子，猴子的脖子上还拖着一条长链子。皮特鸭扫了他们一眼，心想，他们一定拐错弯了吧。

刚才有什么事儿把他们四个吓坏了。他们立马叽叽喳喳地交谈起来。

“你们刚才看到他戴的金耳环了吗？”一等水手提提问。

“他怎么凶巴巴的？”见习水手罗杰问。

“凭什么波利不能说‘八片币’？要是它乐意的话，它想说什么就说什么。”约翰船长说。

“也许只是个误会。”苏珊大副说。

“幸亏你们要找的不是他的船。”搬运工说。

“怎么啦？他有船吗？”

“千万不要和黑杰克发生争执，”搬运工说，“你们的鹦鹉竟敢说‘八片币’！你们知道吗？镇上有多少孩子被黑杰克打得头破血流！就是因为在他背后喊过‘八片币’。你们不能在黑杰克面前提‘宝藏’两个字。千万不要！你们也不能提螃蟹。瞧，那就是他的船，那边儿那艘黑色帆船。这一艘是你们的。你们刚才说它叫什么来着？”

“野猫号。”提提说。

“以我们小岛的名字命名的。”罗杰说。

“船舷上怎么不见它的名字？”搬运工说，“船身上的漆是新刷的吧？”

这时候，南希和佩吉正好抬头看见他们沿着码头走过来。

“他们来啦！”佩吉猫下腰，透过天窗，向甲板下忙碌着的弗林特船长大喊。

皮特鸭又看了一眼来自燕子号的船员们。难道他们是冲着这艘小帆船来的，是这样吗？嗯，他们根本没有拐错弯儿。

“你们可来了，”南希大声喊道，“燕子号和亚马逊号万岁！快下来吧！美丽的野猫号在等着你们呢！真正的双层铺，一层摞着一层，个子高的睡上层，个子矮的睡下层。弗林特船长还给吉博尔做了个笼子，可比其他猴子的笼子漂亮多了。”

“我们还有一间豪华厨房，想吃什么就有什么呢。”佩吉大副对苏珊大副喊着说，“就设在甲板上，船舱下面不会有油烟味。”

“燕子号和亚马逊号万岁！”约翰、苏珊、提提和罗杰齐声回应，就像上次放假的最后一天，他们驾驶燕子号和亚马逊号从北湖上返航，途中也曾那样呼喊过。接着，他们双方热烈握手。南希甚至还和吉博尔握了一下手，不过，在她问候鹦鹉的时候，因为他们的老交情，鹦鹉只是轻轻啄了一下她的手指。自从坐火车旅行结束后，鹦鹉的心情一直很不错，就像南希很久以前教过的那样，总是“八片币！八片币！”地叫个不停。

“它还没忘呢。”南希说。

弗林特船长回到甲板，燕子号上的四位水手纷纷向他招手。听到南希的话后，提提转过了身子。

“它当然没忘啦，”她说，“它的记性好着呢。我们出车站的时候，它就那样叫着，而且当时还有一个戴着金耳环的人……”

“‘说什么？说什么？’那个人气势汹汹地问，”罗杰插嘴说，“那个人一边不停地问‘说什么？这谁的鸟？’，一边恶狠狠地盯着我们，甚至还想伸手来抓笼子。提提不让他碰，可他一直跟着我们，直到守桥的人拦住他，警告他不要跟在我们后面……”

“你好啊，鸭先生！”搬运工对那个老水手说。他当时正在向码头对面打招呼，那里停着一艘亮闪闪的黑色纵帆船。“哎呀，真的是黑杰克。他比以前更坏了。他好像要出海，我们正好可以避开他。听说他又要去找你的蟹岛啦！他那艘破船或许真能带他找到那个鬼地方。”

弗林特船长顺着梯子爬上了码头。

“你好，约翰船长。”他说，“你好，大副先生。见到你真高兴，一等水手。你好，罗杰，当见习水手不累吧？你好，波利。哦，还有吉博尔，你们还好吗？”

“我们大家都很担心会迟到，”约翰说，“不知道什么原因，火车晚点了。你们没有等太久吧？我们什么时候出发？”

皮特鸭发现，弗林特船长和他那俩外甥女的表情突然严肃起来。

“这就是我们最大的问题。”南希说。

“我们走不了啦。”佩吉说。

“现在没办法出发了。”弗林特船长说，“这些袋子装着易碎的东西吗？”

“没有。”苏珊说。弗林特船长和搬运工把四个长长的帆布工具袋抬到码头边，然后用手提起袋子，把东西哗啦一下子倒在帆船甲板上。

“不管怎么样，到了这儿真让人开心啊！”约翰说。

“燕子号在路上碰伤了吗？”提提问。

“没有，”弗林特船长说，“去看看吧，它身上一块儿刮痕都没有。它还停在吊艇架[1]上呢，完好无损。我们的小艇也很好。”

“燕子号，我们可爱的老朋友！”提提一边说，一边看着船下的燕子号。弗林特船长先用板条箱把这艘小帆船装好后，从遥远的北湖运到了洛斯托夫特港。它稳稳当当地挂在纵帆船右舷的吊艇架下方。它的船桨、主桅杆和老旧的褐色船帆仍然非常齐整，全都收拾得好好的，现在已经做好下架入港的一切准备。“燕子号，可爱的老朋友！”提提又一次喃喃地说。

现在他们已经卸掉了手推车上的所有物品。苏珊随身带着她那个盖子上绘有红十字的黑铁箱子，里边装满了各种日常药品，什么碘酒啦，感冒药啦，止泻药啦，可全啦，对了，还有贴在膝盖上的伤湿止痛膏呢。这个箱子曾是她收到过的最好的圣诞节礼物。自打她有了这个箱子，每当有人跌倒的时候（通常是罗杰），她就非常高兴，因为她有机会帮助别人缓解疼痛了，当然，她也会为罗杰受伤感到遗憾的。约翰也有一个小铁箱子，里面装了一副罗盘、一支气压计，还有一些无法塞进工具袋的小玩意儿。罗杰带的东西都放在工具袋里，不过，他的小猴吉博尔却有一个自己的箱子，里面装了一张小毯子和一个它最喜爱的铁杯子。南希曾经照看过它一段时间，所以每次看到它那只箱子外侧的大写名字时，她就会忍不住咯咯笑出声来。提提的箱子里装的全是写写画画的文具。不过，她还负责保管一副望远镜，其实那是约翰的望远镜。

他们一个个顺着梯子爬下来，登上了野猫号。

“小心！波利要滑下去了。”弗林特船长提醒说，提提及时抓住了滑向绳子末端的鹦鹉笼子，这根绳子还是弗林特船长从搬运工那儿借来的。罗杰和小猴吉博尔也下到了船上。罗杰本来走在前面，吉博尔紧随其后，不过比起它的主人来，吉博尔爬梯子的速度要快上一大截，所以它很快就超过了罗杰，还比罗杰先下到甲板上。约翰还留在码头上，他正在支付搬运工从火车站到码头的搬运费。

“好了，”弗林特船长说，“现在该料理一下船务了，船员们都上船了。”

---

[1] 吊艇架是由一对小吊架构成的起重设备，用于提升或降下船只。——南希船长

"餐厅里的饭菜早准备好了。"佩吉说。这时候，约翰和弗林特船长也跟随其他人登上了甲板，"我没有做饭，"她急忙又加了一句，"那些吃的都是从饭馆叫的。不过，我们下次会亲自动手的。"

"过来吧，"弗林特船长说，"都到这儿来。现在把工具袋丢在甲板上吧。我们去吃饭，然后商量一下。小心碰头！哦，我忘了，对于你们来说，这里的空间够大的了。我下去的时候，可没这么容易呀。你们瞧，我每次下去的时候，头上都会碰出一两个大包。"

他们前簇后拥地爬下通往船舱的梯子。没过多久，即便是打开甲板天窗，也听不见他们的说笑声了，人们还以为这是一艘被人遗弃的帆船呢。燕子号和亚马逊号的船员们围在弗林特船长身边，都待在甲板下的船舱里。不过，鹦鹉波利还留在它的笼子内，独自在甲板室的屋顶上沐浴着灿烂的阳光。陆地旅行结束了，它一边整理自己的羽毛，一边自言自语。有时候，它会说"漂亮的波利"；有时候，它又说"八片币"。

甲板室上方的码头上，只剩下皮特鸭一个人孤零零地坐在系船桩上。搬运工已经推着手推车返回车站了。皮特鸭仍然坐在他喜欢的老地方，一边抽着烟，一边思考着什么。不管怎么样，他需要思考一下，为什么不试试呢？想到这儿，他放声大笑起来。他仿佛听见他的女儿们在评论她们的老父亲。他下定了决心。于是，他开始仔细观察那艘绿帆船的桅杆。船上应该有一些一般人干不来的活儿吧。

尽管都很饿，但在最初的几分钟里，他们还是不想立即进入餐厅吃饭。甲板下的船舱真宽敞，让人眼花缭乱的东西太多了。谁也没有想到弗林特船长会信守他的诺言，竟然会带他们乘坐真正的帆船出海远航。然而，他们真的来了。所有人都再次相聚，来到海港，现在已经坐上了一艘小帆船，马上要开始远航了。当年这艘帆船是一艘航行于波罗的海的商贸船，船上建有一间甲板室和一间水手舱，里面分别铺设了两张床铺。后来，弗林特船长在货舱的舷墙间铺上了甲板，并且在货舱上方安装了一个狭长的天窗，然后又在原来堆放木料和土豆的地方安了一张餐桌，餐桌周围分布着四间客舱。一间客舱是约翰和罗杰的；一间是苏珊和提提的；还有一间是南希和佩吉的；第四间客舱是一间医务室，必要时用来治疗生病的船员。"不过，当然啦，"弗林特船长说，"要是真有人生病了，而且病得太厉害，我们会把他送到船舱外，免得打扰到别人。”弗林特船长自己住在甲板室，那地方便于他操纵船舵，查看海图。水手舱也被改造过，其中一部分变成了吉博尔的笼子，这样它就能像其他船员一样，拥有自己的床铺，不同的是，这张床铺装有围栏。如果它占了大家的道，就可以把它锁起来。餐桌的两头、水手舱内，以及其他地方都是他们的活动场地，那里有储物柜和壁橱，全部塞满了各种罐头食品。

弗林特船长和佩吉骄傲地打开一个又一个橱柜，苏珊惊讶得瞪大了眼睛。

“牛肉糜压缩饼。”佩吉说，“我们准备了很多牛肉糜压缩饼和火腿，够十个人吃上一年呢。”

“是不是太浪费了？”苏珊问。

“可以把它们保存起来。”弗林特船长说，“你们猜猜，地板下是什么？”他问。

“压舱石。”约翰说。

“不，是水箱，”弗林特船长说，“压舱石可比不上它们，而且你们可能还不知道，没水喝的滋味会叫人有多痛苦。”

“难道山姆·比德福德要带我们去很远很远的地方？”南希问，“可能他只是说说罢了。”

“但是现在他没来，我们不能起航了，”弗林特船长说，“幸好吃饭倒是没有什么妨碍。不知道你们饿不饿，反正我是想吃饭了。”

甲板天窗下方不时传出阵阵欢笑声，然而，随着时间的推移，笑声逐渐稀疏。吃完饭后，所有人又陆续上了甲板，他们的谈话严肃起来。

“我们不能自己安排出海吗？”南希这时正在说。

“你可以给我们讲讲接下来该怎么做。”约翰说。

“注意！”弗林特船长说，“现在谈这些没什么用。你和约翰都是很优秀的水手，两个大副都是难得的好厨师，我对一等水手和见习水手也没什么反对意见。可是野猫号不同于燕子号和亚马逊号。如果我们打算乘它出海，就还需要另外一位帮手，他可以和我轮流驾驶这艘帆船……”

这时候，皮特鸭从嘴角取下烟斗，放在系船桩上敲了敲，然后站起身来，走到码头边喊了一声：“船老大！”

弗林特船长抬起头，看见了那个老水手，他古铜色的脸上布满了皱纹。

“船老大，”皮特鸭说，“我能和你聊聊吗？”

“哈哈，当然可以，”弗特林船长说，“那边有梯子。”

皮特鸭飞快地沿着梯子爬下来，三步并两步地走到野猫号甲板的中央。其他人站在那儿望着他，心里在想，他到底想说什么呢。

“是这样的，船老大，”老水手说，“这几天我一直忘不了你们的小帆船，我越看越喜欢它。我老想着再去深海看看，我可是在海上打过很多滚儿的，你尽管相信。我想问问，你们不介意再带上一个船员出海吧？”

约翰和南希互相看了一眼，眼角闪过一丝希望。不过，这样的事儿也太巧了点儿，不大可能是真的吧。弗林特船长会怎么说呢？

“船员？”弗林特船长问，“为什么呀？加上我自己，我们已经有三位船长，两位大副，一等水手、见习水手各一个，还有一只鹦鹉和一只猴子。”

“我都瞧见了，”老水手说，“我呢，我也乐意当个一等水手，大副们每人一个一等水手帮忙，不是什么坏事。”

弗林特船长笑了：“其实，我们正好缺个人手。可你到底能不能做个一等水手呀？你知道，我们对你一点儿都不了解。我们怎么称呼你呢？”

“我叫鸭子，”老人说，“皮特鸭。而且我的确像一只鸭子，打从我是个鸭宝宝起，我就在海上漂着。过去几年我在内河上跑船，不过，确切地说，我是个深海水手。我在赛莫霹雳号上干过水手……”

“什么霹雳号？”弗林特船长急忙打断了他的话。

“古老的赛莫霹雳号。”皮特鸭说，“你很难找到像我这样有经验的老水手了，已经有六十年了，可能还不止呢。”

“那是一艘很棒的船。”弗林特船长说。

“如果你考虑好了，船老大，”老水手说，“如果对你无所谓的话也就算了。桅杆上那个支垫是不是要脱落了？加不加入都不打紧，我最好还是帮你们一把。”他伸出双手，一把抓住了升降索，就在他们还没弄明白他要干什么的时候，他已经爬上了帆船的主桅杆。一分钟后，他的一条腿已经钩住了桅杆上的十字架。接着，他从口袋里掏出一把小刀和一团麻线，在大家头顶上忙活起来。

“哇！”南希说，“好厉害呀！”

弗林特船长没吱声。他举起手，遮住刺目的阳光，想看看皮特鸭到底在桅杆顶忙些什么。

这时候，一直在甲板室下面查看小引擎的罗杰也忍不住跑上了甲板，他可不愿错过甲板上发生的任何事儿。

就像其他人一样，他也仰起头，紧盯着桅杆顶。“嗨，”他说，“他在干什么呀？”然而，没有人回答他。他扫了一眼整个港口，这里还挺不错的。港口的平旋桥已经闭合了，手推车、汽车和行人正在桥上来回穿梭。码头对面是海关大楼入口上方的盾形标志，远处林立着高大的渔船桅杆。在干船坞旁边的内港里，一艘蒸汽拖网渔船正在接受维修，耳边可以听见工人们清除铁锈、敲打铆钉发出的巨大声响。港口另一侧还停泊着一艘纵帆船，就是那艘系在南码头旁边的黑色纵帆船。有人在往船上搬运储备品，或者是货物，罗杰在心里嘀咕。突然，他发现黑帆船的甲板上竟然站着一个熟悉的身影。

“喂，”他说，“那儿有个人，就是那个想欺负提提的鹦鹉、戴金耳环的家伙。”

“在哪儿？”提提说。

“就在那儿，就在那艘船上。他在看我们呢，他正拿着望远镜看我们。”

“他可能想知道我们的主桅杆怎么了。”约翰说。

此时皮特鸭正从桅杆顶上滑下来。他双手交替抱住桅杆，双脚稳住身体，迅速向下滑动，比上去的时候要快多了。

“太好了！”弗林特船长说，“你刚才说，你在赛莫霹雳号上当过水手？世上没有几艘船能比得上它了。我想我们可以合作。不过，你最好先认识一下其他人。这是约翰船长，这是南希船长，他们俩都有自己的船。这是一等水手提提。这是罗杰，我们的后勤见习水手。两位大副在哪儿？大副们都是烹饪高手。啊哈，她们来了。这是燕子号上的苏珊大副，这是亚马逊号上的佩吉大副。这是鸭先生，他希望和我们一起去英吉利海峡……”

“去英吉利海峡，先生？”皮特鸭不解地问，“我以为你们要去国外。”

“要是我们一起努力的话，”弗林特船长说，“我们没理由不去国外。可我们现在还没有制订计划呢。”

“我想去的可是深海呀。”皮特鸭说。

“你觉得我们适合这样的航行吗？”

“你们这艘小帆船结实着哩，”皮特鸭说，“两个大男人，加上一个男孩儿，可以驾船去任何地方。”

“还有咱们几个女孩儿呢！”南希气呼呼地说。

“我没有把女船长算在内，”皮特鸭说，“我也没有算上两位大副和一等水手。我自己也有仨女儿，尽管她们都定居下来了，而且有了家庭，可她们个个都是合格的水手。”

南希咯咯地笑了。“没关系的，”她说，“总是有人不理解我们。”

“要过多久你才能加入我们？”弗林特船长问。

每个人都竖起耳朵，认真倾听他的答案。皮特鸭想了想，没有马上回答。

“是这样的。”他说，“在和你们一起动身前，我要把自己的老货船料理一下。它现在还停在奥尔顿，我必须把它送往柏克尔斯，好让我的女儿们在我不在时替我好好照看它。处理好这些要花时间的。况且，我还要把自己的东西整理整理。我好久都没出过海了。”

听完他的话，每个人的脸色都变了。或许要过很多很多天，他们才能起航。

皮特鸭还在不停地唠叨着。他望了望天空，又嗅了嗅甲板上吹过来的海风，接着又看了一眼海关大楼上方的风向标。“现在柏克尔斯正好是顺风，我的老货船也正好顺风，人们都称它‘诺维奇之箭’。所有人都知道它。我不敢说明天早上我就能带着我的破烂儿回到这儿，但我保证，你们在我回来前不可能出海。依我这个老头子看，船上的索具还要认真准备准备。”

弗林特船长哈哈大笑起来，说：“我还以为你要说下周才能回来。没关系。如果你不介意，和我挤一间甲板室吧，我们这儿倒是需要你。我们俩可以负责掌舵……”

几分钟后，弗林特船长和皮特鸭一起上了码头，然后走向了港务局长的办公室。

“哇，他救了我们。”南希说。

“皮特鸭的名字很可爱，不是吗？”提提说。

“那家伙还在拿着望远镜四处观望，”罗杰说，“不过，他现在没把望远镜对准我们。他在观察码头上行走的弗林特船长。”

越过水面，他们可以看见那艘黑色纵帆船。曾经因为鹦鹉发火的那个男人正站在甲板上，手里举着一副望远镜，正在望着弗林特船长和皮特鸭，他们刚刚拐入港务局长的办公室。

弗林特船长一个人返回来了。他看上去神采飞扬，心情很好。

“我们不可能找到更好的水手了，”他说，“港务局长告诉我说，这老头儿是洛斯托夫特港周围最厉害的水手。他在赛莫霹雳号上干过呢！如果这老头儿和我们一起出海，我们会学到不少东西的。现在只要他一准备好，我们马上就可以出发了。明天开始试航。哦，过不了后天，我们一定会出海。刚才接到山姆不能来的消息后，我差点儿慌了神。现在来了一位赛莫霹雳号上的老水手，真是天助我们！太好啦！”

“赛莫霹雳号是什么船？”罗杰问。

“一艘装备精良的快速帆船。”弗林特船长说，“它是以一场战斗出名的，尽管那是场陆上战斗，它不像塞拉米斯号。哦，对啦，罗杰，我听说你画过塞拉米斯号，我想说的是，你应该知道怎么给战舰画烟囱。如果想成为一名水手，你必须先成为一名工程师。你已经看过这艘船的引擎了……”

罗杰羞涩地咧嘴笑了。“你怎么知道啊？”他问。

“你的左脸颊上有一大块油渍，”弗林特船长说，“除了在引擎那儿，你不可能从别处沾上它了。就这么简单，是不是？好啦，现在再去看看它，把你客舱里的东西收拾收拾。你们也过来吧。明早鸭先生到来之前，我们还有很多活儿要干。”

接下来的时间里，每个人都很忙碌。与此同时，那个老水手皮特鸭正驾着他的“诺维奇之箭”前往柏克尔斯。他心里寻思，如果女儿听说她的老父亲又要出海，她会怎么说呢。

罗杰被任命为绿色纵帆船的引擎工程师，这会儿正在给引擎添加机油。小猴吉博尔跟在他身后转来转去，帮他提着油桶，模仿他的各种动作，也在相似的地方加油。帆船的船尾吊起了一块木板，约翰坐在木板上，手中握着一把刷子，身旁放着一桶油漆。他在木板上写下几个漂亮的白色大字——“野猫号：洛斯托夫特”。佩吉和苏珊正在检查各种储备品，并且按照顺序，把它们整齐地摆放在甲板室前端的厨房中，这样一来，她们做起饭来就方便了。南希和提提正忙着刷洗一件铜器，同时还聊着古老的航海故事。弗林特船长忙完了这里，又去忙那里。就连那只绿鹦鹉也没有闲着，它正忙着学说话呢。港口另一侧的黑帆船上，长了满头小卷发、皱着眉头的黑杰克仍然举着他的长筒望远镜，观察着这艘船上的各种动静。

第二章　红发男孩

“喂，”南希说，“你们睡得好吗？”

“好极了，谢谢关心。”刚把鹦鹉提到甲板上的提提说。所有人的回答都差不多。尽管昨天晚上他们睡得很迟，但每个人都睡得很香。睡觉之前，睡在上铺的想找睡在下铺的说话，而下铺的又急着想和上铺的说话，每间船舱里都传来叽叽喳喳的说话声。舱外也传来防撞板和码头碰擦时发出的吱呀声，过路的拖船发出的突突声，还有晚归的小艇升向港口高处停泊的双桅纵帆船时水手们的吵嚷声。在这样美妙的夜晚中，睡觉似乎显得有些奢侈，然而，一旦他们睡着了，就会睡得很熟，做梦还梦见他们已经出海了。

佩吉和苏珊正在厨房里忙着做早饭。佩吉已经从岸上买回来一些脱鲜牛奶。弗林特船长正在甲板室内刮胡子。约翰在检查燕子号，看看它是不是一切准备妥当了。弗林特船长曾许诺说，要是有时间的话，他们应该把燕子号放入大海，让它在洛斯托夫特的海面上航行一圈。实际上，自打约翰和提提看到它后，他们就希望那样做了，只是一直没有想起来，因为大家都在为野猫号的航海做准备。罗杰在甲板上跑来跑去，观察甲板上的各种设施。小猴吉博尔爬到了前桅杆的顶端，眺望远处的海面，海面上矗立着许许多多的桅杆，仿佛森林里的树木一般，眼前的景象倒是让它有点想家了。提提把鹦鹉笼子挂在甲板室的屋顶上，然后和南希一起绕过甲板室，想好好看看这艘小帆船。

“刚刷过漆，看上去可爱极了！”提提说。

"它还新装了升降索呢。"约翰说。

"瞧见那个男人了吗？"罗杰说。

他们的目光横越海面，落在那艘黑色帆船上。叫黑杰克的那个家伙正靠在舷墙上，注视着他们的一举一动。

"看！那艘船的桅杆上有个小男孩儿，还没有吉博尔的个子高呢。"

那儿的确有一个男孩儿，虽然没有约翰大，但要比罗杰大多了。他爬上黑帆船的主桅杆，一只手抓着一把硬毛刷，一只手提着一个小桶，骑在桅顶上不停地忙活着。

"他一定是个见习水手，要不就是别的什么，"南希说，"挺面熟的。"

"我敢打赌，他的生活一定很苦！"约翰说，"搬运工说过的，我们很幸运，没有加入那艘黑帆船。"

这时，黑帆船的甲板上突然骚动起来。一个在前桅下方干活儿的人一边嘴里喊叫着什么，一边指着港务局长的办公室。黑杰克站起身子，眼睛瞪着那个方向。接着，他爬上码头，飞快地跑向平旋桥。

"他怎么啦？"罗杰说。

接下来的一分钟里，野猫号的甲板上也骚动起来了。约翰、南希、提提、罗杰，甚至还有黑杰克，所有人都看到了一个老水手。他身上背着一个帆布工具袋，绕过海关大楼，从码头上匆匆赶来。

大家兴奋不已，不停拍打甲板室的门。

"他回来了！他回来了！鸭先生回来了！"

弗林特船长擦干下巴，快步从船舱里走了出来。

"好老头儿，"他说，"他在哪儿呢？"

皮特鸭走到码头边缘，从肩膀上卸下工具袋，啪的一声撂在甲板上，接着又抛下一卷油布。为了携带方便，他把自己的海靴穿在脚上，一步一步地顺着梯子爬了下来。

"入伙啦，长官。"他说。

"好啊，"弗林特船长说着，走上前去和他握手，"见到你太高兴啦。"

"你刚好赶上吃早饭呢，"苏珊从厨房里伸出手，向皮特鸭打招呼，"再过两分钟，早饭就好了，水早就沸腾了。"

甲板上的人们都紧紧盯着皮特鸭的工具袋，甚至连弗林特船长也不例外。那是一个很普通的帆布袋子，但袋子上画了一个特大号的盾形纹章。盾形纹章被分成了四块。第一块，上面绘有三只鸭子和几道波浪线；第二块，绘的是诺福克货船正在满帆航行；第三块，绘的是三条飞鱼；第四块，绘的是三只海豚。盾形纹章的上方是一个船舵形状的冠状装饰，周围绕了几圈缆绳。盾牌底部是一行大写字母，字迹清晰可见：海军上将皮特鸭。

老水手看到大家盯着自己带来的袋子，就哈哈笑了起来。“那是很久以前的事了。”他说，“我们曾在中国海上连续航行了三天三夜，当时风平浪静，可鱼儿就是不上钩，所以我们就在甲板上画画解闷。”

“你真是海军上将吗？”提提问。

“难道不像吗？”皮特鸭说，“当时船上的厨师擅长画龙，他就在自己的盾形徽章的四角分别画了四条龙，然后自称为‘中国皇帝’呢。”

这时候，罗杰扯了一下提提。“那个人来了，”他悄悄地说，“他在附近转来转去的。”

提提抬头一看，吓了一跳。其他人看到她抬头，也都向上望去。

他们上方的码头沿上竟然站着一个黑家伙。他长着一头黑色卷发，两只耳朵上挂着两只明晃晃的金耳环。他站在那儿气恼地瞪着码头下方野猫号甲板上的船员们。皮特鸭瞅了他一眼。他张了张嘴巴，似乎想说什么，但最终没有出声。

“八片币！八片币！”鹦鹉在阳光下尖叫。

那人皱了皱眉头，猛一扭头，匆匆离开了。

“是黑杰克，别理他。”皮特鸭说。

“罗杰说得对，我们来的时候，就是这个人想夺走我的鹦鹉。”提提说。

“其实他不是想夺走它，”约翰说，“他只是很生气，不想让我们走。”

“他在那艘船上监视我们。”罗杰说。

“那是他自己的船。”皮特鸭说。

“喂，那艘船还在那儿吗？”弗林特船长说，“港务局长对我说，它昨晚出海了。”

“它还在那儿，在桥那边。”

一两分钟后，他们看见他又出现在南码头上，正在和那些忙着整理拖船索的人们说什么。他们看到他从远处指点着野猫号。

“人们为什么叫他黑杰克？”提提问，“是不是因为他的一头黑发？”

“因为他心狠手辣。”皮特鸭说。

“海湾中的怪人。”弗林特船长说，“鸭先生，请到这儿来，你的行李放进甲板室吧，那儿的右舷床铺下有个大柜子。东西放好后，我们去看看大副们给我们准备了什么吃的。”

吃第一顿早饭的时候，皮特鸭坐在长餐桌的一端，而弗林特船长坐在另一端，大家都显得有些拘谨。弗林特船长和皮特鸭说着话，主要聊的是赛莫霹雳号和早期帆船航海的情况，其他人都看着他们，静静地听着。吃过饭后，他们立刻忙开了。首先，要把船上的每一根缆绳都彻底检查一遍。“航海的时候，你的索具不能出故障吧。”皮特鸭说，弗林特船长同意他的话。如果没有准备妥当，他们绝对不能出发，就连试航也不行。一个月前，弗林特船长送走了船上的木匠，他为船身刷了一遍漆，又抛过一道光。接下来，只要把它保养好就行了。的确，他把帆船保养得很好，你可以驾驶它前往世界上的任何一个角落。甭管是地中海、美洲，还是遥远的中国海，它都能够顺利到达。一想到这儿，他就非常高兴。然而，正式出港之前，他们似乎还有大量的工作要做。

“不，不，等等看，我们接下来该做什么。”看到提提要把燕子号放下来，他连忙拦住了，“我们早上还有其他事儿，不过，要是一切都顺利的话，下午就让它下水吧。”

他们整个早上都在忙碌着。往来的人们也纷纷在码头上驻足，看着这艘小帆船以及大部分时间都骑在桅杆顶上的鸭先生。似乎所有人都认识他，因为每个人都和他打招呼，就连头戴金色帽子、身穿深蓝色裤子的港务局长——全港口权力最大的官员——也偶尔会来到码头上，在这里逗留一两分钟。

“鸭先生，英姿不减当年啊！”他大声说。

“那些年很快乐呀！”鸭先生骑在主桅杆的十字架上，向下应了一声。

早饭后，罗杰和吉博尔立马跑得没影了。大家都猜到了，他们一定去了引擎室。苏珊和佩吉上街购物去了。约翰、南希和提提正在甲板上帮忙，他们排成一行，忙着给弗林特船长和桅杆上的皮特鸭或者递送工具，或者按吩咐把缆绳拖过来拖过去。虽说大家都在帮忙，但他们还是有时间观察了一下港口周围的情况，而且很容易就看到港口另一侧的黑帆船，整个上午都在监视着他们呢。那帮人已经没有挪动拖船索了，显而易见，那艘船今天并不打算出海。

船员们都到齐了。苏珊和佩吉从市场上满载而归。这时候，大家的肚子已经饿得咕咕叫了。她们俩打开厨房里的火炉，把土豆一直煮到熟透，还炖了一大锅羊肉，但是差一点儿就炖煳了。佩吉敲响了厨房门后的大钟，大伙儿立即从船上不同方向冒出来，个个兴高采烈的，谁都没有半点迟疑。野猫号上的两位大厨根本没有机会抱怨饭菜等凉了也没人吃。实际上，罗杰从黑乎乎的引擎室爬上来的时候，都不愿洗掉手上的油污，直接从同伴们身边挤过去，第一个冲进了餐厅。

船上各项工作进展不错。

"我们明天出海可以吗，鸭先生？"弗林特船长在餐桌旁坐下后说。

"晚上活儿一干完，就没有什么能阻碍我们出海了。"

"我们要去哪儿呀？"每个人都立刻大叫起来。

"试航，"弗林特船长说，"如果一切正常，我们第二天将去英吉利海峡航行。"

"我们的燕子号呢？"听到这样的消息后，大家都安静了下来，只有提提忍不住发问。

"吃过午饭，下午你们驾驶它去转转吧。"弗林特船长说。

吃过午饭后，约翰和南希又在甲板上忙了一个小时，提提也在帮助大副清洗餐具和炖锅，那口锅差点儿被烧干了，要洗干净可不简单呢。不过，他们期待已久的时刻终于来临了。弗林特船长和皮特鸭把手头上的活儿停了一会儿，从野猫号上把小小的燕子号慢慢卸下水面，并在野猫号的一侧船舷上固定了一副绳梯，以便船员们下到燕子号上去，就像领航员们进入将要领航的船只上那样。

"都还好吧？"弗林特船长大声喊。当约翰和南希爬上主桅杆后，每个人都上了船。

"一切正常。"约翰说，虽然他这样回答，但这毕竟是他近一年来首次在陌生水域驾驶燕子号航行，多少还是有一点儿紧张。

"接住啦！"弗林特船长把船头的系船索抛了下去。罗杰把它盘好，放在主桅杆前。南希推了一下野猫号的绿色船舷，船身离开了。苏珊和佩吉正在把那张让人难忘的褐色旧船帆拉上甲板，帆面上打了好几块儿补丁。提提的小旗帜已经升上了主桅杆顶部，正在迎风飘动。不一会儿，他们出发了。

海风从奥尔顿吹过来。有那么一会儿，约翰故意迎着扑面而来的海风抢风航行，以便感受舵柄的灵活性。试过几次后，他相信燕子号还是从前的燕子号，自己的航海技术也没生疏，于是他们决定穿过平旋桥，打算去外港看看。

“野猫号看上去一级棒！”约翰说。

“我们早想到会是这样的，”南希说，“它的绿色涂装真好看。那些绿色升降索也很漂亮。我说，约翰，我们去看看那艘黑帆船吧。”

“它看上去也很美。”当他们快接近黑帆船的时候，约翰赞叹道。

“这么漂亮的船不可能是那个黑家伙的吧。”南希说。

“嘘！”苏珊说。

“他就在那儿站着。”佩吉说。

现在已经接近它了，他们可以清楚地看到黑杰克越过他的船尾，正皱着眉头望着他们。

风更大了，燕子号分明感觉到了，它开始在海面上疾驰。他们经过那艘黑帆船船尾的时候，刚一看清船尾上的几个白色大字“毒蛇号：布里斯托尔”，呼的一下，小船就滑了过去，向大桥方向驶去。他们希望这股海风能够带着他们穿过大桥。

“那艘船的名字太可笑了。”罗杰说。

他们绕着外港美美地转了一圈，一个船坞接一个船坞地看了个遍。他们看到政府的渔业船，船桥上还挂着来自拉普兰岛的驯鹿角；还看到一艘打鱼的双桅纵帆船从码头外端的中间驶了出去。“那就是我们明天要去的地方。”南希说。接着，约翰把船舵交给了南希，然后她就驾驶着燕子号进入了汉密尔顿码头。他们在那儿看到好几艘蒸汽拖船。这时候，苏珊和佩吉突然想起火炉上还烧着水壶呢，因此，他们现在必须返航了，但此时他们要摇桨才能穿过平旋桥下方的水域。返回之后，两位大厨师爬上了野猫号，但约翰、南希、提提和罗杰决定继续航行，以完成最后半个小时的航程。

他们继续在内港抢风航行，首先路过了干船坞和那些等待维修的船只，接着又路过了一艘正在挖掘海底淤泥的灰色挖泥船。他们这次没有航行太远，很快就准备返回了。弗林特船长和皮特鸭还在挥汗如雨地干活儿呢，所以他们也不想四处转悠了。海峡中间吹来一阵海风，正好把他们送了回来。正当约翰打算转向野猫号的时候，一直望着毒蛇号的提提突然说："瞧那个男孩儿！"

"哪个男孩儿？"罗杰说，"在哪儿呢？"

"在那儿，"提提说，但她并没有给他指示方向，"那个红头发男孩儿，他正钓鱼呢，在毒蛇号上钓鱼。瞧！"

现在每个人都看到他了。他坐在毒蛇号的舷墙上，手里抓着一根渔线，渔线笔直垂入他身下的海水中。

自从认识了黑杰克，并且亲眼见过他那副尊容后，他们对任何一个在他船上干活的孩子都会报以同情。他们心想，给黑杰克干活儿一定很痛苦，绝没有在野猫号上这么心情舒畅。每次看到那个红发男孩，他似乎都一直在马不停蹄地干活。然而现在，当他们再次看到他的时候，他们对黑杰克的看法有所改观了——至少，他还允许他的见习水手有空去钓鱼。

这时候，他们离毒蛇号大约二十码[1]远，约翰正在调整船帆，准备转向。没人完全看清发生了什么，但突然一声尖叫传来，红发男孩儿似乎猛地一扑，从舷墙上滚落下来，咕咚一声落水了。

"真是个大笨蛋！"南希说。

"有人把他推下去的吗？"提提说，"看起来好像是那样的。"

他们没时间多想自己该怎么做。

"快转帆！"约翰大声叫喊。

他把燕子号完全调了个头。吊杆也转过来了，过了一会儿，这艘小船迎风靠近了黑帆船的一侧。

"准备降帆！"约翰镇定地说。

燕子号附近有一团乱抹布似的红色东西从水面上冒了上来。

"降下船帆！"约翰说。南希和提提将风帆放了下来。约翰松开船舵，倾斜身体，一把抓住那团"红色抹布"。

---

[1] 英制长度单位，1 码 =0.9144 米。

“哎哟！哎哟！”男孩儿大声号叫起来，从水中露出的脑袋不停地摇摆，“别抓我头发！快拉住我的钓渔线，这是我唯一的渔线。你们抓住我屁股后的带子，我就能爬上船了。快松开我的头发！别抓我的头发了，松开，快点儿啊！”

“拽他起来！”南希一边说，一边抓住红发男孩的衣领。她和约翰两个人一起用尽全力，拽着他翻上小船的船尾，不过，他后来却经常说，他本来自己有力气爬上来的。

与此同时，提提抓住了渔线，把它收了回来。

“他会不会被淹死？”罗杰问，似乎救他是个错误。

“不会的。”约翰说。男孩儿的脑袋耷拉在甲板上，接着就吐了他的救命恩人们一身水。“再过一会儿，你就能回到那艘帆船上了。”约翰望了一眼黑色帆船陡峭的船舷，船上根本没人向下观望，一个人影儿都没有。似乎没人听见他的落水声，更没人知道他们的船上少了一位船员。

“嘿，毒蛇号！”约翰喊。

“嘿，有人吗？”罗杰也站在船头扯着嗓子叫喊。

没人回应。

“真奇怪，”南希喊了一声后不解地说，“那个戴金耳环的家伙跑哪儿去了？哦，好吧，约翰，我们把他送到野猫号上去，然后让他在那儿逗留一会儿。这里没有绳梯，他想爬上船去可不容易。”

她拍了拍身上的水，从乱作一团的船帆下拖出船桨，接着在水面上划动双桨，向绿色的野猫号划过去。提提不懂如何收回那个男孩儿的钓渔线。她一边往回拉，一边退向船尾。这是男孩们常在港口拿来钓鱼的那种渔线，她知道这种渔线比蠕虫还要难缠呢。退到船尾后，她发现渔线上除了挂着两个空空的鱼钩之外，半条小鱼都没有钓到。

弗林特船长听到了落水声，也看到了整个救援过程。他守在绳梯上方等候他们。皮特鸭也站在那儿，他抓起甲板上的系船索，绕了一个圈，然后扔给了罗杰。这时候，罗杰还在向那个红发男孩炫耀着什么。

“爬上去。”约翰说。

男孩儿抓住绳梯，很快爬了上来，比猴子还要轻松。很明显，绳梯对于他来说，算不上是陌生的东西。他向上爬的时候，衣服还在不断往下滴水。提提是第二个爬上去的，看上去不太容易，因为她的一只手还抓着那团钓渔线。接着上去的是罗杰，虽然脑袋还没有够到栏杆，但他已经在讲述救起红发男孩儿的经过。南希和约翰迅速拔掉主桅杆，紧跟着罗杰上了船。

上了野猫号的甲板，红发男孩儿站在一摊水洼中，他湿漉漉的衣服仍然像小溪一样不停地淌水，细细的水流在雪白的甲板上汇集，流入旁边的排污口。佩吉和苏珊听见外面好像发生了什么事，连忙从厨房钻了出来。皮特鸭系上燕子号的最后一根系船索，回头看了一眼那个男孩儿。

所有人都盯着红发男孩儿，他有些不好意思，双脚在地上搓来搓去。

“哎呀，这不是小比尔吗？”皮特鸭说，“人人都认识小比尔，他出生在多格海岸。他应该知道怎样做才不会从甲板上落水吧。”

红发男孩的脸涨得像他的头发一样红。

“他当时在钓鱼呢。”罗杰说。

“一定是条大鱼把他拖下水的。”弗林特船长说，“你在内港能钓到鱼？你用的是什么鱼饵啊？”他的目光落在提提手里渔线末端的鱼钩和坠子上。“他的鱼饵怎么不见了，提提？”

“丢了吧，我也不知道。”提提说。

红发男孩儿看上去更羞愧了。

皮特鸭哈哈笑起来。“这是小比尔第一次不用鱼饵钓鱼吧，”他说，“绝对如此。”

“谁去给他倒杯热茶？”弗林特船长说。苏珊转身走进厨房，不一会儿，她一手端了一杯冒着热气的茶水，一手拿着一大块儿蛋糕走回来了。

“瞧这儿，小家伙，”弗林特船长说，“怎么啦？别害怕这艘船上的任何人，也不用担心任何事情。游泳可不犯法……”

皮特鸭仔细看了看鱼钩。

红发男孩儿突然开口了：“好吧，我承认，鱼钩上没有鱼饵，那是他自己扔的渔线，然后让我爬上船舷，告诉我尽量自然地跳下去……”

“哦，瞧瞧。”弗林特船长说。

“都是因为皮特鸭在你们这儿，”红发男孩可怜巴巴地说，“他们想知道他是不是要和你们一起出海，还有你们打算去哪儿。如果我没有搞清楚，他们会把我打个半死。”

“就这些，是吗？”弗林特船长说，“没关系，尽管你的提问方式有些特别，我还是会回答你的问题。你回去转告他们，鸭先生现在已经是野猫号上的一等水手了，担任水手长。至于其他船员，你回去说，这里有三位船长，两位大副，其余的就不要说了。”

“嗯。”红发男孩儿说。

燕子号和亚马逊号上的船员们互相看着对方，没有人露出笑容。

“趁热把茶喝掉，”苏珊说，“不太烫了，里面还加了牛奶。你刚从水里爬上来，应该喝一些热饮暖暖身子。”

红发男孩接过热茶，大口大口地喝起来，其他人都在旁边看着他。

“至于我们要去哪儿嘛，”看到杯子里的茶水快喝光了，弗林特船长继续说，“我们自己也不知道。现在，小家伙，你不用管这些啦，去换件干衣服吧，回去把我说过的话告诉你们那儿的船长。如果他还想知道其他事情，最好亲自来问我们。苏珊，再拿一块儿蛋糕给他好吗？提提，把渔线和鱼钩还给他。”

红发男孩第一次咧开嘴巴笑了。

“谢谢你，先生。”他说。

“高兴得合不拢嘴了，”弗林特船长说，“你现在知道的和我们一样多了。你本来不用跳海就能知道一切的。”

“听我一句劝，小比尔，”皮特鸭说，“你和黑杰克在一起，不会有好果子吃的。”

男孩儿环视了一下周围的人。他说：“不管怎么样，我都要去海上，要是别人不愿带我去……”

“哦，算了吧，”弗林特船长说，“我们还忙着呢。明天早上要出海。”

听到这样的话，男孩儿咬了一大口多汁的黑蛋糕，又接过佩吉递来的另一块留着路上吃的蛋糕，爬上梯子，上了码头，慢慢地向桥头走去，准备回到停在海港另一侧的黑帆船上，但此时船上一个人影儿都没有。

“至于我们要去哪儿，我们自己也不知道。”“船上有三位船长，两位大副……”假如弗林特船长说的话是要让黑杰克更加好奇的话，那么他绝不会有更好的说法了。

“为了问几个问题就跳海，做这样的事我可要多想想。”红发男孩走了之后，弗林特船长感慨地说。

“可他是被推下去的呀，”提提说，“我相信他是被推下去的。”

“哦，该死！”弗林特船上说，但过了一会儿，他转向了皮特鸭，“刚才那孩子是谁家的？”他问。

“谁家的也不是，确切地说，”皮特鸭说，“他出生在拖网渔船上。还是个婴儿的时候，他妈妈就死了。一两年前他父亲在一场风暴中送了命，所以现在小比尔差不多是自己照顾自己。在洛斯托夫特，你还找不到一艘他没有偷乘过的船哩。”

“哦？”弗林特船长似乎有些惊讶，接着他看了一眼整个海港，“我在想，我们该不该放他回去。”

但那天晚上野猫号上还有很多事儿要考虑。他们要把燕子号再次吊上来，安放在帆船的内舷上，然后给它盖上油布，可能还要过很多天，他们才会再次用到它。索具维护在甲板上留下一堆垃圾，废弃的绳索和铁丝都堆在那儿，需要及时清理。不久，他们又发现还需要购买一两样东西。约翰、苏珊、南希，还有佩吉，他们一起下了船，前往镇上采购那几样东西。弗林特船长则带着提提和罗杰去拜访了港务局长的办公室。他希望野猫号不要因为试航而丢了泊位。罗杰借着这个机会，向港务局长报告了比尔落水和获救的过程。提提又说她认为比尔是被推下水的。港务局长笑了：“呃，我不会让一个九岁的孩子和那家伙一起出海的。虽然他坏透了，我想，他也不至于把一个孩子推落大海。那样做没有道理，没有任何道理。”

他们返回帆船的时候，晚饭已经准备好了。吃过晚饭后，弗林特船长催促大家早点去睡觉，因为第二天早上早潮涌上来的时候，他们就要去试航。

第三章 试 航

那天晚上，没有一个船员觉得自己能入睡。不过，当他们听到头顶甲板上传来轰隆轰隆的撞击声的时候，每个人都很吃惊，因为天色已经大亮了。睡觉的时候，他们忘了吹灭餐厅里的灯光，它随着船身的晃动左右摇曳着，看上去就像鬼火一样。苏珊急忙把同伴们叫起来，然后发现有人已经上过岸，给他们买来一大听新鲜牛奶，还把厨房里的煤油炉也点燃了，水壶的盖子也合上了，正烧着开水呢。而且厨房里也没有什么东西要清洗，几乎所有的餐具都洗过了。其他人梳洗完后，也都匆忙上了甲板。有的从水手舱口上来，也有的从前舱口的梯子爬上来。那天早上，他们发现不仅洗刷、整理之类的家务活儿已经被人干完了，而且还发现野猫号完全变了模样。千斤索已经被架起来了，吊杆也升上去了；主帆和可爱的奶油色前桅大帆都被解开了，正准备升上桅杆呢；支索帆摆在前桅支索旁边，有人用细麻绳把它捆扎好了，只要一拉吊索，它就会散开；船首三角帆已经升上去了，但仍然卷在一起，处于静止状态，也就是说，它也被捆扎好了，只要稍微用力拉一下，就会马上散开。

“看上去真不错。”南希说。

“我想，是的。”约翰说。

港口内停泊的其他船只还在沉睡中。船帆和甲板上沾满了露珠。虽然天色尚早，码头上早就有人起床了。码头外端的灯光已经熄灭了，一缕晨曦正好照在平旋桥旁边旗杆顶上的红旗上。这面红旗是要告诉人们，两次潮水的水位差将会达到十英尺[1]。大家还能看到不远处的毒蛇号，它仍然停靠在码头的另一侧，然而船上依旧没有一个人影儿。

他们的早饭像洗漱一样匆忙，所有人都是在甲板上吃完的——只有厚面包、黄油，和一杯热气腾腾的可可汁。早饭一过，尽管有人的面包和黄油还没有吃完，他们就一起涌入甲板室，围住了早就在桌子上摊开的航海图。弗林特船长给大家讲了讲他们即将进入的航道，每个人都斜着身子认真倾听。

“目前海风几乎从正东方吹来，”他说，“我们将借助东风调头，但是我们不会满帆航行，而且我们的船上刚来了一位新船员。我们必须抢风航行，我相信你们都知道一旦开始航行，各人应该如何操作自己负责的帆索。所有人都上甲板，让我们看看我们的主桅帆工作完成得怎么样。尽管我们马上要使用引擎推进，我们现在还是先把它升起来。”罗杰早就把甲板室的活板门打开了，那里有一架短梯子，正好够到下方狭小的引擎室。

“船只准备调头？”约翰问。

“升起前顶帆，对准风向，把船头推离码头。”皮特鸭说。

所有人迅速赶到甲板上。

“现在，”弗林特船长说，“鸭先生和我拉起我们俩之间的主桅帆。但我们必须同时抓住一根升降索，我们降下帆桁这一头的时候，你们必须系牢另一头。让我们看看鸭先生做得怎么样，是不是像他说的那样在行。那么，开始吧！南希、佩吉和我一起拉帆桁这头；约翰、苏珊和提提帮鸭先生拉另一头；好啦，罗杰，这是你的位置；提提喊号子。开始准备，一等水手。我们跟着《时光如梭》的号子节拍，一起用力拉。”

“你过来，约翰船长，”鸭先生说，“抓住这里，抓我下边儿的位置，对啦，你也这样，大副先生。”

提提开始喊号子：

美国小船去海湾，
等来海风好升帆。

[1] 英制长度单位，1 英尺 =30.48 厘米。

抓紧拉呀，噢嗨噢，
时光如梭快嗖嗖。

当她喊“湾”“噢”和“嗖”的时候，每个人都一起用最大的力量向下拉动一次帆索，接着把手向前移动一节，准备再拉下一次。

等来好风快前行，
等来好风要升帆。
抓紧拉呀，噢嗨噢，
时光如梭快嗖嗖。

提提喊的号子顺序可能不对，但也没什么大的差错。帆桁摇晃着升起来了，船帆也一步一步地跟着升高。一串木帆环也随着帆桁的锁扣沿主桅杆慢慢升了上去。

好风不来船难行，
抓紧拉呀，噢嗨噢。
好风不来船难行，
时光如梭快嗖嗖。

如果他们手臂足够长的话，他们可能不用拉那么久。但提提没有力气喊号子了，只是颠过来倒过去地重复刚才那几句。其他人的力气比她大得多，他们跟着她的号子一边拉，一边和着“噢嗨噢”和“快嗖嗖”。虽然费了不少工夫，但还是把船帆慢慢拉上了头顶，然后缓缓展开了。

“拉满了。”皮特鸭最后一边说，一边系牢升降索，而约翰、苏珊和提提他们终于松了一口气。

“系牢啦。”弗林特船长说，南希和佩吉站在那儿大口喘气，感觉手掌火辣辣的疼痛，“我们不用把帆桁一头竖起来，到了外港再竖吧。所有人都干得不错。这是帆船上最难的活儿。你们马上就能自己升起支索帆了。过来看看引擎怎么样了，罗杰。”罗杰和弗林特船长钻进了甲板室。

约翰和苏珊把前桁升降吊索盘成了卷儿，然后再把盘好的吊索收了起来。现在他们不需要使用那根缆绳了，要等降帆的时候才会再用到它。

“餐具怎么办？”佩吉问，“我们把所有杯子都放进篮子，过一会儿再洗可以吗？”

“你们现在休息去吧，”皮特鸭说，“船老大和我也休息一会儿。拖船索换好了，小毛驴就可以跑起来了。”

“什么是小毛驴呀？”提提问。

“水手们通常把引擎叫作小毛驴。”皮特鸭说，“引擎和小毛驴一样，平时愿意干活儿，脾气来了就不愿干活儿了。”

“没风的时候，船帆可用不上哟。”佩吉一边走向厨房，一边回头说。

“那可不是它们的错。”皮特鸭说，“只要一有风，它们就干劲儿十足。可小毛驴们没有了柴油和机油，它们连对你咳嗽几声，吐口吐沫都办不到。我可对那些小毛驴们没好感。不过，听啊，船老大已经发动引擎了。”

甲板下面突然传来“突突突”的声音，接着是一阵寂静，接着又是一阵“突突突”的声音。没人再去想洗碗的事儿了。

“我们晚点儿再吃饭吧。”苏珊说。

皮特鸭爬上码头，急忙从一根又一根的系船桩上解开系船索。

约翰和南希把那些系船索拖回甲板。皮特鸭抓起一根船尾系船索，向前绕过一根系船桩，然后又折返回来了，接着把系船索的一端扔给了约翰，约翰把它牢牢地固定住了。

“过会儿我们还要再把它松开。”看到约翰把它拴得那么死，皮特鸭连忙说。

下面的噪音又传了上来。“突突突，突突突”的声音逐渐连续起来，就像钟表走动一样有规则。满脸通红的弗林特船长和罗杰从甲板下面爬了上来，先后走进甲板室。

“准备好了吗？”弗林特船长问，“好极了。罗杰，你负责看守油门杆。如果我说‘全速前进’，你就向前使劲推它，直到推不动为止。”

“遵命，长官。”罗杰说。他的双眼放光，紧盯着甲板室门口的那个小小铜推杆。

“来吧，你们两位船长，升起支索帆。两位大副负责照看船舵，保持原样就行啦，一旦船只开始前进，你们就把它交给鸭先生。一切就绪了没有，鸭先生？”

“嗯，都准备好啦，长官。”

弗林特船长迅速走向前甲板。约翰和南希已经找到了支索帆的升降索，又把主桅杆清理干净了，准备升帆。提提和皮特鸭站在船尾。他递给她一张宽大的缆绳保护垫，以免新刷的“野猫号”几个大字被缆绳碰坏了。

弗林特船长像唱歌一样大声喊：“升起支索帆。”于是，约翰和南希双手交替着把船帆拉了上去。船帆在微弱的海风中无力地左右摇晃着。弗林特船长用力拉了一下左舷支索帆，支索帆立即在左舷展开了，海风吹过来，支索帆鼓了起来，野猫号的船头开始缓缓地离开了码头。

“鸭先生，拉紧斜系船索！”皮特鸭拉紧他之前从船尾拖过来的系船索。野猫号从码头出发了。

“突突突，突突突，突突突……”甲板下的小引擎运转起来，甲板室门口的罗杰紧紧抓住油门杆，只等一声令下，就要推动油门杆。

弗林特船长展开支索帆后说：“工程师，全速前进！”

罗杰向前推动油门杆，引擎发出的声音越发震耳了，螺旋桨开始转动起来。皮特鸭松开系船索的一头，系船索从系船桩周围滑过，落入野猫号和码头之间的海面上。提提放下手中已经不再需要的挡索板，开始回收系船索。她很快就把系船索拉上了船。皮特鸭接过船舵，转动了一圈。野猫号慢慢驶过两侧的灰色码头墙壁，驶出了内港。平旋桥已经打开了，野猫号正好可以顺利地通过。这时候，一名骑三轮的送奶童站在桥头，等待着平旋桥再次关闭。看到桥下驶过的小帆船后，他吹了一声口哨，哨声打破了清晨的宁静。野猫号继续缓慢前进，船身内的小引擎突突突地欢唱着，船尾的烟囱冒出阵阵浓烟。小帆船沿着长长的防洪堤前进，最后驶入了外港。

弗林特船长来到船尾，约翰和南希也跟了过来。

“鸭先生，”他说，“我想我们现在该把前桅大帆升起来了。约翰可以驾驶它直接驶往外码头。”

约翰正想说等到帆船进入开阔海域之后他再掌舵，然而太迟了，他发现自己的双手已经握住了舵柄，而皮特鸭和弗林特船长已经匆匆离开了。南希看着约翰，眼神中充满了嫉妒。其实这种操作也没什么，唯一要注意的就是不要犯下愚蠢错误。他先轻轻向左转动了一下船舵，然后又向右转动了一下。在小引擎的推动之下，野猫号缓缓前进，它的马力不大，只能让它不停下来。不过，船只似乎很好控制。约翰希望南希没有注意到他刚才的动作，其实他转动船舵只是想试试它是否灵活。远处的外港防洪堤已经清晰可见，堤上站着一排排路灯，像宝塔一样，样子很奇特。这些景物帮他调整着航向，他仿佛觉得自己就像干过一辈子航海的老水手一样。弗林特船长犀利地扫了一眼海面，然后又若无其事地转过身来，继续忙着手中的活儿，看起来，他很放心。

皮特鸭和弗林特船长站在前桅杆下。皮特鸭抓住斜桁帆喉处的升降索，弗林特船长抓住斜桁的尖头部分，两人一起拉动支索帆。于是，前桅帆的斜桁开始慢慢向上移动，逐渐高过他们的头顶。接着，皮特鸭大吼一声，拉紧升降索，横梁逐渐绷紧。他把整个身体的重量都向前压了过去，绳索的松弛部分被拉了回来，接着他就把绳索牢牢固定住了，然后又向上看了一眼主桅杆，确保桅杆上的阻索块没有滑动。弗林特船长也拉紧了升降索的另一头。斜桁翘了起来，巨大的奶油色船帆不再松垮垮地耷拉在那儿了，它逐渐挺直，帆面上的皱纹变成了上下的直线，不再是左右打横。接下来，弗林特船长也把他那一头的升降索固定好了。最后，他们俩一起松开了千斤索，吊杆自己支撑起自己的重量，船帆上的皱纹都绷直了。

后来，他们又急忙走到船尾主桅杆旁，拉起没有完全吊起来的斜桁尖头，它越升越高，最后终于停了下来。与此同时，千斤索被松开了，主桅帆展开了，看上去更像船帆了。

“位置好极了！”皮特鸭说。

约翰一直目不斜视地专心掌舵。其他人都在观看船帆的吊升过程。

“和燕子号的船帆操作没什么两样，”苏珊说，“只是这里的索具更沉重。”

“而且也不必拉下吊杆，”南希说，“走吧，过一会儿就要出海了，他们需要人拉紧支索帆和船首三角帆，我们去吧。”

清晨的金色阳光洒在帆船的主桅帆上。弗林特船长眯起双眼，检查了一遍主桅帆，然后又查看了一下前桅大帆，以确保一切正常。他看见南希和苏珊已经抓住了前顶帆，做好了升帆的准备。“真不错呢，”他说，“再等一两分钟就升帆。”

野猫号从防洪堤中间穿过，缓缓进入北海。长长的防洪堤上站了两个人。当野猫号经过，水面上激起层层细浪时，那两个人不停地向它挥手致意。提提和皮特鸭挥手回应。罗杰甚至没看到他们。尽管没出任何事故，而且所有操作都十分简单，但是野猫号上的所有人都有点儿紧张，除了皮特鸭。不过，再过片刻，事情将会更简单。

弗林特船长和皮特鸭来到船尾。

“一切正常，长官，”皮特鸭多次报告说，“那儿是浮标。已经进入航道了，马上就要出海了。”

“约翰，”弗林特船长说，“现在你能不能把航向调到北偏东。这样我们就会经过浮标。尾帆和船首三角帆都就绪了，向前航行，靠右舷。对啦，苏珊，猛拉一把就能摆开了。”

一切非常顺利。

约翰转动船舵，他面前小窗口内的罗盘也随之转动。东—东北—北偏东—东北偏东—东北—主帆猛地绷紧了。皮特鸭往回稍稍拉了一下前顶帆，尾帆也吃上了力，南希正在把它固定住。过了一会儿，大三角帆被风吹松了，南希急忙跑过去帮助苏珊，三角帆很快就稳定了，也吃上了力。北偏东。野猫号不断调整航向，向前继续航行。

“关闭引擎，罗杰。”弗林特船长命令说。

罗杰将油门杆扳回中间档位，飞快冲进甲板室。

“我说，罗杰，你知道怎么操作吗？”提提急切地问。

“我当然知道啦，”罗杰说，“他教过我的。”

他转身离开了。过了一会儿，引擎突突的声音停止了。约翰和提提彼此看了一眼。甲板开始倾斜起来，龙骨前部传来一阵噪音。帆船的航速没有变慢，反而更快了。提提双手放在船舵上，能够清楚地感觉到船体的颤动。约翰一会儿把船舵转向这一侧，一会儿又转向另一侧，帆船只要一偏航，他就立即把航向调整过来，让它稳定地顺着航道前进。提提回头看了一眼，船尾留下长长的尾浪，和燕子号的一样，但更壮观。现在只要船舵稍有转动，整艘帆船以及船上的船员都会改变前进的方向。它就像一座房子，但那张大船帆要比多数房子更高。提提太激动了，喉咙似乎有些哽咽，约翰也紧闭着双唇，一脸严肃的样子。

罗杰又从甲板室的下方爬了上来，虽然满脸油污，但看上去很高兴，他抓起抹布擦了擦油腻的双手。

“这艘船的引擎太棒了！”他说。

约翰和提提也很高兴，他们没有嘲笑他那小花猫似的脸蛋。

弗林特船长和皮特鸭在甲板上忙前忙后，一会儿把这儿的缆绳松一下，一会儿把那儿的缆绳紧一下，一件事忙完后，又立马去忙另一件，直到所有船帆的运行都让他们满意后，才停了下来。

接着，他们经过了黑白浮标，哗哗的水声打破了清晨寂静的海面。随后他们又驶过纽卡姆斯比特浮标，浮标上涂着红白相间的条纹，看上去就像足球一样漂亮。弗林特船长来到船尾，站在那儿看了看约翰转动船舵调整航向。皮特鸭、南希和苏珊一起升起了前顶帆，然后又去调整船帆一侧的朝向，接着又仔细调整了一遍，弗林特船长和其他水手看了都很满意。在四张船帆的带动下，帆船的平衡处于最佳状态，只用一根手指就能驾驭它。

现在他们已经顺利进入了大海。在抢风航行之前，他们沿着海岸向北航行，最后接近了雅茅斯。透过望远镜，可以看清布拉西港高大的砖塔、不列颠码头，以及向远处延伸的小镇。他们继续向右航行，朝红色灯塔船驶去。灯塔船上装着一个两只陀螺尖模样的东西，直指他们的桅顶。大部分时间里，都是约翰和南希在轮流掌舵，不过，所有人，包括小工程师罗杰在内，都去体验了一下掌舵的感觉。过了一会儿，提提把鹦鹉也拎到了甲板上，好让它晒晒太阳，见识见识真正的大海。罗杰也把吉博尔放出来了，让它上甲板遛遛弯儿，但弗林特船长说过，不要让猴子靠近引擎，他们返港的时候，还得用引擎。如果猴子在引擎上捣乱，还不知道会造成什么后果呢。最后，弗林特船长调转船头，降下所有的船帆，驶向戈尔登灯塔船，船旁的浮标球仿佛被切掉了一半，另一个浮标球就搁在剩下的半个浮标球上。（他们必须用这样的标志区分不同的灯塔船。）之后又越过纽卡姆斯比特浮标，准备返回洛斯托夫特港。

“怎么样？”弗林特船长说。

“完美极了！”约翰说。没有人反对他的看法。

“唔，鸭先生觉得呢？”弗林特船长又问。

“它能航行到任何地方，绝对可以。”

“能沿着英吉利海峡航行，然后再穿越海湾吗？”

“沿着英吉利海峡航行？”皮特鸭说，“我觉得它能绕过南美洲南端的合恩角呢。”

“我们继续航行，直至进入内港。”弗林特船长说，“进港的时候，你来掌舵好吗？我们马上就要转帆了，现在去把吊杆横起来。”

几分钟的忙乱过后，约翰调转了船头，弗林特船长和皮特鸭放平了吊杆，而南希和苏珊则负责照管前帆。接下来，皮特鸭接管了船舵和野猫号，船身龙骨前部激起一阵泡沫，海风正对着船身后方，吹着它向海港进发。

正当野猫号接近码头的时候，它遇到了一艘出港的船只，就是那艘黑色纵帆船。它比野猫号大多了，船帆展开的面积十分壮观。

“那不是毒蛇号吗？”弗林特船长说。

“就是它。”皮特鸭说。

“是黑杰克在驾驶它。”南希说。

“还有那个红发男孩儿，”提提说，“好多人呀！”甲板上有三四个人在忙碌着。

两艘帆船擦身而过，相距不过几英尺的样子，野猫号返回港口，而毒蛇号正要出海远航。

野猫号驶过去的时候，黑杰克的样子可以看得清清楚楚。他一边掌舵，一边恶狠狠地盯着他们，好像他知道他们的计划，但又不敢相信他们竟然出现在眼前。

然而，他们当时也顾不上考虑黑杰克和毒蛇号，因为野猫号上还有很多事情等待他们完成呢。这时候，船已经驶进了内港，因为现在是逆风航行，弗林特船长马上要降帆了。他迅速进入甲板室下方，发动了引擎，然后又在前甲板上放上了一条几寻[1]长的铁链。一旦引擎出现故障，他们就可以用这条链子即刻抛锚。他先是降下了船首三角帆和支索帆，然后又降低了前桅大帆和主桅帆。这样一来，野猫号只能以原来一半的航速穿过内港的防洪堤，然后再返回它原来的泊位。他们穿过平旋桥的时候，桥上有人不停地向他们招手致意，亲切而友善的港

[1] 即英寻，1 英寻 =6 英尺或者 1.8288 米。

务局长高兴地和他们打招呼：“你们好！”

“毒蛇号走了还让人觉得有点儿孤单呀。”提提说。这时帆船已经在内港调好头了，然后重新系在码头上。

“解下船首斜帆桁和斜帆支索，我们又回来啦！”南希欢快地说。

那艘黑帆船也悄然滑回了内港。

“它为什么也返回来了？”约翰说。

“肯定是落下了什么东西。”佩吉说。

“我们的朋友——红发男孩，看上去有些沮丧。”弗林特船长说。

罗杰向他招手，但比尔并没有回应。黑杰克距他只有几步之遥，也许他认为自己不能回应。此外，毒蛇号上的船员们好像刚吵过架。现在它再次停靠在南码头那一侧。

“好了，我们把它看清楚了，”弗林特船长说，“来吧，你们所有人都过来帮我收拾收拾船帆，不然的话，毒蛇号会比我们先收拾好，我们要落后了。”但毒蛇号的船员们似乎并不在意甲板上是否收拾干净了。他们一个个都下了船，沿着码头离开了。而野猫号上的情形恰好相反。这次出海让所有人为这艘帆船感到骄傲，就连罗杰也忘了提醒苏珊去做饭。直到船帆和缆绳都整理完毕了，大家才想起来该去吃饭了。整艘船收拾得干净利索了，没人能看出它早上出过海。

第四章　洗　锚

吃过晚饭后，所有人都上了甲板。经历了繁忙的一天，他们应该享受一下夜晚的宁静。早在下午，他们就把水箱装满了新鲜的饮用水，因此野猫号完全可以航行到遥远的地方。“我们把地板下的水压舱装满了水，我们甚至能够完成环球航行。”弗林特船长骄傲地说。他们还带了大量的新鲜肉食、奶油、鸡蛋、蔬菜和面包。如果他们爱吃罐头食品，他们根本就用不着那些东西。他们还带了许多新鲜水果，以及六大块像樱桃一样红的荷兰奶酪，因为他们碰巧在商店里看见了，就顺便买回来了。大家都知道他们明天要真正出海了，一想到船上的储备这么齐全，都觉得哪怕是天涯海角，他们都能轻松到达，并且不需要陆上补给。现在他们都聚集在船头，正在谈论他们即将到达的目的地。

波利还在唱着“八片币”，好像在提醒人们，它就是那只漂亮的鹦鹉波利。它站在前桅支索上，尖尖的喙在爪子上摩擦了几下，接着又跳到船首斜桅上，最后落在帆船的栏杆上。吉博尔独自在甲板下待着，正在忙着剥花生吃呢。那一袋子花生还是弗林特船长顺便从镇上给它买来的。它把袋子拖到甲板下，就躲在铺位上大快朵颐了。弗林特船长这会儿正坐在起锚机上，悠然自得地抽起了烟斗。皮特鸭也把烟斗点上了，然后又去给新绞船索的索尾加了一根捆扎用的细绳。其他人都在四处转着玩，偶尔聊上一两句。弗林特船长拿出随身携带的英吉利海峡航海图，给大家介绍了一下他们的航行路线，他说他们将驶过古德温和海岸之间的泰晤士河口，然后再越过丹佛，或许还要经过格利涅角的周边海域。天快黑了，航海图上的地名模糊难辨，需要在灯光下才能看清。但谁也不愿意去拿油灯，因为他们都不想错过船长的讲解。到最后，船长只好派佩吉去甲板室拿来一盏挂灯。这时候，从平旋桥远处一侧停泊着的一艘拖网渔船上传来了悠扬的手风琴声。有人正在演奏《阿姆斯特丹之歌》呢。野猫号上的船员们顾不上欣赏动人的音乐，他们的注意力全放在了航海图和弗林特船长的航海计划上。他们先要通过英吉利海峡，接着也许会路过布雷斯特军港，然后再横越海湾到达威兰诺角和比戈湾。如果天气好的话，也许他们最后会抵达马德拉群岛。这时候，没有人想起毒蛇号和黑杰克来，尽管之前还有人谈论过那帮人的奇怪返航。

在狭窄的内港的另一侧，毒蛇号仍然停在原来的泊位上，甲板上只有黑杰克一人。他独坐在水手舱口上，注视着远处越来越模糊的野猫号。夜色上来了，那个红发男孩比尔蜷缩在前甲板上的麻袋上睡着了，他似乎忘记了骨头上的疼痛。那天早上，黑杰克上了甲板之后，发现野猫号的泊位空了，周围也没有它的踪影，于是就狠狠地揍了比尔一顿。然后他急忙把自己的船员从镇上的热被窝里拽起来了，痛骂了一顿，因此所有人都窝着一肚子火呢。那帮手下草草地升起船帆，刚把船只拖出港口，正好就遇见皮特鸭驾驶着野猫号返回洛斯托夫特港。黑杰克只得调转船头，又把毒蛇号开回到了内港。后来，他的手下再次把黑帆船停在泊位上，接着就去镇上的酒馆喝酒去了。船上的帆只是降了下来，根本没有整理，甲板上凌乱不堪，没有一个人愿意去收拾。黑杰克孤零零地坐在甲板上，使劲咬着自己的指甲，盯着远处水面上的野猫号。

他们在说什么呢？他们聚集在那艘绿色小帆船的前甲板上商量什么呢？那天皮特鸭带着行李上船的时候，他会不会看错了？皮特鸭很多年都没有出海了，平时只是守着他的货船在内河上航行，现在他为什么要再次出海？这意味着什么呢？“船上有三位船长，两位大副。”不管怎么说，那个傻小子探听到这些消息，但不可能像表面上看起来那么简单。这么多船长和大副们同时聚在一艘船上，这绝不是一次普通的航行，一定是一次精心策划的航行吧。他看到他们往船上装了很多储备品，真不知道有多少呢！搬运了一天又一天，每天都有一大堆，甚至和他的毒蛇号上的一样多。显然，他们可能要去同一个地方。接着，他又想到了皮特鸭。黑杰克一边咬着指甲，一边紧锁着眉头。美丽的夜晚似乎和他毫不相干。

他没有听见拖网渔船上传来的悠扬而古老的手风琴声，也没有听见手风琴声结束后爱尔兰人又奏响的小提琴声，更没有听见伴随着乐声传来的海靴踢踏的舞步声。他的脑袋里只想着一个问题：皮特鸭那个老家伙究竟和绿帆船上的胖水手制订了什么计划？皮特鸭会不会把他多年来从未透露给他的秘密告诉那个胖子，又或者是其他人？他们究竟在看什么样的航海图呢？如果他能看一眼，就能了解这些问题的答案。他多想听听起锚机周围的人们在说些什么呀！他多想看看他们面前的航海图呀！突然，野猫号船头上挂着的一具大船锚吸引了他的目光。船锚的锚链隐没在和甲板相同高度的一个锚链孔中。黑杰克这会儿不再咬指甲了。他站起身子，走向毒蛇号的船尾。他的下方是毒蛇号携带的小艇。他瞄了瞄空无一人的码头，又看了看野猫号甲板上那群正在昏暗的灯光下查看海图的水手们，扭身走到船舷旁，顺着绞船索溜上了那艘小艇，然后解开了绞船索，悄悄划了出去。水面上只留下左右摇晃的绞船索。

黑杰克没有直接划向野猫号，害怕有人会瞧见他。他沿着内港向前划着，装作要去拜访一艘下了锚的双桅帆船。在淡淡的暮色中，有谁会注意到一艘黑色的小艇躲藏在港口的阴影下悄然前行？当然啦，也没有人会注意到他已经横越港口，前往另一侧的帆船旁；更没有人注意到他装着一副漫不经心的样子，轻轻划动双桨，鬼鬼祟祟地接近了野猫号上方的泊位。乍一看，他没有任何目的。他从一艘锈迹斑斑的拖网渔船的船头下方划了过去，偷偷进入了野猫号的泊位。借着他脑袋上方的昏暗暮色，他看到了野猫号方形的绿色船尾。他更加小心地划动双桨，动作比先前更柔和了，几乎是一寸一寸地挪到了直立的绿色船舷旁。现在他看到头顶上的船锚了。他扯出小艇上的系船索，打了一个圈儿，钩住了船锚的一根锚爪。潮水涌了上来，轻轻托起小艇，这下他的诡计得逞了。他拼命伸长胳膊，抓住船锚，悄悄向上爬去。他一只膝盖跪在船锚上，接着又向上抓住更高的锚爪，一只脚现在也蹬了上去。慢慢地，他越爬越高。最后，他的脑袋已经和锚链孔持平了。他们在说些什么呢？他屏住呼吸，在心里咒骂那只喳喳尖叫的鹦鹉，吵得他一点儿也听不清船上的人到底在谈些什么。

甲板上摆放着一根四英寻长的锚链。船锚根本没有用上，但第二天早上升帆的时候可能就要用到，所以就没必要再把它拉上来了。要知道，锚链从水下拉上来的时候，会发出巨大的哐啷声。弗林特船长早就想好了，明天一大早就要起来赶早潮，要是他一个人能完成，那就不用叫醒其他船员了。不过，还是得把甲板上的锚链理顺一下。那根锚链一直伸向锚链孔，在金刚柱[1]上绕了两个圈后，又打了半个结，绕过甲板上的小系船桩进入锚链孔。锚链上的铁环还套在其中一根系船钉上，因此在取下系船钉、解开锚链之前，船锚不会出现落海的危险。这时候，船下传来阵阵细小而奇怪的声音，皮特鸭忍不住瞄了一眼下方的锚链。黑杰克向上爬的时候，锚链上的铁环互相碰撞，发出了清晰的叮当声。然而，提提觉得那声音像是黑杰克的耳环晃动时的叮当声。不管到底是什么，总之，那种声音吸引了皮特鸭的注意。提提也注意到了一些情况，因为她发现那只鹦鹉似乎不大正常。它站在舷墙的栏杆上，不停地拍打着翅膀，嘴巴喳喳地尖叫着，眼睛盯着船舷下方。它没有再说“八片币”，也没有说“漂亮的波利”。它只是不停地喳喳尖叫着，似乎很害怕或者很生气的样子。

“怎么回事？”

不过提提的话还没说完，她就看到了皮特鸭的眼色。这就足够了。其他人还在说个不停。

“呀，要去卡纳里斯岛了。”南希说。

“也许去亚速尔群岛呢。”约翰说。

提提刚张开嘴巴，话还没有出口，就发现皮特鸭悄悄弯下身子，解开了金刚柱上的锚链，还顺手捡起了一根木棒。鹦鹉仍在一边拍打翅膀，一边喳喳喳地叫个不停。

接着，她看见皮特鸭抡起了棒子，把系船钉上的铁环敲了下来。四寻长的锚链忽然穿过锚链孔，急坠了下去，接着传来了木头破裂的咔嚓声和东西落水的扑通声。黑杰克和船锚一起掉下去了，一下子砸中了小艇，艇身被砸得四分五裂，沉入了港底。

大家一齐冲到船舷边，向船下望去。小艇的碎片忽隐忽现。过了一会儿，一颗黑色的脑袋从海面上冒了出来。

---

[1] 金刚柱（力士参孙柱），是船上一种非常结实的柱子，它穿过甲板直接和龙骨相连。——南希

“又是黑杰克！”提提喊了起来。

“还会是谁呢！”皮特鸭说。

在傍晚的黄昏中，他们看到他越过水面，拼命向毒蛇号游了过去。不久，一个黑色身影攀上绞船索，爬上了毒蛇号的船尾。

“天啊！”南希说。

弗林特船长并没有感到特别吃惊，仿佛有人打碎了一只茶勺一样，平静地问了一声：“发生什么事了，鸭先生？”

“船锚落水了，先生，”皮特鸭说，“我觉得它需要稍微清洗一下，所以我把系船钉敲下来，让它落了水。黑杰克碰巧挂在船锚上。”

“在船锚上？”弗林特船长说，第一次看上去有些吃惊。

“他趴在锚链孔上，偷听我们说话。”皮特鸭说。

“真是好笑。”弗林特船长说。

“可以说好笑，”皮特鸭说，“也可以说糟糕。”

其他人先是瞪着弗林特船长，然后又瞪着老水手。

海港里没有其他人注意到刚才发生的一幕。市场旁的渔船上的小提琴手还在演奏着吉格舞曲，步行的人们正在穿过平旋桥。毒蛇号上亮了一盏灯，但很快就熄灭了。

“他不得不掩饰刚才的行为。”苏珊说。

“接下来，他会找一两个警察指控我们，因为我们的船锚把他的小艇砸碎了。”佩吉说。

“你真是个大傻瓜，”南希船长对她的大副说，“他怎么可能去报警呢？他要是报警，他就必须解释为什么碰巧出现在我们这里，为什么通过锚链孔偷窥我们……”

“那他可能会想出别的法子。”约翰说。

“他似乎想对付我们呢。”苏珊说。

“嗯，不知道原来是不是，至少现在是这样的。”南希得意地说，“他和船锚一起落水的时候，一定吓得够呛。”

“可是，可是，可是……”罗杰想说什么，但又没继续下去。

“那家伙到底想干什么？”弗林特船长说。

“说来话长呀。”皮特鸭说。

“说来听听。”弗林特船长说。

皮特鸭看了看高高的码头，夜幕已经降临了。

“你永远不晓得谁在偷听呢。”他说。

“大家都过来，进甲板室吧，”弗林特船长说，“先看看外面有没有人靠近我们。”

“这样最好不过了。”皮特鸭说。

“快告诉我们吧！”提提急切地说。在甲板上，弗林特船长提着那只挂灯，和皮特鸭一起走向船尾。小船员们几乎蜂拥着走过去。

“你该上床睡觉了吧，罗杰？”苏珊说。

“哦，我想，”罗杰说，“就这一次……”

接下来，船上的人都挤进了甲板室，皮特鸭坐在他的床铺上，开始讲述事情的原委。

第五章 皮特鸭的奇遇

大家现在都和皮特鸭混熟了，他差不多已经成了这艘帆船的一部分，而其他人也好像在野猫号上生活了很久一样。如果有人突然提醒他们说，燕子号船员到这儿只有三天呀，而亚马逊号船员也不过提前来了一个星期，他们听了可能会大吃一惊。现在，他们都在等待老水手讲述他的故事。他在床沿上坐下来，取出一撮儿烟丝，伸出粗糙的拇指，使劲儿把烟丝按入烟斗锅。他看上去和别的老头儿有些不同。横梁上的挂灯照射下来，灯光照在他慈祥的面孔上，一条条皱纹清晰可见，两只眼睛看上去十分明亮。他环视了一下周围，那目光仿佛来自另一个世界，也许是因为他在回忆很久很久以前发生的事吧。

"在我看来，"他最后开口说，"有些事其实不值一提。比如，一小笔钱。要是有人口袋里有点钱，他生怕那些钱会把他的口袋烧个洞，于是忍不住就要把它花掉。有时候钱花完之后，他又会后悔，最后弄得心情很糟，他还不如从来没有拥有过那笔钱呢。在我看来，事情可能真是那样。我把我的故事讲给我的老伴儿和女儿们听过，后来就一直非常后悔。现在我的老伴儿已经死了，女儿们也长大成人了，都过了三十年了，或许更久了。自打那以后，那件事一直在我心头憋得慌，不过，现在大家都知道了，我也不想去做什么……"

"是关于什么的呀？"罗杰问。

"和宝藏有关吗？"弗林特船长说。

"你们说和什么有关，它就和什么有关吧。"皮特鸭说，"不管怎么样，我反正看见它被埋在一棵椰子树下，大约在五六十年前，或者七十年前吧。”

“可当时你在哪儿呢？”罗杰问。

“当然是在椰子树上，”皮特鸭说，“我当时躺在一棵椰子树上，睡了一夜，刚醒来。”

罗杰突然又想到另外一个问题。“那时候你也打呼噜吗？”他问。

“罗杰！”苏珊厉声说。

“他现在打呼噜，”罗杰说，“好听极了。”

“我想，我当时还不会打呼噜，”皮特鸭不紧不慢地说，“不然的话，他们就会听见我的，然后就会把东西埋在其他地方，也许连我也活埋了呢。”

“他们是谁？”

“闭嘴，罗杰！”弗林特船长说，“如果你想听，你最好把耳朵竖起来，把嘴巴闭紧。”

“我应该从最开始讲起吧，”皮特鸭说，“我会把事情的来龙去脉都给你们讲清楚。你们知道，我曾经从洛斯托夫特港起航，搭乘一艘小货船前往伦敦。后来我在格林海斯离开了那艘货船，在当地的港口又登上另外一艘前往巴西的漂亮货船，并且在船上当了一名见习水手。我当时大概和这艘船上的见习水手差不多大，他们经常要我在抛锚前爬上桅帆。最初我们在大西洋上的航行非常顺利，但一切很快就结束了。强冷气流或者蔗糖海岸飓风之类的某种大风袭击了我们，船上的桅杆都被吹断了，龙骨也折了。我们只好换乘了两艘小船，其中一艘被风浪打得粉碎，我坐的那一艘也没能坚持多久。船上的一名水手把我推到一根帆桁上，我记得，后来我被海水冲上了一座岛屿的海岸。巨大的海浪呼啸着扑向海岸，要是我当时处在其他任何位置，就可能一命呜呼了，但幸运的是，我没有被冲到其他地方。我被推上帆桁之后，海浪正好把我冲到几块岩石之间，那儿紧挨着一个狭小的洞窟。海浪带来的飞沫只是拍打着岩石的外侧，不会涌进洞里，我在洞口附近躲过了一劫。我没看到有人活着离开过那艘小船。我看到的第一样东西就是螃蟹。”

“是大海蟹吗？”罗杰问。提提用她的胳膊肘推了他一下。

“大的、小的都有，”皮特鸭说，“但大部分都是小螃蟹。不过，那种小螃蟹可不是你们平时见过的螃蟹。它们个个都贪婪地盯着我呢，摇晃着一对大钳子，一会儿开，一会儿合。没过多久，有只螃蟹就夹住了我的小腿。哎呀，别提有多疼了。我立马丢开帆桁，踢了那只螃蟹一脚，然后又抓起一块石头砸向其他的螃蟹。我当时还抓住了一只，把它的身体翻了过来。它的伙伴们立刻扑向它，大钳子在空中挥舞着，就像翻转的水车一样，很快就把它撕成了碎片，然后咬住那些碎片，咔嚓、咔嚓地吃起来……多可怕的景象啊……那些螃蟹一直虎视眈眈地盯着我。

"当我走向海滩的时候，我四下张望了一下，看看有没有其他人获救。可我发现自己就像是一名敲鼓手，身后跟着大批的螃蟹军团。每只螃蟹都在横着身体快速奔跑，一边挥舞着大钳子，一边用圆溜溜的眼睛瞪着我。它们的那对眼睛看起来就像海岸上的碉堡一样。当时我还没罗杰这么高，我可不喜欢螃蟹的怪模样。

"但最后我又爱上了它们，因为我找不到吃的。我后来又杀死了几只螃蟹。我看到其他螃蟹先把它们撕碎，又听到它们咔嚓咔嚓地吃掉那些碎螃蟹，心想，我为什么不能和它们一起分享那些螃蟹呢？于是，又有一只螃蟹非常靠近我的时候，我捡起一块儿石头，把它砸死了，然后趁其他螃蟹还没扑过来的时候，马上把它捡了起来，拽掉它的钳子，用石头砸开硬壳，吃起来了。我发现它非常美味，尤其是那把大钳子的根部。那味道很鲜美，咀嚼了几下，口感还很不错呢。当然啦，那时候我饿极了。不过，海蟹的味道的确要比你想象的还要好很多呢。不一会儿，我就吃了三四只。

"吃掉几只螃蟹之后，其他的螃蟹似乎也学乖了。如果想狠狠踩它们，它们马上就飞快地躲开。我只好又捡起石头，使劲儿地砸它们。可是，最可怕的事情发生了，你们可能已经猜到了。尽管那些白天四处横行的小螃蟹就像黑夜里的小绵羊一样伤害不了你，但是天黑以后，大螃蟹们都出动了。你要是向那些大螃蟹扔石头，它们连眼睛都不眨一下，举起大钳子就把石头接住了，然后又把石头扔回来。那些大螃蟹太可怕了，好像猜透了我的心思。它们已经吃厌了自己的小伙伴。依我看，它们一定把我当成一种新食物了，而且我没有那么硬的壳。

"我赶紧跑开了。一只最大的螃蟹追过来，一下子夹住了我的马裤裤脚。我希望它被噎个半死，可我的马裤下场就惨了，我根本保护不了它。不过，就像我刚才说的那样，我赶紧跑开了，随后爬上了海岸潮汐线上方生长着的一棵小椰子树。那棵椰子树的顶部挂着几个椰子。我用小刀在椰子上切开一个小洞，汁水立刻就淌了出来，里面还有一层椰子肉呢。我趴在那棵椰子树上睡了一整夜，早上从树上溜下来，然后又吃了几只小螃蟹。我吃完螃蟹肉，又喝了几口椰子汁，感觉似乎还不错。然而，到了夜晚，大螃蟹们又出动了，我现在知道它们的厉害了，绝不能让一只大螃蟹抓住我。我又及时地爬上椰子树，避开了它们的攻击。

“这样的日子延续了一天又一天，持续了一夜又一夜。我渐渐习惯了这种生活，总是在夜幕降临后爬上那棵椰子树，等到太阳出来了，感到肚子饿了，我再从树上爬下来。这样的日子过得倒也惬意。海风拂过椰子树的大叶子，树身轻轻地摇晃着，就像睡在一个摇篮里，或者一张吊床上一样。不过，一觉睡到大天亮的生活让我多少有些愧疚呢。既没有闹钟叫醒我，也没有水手长拿鞭子在背后抽我起床，就像在度假一样。有一天，我可能比平时睡得更久一些，迷迷糊糊之中，好像听到有人在树下说话，我立刻被惊醒了。”

“他们是谁？”提提屏住呼吸问，罗杰下意识地用胳膊肘轻轻推了她一下，不过他自己没有觉察。

“幸运的是，我当时没有叫喊，”皮特鸭说，“我透过椰子树的叶子向下看，发现树下有两个人，一个人拿着一把长刀，另一个人忙着在地上挖洞。”

“海盗？”提提说。

“我觉得，他们的穿着很像，”皮特鸭说，“听说话也很像。一个人蹲在地上挖，另一个警惕地望着四周。过了很久，那个人停了下来，另一个人接着挖，停下来的那个人就拿起长刀站在一旁放哨。

‘要是有人看到咱们，我会为他感到难过的。’其中一个人说。

‘没人会跟过来的，我绝不允许他们踏上这边海岸一步。’另一个人说。

“你们可能会说，还没有哪个挨过打的孩子不知道什么时候该闭嘴。我很快意识到，我当时绝不能开口说话。因此，我继续躲在椰子树顶部的大树叶中，从高处向下看他们，注视着他们的一举一动。很快，一个人说，他觉得洞挖好了，另一个人说，岛屿这边似乎没人来寻找他们，因为没有船只隐蔽的地方。‘况且，我们也不会离开太久。’另一个人说。说完，他们提过来一只方形的帆布袋子，那个布袋就放在树根下，我之前没有看到……四四方方的一个布袋……”

“布袋里会不会装了一个方形的盒子，为了方便携带？”弗林特船长问，手上的火柴棍几乎要烧到手了，他连忙把它丢掉。他本来要拿它点烟斗的，不知不觉中，他竟然忘了点。

“很可能是那样，”皮特鸭说，“你可以看到袋子面上有四个角凸出来。嗯，他们抬起这个方形的布袋，把它放进刚挖好的洞内，然后用手和刀挖来一些沙土，把洞口填上了，接着又用脚踩了又踩，最后把那地方反复抹平，直到完全满意才停止。做完这一切，他们彼此拍了拍对方的后背，然后两个人一起离开了，消失在椰树林中。

“看见他们走远后，我急忙从树床上溜下来。你们知道，很明显，这些海盗是人，而螃蟹们不是。他们的船很可能停在某个地方，没准儿能让我再次见到洛斯托夫特港呢，虽说我早就放弃了那样的想法。于是，我穿过树林，跟在那两个人的身后。他们是直接翻越小岛的，我躲在不远处的树林子里面，跟着也翻过一座大一点儿的小山。嗯，就是那个地方，我向山那边望过去，看到一艘灵巧的双桅帆船停靠在岸边。我慌忙跑下山坡，看到山脚下竟然有条小溪，一只小船正沿着溪流划上来。我刚开始躲在树林中不敢走近，后来看到河岸上燃起了一堆篝火，火堆上有一只用石块儿支起来的铁桶，五六个人围着它，一会儿唱歌，一会儿说笑。我小心谨慎地从树林里溜出来，快接近河岸边的人们时，我放开喉咙大声呼喊，直到他们发现了我。”

“后来呢？”佩吉问。

“闭嘴，笨蛋，”南希说，“他会告诉你的。”

“他们问我怎么会在这里出现，我把船只失事的事给他们讲了一遍，又告诉他们，我是靠着吃螃蟹和喝椰子汁才活下来的。有人给我拿来一大块儿面包，还有人给我递来一杯朗姆酒，我吃完面包后，又喝了几口朗姆酒。那是我平生第一次喝那种酒，差点儿没把我的喉咙烧着。‘你现在饱了吧？’一个人说，‘算你小子走运，欢迎你加入。正巧我们这里还缺个见习水手，原来那家伙太贪玩，老大把他扔进大海学游泳去了。’我给你们说，听了他的话，我当时在想，我还不如和螃蟹们待在一起呢。

“这时候，另外两个人也回来了，就是在我的树床下埋藏方形布袋的那两个人。那棵树后来我一直称它为我的树床。那俩家伙，一个是船长，一个是大副。他们严厉追问我从哪儿来，我告诉他们，我也不知道自己从哪儿来的，只知道自己是从一艘伦敦来的货船上捡了一条命，现在想回到我的家乡洛斯托夫特港。最后他们同意带上我，然后就向伦敦航行，可他们却走了一条很罕见的航道。在横越大西洋的途中，他们不停地吩咐我去船尾特等舱给他们打朗姆酒。我老在想，我们怎么航行了那么远啊。他们一路上一直在喝酒聊天，但聊的内容有些神秘，好像是他们留下了什么东西，我想可能是那个方形袋子，可又不太像……”

“不可能是别的东西。”弗林特船长说。

“‘就让它们睡在那儿好了，’他们说，‘让它们睡在那儿吧。等风声过去了，没有人再追查我们这艘船了，我们再去取回来，带回家，然后再分批卖掉，以后我们就可以坐上大马车了。要是那些王公贵族脱帽向我们致意，我们就对他们点点头。’”

“那艘船的名字叫什么？”弗林特船长突然问。

“玛丽·卡胡恩号，”皮特鸭回答说，“不过，这艘船不是他们一直在谈论的那艘船。这艘船是他们新弄到手的，因为他们是坐另一艘船绕过合恩角的。这是我从他们的谈话中听到的，他们把原来那艘叫‘老邮船’，把这艘船叫作‘玛丽号’。我还听他们说，那艘老邮船的船长和大副突然死了。后来我知道了他们的名字，因为这俩可怜的家伙刚好拿走了他们的身份证件，还借用了他们的名字。其中一个人被称为乔纳斯·费德勒船长，就是那个船老大，可他的手臂上却刺着 R.C.B. 三个字母。他经常挽起衬衣袖子，坐在那儿暴饮格洛格烈酒，我多次看到他手臂上的那个文身。依我看，玛丽号的大部分航程都很古怪。他们俩似乎也很清楚这一点儿。我们越是接近英格兰，那俩家伙喝酒就越厉害。他们不停地碰着酒杯，猛灌烈酒，然后吐得一塌糊涂，接着又互相拍打对方的后背，一副忧心忡忡的样子好像在隐瞒什么。偶尔，他们又会铺开一张航海图，眼睛死死地盯在图上，好像要把它盯出一个洞来，一会儿在图上用铅笔给岛屿做上记号，一会儿又把那些记号涂掉。后来他们又喝了大量的朗姆酒，然后面面相觑，接着又向对方展示写有数字的纸片。第二天早上，他们俩酒醒得差不多了，又急忙跑到船舱的地板上，满地寻找各自丢弃的纸片，想知道自己到底丢掉了多少张纸片，又担心别的船员拾到那些纸片。他们俩每找到一片，就会拿绳子抽我一顿，怪我没把地板打扫干净，没把它们扔进大海。要是他们一片都没找到，他们还是会拿绳子抽我，怪我把它们偷偷藏起来了。自然而然地，我完全知道了那些纸片上的内容。我看到所有纸片上都写着相同的数字，于是我就把其中一张纸片缝进夹克。我心想，反正都挨了这么多顿打，藏一张也是应该的。”

“那些数字是不是岛屿的方位？”弗林特船长又把一根即将烧完、没来得及用上的火柴棍丢在甲板上，然后用脚踩灭了。

“是经度和纬度，不可能是别的。他们俩盼着有朝一日能够再次返回那座岛屿，如果找到了那座岛屿，他们就可以找回他们的方形布袋，因为那是他们自己埋藏的。我敢说，他们已经记下了他们所需要的所有地理方位。他们已经把那些数字牢记在心里了，而且两个人记下的数字一模一样。旅途要结束的时候，我也知道了这些数字，因为我看过很多次。可惜，对于这俩家伙来说，这些数字并没能给他们带来好运。返航途中，船只突然遭遇了西风暴，他们俩都变成了只能装酒的皮囊。他们的玛丽号撞在桑岛的礁石上。除了我和水手长以外，其他人都遇难了。水手长的肋骨被撞断了几根，脑壳也被撞碎了。不久，海上驶来一艘法国渔船，在巨浪尚未把我们从礁石上拍落之前，设法把我们救上了船。要是再晚十分钟，我准会被淹死。可是，对于水手长来说，一切都来得太迟了。

“这就是我的经历。坦率地说，这就是我的全部经历。你们绝对想不到，当我三十年后给人讲了这个故事后，洛斯托夫特的一个年轻人竟然为了它而变得疯狂起来，而且可能还不仅如此呢。”

“可我看不出来这和黑杰克有什么关系呀。”弗林特船长说。

“我马上就要说到他了。”皮特鸭说。

第六章　起　锚

一阵令人窒息的短暂停顿之后，大家都有几分紧张，忍不住抬起头来，互相看了看。野猫号仍然稳稳地停泊在洛斯托夫特港，但沉船、海盗，还有遥远的岛屿的故事已经掳走了他们的心，带着它们离开了温暖的小小甲板室，飞向遥远的大海。皮特鸭点燃他的烟斗，抽了一两口，接着又往烟斗锅里塞了一撮儿烟丝。

提提伸长脖子，急切地望着他。

“你回来后又发生了什么事？”她问。

“我没有回家，”皮特鸭说，“当年我没有回家，很多年以后我才回到家乡。我当时留在了法国渔民的船上，为他们干活。后来，有一天，一艘漂亮的快速帆船从桑岛旁边经过，因为当时没有风，所以停了下来。当时那些法国人正在那儿打鱼，他们看见帆船后，就把船靠了过去，把我送到甲板上，拿我交换了一袋子黑人头……”

“一袋子什么？”罗杰问。

“那是烟草，”弗林特船长说，“别打岔，让鸭先生继续讲。”

“依我看啊，他们其实把我卖便宜了，”鸭先生说，“那艘帆船上缺少人手，他们本来可以拿我换回更多东西，如果他们要价高一点儿，或许可以换上两袋子呢。不管怎么样，我被带到了船上，从此，我离家乡洛斯托夫特就更远了。这是一艘名叫路易斯安贝利号的美国帆船。船的顶桅上装有天帆，走在帆下仿佛走进了华丽的殿堂。不过，这样的帆船很难操作。绕过好望角以西的航道以后，这艘帆船一直由我驾驶。到了旧金山，我就离开了它，接着我又登上了另一艘帆船，前往珠江购买茶叶。后来，我换了一艘又一艘帆船，今天在这艘船上，明天又到了那艘船上，就像老话说的那样，四海漂泊。在我航海的年代，世界上几乎没有哪个港口我没去过。有一次，我把原来藏起来的那张纸片上的数字抄了下来，于是我知道了那座岛屿的准确方位。可我要提醒你们，我当时只是好奇罢了，我并没有打算去那个地方。我也弄清了它的名字，因为它本来就有名字，人们称它为'蟹岛'[1]。有一天，我和一位同船的水手站在船头的前甲板上，他还指给我看过那座岛屿呢。不过，我们只看见了两座小山包，岛屿被小山包遮住了。他对我说，有一年他沿着小溪航行到小岛西侧。也许那天我离开小岛的时候，我曾看到过他们的船只正好路过那儿。"

"你从来没想过回到那座小岛上吗？"弗林特船长问。

"我害怕那儿的螃蟹，"皮特鸭说，"它们甚至比那艘淹死了很多人的玛丽号还要可怕。那俩家伙为什么让螃蟹替他们看管那个袋子呢？他们为什么害怕把它带在身上？也许那袋子可能对他们没什么好处，既然如此，我为什么还想得到它？对我来说，大海就是我的一切，再多的螺丝汽船也能填不满它。我完成过多少次伟大的航行啊！每次我顺利抵达海岸就是我得到回报的时候。从河口出海的帆船都想请我去驾驶它们。挣钱多吗？我的确挣了很多钱，但为了不在岸上浪费时间，我又很快就把钱花光了。不过，我始终保存着那张写有经度和纬度的纸片，其实我早就记住了上面的数字，即便想忘掉它们，也忘不了了。后来我把那件夹克扔掉了，但我把那块缝着纸片的夹克布割了下来。我一直保存着那张纸片，将来哪一天，我不想再保存它了，我才会把它丢掉。

"你们知道，过了很多年以后，我才回到洛斯托夫特港。我在伦敦河上解开缆绳，登上河岸，又乘火车到了诺福克，因为我不再年轻了，我要回故乡去看看。那里还有很多人记得我，但我小时候的伙伴儿都不见了，他们一个个都去世了。不过这也没什么关系。寻访故人并不见得是一件好事。后来我遇到一位年轻姑娘。你们可能猜到了，她的身材非常健壮，样子也很美。她父亲经营了一家航海商店，不，不是你们去购买储备品的那家，是另外一家商店。新市场建好后，

[1] 千万不要把"蟹岛"和波多黎各以东的"大蟹岛"混淆了。

它早就被拆掉了。后来，我们俩结婚了，但不久我又出海了。只有在返航的时候，我才回一趟家。她仍然和她的老父亲生活在航海商店里，我们一共生了三个女儿。有一天，我航海回来后，看见她在整理一些旧东西，碰巧把我那件缝着纸片的豆青色旧夹克翻了出来。她问我那里面缝的是什么。我就把我刚才讲给你们的故事向她讲了一遍，当时我的三个女儿也坐在旁边，她们听了之后惊讶得合不拢嘴。可事情也就因此而起。她们总是百听不厌，然后又把这个故事讲给别人听，别人又把它讲给别人。一传十，十传百，不久，我给你们说过的那个方形的布袋逐渐被传成了一个装满金银财宝的大盒子。后来，我只要一踏上洛斯托夫特港，总会有一些好事之徒，或者其他一些闲人要我把那个故事再给他们讲一遍听，而且恳请我把那张纸片送给他们，好让他们从此吃穿不愁。他们一直尾随着我，巴望我能带他们去寻找那批所谓的财宝，但我告诉他们，那儿没有什么财宝，只是一个方形的布袋，谁知道里面到底装了些什么。也许那个袋子不属于那两个人，所以他们就把它埋起来了，不过，就连他们自己也在四十年前被埋进了一百寻深的大海中。”

弗林特船长张了张嘴，似乎想说什么，但又没有出声。皮特鸭继续讲了下去。

“我的三个女儿长大了，就像她们的母亲一样。邻居们因为那张纸片，都渐渐疏远了我，我多希望我在桑岛的时候就把它丢掉啊。后来，黑杰克找上门来了。当时我的老伴儿已经过世了，我又很久没有出海了，我和我的三个女儿驾驶着一艘货船来往于诺维奇和洛斯托夫特之间的河道上。我的女儿们不仅会用毛衣针，而且更会摇船桨。她们驾着那艘旧货船迎着风，沿着河流向上行驶，我坐在舱口一边抽烟，一边喝上两杯，真感觉自己像个舰队司令似的，日子过得可惬意了。

“嗯，是的，后来蓄着长发、戴着金耳环的黑杰克找上门来。他的口袋里总是装满了钱币，不知道那些钱是从哪儿搞来的。他在洛斯托夫特的酒馆里听过我的故事，然后就一直纠缠着我。我可能永远摆脱不了他了。无论我走到哪儿，他都会跟在我身后，嘴里总是谈论一件事情，再也没别的什么能引起他的兴趣了。他要我把岛屿的样子给他画出来，然后再画一张航海图，还要我告诉他我的藏身之树在哪儿，我到底在什么地方看到他们埋藏了那个袋子，要我把具体方位告诉他，好让他出海找到那些宝藏，事成之后，他会把宝藏分给我一半。你们都见过黑杰克的，他看上去是那种愿把财富拿出来分享的人吗？我老了，我现在也不需要什么钱财了。哦，当然啦，我拒绝向他透露任何情况。

“后来他又试图勾引我的女儿们，想用甜言蜜语打动她们，然后从她们那儿套取从我这儿得不到的秘密。他试了一次又一次，可我的女儿们对他毫无兴趣。她们都嫁给了农夫，一个住在贝克利斯，一个住在阿克尔，还有一个住在波特汉姆。这样的结果我很满意。我可以驾驶我的旧货船在这三个港口之间来回转转，去我女儿们家的火炉旁坐坐，抽抽烟斗。”

“你最喜欢去哪个女儿家？”罗杰问。

“那要看风向。”皮特鸭说，“要是刮南风，我可以沿塞尼河向上走，那我就喜欢去露丝家，因为她家就在波特汉姆港附近。要是刮东风，我就喜欢去贝克利斯，我女儿在那里有一座不错的小农场，我可以把货船停在桥边的锚棚子下面；要是刮北风，我正好可以离开波特汉姆前往阿克尔，这时候，我当然觉得我的安妮最好啦，我可以赶着潮汐去看她。”

“我明白了。”罗杰说，其实是佩吉又给他解释了一遍他才明白的。

“虽然她们都结婚了，可黑杰克还是不肯放弃。”皮特鸭说，“他知道他的引诱不能得逞之后，后来他只要一从海上回来，就会跑到我的货船附近转悠。我不止一次发现我不在的时候，我的船舱被人翻得乱七八糟的。后来我又发现，我那块缝有纸片的旧夹克布不见了。那块布真的不见了，那张写有数字的纸片还缝在里面呢。我找了很多地方都没找到，不是因为我不记得那些数字了，不是的，是因为我不想让它落入黑杰克之手。不久，我听说黑杰克消失了，经常和他厮混的两个家伙也不见了。当然啦，我猜到他们去了什么地方。我第一次觉得那些螃蟹还真不赖，希望那些螃蟹能够把他撕成碎片，然后饱餐一顿。

“他大概消失了将近一年的样子，就在我希望再也见不到他的时候，他竟然一个人又回来了。我知道他什么也没有找到。他怎么可能找到东西呢？除非他把整座岛屿挖个遍。他对人说，和他一起去的那两个人丢了命。他们俩和他也是一路货色，所以也就没人在意。回来后，他变得比以前更凶狠了。洛斯托夫特的人们都知道我的旧夹克布是怎么丢的，也明白里面装了什么，而且也了解我很久以前的经历。因此只要孩子们在街上看到了黑杰克，就会躲在门后问他从蟹岛带回了多少财宝，所以他非常恼火。邻居们告诫我说，晚上一定要当心，说不定有人会在背后捅我刀子。不过，从此以后，他每次在港口见到我，就会以为我要出海去那座岛屿。他还发誓说，如果我不把秘密告诉他，别人也休想知道……五年前他又回来了，最近四个月以来，他一直在为他的毒蛇号做出海准备，而且一些恶棍也跟着他入了伙。他可能打算再去碰碰运气。后来他看到我上了你们的帆船，他打算尾随你们……"

"难怪他会躲在黑暗中偷窥我们。"弗林特船长说完大笑起来，"我对那个红发男孩儿说，我们船上有三位船长和两位大副，之后他就紧跟在我们后面，我们返航后，他也立即折返回来，正好在码头出口处遇见了我们。"

"他以为你们要去蟹岛。"皮特鸭说。

弗林特船长坐在摆放着航海图的小桌边，低头陷入了沉思，挤在狭小甲板室里的皮特鸭和其他人似乎在他面前消失了，他的目光仿佛看到了非常非常遥远的地方。"可以这样推断，"他最后说，"袋子里一定装了什么东西，如果没人把它挖出来，那它一定是我听说过的埋藏得最安全、最可靠的宝藏。我曾没日没夜地翻越安第斯山脉，到处寻找宝藏，那些宝藏的线索可没有这么多啊。"

老水手抬头看了一眼弗林特船长，然后又向前倾了倾身子，似乎被灯光晃了眼。

"我不介意谁能挖出那个布袋，只要不被黑杰克挖去就行了，"他说，"不过话说回来，甭管布袋里装了什么，最好让它躺在那儿。你又不想得到它，而且你也不可能驾驶这样一艘小帆船去那么远的地方。我也不想得到它，而且我也不可能摇着我那艘陪了我后半辈子的老货船去那个地方。"

弗林特船长望着远方，同时敲了敲烟斗里残留的烟灰。

"我觉得它躺在螃蟹身边简直太浪费了。"他说，"黑杰克想去寻找它，这并不让人感到奇怪。"

"他不是要去寻找它，"皮特鸭说，"他想直接走到岛上去，弯个腰就把它捡起来。没有我的帮忙，他根本办不到。黑杰克什么也找不到的，你们都清楚这一点。要是你们担心我会给你们惹来麻烦，你们最好送我上岸，再找别的一等水手来帮你们完成去英吉利海峡的航行。你们会发现黑杰克一定不再来骚扰你们了。"

"不，不！哦，不要！什么！"所有人都齐声抗议。

弗林特船长的头顶撞了一下甲板室的屋檐，但他根本没有在意，反而立马开口说话了："我想你说过的，你希望再次出海航行。"

"是的，我说过。"皮特鸭说。

"这艘船和船员们适合你吗？"

"再适合不过了。"

"那么，请收回你要离开我们的话。既然我们适合你，那么你也适合我们。仅仅因为那个老幻想着多戴几对金耳环的贼眉鼠眼的海痞子，你就认为我要把你留在岸上，那你就错了。"

"对极了，弗林特船长！"南希高兴地说。

"你当然不能离开。"罗杰说。

"不要离开我们，鸭先生！"提提说。

"我们明天就出发，鸭先生，"弗林特船长说，"如果找你麻烦的黑杰克傻到一直尾随我们，那我们就陪他玩玩吧。"

"他一定会跟来的，一定会的。"皮特鸭说。

"让他跟来吧，"弗林特船长说，"不管怎么样，我们都要出海。你一定要和我们一同起航。你们其他人都下甲板去吧！去上床睡觉，养足精神。我们一大早就出发。"

"船锚怎么办啊？"约翰问。

"现在应该洗干净了。"皮特鸭说。

"那就操纵起锚机吧，"弗林特船长说，"操纵起锚机，把它拉上来，然后你们立即下甲板去，一分钟也不要耽误。"

他拎着提灯走在最前面，大家跟在身后，沿着黑暗中的甲板向前走。喧嚣的海港沉寂了下来。他们望了一眼对面的毒蛇号，它停泊的地方也是一团漆黑。起锚机的起锚棒放在舷墙附近，使用起来非常方便。不到一分钟，燕子号和亚马逊号上的六个人就把起锚机棒插入起锚机，然后一圈一圈地转动起来，船锚随之被轻松吊起，轻得就像一片羽毛似的。尽管六个人的年龄不大，他们的力气却大得惊人。如果他们一起用劲儿，就连起锚机也能抬起来。

弗林特船长掏出一支手电，在一旁替他们照亮。船锚被拉上来了，干干净净的。钩在锚爪上的那根系船索早就被海浪冲走了。

突然，黑暗中传来一阵愤怒的喳喳叫声。

“我几乎忘了它。”提提有些羞愧地说。

停在船舷上的鹦鹉早就睡着了，被人吵醒了很不高兴。提提轻轻地抱起它，带着它走下餐厅，然后把它装进了笼子。罗杰几乎跟鹦鹉一样困。他们一边聊天，一边脱掉衣服。上床之后，他们还在继续聊着，一会儿这个蹦一句，一会儿那个插一句，没有个消停。宝藏、黑杰克、蟹岛、皮特鸭，还有那个和黑杰克一起航行的红发男孩儿，他们要聊的东西可多啦!

后来，他们不再回答对方的问题，也不再说话了，渐渐进入了梦乡。不知道过了多久，他们再次醒来，听到头顶的甲板上传来脚步走动的声音。

“是鸭先生。”苏珊平静地说。

“是的，”提提说，“刚才是弗林特船长，我听见他在敲烟斗呢。”

“他们可能担心黑杰克还会趁着夜色溜过来。”约翰说。

“别出声。”提提说。

“是谁啊？”一个声音从亚马逊船员的舱室里传来。

“是鸭先生和弗林特船长，”苏珊小声说，“仔细听。”

“我们上去帮忙吧。”南希说。

“不，不用，”佩吉说，“大家都留在这儿。”

“发生了什么事？”罗杰在黑暗中尖声说道。

“没有什么事，都睡觉吧，”苏珊说，“我们都该睡觉了，”她接着说，“如果他们需要帮忙，会叩响甲板或者通过天窗叫我们的。”

他们又睡着了。

然而，弗林特船长和皮特鸭整夜都没有睡觉，他们在入睡的船员们的头顶上来回巡逻，守护着野猫号。

第七章　驶出海港

“喂！发生了什么事？”南希第一个醒来，头顶上突然传来绞船索掉在甲板上的沉重响声。

“我的引擎发动了。”罗杰迷迷糊糊地说。他醒来后，感觉到船体在颤动，而且还听到他负责照看的小引擎发出的突突突的响声。他一骨碌从床上爬起来，用力推了约翰一把，迅速穿上了睡衣，然后飞快跑出了船舱，穿过餐厅后，跌跌碰碰地爬上了水手梯。

“船开了。”提提说。

“把你的头挪开，我要下去啦。”苏珊说。

“听啊，”约翰从床上坐起来后，在船舱里叫喊，“这是前纵帆的拍打声。”

啪啪的声音停止了，接着是一声尖厉的“咔嚓”声，然后是龙骨墩发出的嘎吱声。

“吊杆翻转过来了。”南希大叫着说。

“船身倾斜了。”佩吉说。

“你是说船身倾斜了吗？”南希说，“是的，的确如此。”

“他们没有喊我们帮忙，可能自己在升帆。”提提说。

“有人发动了我的引擎。”罗杰从引擎室回来后愤愤地说，似乎引擎只属于他一个人。

甲板下开始慌乱起来。约翰、苏珊和罗杰从餐厅跑了出来，穿过甲板舱口，迅速登上了甲板。南希、佩吉和提提顺着梯子向上爬，最后从前舱口钻了出来。

夏日初升的骄阳照在甲板上，猛烈的东北风已经吹散了清晨的薄雾。小引擎正在突突地运转着，以备不时之需。在前首三角帆和主帆的牵引下，野猫号正缓缓驶向港口的出口。

“为什么不叫醒我们就起航？”罗杰有些生气地说，“谁是工程师？”

“是你啊，”弗林特船长说，“再过一两分钟，你就可以把它停下来了。不过现在不用管它。准备转向喽，鸭先生。”

“遵命，长官。”

弗林特船长转动船舵，野猫号调了个头，而皮特鸭则升起了左舷船首帆。

“真是个机灵鬼！”看到南希正要把另一侧被风吹横的船帆拽回来，他立即说道。

“呃，为什么不叫我们就起航呢？”南希说。

“那要问船老大呀，”皮特鸭说，“但是，我们不会把你们丢下的。”

“我们想趁你们不在的时候先练练手，”弗林特船长说，“潮水涨起来了，而且海风很合适，不利用一下就太遗憾了。”

“我们听见你们一整夜都在走来走去的。”提提说。

“为了赶走偷偷摸摸登船的家伙。”南希说。

“不过，那家伙肯定不敢再来了。”佩吉说。

“是啊，他是不敢来了。”弗林特船长说着，扫了一眼身后的内港，“如果他想来，现在也来不及了。哎呀，我说你们这些饭桶，瞧瞧你们，一个个还穿着睡衣站在甲板上，我们的帆船看上去会像什么样子？简直就是一间浮动的卧室。穿睡衣的都下去，赶紧穿好衣服再上来。我们一会儿要经过培克菲尔德海域的平静水面，但之后很可能会遇上强风，比昨天的海风更强烈。”

“求你啦，让我们待在甲板上，出了海港再下去换衣服吧。”

“那就去整理前顶帆升降索吧，然后再给鸭先生搭把手。”

“动作麻利些啊，朋友们。”南希大声说。他们飞快地跑过去帮鸭先生升前顶帆。

“解开前顶帆。”皮特鸭说。看起来，他几乎忘了，燕子号和亚马逊号上的六名身穿睡衣的船员还不是地道的水手呢。“慢一点，稳一点，把缆绳系牢了。好了。你们三个抓住帆喉，另外三个抓住斜桁尖头。使劲拉，起来了。使劲拉，系牢斜桁升降索，扯紧帆喉，用绞索器绞紧。我来抓住它吧。可以了。系牢，扯紧斜桁。干得不错。好了。系牢，松开千斤索。不是那样的，南希船长，这样才对。绑好升降索，收拢帆片……”

他一边说，一边亲自伸手拉动船帆，约翰和南希在一旁帮忙。

“升支索帆，拉升降索！”他大声叫喊，南希和约翰再次急忙跑了过去。不一会儿，支索帆就升上去了，开始迎风鼓起。

“再练习一两年，你们就熟练了。”皮特鸭说。

“准备转向！”弗林特船长的声音从船舵那儿传来。

甲板上又开始忙碌起来，船帆转过来后，他们收拢船帆，然后再次拉向逆风一侧。接下来，一切又恢复了平静。船员们都来到船尾的船舵旁，罗杰和提提早就等在那儿了。野猫号驶向港口的时候，提提看到防洪堤向后退去。罗杰蹦蹦跳跳进出甲板室，只等弗林特船长一声令下，要么关闭引擎，要么推动油门杆全速前进，要么去拨弄一下引擎的导线。

“好啦，罗杰，”弗林特船长说，“关掉引擎！”

小引擎的突突突声停下来了，罗杰又跑上了甲板。

“引擎需要清理。”他说。

“你和吉博尔负责这件事吧，”弗林特船长说，“但你要先穿好衣服，吃完早餐后再说吧。”

罗杰离开了。

“其他人也快点！”弗林特船长说，“都饿了，我还想抽空去看一看航海图，处理一下别的事情，你们一会儿还得替我掌舵呢。”

南希、约翰、苏珊和佩吉一起走开了。

“你在等什么，提提？”

提提回头看了一眼他们即将离开的港口。远处是平旋桥，更远的地方是港口码头，那里桅杆林立，索具高悬，宽大的灰色船帆正在缓缓升起。

“毒蛇号正在升帆，”提提说，“我觉得它肯定还想跟踪我们。”

弗林特船长回头望了一眼。

“可能是其他船吧，”他说，“这么远的距离，没法区分那些船，你觉得呢，鸭先生？”

“嗯，我认为提提说得对，长官，他们是在升帆。”他从甲板上的行李架上取下望远镜，透过望远镜，内港的景象一览无遗。“嗯，”他说，“他们在升帆，确定无疑。他们已经从滑车上解开了升降索。我看到小比尔爬上主桅杆了。”

“祝他们好运！”弗林特船长说，“他们应该做好了准备，欢迎加入我们的行列。”

但皮特鸭仍然把望远镜放在面前，注视着那些抖动的灰色船帆，直到野猫号完全驶出了码头外，才放下来。

“快过来，提提。”弗林特船长说。提提去了船舱，她脱掉睡衣，换了一身更适合一等水手在帆船经过海峡时穿的航海服。

甲板下的东西都在晃动。穿衣服可不像野猫号系在码头上时那么简单了。啪啦，啪啦，砰。这艘绿色小帆船离开避风港后，海浪撞击着船头，仿佛在唱着一首欢快的歌谣。比起试航来，现在的声音更加震耳欲聋了，正在船舱内穿衣服的船员们不解地看着对方。接着，野猫号前进的方向忽然改变了，船身猛地向右舷侧倾。鞋子、衣服、梳子，还有人，全都在地板上滑过，太让人意外了。罗杰一屁股跌坐在地板上。约翰船长也忘了自己已经不在港口了，他把一只装满漱口水的搪瓷缸放在了一个桌子似的架子上，搪瓷缸忽然飞了起来。约翰试图伸手接它，结果打在罗杰身上，又在空中翻了个跟头，最后落在下层铺位上。

苏珊的衣服差不多快穿好了，她一点也没在意船身的摇晃，正靠在铺位上继续梳理自己的头发呢。提提哧溜一下滑到了地板的另一侧，因为船舱地板倾斜得像小山坡一样。她抓起几件衣服和一双帆布鞋。“我要到甲板上去把衣服穿好。”她一边急匆匆地说，一边爬上倾斜的地板，走出舱门后，又跌跌撞撞地从甲板舱口爬了出来。

留在亚马逊船员船舱里的南希没有说话，只是直勾勾地盯着佩吉。她的眼神中透露出一种奇怪的神情，仿佛要看透佩吉的身体一样。她从陷入混乱不堪的地板上抓起自己的一双鞋子，慌忙之中弄掉了一只，刚想伸手够住它，脚下立刻又滑了一下。她勉强稳住身体，打算晚一点儿再去寻找那只鞋子，于是站起身子，急忙冲向舱门，顺着水手梯登上了甲板。她的脚一踏上甲板，立马就感觉好多了。这是不可能的，她心想，刚才那种感觉可能是假的，不会那么糟糕的。她穿上还抓在手中的那只鞋子，使劲吸了两三口海风，然后转身去寻找另外一只鞋子。这时候，苏珊和佩吉并肩坐在甲板舱口的通道上，一边艰难地穿鞋，一边聊着转炉上做饭的方法，不时传来咯咯的笑声。其他厨具倾斜得太厉害了，根本用不了。尽管从凌乱的地板上跨过去并不容易，但她还是高一脚低一脚地走进自己的船舱，找到自己的另外一只鞋子后，她又走了出来，一把抓住餐桌后，才站稳了身体。“嘿，南希！”佩吉说，“这样走路真有趣，是不是？”但南希没有回答。她本来是要取鞋子的，现在鞋子已经拿到了，这样的话似乎有些多余。她又爬上甲板舱口，从舱口探出脑袋，大口吸着呼啸而过的新鲜海风。南希对大海有点儿恐惧了，这显然不像船长的感觉，还真不好意思说出口呢。“天啊！”她的双腿早就在颤抖了。不过，让人感到最好笑的是，佩吉平时连打雷声都会怕得要命，这会儿却泰然自若，一点也不在乎船身的摇晃。

甲板上各种事务很快都忙完了。老皮特鸭一会儿在这儿瞧瞧，一会儿在那儿摸摸，确保船上的一切正常无误。如果捆扎好的升降索出现了松动，他就重新捆住固定好。船锚已经被拉上了甲板，放在安全的地方。现在他在忙着捆绑小艇。为了避免新写的“野猫号”三个字碰上肮脏的码头，他们在船舷上挂了几张挡板，现在那些挡板也被取了下来，放回各自的位置，以备下次使用。如果还把它们挂在那儿，那些老水手们看到了会笑话的。皮特鸭忙完这边的事，又去忙那边的事。他在平静内河驾驶旧货船航行了许多年，早就腻了，现在再次踏上倾斜的甲板，重新回到海上寻找颠簸的感觉，这几乎是他梦寐以求的生活！

海岸不断向后退去。野猫号终于离开港口，向东北方向驶去。它越过浅滩，又越过克拉尔蒙特的码头、医院，以及可可里教堂。很快，派克菲尔德教堂也出现在正横方向。驶入海面以后，他们看到一艘汽船正沿着海岸向南疾驰，它要么来自纽卡斯尔，要么来自格里姆斯比，要么就是赫尔。它的航速虽然不慢，可还是赶不上它排出的浓烟飘走的速度，因为浓烟飘到了它的船头，形成了一条低垂的烟雾带。一艘艘打鱼的双桅帆船和拖网渔船也加入出海的行列，离开港口，驶入大海。远处海平线上飘来一片片羽毛般的轻烟，说明更远的地方也有汽船驶过，但距离太远，根本无法看清。野猫号上的小船员们纷纷从船舱爬出来，登上甲板，一边用手抓住附近的东西以站稳身体，一边贪婪地欣赏海上的美景。试航的时候，他们是在平静的海面上航行，现在他们是在风高浪急的海域航行。他们终于尝到海上航行的滋味了。今天的海风可真猛啊！他们在海面上疾驰的时候，陆地看上去好像在不断起伏。有时候，野猫号的龙骨从海面上跃起，大海似乎是从船底掠过的，而陆地仿佛也沉入船舷下方去了。有时候，海岸上的陆地仿佛又跳上了半空，刚才还在眼前的灰色海水，转瞬间就退到船舷背风一侧去了。

这时候，弗林特船长把约翰叫到了船舵旁。

“我去帮她们点炉子，你来驾驶好吗？驶向那个浮标，那个黑白色的，就是上面装有小方盒的那个。从它旁边驶过去，然后从左舷离开。”

约翰深吸了一口气，说：“遵命，长官。”他语气坚定。不一会儿，他就感到船身在摆动，然后焦急地望了一眼身后歪歪扭扭的尾浪。帆船一旦偏航，他就必须纠正回来。这是一艘真正的帆船，他必须把自己驾驶燕子号去北湖时学到的操作技巧全使出来。现在航向又歪了，驶向浮标的另一侧。哦，麻烦了，偏得更厉害了！南希在旁边看着他呢。绝不能这样了。他必须让那只斑驳的方形浮标出现在他们的左舷船首方向。渐渐地，野猫号的航向稳定了。约翰变得自信起来，他看了一眼南希，不再那么担心她挑剔的目光了。

但南希并没有注意到他，也没有注意到他是如何掌舵的，因为她的心思根本不在野猫号上。她的眼神非常奇怪，仿佛在做一道复杂的心算题似的。约翰不敢相信眼前的南希就是那个常把“老伙计”和“真见鬼”挂在嘴边的南希，也不敢相信她就是那个老喜欢把别人叫傻瓜、老喜欢教训别人要多了解大海的南希。

“快来看啊，南希！”佩吉的喊声从甲板室前边的厨房传来。南希好像突然回过了神，紧紧扶着舷墙，慢慢走向厨房。厨房的门大开着。

“进来吧，把门关上，外面的海风太大了。”佩吉说，“你看这个普里莫斯转炉，一个劲地摇摆转圈，像指南针一样旋转，无论船身怎么摇晃，上面的水壶都不会掉下来。”

南希的手一松开舷墙，身子就撞在甲板室的墙壁上。她再次拉开厨房门，把头探了进去，但很快又缩了回来。佩吉、苏珊和弗林特船长都挤在厨房里，弗林特船长正在教她们怎么使用普里莫斯转炉呢。他先是用了很少的酒精，然后又添了一点儿，普里莫斯转炉很快就冒起烟来。现在炉子完全正常了，水壶里的水冒泡沸腾了。厨房里充斥着水蒸气和石蜡的味道。佩吉和苏珊站在呛人的烟雾中，先打了一大碗鸡蛋，又冲了一大壶咖啡，看上去高兴极了。

南希迅速关上门，又回到船舷旁。她使劲把头抬高，大口呼吸新鲜的海风。这种感觉太糟糕了，除了她自己，其他人看上去都很正常。不远处的罗杰正缠着皮特鸭问问题，皮特鸭稳稳地站在倾斜的甲板上，脚下好像生了根一样，给他耐心地解释着起锚的步骤。大海总是这样波涛汹涌吗？她忍不住想躲到甲板下面去，又渴望来上一杯热饮料。她回头看了一眼厨房，有说有笑的佩吉和苏珊从厨房门口一闪而出，手中拿着几条湿毛巾，打算铺在餐桌上，然后一转身就钻进了甲板舱口。南希有点儿想家了。

给餐桌铺上湿毛巾并没有别的目的，只是为了让盘子、碗碟等餐具不会随着船身的摇晃而滑落。一两分钟后，两位厨师端着一大摞鸡蛋饼，拎着咖啡壶，提着一大罐牛奶走了进来。然而，湿毛巾还是不够用，弗林特船长钻进船舱，取出几个餐盘座，然后安放在餐桌上。船上的餐盘座是木头做的，可以把餐桌分成小块儿区域，这样的话，即使餐桌上的东西滑动，它们也不会滑太远。“像食盒一样，”罗杰说，“我们一人一个。”接下来，当一切都准备好了之后，佩吉走上甲板，举起锤子，狠狠地敲响了厨房门口的大钟，好像一点也不懂怜钟惜锤似的。皮特鸭来到船尾，接替约翰掌舵。约翰急忙钻进水手舱，加入进餐的队伍之中。弗林特船长坐在餐桌左舷一侧的扶手椅上。南希感觉被人打了一闷棍似的，勉强支撑着疼痛欲裂的脑袋，挪到弗林特船长的右侧，在凳子上坐下。早饭开始了。

“呀，提提哪儿去了？”弗林特船长说。

提提一直在船头眺望洛斯托夫特港，她想知道毒蛇号是不是也出港了。她的任务非常艰巨，在海上要把望远镜拿稳可不是件容易事儿呢。她最终还是放弃了，把望远镜放回甲板室的架子上。她可不愿再次离开甲板了，就连早饭的香味也引诱不了她。她只想继续待在甲板上，尽量多呼吸点新鲜空气。即使炙热的阳光快把皮肤晒黑了，她也不愿再回船舱了。

“提提怎么了？”在餐厅吃饭的弗林特船长过了片刻问道。

“我去叫她吧。”南希说。

“我去吧。”约翰说。

“我！”南希急了。她摇摇晃晃地从凳子上站起身子，晕晕乎乎地移出餐厅，从甲板舱口爬了上来。弗林特船长一言不发地看着她，脸色凝重。

南希走上甲板，看到提提站在船尾，仍在观察从洛斯托夫特港驶出来的船只。

“下来吃饭啊，提提！”南希强打精神，大声喊了一下，但很快就喊不出来了。提提转过身子，看到南希船长挣扎着绕到甲板室的背风处，一只手抓住了船舷，脑袋耷拉在栏杆上。

过了一会儿，提提也和她一样了。如果南希——亚马逊号的船长，那个常常把人吓得腿发抖的船长也晕船，那么任何人都可以晕船了，还不必感到羞愧。于是，船长和一等水手双双趴在船舷上，分享着她们晕船的烦恼。

海风吹在皮特鸭饱经风霜的脸颊上，银灰色的胡须迎风飞舞。他头顶戴了一顶旧绒线帽，帽檐紧紧护住他的两只耳朵。他张开手臂，牢牢地握住舵柄，一会儿向左转动一下，一会儿向右转动一下。他目不斜视，紧盯着远方，那些与掌舵无关的事情他也充耳不闻。船长也好，大副也好，其他船员也好，尽管趴在栏杆上晕船好了，别想打扰他的驾驶。然而，他偶尔会回回头，看一眼那些从洛斯托夫特港驶出的帆船，现在他们已经驶出港口很远了。

弗林特船长一手端着一大杯热咖啡，也从甲板舱口走了上来，很快就发现了两位晕船的船员。他语重心长地说，尽管很多伟大的水手一生都是在海上度过的，但在最初航海的时候，他们都有过晕船的经历。听他这样一说，南希的心情马上好多了。提提说，如果没有转身去看毒蛇号是不是跟来了，她可能就不会晕船的。

“毒蛇号跟来了吗，鸭先生？”弗林特船长问，他接过船舵，好让鸭先生到甲板下吃早饭。

“是有几艘帆船出港了，”鸭先生说，“它们都聚在一起。其中有没有毒蛇号，很难说。不过，即使它现在没有出港，迟早也会追过来的。长官，你要好好驾驶。黑杰克昨天没有露面，今天一定会出现的。他不会让我们离开他的视线，绝不会的。”

“哦，算了吧，鸭先生，这种事应该不会发生了。”

“狗改不了吃屎的，”皮特鸭说，“黑杰克知道我在这艘船上。如果他认为我会带你们去我告诉你们的那个地方，就是到了天涯海角，他也会追过来的。”

“哦？”弗林特船长说，“如果毒蛇号在出港的帆船之中，而且正在追赶我们，那么现在它应该向南航行了。”

“你说对了。”皮特鸭说。这时候，弗林特船长一把抓起门后架子上的望远镜。

一艘帆船脱离了向东航行的小小帆船队，正独自向南航行。

“那艘帆船，所有帆索都低垂着，主桅帆刚升起来。”弗林特船长说，“可能是我们的老对手来了。”

“如果你不那样说的话，”皮特鸭说，“我会感到意外的。”

第八章　海上第一夜

东北风徐徐吹来，他们一整天都在向南破浪前进，先是驶过沃尔波斯维克的教堂尖塔和风车，接着又驶过奥尔德城堡和奥夫得利斯，然后又横越宽阔的泰晤士河河口，在那儿路过了一艘又一艘的灯塔船。他们路过了桅杆上挑着锚球的西普沃西灯塔船，又路过了挂着菱形标志的长沙岛。此后，他们把航线稍做调整，这样就从肯特洛克灯塔船的船身旁驶过。这艘灯塔船挂了一只大锚球，上面还摞了一个小锚球。因为距离很近，大家便给那艘船上的人们招手致意，甲板上的那些人也向他们挥手回应。过了一会儿，他们又改变了航线，开始朝着南偏西方向航行，这样一来，他们就从北弗兰的肘弯浮标一侧驶过。天空阴沉沉的，很久都没有看到陆地了。他们经过北弗兰角时，看到了岸边险峻的白色悬崖，还有崖上矗立的灯塔。他们仿佛觉得自己就是古代的老水手，经过长途跋涉后，即将抵达陆地。

虽然帆船颠簸了一路，但随着时间的流逝，南希和提提渐渐好转起来。其他人都没有晕船，不过，他们也不确定自己今后会不会晕船，因此也就对她们的晕船不予置评。经过这一天的航行，他们已经慢慢适应了摇晃的小纵帆船，已经知道行走时要抓住帆船上的东西才能保持身体的平衡。

这时候，弗林特船长把船员们分成了两组，要他们轮流为帆船值班。他负责左舷值班，因为他在餐厅吃饭时坐的是左侧的扶手椅；皮特鸭负责右舷值班，因为他坐的是右侧扶手椅。约翰把值班名单记了下来，抄在一张信笺纸上，然后把它钉在甲板室的内侧墙壁上。

左舷值班人员	右舷值班人员
弗林特船长	鸭先生
南希	约翰
佩吉	苏珊
提提	罗杰

名单看上去非常完美，但提提和罗杰并不会参加日常值班，哪里有需要，他们就会去哪儿帮忙。就像弗林特船长说的那样，他们不能指望大副们一边做饭，一边值班，何况还要值上一大半夜的班呢。不过，有了这份名单，一切就方便多了。只要看到这张名单，他们就知道自己的正确位置了。

“我们晚上要不要停下来？”佩吉问。

“为什么要停下来？”弗林特船长反问了一句。

“我们要在黑暗中航行吗？”

“为什么不行呢？这样的夜晚太棒了，海风也适合我们，遇上这种海况，是我们走运呢。”

大约到了罗杰该睡觉的时候，已经很晚了，北弗兰角终于出现在他们的正横方向。罗杰希望一晚上都不睡觉，但苏珊和弗林特船长坚决不许，不过他们又说，如果晚上需要发动引擎，他们会去叫醒他的。提提也被叫去睡觉，但她并不在乎，因为她的身体已经恢复了，晚饭还吃了几块未腌过的熏干鲱呢（吃午饭的时候，她和南希一样，只是胡乱吃了一个橘子，其他人都吃了热羊排）。不过她又想，如果她立刻躺下来休息一下，就可能不会再晕船了。傍晚的时候，她最后一次巡视了一遍甲板，最后一次看了看整天都跟在他们身后、沿着海岸航行的那艘黑帆船，她决定明天早上就要好起来，于是，她立即走下甲板，进入船舱，径直走到自己的床铺旁，爬上去睡下了。苏珊和佩吉被允许稍晚一点儿再去睡觉，洗餐具是一部分原因。但是，当欣赏到布罗德斯泰和拉姆斯盖特的一排排、一簇簇闪烁的灯光时，她们也被赶下船舱去睡觉了。

“我本来想让所有人都去睡觉的，”弗林特船长说，“但四只眼睛毕竟要比两只眼睛更灵活、更好使。而且我们马上要经过唐斯了，不久就要到达英吉利海峡的瓶颈区了，那里的轮船太多啦。我今天晚上值上半夜的班，鸭先生和约翰现在去抓紧时间睡觉，后半夜再起来值班，到时候，我和南希就可以去睡觉了。是不是呀，南希？”

“一点也不错。”南希坚定地说。

“好的，”弗林特船长说，“那就去再穿一件毛衣吧，和我一起值夜班。”

就这样，他们四个人下了甲板。苏珊和佩吉下去睡觉，南希去取几件保暖的衣物上来，约翰也要下去睡觉。他从苏珊那儿借来一只闹钟，把起床时间定在夜里十一点五十，定好后，他把闹钟塞在自己的枕头下面，然后躺下来开始睡觉了。

天还没黑，鸭先生已经提前点亮了舷灯。后来他又去看了看，确保它们一直燃放着明亮的光芒。绿色的舷灯挂在右舷，红色的舷灯挂在左舷，这样就可以把野猫号的航向告知给黑暗中靠近的其他船只。现在，他又在忙着摆弄甲板室的油灯，好让灯光照亮罗盘，这样舵手就可以透过一个小窗口看清罗盘的指示方向。忙完这一切，他从甲板室得意地探出脑袋，就像提提那样，去观察船尾的情况，看看那艘黑帆船是否还尾随着他们。然而，船尾有很多灯光在闪烁，他根本没办法看清。

“你赶紧去睡觉吧，鸭先生，”弗林特船长说，“要知道，你只能休息一两个小时呀。”

“遵命，长官！”老水手回答说，他把脑袋缩了回来，靠在甲板室的右舷铺位上，不一会儿就打起了呼噜。比起真正的枕头来，他更喜欢把上衣卷成一个卷儿，然后枕在自己的脑袋下。只要他的脑袋一碰上衣服卷儿，呼噜声就会响起来，声音听上去均匀而规整，香甜又深沉。

南希走上甲板，脖子上多了一条围巾，身上穿了一件运动衫，外面还套了一件油布外套。

“喂，”她说着绕过甲板室，来到船舵旁，鼾声立即传入耳朵，“鸭先生睡着了。”

“他是个不错的水手，”弗林特船长说，“睡觉就该这样。千万别数绵羊，应该一碰到枕头就入睡，一醒来就能投入工作。水手们都该这样。”

“那边怎么有灯光在闪烁？有人在捣鬼吗？”南希问。

“在哪儿？”

“在左舷方向。”南希咯咯地笑着说。

“这样说就好懂多了，”弗林特船长说，“那是诺斯古德温灯塔船。三盏灯一分钟闪烁一次。我们正要驶入古德温海域。你现在过来吧，你来掌舵，看看能不能在黑暗中利用罗盘判断方向。航道在南偏西方向。”

“正对着南偏西方向。”南希说着接过船舵。

“还挺像回事的。”弗林特船长说。尽管南希看不到他的脸，但她能够感觉到他在微笑。“注意罗盘方向，保持直线航行，你就不会感到晕船。”说完，留下她独自一人掌舵，自己迈步子走开了。他要去听听野猫号龙骨前端的海水声，以及风吹索具的呼啸声，而且还要感受一下风帆的拉力，就像皮特鸭做过的那样。这老头儿很乐意能够再次出海，他曾说过，“到任何地方都行。”为什么不行呢？他又回到了船尾。

“你觉得鸭先生昨晚讲的故事怎么样？”他说。

“好吸引人呀！”南希说。

“是的。”弗林特船长应了一声。

南希并没有注意到他略显失望的表情。她现在只想着如何用双手掌好船舵，窗子里的托盘上的罗经刻度盘不停地摇摆着，那条刻度线的稳定时间从来没有超过十秒钟，一会儿指着南方，一会儿指着南偏西方向。南希用尽全力才把船舵稳定在两个方向之间。然而，弗林特船长还在回味皮特鸭的故事，老想着蟹岛上的一袋子宝藏。每过一段时间，他就会钻进甲板室，给桌子上的航海图做上标记，然后又迅速走出来。每次打开甲板室的舱门，皮特鸭的呼噜声就显得更响亮一些。

“他的呼噜声真了不起！”弗林特船长最后说。

“要是他能在起雾时睡觉就好了，那我们连雾角都省了。”南希说。

夜渐深了。野猫号仍在匆匆赶路，似乎它也向往着世界的某个角落。海面上泡沫翻滚，绿色的右舷灯在不停地摇曳。阵阵凉爽的海风吹来，不时撩起南希盖在绒线帽下的发梢。她回头看了一眼弗林特船长，罗盘上的灯光昏暗，只能隐约看到他的模糊身影。

“这么弱的海风，船也能跑这么快，真想不到啊。”

“其实这种海风一点也不弱，”弗林特船长说，“这样的海风顶呱呱的，如果我们反向行驶，这几乎就顶半个狂风了，我们必须想法子打败它才能前进。”

野猫号迅速穿越唐斯海域。避风港内停泊着许多艘贸易船，星星点点的锚灯随处可见。它们正在等待涨潮，然后驶向北方。小帆船穿过海鸥峡的时候，弗林特船长和南希看到了一艘刹车灯塔船，它的锚链绷得紧紧的，船身虽然略微倾斜，却丝毫没有移动。船身下是滚滚海浪，主桅杆上的红灯不停闪烁着，似乎要在黑暗的天空中划出个半圆来。还有许多灯塔船也从他们的眼前一闪而过。每隔十秒钟，东古德温灯塔船的灯光就会在对面危险的沙滩上闪烁一次。每隔两分钟，南古德温灯塔船的灯光就会连续闪烁两次。远处的高崖上，还有德尔堂灯塔和南弗兰灯塔，它们也在不断发出紧急信号，每隔两秒半，灯光就会闪烁一次，而且总会出现在他们的右舷船首方向。每艘灯塔船和每座灯塔的灯光信号都不同，弗林特船长掏出秒表核对了这些闪烁的灯光，就能像白天那样，准确判断出帆船所处的方位。除此之外，海上的浮标也为他们指示方向。海上过往的船只都在利用这些灯光信号。桅杆顶上发出白色灯光，船身两侧发出红绿色灯光的是汽船；桅杆顶部没有灯光，只有船身两侧发出灯光的是帆船。野猫号越是接近英吉利海峡，海面上的灯光就越聚越多。各种大大小小的船只拥挤在航道上，要么忙着进入北海，要么急着离开。一艘前往东部的庞大班轮从伦敦河驶出，径直向南航行，朝着英吉利海峡方向驶去，巨大的桅杆灯把夜幕撕开了一道大口子，整艘船看上去就像一座流动的小镇。

弗林特船长偶尔会接过船舵，然后让南希去数那些闪烁的灯光，同时观察那些移动的灯光。不过，她觉得自己掌舵的时候，似乎不再感到晕船了。

到了午夜十二点，南弗兰灯塔的灯光已经抵达船身正横方向。约翰还没有上甲板，皮特鸭仍躺在甲板室里呼呼大睡，继续发出响亮的鼾声。

弗林特船长说：“该叫醒右舷值班的船员了，但是我们还可以再值一会儿班，因为现在还没有升帆呢。如果打算升帆的话，我们需要他们的帮忙，他们也需要我们的协助。让他们再睡会儿吧，直到我们绕过南弗兰灯塔，你觉得怎么样啊，南希？”

“真见鬼，”南希说，“我还想驾驶一夜呢。”

“再有半个小时就足够了，”弗林特船长说，“不过我很高兴又听见你说‘真见鬼’了。”

小闹钟已经闹得筋疲力尽了。熟睡中的约翰似乎梦见一只蜜蜂在耳边嗡嗡地叫着。然而，尽管疲惫不堪，他在睡梦中还老想着什么时候该去值班，还记得自己必须在午夜醒来呢。虽然那只蜜蜂的嗡嗡声没有吵醒他，可没过几分钟，他还是醒来了。闹铃停了吗？他伸手摸出枕头下的小闹钟。餐厅里灯光昏暗，透过舱门照进来，光线十分微弱，他看不清时间。他要是想到在床头准备一只手电就好了。他轻轻溜下床，尽量不吵醒睡在下铺的罗杰，摸索着走进餐厅。餐桌上方的灯光不停地猛烈摇晃着，不过，只看一眼小闹钟就足够了。哎呀，皮特鸭一定一个人值班去了。他急忙回到自己的舱室，从门后抓起一件期盼已久的油布大衣，摇晃着走回餐厅，绕过餐桌，顺着舱口梯爬上甲板，跌跌撞撞地跑进了甲板室。

“非常非常对不起，我来晚了，鸭先生。”他的话音刚落，却看到南希和弗林特船长仍然在驾驶着帆船。

“迟到的可不止你一个人哟。”弗林特船长说。

“听听。”南希说。

约翰侧耳倾听。船下有哗哗的水声；头上有呼呼的风声；但身边却又有一种别样的声音，那声音听上去绵绵不绝，满意而又自信，那是皮特鸭的呼噜声。

“我要叫醒他吗？”约翰问。

“现在就去叫醒他吧。”弗林特船长说。

约翰走进甲板室，犹豫了片刻，充满敬意地拉了一把睡在右舷铺位上的老头儿。

不到一秒钟，呼噜声就停止了。鸭先生醒来了。他迅速从床上坐起来，一眨眼的工夫，就站在了甲板室的地板上。

“不是该我们值班了吗？”约翰说。

“你说得没错。”皮特鸭说着，快步走出甲板室的舱门，飞快地往脖子上搭了一条围巾，接着套上一件衬衣，最后又披了一件油布外套。“在岸上生活太久了，”他说，“在我的‘诺维奇之箭’上，我从来不用值班的。你就不该让我去睡觉，长官。现在航向怎么样了，南希船长？”

“南偏西。”

“是的，南偏西。”皮特鸭说。

“再过十分钟，我们就要转向了，”弗林特船长说，“我们要把吊杆转过来。”

没过几分钟，他们四个人就聚在船舵旁了。皮特鸭看了一眼周围。“航行得很不错嘛。那儿是瓦内，丹佛灯塔的灯也一直在亮着。真是一艘小快船，没错。”

接下来是几个人忙着改变航道的喧闹声。

“约翰船长，你来掌舵，我们去看看吊杆好吗？”皮特鸭说。

“你白天已经检查过啦。”弗林特船长说。

“黑夜给人的感觉很奇怪。”约翰说。

“别担心黑暗。你只要看清罗盘就行了。保持南偏西航向，持续航行一两分钟。”

“新航向呢？”

“西南偏西。”

“我们值班的时候，几乎是我一个人在掌舵。”南希说。

“别和他聊啦，”弗林特船长说，“你过来帮我展开三角帆和支索帆吧。”

“到处黑乎乎的，我怎么看得见它们？”南希说。

“你得学着点，”弗林特船长说，“过来吧。你再找个时间调整吊杆吧，鸭先生。”

“现在就可以把它翻过来了。”鸭先生说。

南希和弗林特船长走开了。约翰双眼紧盯着小窗内微微发光的罗经刻度盘，他知道鸭先生正在忙着调整主桅帆。过了一会儿，弗林特船长又来到船尾，嘱咐了他几句。

“逆风航行！”皮特鸭大声叫喊。野猫号在约翰的操纵之下，更加接近逆风状态，他能听见风帆收回时枕垫发出的吱呀声。

“改变航向！”

“南偏西，”约翰大声说，“南偏西，偏西，西南偏西。”吊杆翻转过来了，伴随着一阵刺耳的嘎吱声，不过没有他想象中的那么剧烈。约翰把帆船的航向调过来了，他知道弗林特船长和皮特鸭正在重新展开船帆，并将它们一一系牢。

“西南偏西。”皮特鸭高声说。

“是的，西南偏西。”约翰回答说。

弗林特船长又匆忙走过去，帮助南希处理前顶帆。

“好啦，这样就行啦，”几分钟后，弗林特船长说，接着又返回船尾，“除非风向变了，否则航向就会一直保持下去。”

“风向不会变的。”皮特鸭说。

“快点儿下去吧，南希，”弗林特船长说，“你干得真不赖。现在该去好好睡一觉了。”

南希愉快地回答说：“晚安。”从她的语气中，没人能听出她已经晕了一整天的船。

“晚安。”弗林特船长说，“哦，鸭先生，我也要下班了。凌晨四点我再来接你的班吧。”他转身钻进了甲板室。现在只剩下约翰和皮特鸭驾驶着帆船，就像弗林特和南希之前做过的那样。

四周一片漆黑，海峡入口却灯火通明。皮特鸭一盏灯一盏灯地数过去，就像一只老母鸡清点自己的小鸡一样，也许人人都以为那些灯是他发明的呢。显然，他非常乐意再次见到它们。

“那是法国的格里斯奈兹灯塔的光，嗯，这是福克斯通灯塔的光。现在你看到的是丹佛灯塔。我最后一次打这儿经过的时候，还能看到悬崖下的普鲁士灯塔，那是五个日耳曼人建的，就在刚才那些灯塔的东边。”

皮特鸭看了看周围的海面，一眼就从黑暗中认出他二十年前经常路过的地方。但现在，他挂念起另外一件事来。

“你上甲板的时候，弗林特船长给你交代过毒蛇号的情况吗？”

“没有，”约翰说，“我早把它忘了。现在它在哪儿呢？”

“要是你对我说那就是它，我想我会同意你的说法。”皮特鸭说。

“什么？”

“快看，右舷那个方向。瞧那些灯光。”

约翰看了看附近的海面。不远处的黑暗中闪烁着一红一绿两盏灯，两盏靠得很近。当他准备仔细打量一下它们的时候，红色灯光却消失了，只剩下了绿色灯光。约翰瞄了一眼罗盘，他又回过头再看时，绿色灯光竟然出现在右舷船尾方向。

“那是一艘帆船，我敢打赌，”皮特鸭说，“我一直怀疑那是毒蛇号。灯和灯都差不多，你很难区分它们。不过，在我看来，它们就是一对监视我们的眼睛。

那艘船路线不对，看，它的左舷红灯又亮了！现在很可能是黑杰克在掌舵。好吧，虽然船长决定航向，咱们无权更改，可我觉得，他不会介意我们弄清谁在跟踪我们吧。如果那艘船没有自己的航向，情况就清楚了。我们试试看。我来掌舵吧。”

皮特鸭转动船舵，突然改变了野猫号的航向，似乎要向福克斯通灯塔方向驶去。

“告诉我它显示什么灯光。”

“红色和绿色。”约翰说。

“和我们一样，朝海峡方向行驶。”

“现在呢？”

“绿灯不见了。”约翰说。

“是的，”皮特鸭说，“它跟过来了，想知道我们为什么要去福克斯通灯塔。”

他再次转动船舵，把航向又调了回来。“嗯，”他说，“现在它会显示绿灯，说明它又跟过来了。”他的话刚一说完，红灯消失了，绿灯再次亮起来，那艘帆船再次沿着海峡方向航行。

“那绝对是毒蛇号，”皮特鸭说，“我刚才没猜错。”

“可为什么呀？”约翰说。

“那家伙以为我要带你们去蟹岛，”皮特鸭说，“原因就这么简单。船老大真应该把我留在洛斯托夫特港。”接着他忽然换了话题，“你和我现在掌管这艘船，”他说，“要注意我们的航向，多观察周围的情况，船上的灯灭了，要及时再点亮。瞧好了，那边儿那盏灯是什么灯？它在右舷船首方向，一闪一闪的，好像要急着去赴约似的。”

“我不知道。”约翰说。

“那是邓杰内斯灯塔。如果在白天航行，可以看到它的黑色塔尖，看上去就像一个竖直的烛台，腰间缠了一条洁白的带子，头上装了一盏白灯和一座瞭望台。无论从哪个方向看，它都十分醒目。现在我们看到的是劳埃德信号站，红色塔楼专门发布海雾信号，白色小塔的灯光亮度不高，在靠近塔尖部位。曾经有些跑船的人不认识邓杰内斯灯塔，误以为内陆水塔就是高大的邓杰内斯灯塔，结果他们的船就误入了浅水区。过了邓杰内斯灯塔，我们将会看到菲尔赖教堂。沿海峡航行的可怜水手们吃腻了腌猪肉，如果他们看到这座灯塔，一定会高兴得跳起来。我从前到过这里，这是我们见到的第一块陆地，接下来就是比奇角了。不过在见到它们之前，除了能听到雾角的噪音之外，我们什么都看不到。在大雾中我们什么也看不清，只能摸索前进，真希望那些该死的汽船都葬身海底，千万别撞到我们。”

当然，如果换作罗杰，他一定会追问黑杰克和毒蛇号的情况，但约翰很快意识到鸭先生不愿再提他们，因此也就没有多问，不过他仍然偶尔回头看一眼那艘和他们一起改变航向的帆船上的绿灯，现在它仍然处在左舷船尾方向。那艘帆船，不管它是什么船，始终和他们保持着一段距离，尾随在野猫号身后，沿着英吉利海峡向前航行。约翰心想，是黑杰克在驾驶那艘帆船吗？曾在港口钓鱼的那个红发男孩儿也在船上吗？他是不是像他在黑暗中观察毒蛇号的右舷绿灯一样，也在注视着黑暗中的野猫号呢？那艘船真的是毒蛇号吗？好吧，等到天亮，一切就会真相大白。约翰抖擞精神，握紧船舵，沿着直线继续航行。这次夜航要比上次驾驶燕子号顺利多了，当时没有任何灯光，他差一点就撞上了礁石。

东方终于泛起了淡淡的晨光。向北望去，约翰重新看清了大海的边缘和陆地的轮廓。海水不再一片漆黑，呈现出暗灰色。银白色的浪尖在黑暗中隐隐可见，可你还没看清海浪的形状，它们就一涌而过，转瞬间就碎裂开了。不远处，一盏右舷绿灯仍然在他们的左舷尾部闪烁，但现在已经能看清它的样子了。那的确是一艘黑色帆船，隐藏在黎明前的茫茫夜色中，正沿着英吉利海峡逶迤前行，距离他们只有半英里[1]之遥。

弗林特船长打了个哈欠，揉了揉眼睛，从甲板室走了出来。他往头上扣了一顶花呢帽，然后又把围巾塞进夹克，扣好扣子。现在是凌晨四点钟。

“邓杰内斯灯塔在正横方向，先生。”皮特鸭说。

“风力不错。”弗林特船长说。他看了一眼天空，最后发现了左舷船尾处那艘朦胧不清的帆船。

他说：“那是一艘纵帆船，它的上桅帆怎么没有升起来？”

皮特鸭说：“它不想超过我们，晚上还把帆收起来了呢。”

“你确信它是我们的邻居？”

---

[1] 英制长度单位，1 英里 =1609.344 米。

“是的，我确信。”皮特鸭说。

“西南偏西。”弗林特船长接过船舵时，约翰报告说。

“西南偏西。”弗林特船长重复了一遍，“下甲板去吧，好好睡一觉。”

“要不要叫醒南希？”

“不用。天快亮了，我不用她帮忙了。”

“晚安。”约翰说，“不对，其实我该说早安的。”

“早饭时再见，”弗林特船长说，“你也去睡一会儿吧，鸭先生。这里有我一个人就够了。你去下边儿瞧瞧。”

约翰转身离开。他绕过甲板室，下到船舱里去了。如果当时有人刚从睡梦中醒来，看到约翰笑容满面的样子，他们一定会感到奇怪，为什么他笑得这么灿烂，这么开心。约翰的确快乐到了极点。这是他第一次在海上值夜班，而且大部分时间里，他都是独自驾驶着帆船。南希不再是唯一可以为此感到骄傲的水手了。他进入自己的舱室后，借着餐厅里的微弱灯光，看到下铺的罗杰还睡得正香呢。他差一点就要忍不住笑出声来。他悄悄脱掉衣服，换上睡衣，爬上了铺位。现在船身倾向了另一侧。起初，他仍然醒着躺在那儿。海水不断冲击着船体，发出一种别样的声响，听起来十分特别。你能感觉到大海和你只有一墙之隔。现在甲板上肯定越来越亮了。黑夜已经悄悄溜走了。约翰把鼻子向枕头旁凑了凑，进入了梦乡。

第九章　比奇角至怀特

船舱内的所有人都睡过了头，醒来时，天已大亮。他们又一次身穿睡衣跑上了甲板，结果发现皮特鸭正在掌舵，而弗林特船长正等着吃早饭呢。他看上去有些疲惫，但却坐在甲板室的屋顶上。他点上了烟斗，正在晨光中品尝着烟草的香味。他的双脚在空中荡来荡去，双眼注视着不远处的一艘黑色帆船。在朝阳的照耀下，船上的灰色帆布泛出道道白光。约翰从水手舱爬上来的时候，它正处在左舷尾部方向。

"它还在那儿。"约翰说。

"是毒蛇号。"提提说。

"它想和我们竞赛吧。"南希说。

"要是它愿意的话，它完全可以超过我们。它的船帆更多。"皮特鸭说。

弗林特船长说："我们先去吃早饭吧，然后我们再把顶帆升起来，看看它到底想干什么。你们两个大副有什么话要说吗？我们这些可怜的水手需要吃点热乎的食物。"

"对不起，对不起呀，"苏珊说，"快过来，佩吉。我昨天晚上泡了一些桂格燕麦片。你去拿两盒牛奶，好吗？我们先给他们煮鸡蛋，然后再穿衣服。提提，你快点下去，快把衣服穿好。"

"那就赶快去吧，"弗林特船长说，"约翰和罗杰去洗个海水浴。这儿有一只帆布桶，桶上系有绳子。"

"我下去把吉博尔放出来，"罗杰说，"顺便再拿几条毛巾上来。"

"把毛巾拿到前舱口这儿来，"约翰说，"悬崖下边的那座灯塔叫什么名字？"

"比奇角灯塔。我们的航行还是挺顺溜的。遇上这种顺风，真是走运啊。"

一两分钟后，前舱口从下方被推开了。吉博尔跳了出来。它先抖了抖身子，似乎觉得周围的情况还不错，一纵身就跳到了起锚机上，迎着海风，在那儿坐下了，然后不停地抓耳挠腮，左顾右盼。罗杰把毛巾丢出舱口后，也跟着爬了上来。这时候，约翰和罗杰已经脱掉了衣服。他们把衣服从前舱口抛下船舱，接着又把舱门关闭，以免洗澡水淋湿衣服。约翰走到背风处，抓住绳子的一头，把帆布桶抛入大海，等到船身前进一段距离后，才把桶提了上来。头一两次打上来的水很少，第三次因为等待太久，绳子差点儿从他手中脱落了。不过，他很快就掌握了打水的诀窍。他和罗杰轮流把水打上来，相互为对方冲澡。第一桶水倒下来的时候，哗啦溅了一地，猴子吉博尔猛地一惊，立刻从起锚机上蹦了起来，哧溜一下就爬上了前桅杆，接着又抓住前桅杆的木环，迅速爬到桅顶横帆上的斜桁板上，斜着身子蹲在那儿，嘴巴在怒气冲冲地嘟噜着什么，约翰和罗杰站在桅杆下的甲板上，继续快乐地冲洗。

凉爽的海水、明媚的阳光、白腰绿身的灯塔……约翰真有点儿不敢相信，昨天晚上那么轻易就相信的东西，真真切切地出现在眼前。虽然不远处的那艘黑帆船看上去和其他帆船没什么两样，但它的确就是毒蛇号，这一点毋庸置疑。它和野猫号都沿着英吉利海峡航行，而且相距不远。灿烂的阳光和凉爽的海水告诉他们，这绝对不会是一个巧合。看起来，它们是一前一后离开洛斯托夫特港的。

约翰和罗杰穿好衣服，刷完牙（苏珊从厨房里探出头来，提醒罗杰不要忘了刷牙），再次走到甲板这一头的时候，他们发现提提和南希正等着他们去吃早饭呢。约翰把他和皮特鸭值班的经过给南希讲了一遍，南希觉得他讲的可能都是真的。

"他又想干什么坏事吧，"她说，"他忘了上次落海的事啦，像个落汤鸡似的。"

"他很可能是个真正的海盗，"提提说，"不像弗林特船长。他看上去就是个大坏蛋，瞧他那副金耳环。"

他们伏在横桅索上，目光越过波浪翻滚的海面，看到那艘黑色帆船一如既往地跟在他们身后，既没有离得太远，也没有靠得太近。

“他可能又想去看那些螃蟹。”罗杰说。

“鸭先生也是那样认为的。”南希说。

他们看了一眼弗林特船长的宽阔后背，他仍然气定神闲地坐在甲板室的屋顶上。突然，当当当的钟声在他们身后响起，那是佩吉在敲钟提示开饭了。他们纷纷回过头，看到穿戴整齐的苏珊，手里端着一大盘蒸粥，弯腰钻进了甲板舱口。

“你们怎么把衣服穿上了？”南希说，“你们还没冲凉呢。”

“我们轮流去的。”佩吉说，“在我搅粥的时候，苏珊先下去冲的。后来她替我搅粥，我又下去冲的。”

“我这辈子都没有听过这么悦耳的钟声。”弗林特船长说着，从甲板室的屋顶上滑了下来，招呼大家和他一起去吃早饭，“快点儿哟，我先吃完了，鸭先生就可以下去吃了。提提，给他端一杯咖啡上去，他要继续掌舵。”

阳光和海水让约翰有点眩晕，他刚才还在怀疑自己，夜里自己真见过那些红绿色的灯光吗？它们真的是尾随而来的毒蛇号发出来的吗？吃过早饭后，天色已大亮了。眼前的一切让所有人都明白了，黑杰克真的在窥视着他们呢。

现在，弗林特船长让约翰和南希去掌舵。他们将继续向西航行，前往奥维斯灯塔方向。皮特鸭则把顶桅帆拖了出来，正在忙着调整。罗杰在甲板上撒了一把花生，吉博尔看到以后，立马就从桅杆顶爬了下来。不一会儿，顶桅帆升起来了，野猫号的航速陡然增加，黑帆船很快就被甩开了。

“这样就好了。”弗林特船长边说边和老水手皮特鸭走到船尾，抓起望远镜，观察远处的毒蛇号。

他的话音刚落，皮特鸭就说：“你能看清他们在前桅杆旁干什么吗？”

毒蛇号的前桅杆上，一张松弛的船帆正在慢慢升起，渐渐展开了，现在已经占满了主桅杆和斜桁之间的空间。看来毒蛇号不甘心落下太远。

“如果黑杰克不把两张顶桅帆升上去，毒蛇号会被我们甩很远的，用不了多久，我们就只能见到它的桅杆尖了。”看到毒蛇号不打算升起主桅杆上的顶帆后，皮特鸭忍不住笑着说，“不过他似乎不愿那样做。”

“的确非常奇怪。”弗林特船长说。

“还会有更奇怪的哩。”皮特鸭说。

“好吧，”弗林特船长说，“人人都有海上航行的自由。如果那家伙愿意浪费自己的时间，一直沿着英吉利海峡尾随我们，就随他去吧，反正和我们无关。”

“他追上我们之后，会给我们找麻烦的。”皮特鸭说。

“如果他敢那样做，他一定会后悔的。”弗林特船长说。

后来，所有人都涌上野猫号的甲板，望着身后的毒蛇号。他们都想搞清楚黑杰克到底要干什么。他为什么老是这样尾随着他们？前一天，毒蛇号从洛斯托夫特港口出发，随后也穿过了唐斯海域。虽然一直跟着他们，但是只比别的船只稍近一点儿而已。现在野猫号已驶入了浩瀚的大海，海上航行正式开始了。起初谁也没有想起他来。他们一整天都在忙着学习如何在倾斜的甲板上站稳身体，忙着欢呼不断后退的陆地、浮标、灯塔以及其他来往的船只。他们下意识地认为，黑杰克要么还留在洛斯托夫特港，要么已经被他们抛在身后了。因此，他们几乎完全忘了他。皮特鸭的经历不过是个有趣的故事罢了，而且还是很久以前的故事。他的故事只让大家明白了一件事，那就是黑杰克为什么对他们这么好奇。今天他们才明白过来，也许那个故事还没有结束，黑杰克、皮特鸭、毒蛇号、野猫号，甚至于他们自己也会参与呢。这是一个晴朗的日子，海面上闪着白色的浪花，天空一片湛蓝，稳定的东北风徐徐吹来。这样的海况太适合航行了。遥望北方，远处的陆地若隐若现，海岸线下方是绿色的南唐斯和海滨浴场，不远处还可以看到肖勒姆、沃辛、里特尔汉普顿，以及伯格诺。不过，燕子号和亚马逊号上的船员们可顾不上欣赏沿途美景，他们步履蹒跚地忙着操作索具，按部就班地吃饭。他们既不做饭，又不掌舵，既不擦洗甲板，又不去询问缆绳名称的时候，他们就回过头去，看着若即若离的毒蛇号，想象着黑杰克前往蟹岛时的情景，还能回想起他听到鹦鹉叫“八片币”后一脸愤怒的样子，仿佛泄露了他的秘密一样。他们还想知道红发男孩儿比尔究竟生活得怎样。他们从水里把他救起来之前，他真的是被推下船舷的吗？他不是不小心跌落的吗？

黄昏临近了。喝过晚茶后，他们越过了奥维斯灯塔船，正驶向乃布灯塔。这时候，船上突然骚动起来，似乎有些不寻常。说来也简单，那个黑杰克在主桅杆上升起了顶帆，毒蛇号很快就赶上了野猫号，眼看就要超过去了。

“它要超过我们了，”罗杰说，“咱们要不要发动引擎？”

“谁去叫一下鸭先生？”过了一会儿，弗林特船长说。老水手当时正在休息，但很快就站在甲板上，接着，他和平时一样，来到船尾观察那艘黑帆船。

“它要超过我们了，”弗林特船长说，“你觉得呢？”

“他在满帆前进，”皮特鸭说，“他挂了两张顶帆。黑杰克做事总是有目的的，他到底想干什么呢？”他抬头看了看天空，嗅了嗅海风的味道，然后又望了一眼那艘黑帆船，它早就跑到他们前面去了。

“依我看，”弗林特船长说，“他在调整航向，想从怀特岛外侧驶过去。”

“也许他认为我们也打算那样做，因为我们的航线太偏南了。”

“可他为什么要满帆航行呢？”

“依我看，他可能认为海风要息了，所以必须全速前进，尽快赶到锚地，到了锚地，他就不怕东边来的潮水妨碍航行了。”

“你觉得他是不是要和我们竞赛？”

“那家伙不是在和我们比赛。我们压根没见到他的人影儿。”

“好吧，”弗林特船长说，“我们将计就计。继续前进，就让他以为我们要从怀特港外侧经过好了。随后我们再拐往本布里奇角。如果他不想跟丢，他一定会驶回来的。如果能赶在涨潮前到达考斯港，我们的航行就圆满了，船员们也平安无事。如果海风停了的话，晚上可以在那儿抛锚。不过，看样子是不会停的。”

“如果毒蛇号不是急着赶路，我觉得这样的海风还会刮上一个星期呢。但是，黑杰克毕竟是黑杰克，他可能是对的。”

的确，海风看来要转向了，目前的风向稍微偏北。野猫号继续向前疾驰，船舷背风处激起阵阵飞沫，而毒蛇号在风帆的驱使下，也像一艘汽艇一样倾斜着船体，飞快地驶向怀特岛的避风港。弗林特船长和皮特鸭收帆的时候，野猫号已经改变了航向，越过了怀特岛以北。毒蛇号仍然在满帆前进，很快隐没在本布里奇角的背后。

“毒蛇号不见了，我感觉还不太习惯哟。”佩吉说。

“看不见我们，那个红发男孩儿一定也不习惯。”提提说。

“如果他愿意跟着黑杰克航行，那他就没什么不习惯的。”皮特鸭说。

接下来，他开始教大家熟悉周围的环境。不远处有灯塔船、斯比特黑德灯塔、海岸要塞，还有海港城市朴次茅斯。正在这时，一艘驱逐舰以它一贯的可怕航速向他们这边急速驶来，弗林特船长连忙拿出一面旗子，把它升上了主帆顶端，然后又让南希拉下旗子，顿了顿，又升了上去，想看看那艘军舰有什么反应。奇怪的事情发生了，飞驰的驱逐舰在船尾升起了一面旗子，先在空中飘动了片刻，接着又向上升起。又过了一会儿，一艘班轮从港口驶了出来，不过似乎对野猫号的旗语视而不见。

“太自大了吧。”皮特鸭说。毒蛇号消失后不久，他们差不多就把它忘了，不再相信它一直在尾随着他们。这样的傍晚平淡无奇，和其他夏日傍晚没什么分别。这是他们第一次在大海上航行，劈波斩浪的感觉太惬意了。他们驶过莱德码头，正在接近考斯港。苏珊和佩吉正在盘算着要给大家做一顿什么样的晚餐，正在这时，桅杆顶部的三角旗突然垂了下来，桅尖上的旗子也软软地吊在那儿，船帆全都无力地挂在桅杆上。野猫号停下来了。

不一会儿，海风很快又吹来了，然而，不知怎么了，就像黑杰克预料的那样，海风真的减弱了。这样的话，黑杰克还可能追过来的，刚才只是急着去抛锚了。野猫号仍在海面上前进，但陆地后退的速度明显变慢了。涨潮了，船行驶得不那么顺畅了。显然，这样的海风再也不能将他们送达目的地了。海风时断时续，一艘艘汽艇进入考斯港抛锚了。这艘小小的绿帆船小心地穿过那些船只，速度越来越慢。

“升起支索帆，降下前顶帆。”

终于，野猫号不再迎着潮水前进了。

“放下右舷船锚。”船锚被抛下水，约翰和南希相视而笑，两人不约而同地回忆起黑杰克落水时的情景。

“放十五寻深，鸭先生。”

甲板上热闹非凡，大家忙着降下船帆。

“我们不用把船帆盖上。”弗林特船长说。

“明早会起风的。”皮特鸭说。

野猫号似乎有些不情愿地临时停靠在考斯港，它打算明天再次扬帆起航。船员们互相看了一眼，又望了望海面。海浪打着转儿，不停地从船舷涌过，海潮起来了。从船上向考斯港望过去，可以看到一排排的房屋，带着漂亮花园的海滨小旅馆，山坡上还有老旧的舰队宿舍。再看港口内，三三两两的小艇和大汽艇正忙着进出港口。自从离开洛斯托夫特港以来，野猫号第一次抛下船锚，进港休息。

房子静静地偎依在岸边，野猫号静静地陪在房子身边。约翰、南希，还有提提，他们彼此看了一眼。是的，他们有些失落，船停了，好像缺了点什么。

弗林特船长和皮特鸭忙得不可开交，他们一边在船舷周围摆放防撞轮胎，一边聊着毒蛇号。“我觉得我们还会再看到他的，鸭先生，”南希听见弗林特船长说道，“他又要去你的蟹岛上乱挖一通，太气人了！”

这时候，佩吉在厨房门口敲响了吃饭的大钟，但此时船舷旁传来哗哗的划桨声，接着有一个声音从水面上传来：“有人要上岸吗？”

弗林特船长跳了起来。“哦，是的，”他说，“有人要去。谁想吃冰激凌？”

“晚饭准备好了。”苏珊说。

“我们晚点再吃吧，”佩吉说，“晚饭是冷餐。”

“吃过冰激凌后，冷餐就变成热餐了。”罗杰说。

“不管怎么说，我要上岸，”弗林特船长说，“想去的可以跟我一起。鸭先生，你想去吗？”

“我年纪大了，不敢吃冰激凌了，”鸭先生说，“而且我也不想上岸。我要守在船上。”

“用不了多久我们就回来了。你们几个快点呀！这里的商店什么时候关门？什么，已经关门了？那得抓紧点。你们麻利点儿。”

他把绳梯扔过船舷，除了皮特鸭之外，其他人都挤上了那艘港艇。皮特鸭正在摆弄一盏硕大的系泊灯，打算挂在前桅支索上。当船夫摇着港艇驶向海岸时，他们回头看了看野猫号，那盏白色的系泊灯慢慢爬上了前桅支索。野猫号在皮特鸭的照看下，马上要进入梦乡了。

正如弗林特船长担心的那样，考斯码头上的商店几乎都关门了，但他发现一家糖果店还在营业，橱窗上贴着一张告示，写着“出售巧克力和香草冰激凌”。

弗林特船长把每种冰激凌都点了一份，并且告诉店老板说，要让船员们吃个饱，他自己要去镇上买点别的东西。说完，他匆匆地走出商店。过了半个小时，正当大家要吃第三份冰激凌（巧克力味儿）的时候，弗林特船长满头大汗地回来了，看上去十分焦急。

“镇上一家五金店都没有吗？”

“你想买什么呢，先生？”店老板问。

“铁锹。”弗林特船长说，船员们听了十分惊讶。

“你买不到的，这么晚了，去哪儿买？”那人说，“我来瞧瞧，不知道我这儿有没有你想要的东西。”

大家抬头一看，天花板上悬挂着各式各样的玩具，琳琅满目，都是海边小镇上的糖果店里常见的玩具。首先映入眼帘的是一些模型船，罗杰注意到，有几艘船的龙骨非常长；模型船的旁边还挂着几只小桶，桶身上写着“考斯镇礼品桶”；另外还有一些装满了彩色橡皮球的袋子。店老板半掩着门，走到玩具背后，抽出一把小铁锹来。这是一把玩具铁锹，锹柄磨得十分光滑。

“这玩意儿可以吗，先生？”他问。

弗林特船长接过铁锹，用大拇指和食指握住铁锹，掂了掂分量。

“它完全可以在沙地上使用。”那人说。

“再好不过了，”弗林特船长说，“你有几把这样的铁锹？”

“只有两把，”那人说着，又从门后拿出一把，“我们下周可能会进新货，欢迎你再次光临。”

“这两把我要了。”弗林特船长说。

“这些小桶也是配套的，要不要，先生？”

“啊，小桶？不，谢谢。”

店老板把两把铁锹绑在一起，用厚纸包好，然后又拿绳子仔细捆了好几道，似乎它们真的很棒。

船员们吃完冰激凌后，店老板打算一人再上一份，他们连忙说：“吃饱了，谢谢。”

“你买这些小铁锹有什么用呢？”罗杰问。付完吃冰激凌的钱后，他们匆匆走出糖果店，来到了大街上。

“船上没有铁锹，”弗林特船长说，“我才发现的。真好笑啊，我原以为船上的东西很齐全呢。”他拎着那个大纸包，大步跨过马路。

“这些小铁锹不太好用。”他们上船的时候，罗杰忍不住说。

“我知道，”弗林特船长说，“希望那些冰激凌合你们的胃口。”

“这里的冰激凌很好吃，”罗杰说，“那些碎冰很薄，还没有其他店里的一半厚。”

第十章　船长的忐忑

“吉姆舅舅又猜对了。”南希说。当时她坐在野猫号前甲板的起锚机上，望着来往的游船在考斯港镜子似的水面上留下的倒影。昨天晚上，他们在甲板下睡得可香啦。然而，他们睡熟以后，弗林特船长和皮特鸭还在甲板室内聊天，一直聊到深夜。今天早饭很早就结束了。此时，坐在前舱口旁的罗杰和吉博尔玩得正起劲儿。提提把前桅支索上那盏亮了一夜的系泊灯取了下来，然后把鹦鹉笼子挂在了那儿。佩吉和苏珊正在给土豆削皮。约翰靠在船舷上，看着港口内的平静水面，这里横七竖八地停了许多船只，心里一直在嘀咕，什么时候潮水才会转向西呢。

“他在干什么？”佩吉说。

“我们等着瞧吧，”南希说，“就像上次去马来西亚那样，或者是爪哇？你还记得他当时在船屋上踱来踱去的样子吗？这会儿他心里烦着呢。”

他们都看着船尾。皮特鸭从甲板室拎出一张小帆布凳，正坐在凳子上擦拭身旁的船舷灯和系泊灯。他干得很起劲儿，但又显得不慌不忙，一边叼着他的烟斗，一边享受着清晨的阳光，似乎对一切都很满意。弗林特船长却在甲板上不停地踱着步子，从船舵走到主桅杆，又从主桅杆走到船舵。他已经点过好几次烟斗，火柴棍也扔了很多根。他似乎不知道太阳已经升起来了。突然，他停住脚步，似乎下了很大的决心，但紧接着他又摇了摇头，一只手拿着烟斗，一只手拿着火柴盒，继续来回踱着步子。

“去南美洲之前，他也是这个样子。”南希说。

“他还是那个弗林特船长，一点儿都没变。”提提说。

“那是他在考虑什么事吧，他可能决心去什么地方，或者打算做什么事情。”

“走来走去他不嫌累吗？”

“是这样的。如果感觉累了，他总会飞奔着把事做完。”

“是鸭先生的故事搅得他心神不安吧。他知道黑杰克又要去蟹岛挖宝后，昨天晚上他就去买来那些铁锹，我猜到他想干什么啦。”

“我觉得呀，”一直竖着耳朵听的约翰插嘴说，一副欲言又止的样子，“今天早上有人进甲板室了吗？你们注意到桌子上的那张航海图了吗？”

“英吉利海峡的地图？”南希说。

“不是，”约翰说，“那是加勒比海的地图。”

“嘿！”南希说，“我早该想到的。”

弗林特船长向他们走了过来。经过船头的时候，他看了看垂直挂在那儿的锚链。接着，他把靠在船舷旁齿架上的一根起锚棒摆正，又把前桅上的升降索检查了一遍，看到鹦鹉挂在上面，他对鹦鹉道了声“漂亮的波利”，听到鹦鹉回应了一句“八片币”，他很快就转身离开了。过了一两分钟，他站在那儿望着苏珊和佩吉之间的两只桶，其中一只装了半桶土豆片，另一只装了一桶水，水下泡着一颗颗雪白发亮的土豆。接着，他划燃当天早上的第一百根火柴，准备把烟斗点上，但又停住了，看了看他的烟斗，好像想起了别的什么，直到火柴烧到了手指，他才匆忙把它扔到船舷外。

“快过来告诉我们吧，吉姆舅舅，”南希柔声说，“我们都在等着呢。”

“到了海上，他才是弗林特船长，是吗？”提提说。

“首斜帆桁和斜桅支索！”南希说，“他到底在嘀嘀咕咕地说什么？”

弗林特船长扫了一眼船尾。皮特鸭比了比两盏最大的铜舷灯，把他认为最需要擦拭的那盏又擦了一遍。弗林特船长下定决心，终于开口了。

“是鸭先生的故事，”他终于开口说，“你们都听过的，所有人都听过的。好吧，你们有什么看法呢？”

约翰和南希互相看了一眼，默不作声。

“那个故事听上去很有趣，”提提说，“尤其是蟹岛那部分。”

“不知道那儿的螃蟹是不是真有那么大，”罗杰说，“你们见过那么大的螃蟹吗？”

“我可不是在想那些螃蟹，”弗林特船长说，“我在想那些宝藏。鸭先生看到它被埋在树下。是他亲眼所见，我要提醒你们，这一点很重要。曾经有个老水手说，他听另外一个老水手说，他的舅姥爷的爷爷当年是西班牙海盗，据说他保留着一张印着骷髅头和红标记的藏宝图。和这种不靠谱的传说比起来，皮特鸭的故事不知要真实几百倍。是他亲眼看见有人把宝藏埋在那儿，这一点很重要……”

“可他没有说是宝藏呀，不是吗？”苏珊说，“我觉得他也不知道那是什么，说不定是别的什么东西。”

“我一直在思考这个问题，”弗林特船长说，“西印度群岛酷热难耐，有谁愿意走上半英里路为自己埋下一堆不值钱的破烂？没人会那样做。因此，我们没有理由认为他们埋的不是宝藏。鸭先生亲眼看到那个布袋被埋入地下，目前来说，这一点很重要。两个埋东西的醉鬼都被淹死了，再也没人回去取出那些宝藏了，而且他们也没来得及把秘密告诉别人。袋子仍然埋在那儿，就像是鸭先生亲手埋的一样。所以我们知道它还埋在那儿，这是第一点。我们还知道，除鸭先生以外，再也没人知道它在哪儿埋着了，这是第二点。综合来看，这是最确定无疑的宝藏，就像美味佳肴一样，等着有人张开嘴巴去吃呢。这有点像几何证明题，已知两者等于第三者，那这两者相等，证明完毕。”

“黑杰克了解多少呢？”南希问。

“他知道岛屿的位置，因为他偷走了鸭先生缝在旧夹克内的纸片。”佩吉说。

“没错，”弗林特船长说，“不能忘了黑杰克。他知道岛屿在哪儿，可他不知道宝藏的埋藏位置。他去过蟹岛，什么也没找到，因为鸭先生没告诉他哪儿能挖出宝藏，他回来后，突然又想到别的地方可能挖到宝藏，所以决定再去碰碰运气。他看到鸭先生和我们一起出海之后，他要急疯了，生怕他要带我们去蟹岛挖出宝藏。黑杰克是我们要考虑的第三点。他去过那儿，轻车熟路，而且比原来更狡猾。”

“也许他这次能找到宝藏。”约翰说。

“没有鸭先生的帮助，是不可能的。”弗林特船长说。

“说来听听，吉姆舅舅，”南希说，“你打算怎么办呢？”

“哈哈，有宝不取，简直是犯罪呀。真的是犯罪呢。我一辈子都在寻找宝藏，可我从来没遇过这么真实的宝藏。我得承认，我应该找到它，而且要一次成功。”

“你们都知道，他总是信口胡诌。”南希说。

“如果不把它找到，多遗憾呀！”弗林特船长说，“我们有这么漂亮的一艘船，又装了这么多储备品……而且鸭先生也在我们船上。”

“可鸭先生说过，他再也不想去蟹岛了。”提提说。

“我知道，”弗林特船长不快地说，“但他也许会改变主意。”

“他不想让黑杰克得到宝藏，不管那是什么东西。”南希说。

“说对了。”弗林特船长说。

“而且黑杰克早就出发了，”罗杰说，“我们应该使用引擎。”

“鸭先生认为黑杰克正在前面等我们。”

“不管怎样，我们去吧。”提提说。

“是的，我们去。”苏珊说，“我们另找个时间，等有经验之后去。明年吧，这种航行要好好计划一番。”

“你说得很对，”弗林特船长听到苏珊的头几句之后非常开心，但随后心情沉闷下来，“不管怎么样，那是鸭先生的宝藏，要是他不改变主意，我们也很难找到它。除非……”他停了一会儿。

皮特鸭已经把舷灯收了起来，沿着甲板走过来。

“船身开始晃了，”他高兴地说，“起风了，哈哈，又起风了。从东北面刮过来的呢。瞧，远处那些海浪。如果我们打算升帆，最好现在就做好准备。这么棒的东风，浪费了没有道理呀，我们正好顺风穿过英吉利海峡。这样的东风难得哟。”

他们望着远处的南安普顿海面。停泊在考斯港内的船只纷纷摇晃起来，这意味着潮水开始转向了。野猫号也摇摆起来。随着潮水转向，阵阵微风从东北吹来，慢慢地，越来越强，他们可以扬帆起航了。

“你说对啦，鸭先生，”弗林特船长说，“我们要好好利用一切海风。不管怎么样，它对我们的航行没有妨碍呢。大家行动起来，准备升帆。提提，快把升降索上的鹦鹉取下来。”

一阵海风吹来，几块土豆皮飞过船舷。为了不妨碍升帆，提提从升降索上取下了那盏浑身长满绿羽毛的“怪灯从”，就像猴子一样，把它送下了甲板。一路上，它一直尖叫着“八片币”。苏珊提起两桶土豆，跑进厨房，把它们放在门后。约翰和佩吉给起锚机安上了起锚棒，弗林特船长和皮特鸭升起了船帆。几分钟后，伴随着古老的《阿姆斯特丹之歌》，船员们开始绕着起锚机转圈。皮特鸭把脑袋伸出防撞板，观察船锚是否在上升，不一会儿，他发出了停止转动起锚机的信号。野猫号再次起航了。

起航的忙乱结束后，缆绳被盘起来，堆放在甲板上。南希又回到起锚机旁的老位子上，身后还跟着苏珊。其他人都站在船尾，观看皮特鸭掌舵。弗林特船长钻进甲板室，这会儿正在查看航海图呢。

“真遗憾啊，我们无法陪他完成梦想。”南希说。

“是啊，那条航线太漫长了。”苏珊说。

“问题不在那儿。”南希说，“你要航行多远其实一点都不重要，探险只是去串串门罢了。不过，这样的串门中途不能返回，如果路上没有商店，你该怎么办呢？我们只能依靠你和佩吉储存的食物和淡水维持生活了。”

“那当然啦，我们的食物多得吓人。”苏珊说，“不过，不知道具体有多少，我和佩吉只是照着采购单买来的。”

“如果不是因为我们也在船上，他就有可能去蟹岛。”南希说。

“说得对，我想他会的。”苏珊说。

在海风和潮汐的帮助下，野猫号很快越过了埃及点，考斯港已经消失在远方。一艘配备了四座烟囱的大型邮船从索伦特海峡方向驶来。“它来自纽约。”弗林特船长说。他从甲板室走出来，举起双筒望远镜观察那艘邮轮。

“漫无边际的海水。”提提说。

佩吉瞪着大眼睛看着提提：“你在说什么呀？这是大海，周围当然全是水。”

“水是最可爱的东西，我是说咸水。这里不像湖泊，一旦到了海上，你就可以到达世界上的任何地方。”

弗林特船长满怀希望地看着她。

“没有到不了的地方，提提说得没错。”

“我能用一下望远镜吗？”罗杰说。

其他人也聚集在船尾。他们进入甲板室，围着那张航海图，查看他们路过的地方，然后又簇拥着跑到船舷旁，观看海面上的那些浮标和地标，确认它们是否和地图上的标记一致。这是一个美好的日子，阳光灿烂，海风凉爽宜人。碧绿的海岸线竞相退去，船尾不断泛起雪白的泡沫，缓缓漂向远方。一张张的船帆迎面而来，耳畔不时传来升降索的吱呀声，柔和而低沉。船头掀起阵阵飞沫，不断抛洒在小船的背风处，阳光一照，闪烁着耀眼的光芒。此时此刻，乘风破浪，任意航行，无论是谁，都会感到无比畅快。

“我希望永远这样航行。”提提说。

“只要海风不停，我们就没有理由停下来。”正在掌舵的老鸭先生说。野猫号在他的操纵之下，在水面上轻便快捷，如履平地。船首斜桁在空中划着小小的圆弧，罗盘指针看起来也像钉在托盘中似的，几乎看不出来任何变化，左舷船尾始终保持在一条直线上，仿佛直尺画出来的一样。这艘帆船正朝西南方向航行，马上就要穿过针尖海峡了，而海风正从正后方吹来，因此需要小心驾驶。

“我们好像完全摆脱了黑杰克。”南希说。

“他可能返回去寻找我们了。”约翰说。

“他在和我们竞赛，”罗杰说，“应该在前面几英里的地方呢。”

就在这时，黑色的针尖岩从光灿灿的海平面上浮现出来，正巧和海上的最后一座灯塔排成一条直线。越过针尖岩的岩尖后，船尾处的小船员们看到一道白崖迎面而来，崖上绿荫如盖。弗林特船长突然哼了一声，似乎带着几分惊讶。皮特鸭回头望了一眼。

“起风的时候，这片水域多半是个最糟糕的锚地，”他说，“不过，如果刮的是东北风，选择在这儿下锚还不赖呢。他倒是对大海蛮熟的。他什么都不用做，只要把船帆升起来，就可以再次尾随在我们身后。”

“那真的是毒蛇号吗？”佩吉问。悬崖的背风处泊着一艘帆船，看上去似乎正在升帆。

“当然是它啦，”南希说，“它的船首帆已经升起来了。他在等着我们呢。”

那艘黑帆船的船首帆鼓起来了，从海岸边的避风处慢慢驶出来。野猫号不再孤单了。

“可他为什么要等我们？”佩吉问。

“真是个傻瓜！”她姐姐说，“你没看到吗？他认为鸭先生和我们在一起是为了告诉我们宝藏的埋藏地点，所以他就跟来了。”

“好吧，那他只能浪费自己的时间。”苏珊说，“如果我们调转船头返航，他会不会气得发疯？”

“不过，”提提说，“要是他不想把我们跟丢，为什么他昨晚不去考斯港？为什么不在我们附近下锚？”

“他为什么要那样做呢？”皮特鸭说，“那可不是他的一贯风格。他不想让手下上岸，再说了，他会告诉他的手下，早上他们将在针尖海峡遇上我们。没错，现在我们真的来了。如果他蒙对了，他在那帮人中的威信就会提高。你瞧，他非常肯定我们要去港口下锚。”

“希望他没猜错。”弗林特船长说。

第十一章　黑暗中的挑衅

夏日的早晨，清新而明丽，野猫号和毒蛇号沿着海峡并肩前进。看到这一幕，那些不明真相的人一定会认为，这两艘船是友好船只，正在结伴航行呢。那艘黑帆船不再刻意保持距离了，相反，它越来越接近野猫号。没过多久，它的一侧船舷就超过了野猫号，接着整个船身都超了过去，随后在风中降下数张船帆，等待野猫号靠近，然后又突然尾随过来。黑杰克好像在向他们炫耀，他的帆船更快，而且他会一直跟着他们。

黑杰克的做法惹人厌恶。自从离开考斯港到第二天早上，除了皮特鸭，所有人都认为没必要害怕毒蛇号上的那帮家伙。当然，不管它是什么船，它都有权分享舒适的海风，有权沿着英吉利海峡航行。难道不允许它这样吗？英吉利海峡就像一条高速公路，全世界的船只都可以在这儿自由航行。毒蛇号同样有权自由航行。假如它只是出于好奇而跟踪野猫号，对了，就像南希说的那样，既然允许猫看国王，为什么不允许蛇看猫呢？“尤其是一只野猫。”提提说。可是，黑杰克极其自负地停泊在针尖岩，等候他们的到来，然后又继续尾随他们，丝毫不加掩饰。这样做也太明目张胆了，太让人憎恶了吧。

这就像在大街上走路，发现自己老被陌生人跟踪一样。一想到这儿，大家就觉得多少有些气愤。不过，他们越过圣奥尔本角之后，又顺利越过一片海湾，这时候，他们距离海岸线相当遥远了，这样毒蛇号就没法追上他们了。尽管如此，他们仍然没有摆脱对方的视线。透过双筒望远镜和单筒望远镜看过去，两岸山坡上还遗留着古代教堂的残垣断壁。此后，他们又向前航行了很远，准备进入一片开阔海域。从远处望去，可以看到波特兰角漫长而低矮的楔形山脉。到达这片海域后，他们依然远远避开和毒蛇号的竞赛。在这片海域，有时候大海像发了狂似的，突然就掀起滔天巨浪，因此，即使天气很好，小型船只一般也不会经过这里。然而，那艘令人讨厌的僚船依然紧追不舍，牢牢地跟在他们身后。有好几次，它贴得非常近，船上掌舵的黑杰克和他的三四个手下都能看得一清二楚。有一次，他们还看到了那个红发男孩儿，他在甲板上飞快地跑来跑去。

“太过分了吧，”弗林特船长最后说，“我要让他知道，我们非常讨厌他这个跟屁虫。”

“我们试试看。”皮特鸭说。随后他把所有人都叫到了甲板上。

这时候，野猫号又一次被毒蛇号超了过去，弗林特船长突然转动船舵，在毒蛇号的船尾抢风航行。这样一来，野猫号开始逆风行驶。船首三角帆和支索帆迎风摆动，抢风航行成功了。它正沿着英吉利海峡原路返回，朝着皮特兰和怀特方向驶去。

“这下他该明白了吧。”弗林特船长说。

“它也转回来了。”提提说。

毒蛇号依葫芦画瓢，同样调转航向，沿海峡急追过来了。

“我们不能因为他就返回去呀，”南希说，“不用理他，随他去好啦。”

“真该吊死这家伙！”弗林特船长生气地说。

“最好在礀岩上吊死他！”南希说。

“而且还要用当啷作响的铁链子锁住他，”提提说，“绝不让他逃掉。”

他们再次升起所有船帆，调转船头，沿着原来的航道，继续向斯达特方向前进。毒蛇号正在迅速抢风航行。两艘船擦肩而过的时候，他们听到一阵讥笑声。看来，这样的暗示显然无法让他们摆脱黑杰克。

他们马上就要穿越宽阔的莱姆湾入海口，毒蛇号仍然不依不饶地跟在他们身边。这时候，海风突然增强了。毒蛇号的侧舷陷入一阵慌乱，而野猫号上的船员们也紧张起来，甚至连苏珊和佩吉也从餐厅跑了出来，连忙询问发生了什么事。

“你们俩在甲板下忙什么呢？”惊慌的大副们从甲板舱口探出头，南希一边问，一边使劲儿拉住迎风面的侧支索。

“我们正在清点储备品呢。”苏珊回答说。

“都没事吧，”南希说，“希望你们没摔跤。”

“唉，最好让船身更稳定些，”苏珊说，“幸亏所有储备品都是用罐头盒装的，不怕摔。”

过了一会儿，大副们走上了甲板。早上还微笑着的蓝色大海忽然间变了脸，仿佛有人施展了魔法一般。海风仍然从东北方吹过来，然而，两三阵狂风过后，风力陡然增加了许多，大大出乎他们的意料。

乌云遮蔽了整个天空，黑色涌浪掀起白色浪头，溅起阵阵白沫，一浪接一浪地滚向天边。

“快发动引擎，罗杰！”约翰说。

“现在能靠风帆航行，我可不想使用它。”罗杰说。

“我们的船受得了吗？”弗林特船长说。

皮特鸭抬头看了看风向，瞄了一眼已经弯曲的主桅杆，然后又望了望船尾长长的白色尾浪。

“帆船负荷正合适，多一根钉子都不行了。”皮特鸭说，“航速九节，还能抗得住，甚至可以达到十节。嗯，抗得住，结实着呢。再过一会儿，我们就要进入斯达特避风港。”

“我打算去布鲁里克瑟姆港。”弗林特船长说。

“如果一直刮这么大的风，我们明天就去西里斯。我们最好趁风赶路。风势自己会减弱的，大海的脾气就是这样。驶过这片海域向西，我们的航行还会遇到麻烦。”

几阵狂风过后，野猫号就像一只受惊的野猫，拼命四处乱窜。强劲的海风吹过尾舷，弗林特船长使劲稳住航向，继续在风浪中奋力前进。

随着风力逐渐加强，起初毒蛇号似乎无暇顾及野猫号。它也和野猫号一样，挣扎着在海上航行，就像一片被海风卷起的叶子，在海面上飞快地漂移，船头激起高高的白色水雾，那景象十分壮观。野猫号的水手们看到毒蛇号呼啸前进，几乎忘了对它的憎恶。傍晚时分，他们看到它似乎改变了航向，它调转了船头，向北行驶。不久，黑夜降临了，他们再也看不见它了。

直到那天晚上半夜时分，他们才又获知它的踪迹。

当时是皮特鸭值班。到了午夜时分，约翰和老水手准时走上甲板接班。按说南希和弗林特船长该去休息了，可弗林特船长又把皮特鸭叫进甲板室，一起查看海图和气压计。海风仍然在呼呼地刮着，没过几分钟，弗林特船长觉得两个人掌舵更稳妥一些。于是，南希船长又被喊过去帮约翰船长掌舵，两人共同稳住帆船的航向。海面上一片漆黑，除了斯达特港口和爱迪灯塔的闪烁灯光，船舷外面什么也看不到。天空中乌云密布，偶尔会有几颗星星眨巴眨巴眼睛。在很长的一段时间里，天空、陆地和大海，全都黑乎乎的一片，你根本无法分清它们。当然，他们也不用太过担心，远处海面上矗立着灯塔，闪烁的灯光不断给帆船发来欣慰的讯息。所以，两位船长对他们的方位了如指掌。当然，他们必须沿航道前进。透过小窗，可以看到罗经刻度盘在灯下微微发光。如果弯一下腰，还可以看到弗林特船长。他手中握着一支铅笔，正在航海图上指指点点。侧舷灯像往常一样，早就亮起来了。海风吹在侧支索上，发出呜呜的声音。野猫号如旋风一般，飞快地向前驶去。

突然，从黑暗中传来一阵噪音，像是另一艘帆船的船头撞击水面的声音。那声音就像在他们的耳边一样，听上去非常清晰。海风中似乎有人在大声呼喊。

“快去叫他们！”南希说。约翰急忙敲响甲板室的房门。过了一会儿，皮特鸭和弗林特船长磕磕绊绊地走出甲板室。

“有一艘船，”约翰说，“离我们很近。”

“船上没有灯光。”南希说。

这时候，野猫号的龙骨突然改平了。所有船帆都垂了下来，在空中无力地前后摆动。绿色右舷灯光线暗淡，只能照亮帆篷，再往上除了黑暗的天空，什么也看不见了。过了一会儿，他们忽然看到一丝微弱的灯光，距离他们大约只有十几码远。在他们船舷的一侧，有一艘比他们的帆船大得多的船只，正在黑暗中疾驰。

“保持好航向！”皮特鸭说，约翰和南希紧紧地握住船舵。

“野猫号，啊嗨哟！”喊声从黑暗中传来，距离他们非常近，就像有人在右舷的舷墙边说话似的。

“别应声。”皮特鸭说。

那声音又一次传来，夹杂着讥笑声，调子忽高忽低，就像船员们干活时的劳动号子。

“皮特鸭！皮特鸭！”

“不要搭理他们。”弗林特船长说。

一阵尖厉的声音再次传来，仍然带着讥笑声。

“你们要去哪里呀，皮特鸭？哈哈哈！”

约翰感到南希抓紧了他的胳膊。

笑声再次传来。

“不如和我们一起航行吧，皮特鸭。”

忽然间，一声怒吼从野猫号的几位船员中爆发出来。南希自小就听着弗林特船长的声音长大的，可是她和约翰还从未听过这样的吼声，听起来就像一声惊雷。

“停下来试试看，把船停下来，狗杂碎，我非把你的船撞沉不可！”

那艘船上传来一阵争吵声。甲板室的房门嘭的一声打开了，接着又关闭了。灯光亮了一会儿，可以看到甲板上有人扭作一团。

“小心，”皮特鸭大声叫道，“它的船尾对准我们了。”

“防撞板在哪儿？”弗林特船长一边气息急促地叫喊，一边抓紧了船舵。

幸运的是，没有必要寻找防撞板。虽然两艘船只差一点就要撞上了，最后还是没有接触到对方。毒蛇号驶过野猫号，开始抢风航行。刺耳的声音再次传来，但渐渐远去了。

“起航去里约喽，起航去里约喽。噢，别了，小美人，我们要去格兰德河！”

“他们一定灌了朗姆酒。”皮特鸭说。

南希终于松开了约翰的胳膊，约翰知道她在黑暗中看不到，不过还是揉了揉被抓疼的部位。

“嗨，吉姆舅舅，”南希说，“你真要撞沉他们吗？”

“怎么撞呀？”弗林特船长说。

是啊，他怎么可能把对方撞沉呢？然而，从那一刻起，约翰和南希知道，野猫号发生了怎样的变化。这种变化把皮特鸭和弗林特船长绑在了一起，毒蛇号已经不再只是皮特鸭的敌人，现在它成了他们共同的敌人。弗林特船长无法容忍黑杰克在黑暗中的戏弄，他的野蛮挑衅差点蹭掉了野猫号上新刷的油漆。如果稍有不慎，两艘帆船就会发生严重的碰撞。

“你该下甲板休息了，南希。”弗林特船长说。

“好，”南希说，“轮到我们值班的时候，我还会上来。要是他们又来骚扰我们，别忘了叫醒我。”

“如果他们要登上我们的船，你应该有机会痛扁他们。”弗林特船长说。虽然他是笑着说的，但是谁都能从他的语气中听出来，他不再认为英吉利海峡是一条安全的高速公路，也不再认为他们不会遭遇任何意外。

那天晚上，他们最后一次听到毒蛇号的挑衅，它又一次在黑暗中迅速消失了。不过，弗林特船长并没有休息，现在甲板上有三个人在负责值班呢。谁也不知道黑杰克的脑袋里还会冒出什么歪点子。他们既看不到它的灯光，也看不到它的影子。后来，睡眼惺忪的南希走上甲板，急切地问他们，是不是又看到那艘黑帆船了。实际上，它很可能越过了他们的船头，隐藏在黑暗中，继续尾随着他们，窥视着他们，因为第二天天刚破晓，天还灰蒙蒙的，他们就在几英里之外的东南方向发现了它。

在那场猛烈的海风横扫之下，他们在海面上疾驰了很远。蜥蜴岛上闪烁的灯光先是掠过右舷船首，紧接着出现在正横方向，很快就消失在船尾。转眼之间，他们就驶了过去，船尾只剩下海德角陡峭的悬崖，在苍白的晨光中，显得阴森而冰冷。

“我们现在要去哪里？”南希问。

“去拜访一下兰兹角和西利斯，”弗林特船长说，“接下来，如果风势不变，而且那家伙还纠缠着我们的话，我们就带着他去爱尔兰。”

“我们最好甩掉他。”皮特鸭说。

然而，就像皮特鸭预料的那样，海风开始逐渐减弱。海风把他们从海峡的一端送到了另一端，现在终于停了。潮水不断上涨，帆船很难在海面行驶了，所以他们很难越过兰兹角了。大副、一等水手和见习水手一边等着开早饭，一边听南希讲述昨晚疯狂的一幕。他们对此一无所知，当时都在睡大觉呢。弗林特船长、皮特鸭和约翰，几个人一起站在甲板上，遥望着远处的长舟灯塔、伍尔夫岩灯塔，还有那艘黑纵帆船。虽然海风已经停了，但那艘黑帆船仍然在海面上爬行，几分钟后，它完全消失在白茫茫的大雾之中。

第十二章　捉迷藏

当出现大雾或降雪时……行驶中的帆船应当吹响雾角，间隔时间不超过两分钟。如果是右舷抢风航行，号角只吹响一声；如果是左舷抢风航行，号角连续吹响两声；如果海风从正横方向吹来，号角应当连续吹响三声。

——《海上商务局章程》

海面上突然起雾了。伴随着大雾，潮水从大西洋方向渐渐涌来。灰绿色的海面上，潮汐时起时伏，野猫号仿佛一会儿被缓缓托上小山，一会儿又缓缓滑入谷底。微弱的海风仍然不时地从东北方刮来。看到海上起雾后，弗林特船长记下长舟灯塔和伍尔夫岩灯塔的方位，然后走进甲板室，在航海图上分别把它们标注出来，并且记下路过的时间。上午八点五十七分。当时他们知道了自己的准确方位，帆船正位于兰兹角以南偏西，长舟角西偏南，伍尔夫岩东偏北方向。他们也清楚毒蛇号当时的方位。在大雾把它完全隐没之前，他们看到它正向西航行，在野猫号东偏南方向大约一英里的地方。

再过一会儿，大雾就会把帆船隐藏起来，皮特鸭改变了野猫号的航向。

“这样的大雾我们求之不得。”他说，毫不迟疑地转动船舵，驾驶野猫号驶向正北方向。“现在你和南希船长去把船帆拨正，”他说，“好不？在这样的海风里船帆几乎失去了重量。但是我希望黑杰克能看到我们打算前往都柏林……”

一两分钟后，大雾把两艘帆船完全吞没之前，野猫号迎风航行，似乎打算绕过长舟角，向北驶往爱尔兰海域。

约翰走进甲板室，向弗林特船长索要雾角。

“最好拿那个最大号的。”忙着计算方位的弗林特船长说。约翰取下一支巨大的老式雾角，从甲板室走了出来。这种雾角得用嘴巴吹响，但发出的声音就像小拖船发出的汽笛声。正当他憋足一口气，准备使劲吹响它时，皮特鸭拦住了他。

“不要吹，”他急忙说道，“不要用那个，你去敲钟。趁他知道我们的位置，快点儿去敲。要让他以为我们忘了带雾角，或者雾角掉进海里了。不管怎么样，都不要让他知道，我们有一支能吓傻四艘邮船的牛吼号角，要让他误以为我们到时候会停在南开普敦。我们只能让他听听钟声。那家伙有一双猫眼，黑夜对他来说，就和白天一样呢。但是，我不知道我们能否借助浓雾悄悄溜走。”说完，他没等约翰动手，自己就从船舵边伸出手，狠狠敲响了甲板室门外的大钟。“右舷[1]抢风航行，航向正北。”

弗林特船长嗖的一下钻出甲板室。

“为什么敲钟？”他问。

“打破常规，先生，”皮特鸭说，“黑杰克也许会去商业局投诉我们，告我们没带雾角呢。”

“我们带了两支呢，”弗林特船长说，“一支可以用手摇响的；另一支我刚才给约翰了，它发出的声音要比钟声响亮四倍。”

皮特鸭伸出一只手，再次猛敲了一下那只大钟。

“这钟的声音能传很远哩，”他说，“我们晚点儿再用那支雾角。”

“呜——呜——呜——”浓雾中传来三下模糊的雾角声。

“是毒蛇号。”南希说。

“嗯，”皮特鸭说，“它在向西航行，仍然利用正横风向前行。”

“你到底想干什么啊？”弗林特船长问，“当然，如果能摆脱那个恶棍，你想怎么干就怎么干吧。”

---

[1] 最好弄明白什么是右舷。船只前进时，右舷位于右手一侧，左舷位于左手一侧。当海风从右舷刮来时，帆船就处于右舷抢风航行状态。反之，则是左舷抢风航行。现在明白了吗？——南希船长

“大雾过后就会起风，”皮特鸭说，“现在只差海风吹来。如果黑杰克在大雾遮住我们之前看见了我们，他就会以为我们在向北航行，同时还会听到我们的钟声。”

“可为什么是向北？”弗林特船长仍然有些迷惑。

“假如海风从西北方向吹来，根据大雾的味道和潮汐的移动方向，我们可以做出选择，要么在爱尔兰海下锚，要么前往西班牙。到时候，毒蛇号还在忙着穿越布里斯托尔海峡。再敲一下钟好吗，约翰船长？”

“吃饭的时候，我们把钟再敲响一些。”约翰说。

“那就这么干吧，”弗林特船长说，“每隔两分钟敲一下。我们的船正在做右舷抢风航行。不会有任何危险。鸭先生，你刚才是说西班牙来着？为什么不去马德拉群岛？”

“那儿可不缺少能送我们回家的南方西风带。”皮特鸭说。

“当——当——”右舷船首不远处传来两声沉闷的钟声，接着又传来一阵拉长的笛声，足足持续了四秒钟，听上去似乎从南方传来的。

“灯塔在帮我们，”弗林特船长说，“那边是长舟灯塔和伍尔夫岩灯塔。我一直在留意它们的方位。每隔五分钟，我们就能听见当当的声音；每隔三十秒，我们就能听见伍尔夫岩传来的呜呜声。这样微弱的海风真是少见啊，我们前进不了啦。”

吊杆伴随着潮汐不停地摇摆。斜桁在他们头顶上晃来晃去。风帆在微风中无力地拍打着，显得十分沉重。

“海风马上就要来了。”皮特鸭说。

“好吧，我希望海风能快点儿来，”弗林特船长说，“我们可不想失去方位推算，然后只能在兰兹角、西利斯之间漫无目的地漂浮，咱们距伍尔夫岩和七星石太近了，总让人担惊受怕的。”

“风起来了，”皮特鸭说，“再敲一下钟，用点劲儿。听听毒蛇号的动静。”

他们南侧的浓雾中，传来小雾角发出的三声呜呜声。

“他也向这个方向驶来了。”皮特鸭说，“也许他想让我们有那样的想法。”

其他人都跑上了甲板，手里抱着做饭用的各种食材和餐具，他们以为钟声是要让他们快点把早饭做好呢，但又不明白呜呜的笛声从哪里来。

“你好，”南希说，“真正的浓雾！那些枪是干什么用的？”

“发射雾霭信号。”约翰说。

“这雾好吓人哟。”佩吉说。

“呛死人啦。”罗杰说。

提提说：“我要把波利送到下边餐厅里。对了，罗杰，你最好不要把吉博尔放到甲板上来，小心它着凉。”

“你们俩立即下船舱去，把围巾找出来戴上，”苏珊说，“佩吉，你也下去吧。顺便把我的围巾也拿上来。”

“还有我的呢，”南希说，“我下去看早饭的时候，落在下面了。”

一阵令人诧异的冷空气伴随着大雾扑面而来。

“你们差点就要说遭遇冰山了，”皮特鸭自言自语地说，“大雾带来的寒流我见过无数次，这可算不上寒流呀，这是大雾后面向西北吹过去的冷空气。天擦黑的时候，我们可能会遭遇狂风。东风过后，经常会出现猛烈的西北风。”

几乎就在他说话的同时，船首三角帆和支索帆开始摆动，接着向后鼓了起来。

“放开三角帆和支索帆，”皮特鸭说，“然后再把它们用力拉向右舷。好啦，约翰船长，不要把三角帆拉得过平。”

风起来了——从西北方向刮来一阵微风，虽然把雾吹开了，但它仍然紧贴在海面上漂浮着。野猫号现在开始左舷抢风航行，并且继续向北航行，不过，它似乎要绕过长舟灯塔，而且还打算越过布里斯托海峡呢。

“嗯，先生，”皮特鸭说，“我们现在有机会摆脱他啦，让他去猜谜吧，要是大雾继续笼罩着我们，他可就找不到我们啦。”

“试试也无妨。”弗林特船长说。

“准备转向，”皮特鸭说，“从现在起，请大家保持安静。如果有必要，你们拉住支索帆，对准风向，帮船只转弯儿。这会儿海风太弱了。”

弗林特船长快步走向船头。野猫号开始缓缓地、极不情愿地调整航向，准备进入迎风面。过了一会儿，它几乎静止不动了，接着又极其缓慢地开始右舷抢风航行。终于，它完全转过身来，开始朝着南偏西方向航行。

“南希船长，请敲两下钟！敲响一点！”

“应该敲三下吧？”南希问，“现在海风正从船的正横后方吹来。”

“只敲两下，南希船长。我们想让他以为我们现在是左舷抢风航行，而且仍然向北航行。你瞧，风向变了。”

“哎呀，这就像打仗。”南希敲了两下钟，钟声非常洪亮。

“现在，听听有什么回应。”皮特鸭说。

“当——当——”长舟灯塔方向响起钟声，而伍尔夫岩方向同样传来拖长的笛声。

“不，不是听这个，你们再仔细听。”

野猫号南侧的某个地方传来雾角的吼声，听上去十分单调，而且和上次一样，仍然是连续三声。

“他在右舷抢风航行，航向没变，还在继续向西航行。”皮特鸭一边说，一边微笑着看了一眼南希，“也许正相反。我可不希望他拿同样的办法对付我们。我倒愿意相信他这会儿在向北航行，希望追上我们。所以呀，我们不要发出任何声音了。谁的眼睛好使，约翰船长？你替我瞭望一下。你到船头去，马上爬到首柱头上，睁大眼睛看看周围的情况。要是发现了什么，立即大声喊叫。要是听到了什么，就不要出声，不过要悄悄告诉我们。弗林特船长，怎样才能迅速把大伙儿都召集到甲板上来，这样我们不用大喊大叫就能通报情况？”

“好的。”忙着往水中投放计程仪[1]的弗林特船长回答说。他清楚他们现在所处的方位，也许要过一段时间才能再次见到陆地。

约翰和苏珊来到前甲板上。佩吉和罗杰分别坐在燕子号主桅杆两旁的舱口上。提提斜靠在甲板室的一侧。南希站在厨房门边，等待再次敲响那口钟。

“不用再敲了，南希船长，”皮特鸭及时提醒说，“船正在行驶，黑杰克一听到声音，就能判断出我们正在靠近。”

正在这时，独自被留在餐厅内的鹦鹉似乎感到不满，它扯起嗓子，用最大的声音叫喊：“八片币！八片币！”

---

[1] 计程仪是船上最有用的设备之一。它就像汽车上的里程计。一条长长的细线末端拴有一个类似螺旋桨的设备，可在水中转动。水流带动细线旋转，细线又带动一个圆盘里的转轮旋转，圆盘上的指针可以指示船只移动的距离。——罗杰，帆船上的工程师

"幸亏我没把它带到甲板上来。"提提一边说，一边急忙钻进水手舱门，抓起她的绿色外套，盖在鹦鹉笼子上，希望压住鹦鹉的声音。"对不住啦，波利，"她说，"这样做是有原因的。"随后，她丢下它，又回到甲板上。她刚一上甲板，就听见白蒙蒙的大雾中再次传来短促而单调的雾角声，并且是从野猫号前进的方向传来的。

"正南方向，"皮特鸭小声对弗林特船长说，"现在雾角声的方位非常接近正南方向。"

野猫号在茫茫大雾中缓缓向南航行，悄无声息地滑过平缓的大西洋洋面。当时的西北风依然十分微弱。提提抬头看了看天空，发现甚至连主桅杆上的三角旗都无法看清，真不知道它是否还挂在上面呢。约翰和苏珊站在船头附近，在大雾中就像两条模糊的鬼影。他们身旁的白色三角帆几乎和雾色融为一体，根本看不出它是帆布做的。越过船舷，除了灰绿色的海面之外，什么也看不清了。

当皮特鸭转动船舵时，船舵发出柔和的吱呀声。提提看到他凑近弗林特船长的耳边，不知说了几句什么。接着，弗林特船长走向甲板室的背风侧，俯身又对南希低声说了几句什么。很快，南希溜到前甲板，又给坐在天窗上的罗杰耳语了几句。罗杰踮起脚尖，急忙走向甲板舱口，很快就钻进去不见了。过了一分钟，他再次出现了，手中提着吉博尔的小油桶，随后又把它递给了鸭先生。鸭先生接过油桶，在船舵相应位置上滴了几滴机油，转向齿轮马上就没有吱吱呀呀的声音了。

灯塔不停地发布大雾信号。每隔五分钟，"当——当——"的两声钟鸣就会从长舟灯塔传来；每隔半分钟，拖长的笛声则会定时从伍尔夫岩传来。但是，他们都在听另外一种声音。

现在，毒蛇号的雾角再次响起。

"仍然在我们南边。"皮特鸭低声说。

"有点奇怪呀！现在刮的是西北风，他是不是一直在向西右舷抢风航行啊？"

"更奇怪了。"皮特鸭说。

罗杰在甲板上向前行走的时候，脚下滑了一下，因为大雾把甲板打湿了。

"嘘！"佩吉小声说。

所有人都望向那个方向，接着相互对视了一眼，竖起耳朵听着。

野猫号行驶时几乎没有发出任何声音，就连微风拂过小草的沙沙声也比它的大呢。

突然，船头的约翰举起了手。苏珊向佩吉招手示意，佩吉又向南希示意。所有人都站住不动了。大雾中的某个地方传来船舵转向轮的吱吱声，可以肯定，距离他们非常近。大家心里都很清楚，那不是野猫号上的船舵发出的声音。接着，从下风头传来松脱的缆绳上的木块儿撞击桅杆的啪啪声。不久，又传来水手们怒气冲冲的叫嚷声，但又听不太清到底在说些什么。

提提看了一眼皮特鸭。他死死地抓住船舵，不让它产生丝毫晃动，仿佛怀疑滴了油的船舵会再发出声音似的。野猫号继续向前航行，几乎是一寸一寸地向前挪动。他们先前听到的叫嚷声渐渐接近船头，不一会儿又移到了船尾。

“是他们，”提提压低嗓门，自言自语地说，“一定是那帮坏家伙。”

所有人都凝视着不远处的浓雾，但皮特鸭并没有那样做，因为他正在盯着甲板室窗户内的罗经刻度盘。他把身子向前倾了倾，掏出一块儿红绿色斑点的手帕，擦了擦窗户玻璃。

接着，野猫号船头方向再次传来雾角声，和之前的声音一模一样。

除了皮特鸭，所有人都抬起头看着前方。他把他的斑点手帕塞进口袋，继续盯着罗经刻度盘，双手沉稳地抓紧船舵。

“是不是毒蛇号？”弗林特船长低声问。

“马上就知道了，”皮特鸭小声回答说，“仍然在正南方向，还是他的雾角声。”

“如果不是他们，那又是谁呢？”提提心想。也许除了皮特鸭外，弗林特船长和船上的其他人都在思考同样的问题。但对于皮特鸭来说，现在唯一重要的就是甲板室窗户内的罗经刻度盘。

突然，远处传来大西洋邮轮低沉而洪亮的汽笛声，把所有人都吓了一大跳。

“邮轮远着呢，”皮特鸭小声说，“它的航道在我们航线以南很远的地方。我们穿过它的尾迹时，它早行驶到西里斯灯塔以西十英里的地方去了。”

毒蛇号单调的雾角声又传来了，现在离他们更近了。它的调子和大雾把它最初隐藏起来时的调子完全一样。

“还在南边吗？”弗林特船长问。他刚才悄悄走进甲板室，查看了一眼航海图，希望皮特鸭说得没错，以免撞上那艘油轮。现在他又走了出来。

“是的，在南边。”皮特鸭说，“要是它一直像这样右舷抢风航行，那它肯定在船尾下锚了。现在要做好准备了，长官，拿出我们的大号雾角，那把牛吼雾角，不是商业局卖的那种小玩具。”

弗林特船长从甲板室拿出那支大号雾角，然后把它搁在甲板室的屋顶上。

雾角声再一次传来，靠近他们的正前方。

“我们也吹响雾角吧，长官，”皮特鸭说，“连吹三下，叫那家伙快挪窝。”

弗林特船长深吸一口气，嘴巴对准牛吼雾角，用足力气吹了起来，好像要把一英里外的深海阎王从睡梦中叫醒一样，或者要把他从幽灵箱上颠下来似的。这的确是一长声巨吼，大到几乎要把提提的耳朵震聋了。站在厨房门口的南希不知道身后发生了什么，惊讶地回头望着广阔的大西洋，还以为远处浓雾中又驶来了一艘邮轮呢。佩吉和罗杰也同样十分吃惊，差一点失声尖叫起来，不过，他们及时捂住了对方的嘴巴。船头的苏珊和约翰转过身子，正在迷惑发生了什么事。这时候，弗林特船长再次深吸一口气，又一次吹响了手中的雾角。

然而，他这次的雾角声还没落下，就听到前方也传来雾角声。和他们的雾角声相比，对方的雾角声听上去疲软无力，平淡无味。不过，这次的雾角声不是单调短促的，而是一声紧似一声地快速吹响，生怕会停下来一样。

弗林特船长第三次吹响手中的雾角。

现在，对面的雾角声变得十分绝望，从野猫号的船头附近传过来。

提提看到弗林特船长用迷惑的眼神看着皮特鸭，皮特鸭没动。

突然，约翰叫喊起来。

“前边有船！左舷船首方向！”

“我猜得没错。”鸭先生说。

船尾的提提和其他人突然听见一声尖叫，声音好像是从船首斜帆下方传过来的。他们看到苏珊沿着左舷飞快地跑向船尾。

“快给他扔一根绳子，”她大叫，“快！快点啊！”

所有人都急忙跑到左舷舷墙旁。野猫号的船舷下方漂浮着一只黑色小艇，艇上坐着一个瘦小的男孩儿，手中抓着一把笨拙的雾角，正睁着一双惊恐的大眼睛看着从他头顶上方滑过的野猫号，然后又看着那些从船舷栏杆旁向下张望的面孔。

“抓住！”弗林特船长喊了一声。他拾起主帆上松开的一根缆绳，先把这根缆绳的一头在船舷的栏杆上绕了几圈，接着熟练地抛过船舷，当帆船滑过去的时候，缆绳正好落在小艇上。

那个男孩儿没有犹豫。他丢开雾角，尽量伸长胳膊，牢牢地抓住缆绳，接着身体悬空，离开了小艇，一节一节地向上攀爬。不一会儿，弗林特船长就拉着他翻过栏杆。现在空荡荡的小艇上只剩下了一支雾角。小艇在大雾中越漂越远，最后在船尾消失不见了。

男孩儿站在甲板上，双手抱住船舷，浑身不停地颤抖，惊恐地望着周围。

“哈哈，原来是小比尔。”皮特鸭说。

“是那个红发男孩儿。”提提说。

那张湿漉漉的红色脸蛋露出了一丝笑容。

“我来了，鸭先生。”

第十三章　决　定

“我们吃烤羊肉吧，”南希船长喊道，“不过……”

皮特鸭打断了她的话。

“雾里是可以听见声音的，南希船长，”他说，“我们又喊又叫地把他弄上船，已经很吵了。约翰船长，你羞不羞啊，你在船尾瞎逛，怎么做的瞭望啊？佩吉大副，我以为你在甲板中央待着呢。苏珊大副，你和约翰船长上前甲板来好吗？你们都挤在船尾，搞得乱糟糟的。等我们从这儿走远了，有的是时间料理比尔的事。弗林特船长，你再去吹三声牛吼雾角好吗？万一毒蛇号上有人在听呢，怎么只有一声雾角？我可不想让他们胡乱猜疑咱们。长官，和刚才一样，吹三声。”

弗林特船长靠着甲板室屋顶，身子又往前压了过去，连续吹了三声雾角。

“噢——”比尔说，“比刚才我在下面听到的好听多了，我刚才还以为我要被淹死了呢。”

“别打岔，”皮特鸭说，“我们还没考虑你的事呢。你上来的时候怎么没把主帆索盘起来？没有？现在从右边开始盘，那边系得牢些，你应该知道怎么做的。”

这下大家又急忙跑回去各就各位了。

“现在要做什么，鸭先生？”弗林特船长说。

“这话应该是由你来说的，长官，”皮特鸭说，“也许我们应该把那张小艇拉上船，然后去找黑杰克，把小艇和他的见习水手还给他。丢了只小艇，还有这支雾角，他一定会不好受的……”

“他肯定气得七窍生烟喽。”弗林特船长说，旁边的南希听到后，几乎笑岔了气。

“我可不想走。”比尔说。

“又没问你。”皮特鸭说。

“刚才没把那艘小艇弄沉，”弗林特船长说，“雾散了之后，有可能就被他找到了。”

“那么我们最好转移一下，”皮特鸭说，“一两个小时之内，谁也说不清雾会不会散去。但风向是偏西北的，去西班牙正好顺风。南偏西，航道是稍微偏西的，我们从长舟灯塔出发，绕过维兰诺角的外侧，到时候上桅帆就起作用了。”

这时候，邮轮的汽笛响了，弗林特船长伸手去摸那个牛吼雾角。

“别，”皮特鸭说，“我们和他们的船完全不同。忘了吗？我们的船现在应该不带牛吼号的呀，我们要让黑杰克以为野猫号上只有开饭钟。[1] 这会儿，黑杰克应该还在兰兹角和七星岩之间游逛呢。虽然按商业局的规定，我们是要吹雾角的，但不吹也没多大关系吧。”

弗林特船长说：“我去把那些上桅帆挂上去，帮个忙，南希。”

他从帆缆库中取出上桅帆，让提提负责绑好前桅的中桅帆，他和南希用钩子钩住船帆和升降索，使劲向下拉。当然，钩子上面还缠着帆线，以免钩子会滑。然而，当小三角帆升到桅顶的时候，另外的船帆却卡住了。南希用力拉，弗林特船长也过去扯了几下，没用，那张船帆不知道在哪儿被卡得死死的。

“再拉一下。”弗林特船长说。

它还是一动不动。

突然，潮湿的甲板上传来一串光脚丫啪嗒啪嗒走过来的声音，是一个瘦小的身影在往前跑。他满头红发，看上去乱糟糟的，光着两只红色的小脚，身上穿着一件破烂的夹克和一条破旧的蓝裤子，屁股后面还有一块黑色的补丁呢。他从弗林特船长和南希之间穿过，径直向主桅杆跑过去，然后爬向挂帆木环。他的裤子

[1] 这句话跟前面有矛盾，因为前面弗林特船长已经对黑杰克吹过几次牛吼号角，这里也许是作者思路上的差错。

和黑补丁慢慢隐没在了头顶的浓雾中。

“搞定了，先生。”头顶上传来嘶哑而弱弱的声音。那个小个子两手交替抓住桅杆，爬下了升降索。当南希和弗林特船长再次拉起上桅帆的时候，帆尾角沿着斜桁穿了出去，船帆一下子就到位了。

“这小家伙还不赖。”弗林特船长说。比尔突然又跑了回来，站在鸭先生身旁，等候他的命令。

“他和吉博尔真是天生的一对儿。”南希说，“不过，他一个人拿着雾角在那张小艇上做什么呢？”

“我有一个好主意，”弗林特船长说，“但要视情况而定。现在要调整一下前顶帆。谢谢你，提提。让开一点儿，你们俩。佩吉，去给这位新乘客倒一杯热可可汁怎么样？不过，别在厨房里把锅碰得叮当响啊。”

佩吉小心翼翼地关上身后的门，踮起脚尖走向厨房。同弗林特船长及其他人一样，她也知道皮特鸭不会出错的。他们现在可没工夫考虑这个红发男孩儿，眼前还有更紧迫的事情，因为他们还在大雾中行驶呢。他们听到毒蛇号从身边窜了过去，正要北上去寻找他们，但也有可能马上折回来，说不定它就躲在几码远的地方。你知道，这样的大雾就像蓬松的毛毯一样，把海面罩得严严实实的，如果站在船的这头，你根本看不见另一头。风刮起来了，把缆绳和甲板上的浓雾吹得直打旋儿，但整片雾气还是吹不散。调整好上桅帆之后，野猫号又开始在水面上快速行驶了。如果一切顺利的话，他们就能彻底摆脱黑杰克，而且一步一步地靠近那条海峡主航道。话又说回来，要是真被黑杰克发现了行踪，那可有点儿糟糕。但是，要是被一艘急匆匆的大蒸汽机船撞着了，也不见得好到哪儿去。他们每隔半分钟就听到伍尔夫岩灯塔的笛声，听得出来，那声音不再是从他们南边传来，而是从北边传来的。他们已经过了那段分不清船只方向的险路，正向南方微偏西方向航行，似乎马上就要进入那条海峡主航道了。皮特鸭说得没错，现在不是向红发男孩儿问这问那的时候，只能保持冷静，密切注视周围的情况，希望他们能在这场大雾之中安全航行，不要被其他船只撞翻。要不了多久，他们就会发现皮特鸭是多么英明了。

弗林特船长和南希抬头看了一眼前顶帆，想确认一下是不是挂好了，突然听到右舷船首方向传来一声汽笛，比之前的邮轮发出的雾角声更加刺耳。那艘大邮轮正如皮特鸭说过的那样，早向西边走远了。接着，这艘船又发出一声刺耳的汽笛声。

“蒸汽船。”弗林特船长说。

“听起来似乎又近了一点，”约翰平静地说，“那艘大的早走远了。”

“相当近了。”弗林特船长说着，转身去了船尾。

就在这时，甲板室旁边传来雾角的声音。连续三声，清晰响亮，但没有牛吼雾角发出的声音那么大。

弗林特船长和南希匆匆赶去船尾，正好看见那个红发比尔吹响了雾角，就是商业局制作的那种像打气筒一样的玩意儿。罗杰站在一旁，张着嘴巴，满怀嫉妒地看着他。

“连吹三声，”皮特鸭说，“加把劲儿。我们就要进入海峡主航道了。”

刺耳的汽笛声又响起来了，就在右舷船首旁边。

大家都紧盯着周围的浓雾。一分钟过去了，又过去了一分钟。

“叫他们再吹一下雾角。”皮特鸭说。但红发男孩儿只来得及吹响一声雾角了。

“正前方有船！”当蒸汽船的汽笛又一次响起的时候，约翰扯起最大的嗓门喊起来。这次汽笛声像是从头顶上方压下来似的。

他们眼前的白雾突然变黑了。皮特鸭握住船舵，使劲把舵柄转向左舷。野猫号突然调了个头，船帆在风中摇摆，船首斜桅顶刚好掠过一艘大货轮。这是一艘从大西洋开过来的不定期远洋货轮，高耸入云的船舷已经锈迹斑斑。这时从野猫号船顶上方的浓雾中露出来几张脸，瞅着下面船尾上吓呆了的几个人。

“你们在下面搞什么鬼？”传来一句气汹汹的话。

“哎，你们凭什么发火啊，”皮特鸭说，“你们都把我们挤到船底去了。”

“我原以为蒸汽船必须给帆船让道的呢。”南希说。

“按规定是这样，”皮特鸭说，“所有葬身海底的优秀水手们都是这么想的。他们这堆笨重不堪、咣当作响的破铜烂铁是得给我们让路的，可我问你，他们让了吗？他们让过吗？在雾里从来不让的。”

这艘远洋货轮又慢腾腾地往前走了，船尾被大西洋的涌流高高掀起，而螺旋桨拍打水面形成的冲击波切开了涌流，刀削似的波浪向四周飞溅起来，出乎意料地打在了野猫号的腰部，接着冲过厨房门，冲向船尾。佩吉当时端着一杯可可汁，正从厨房走出来。

“怎么回事？”佩吉问，她看见大家一脸惶恐，松弛的船帆在空中摆动。那艘不定期货轮的引擎发出巨大的轰鸣声，螺旋桨“哗哗哗”地转个不停，渐渐地离开了他们的视野，驶进了一片茫茫雾色之中。

“险些被它撞翻了。”南希说。

“要是我们都落水了，可没有人在船上扔绳子了，就像刚才我那样。”比尔说。他想起自己一个人驾着小艇在海里的时候，最担心被撞了。想到有这么多的人差点也被撞，他竟然乐了。“谢谢你的好心，佩吉小姐。”

“小心，别烫到手了。”佩吉说。

“你是应该好好感谢她，”皮特鸭说，“看到你划着一只小艇瞎转悠，试图欺骗我们，让我们相信你的小艇就是毒蛇号，你知道不？很多人都想淹死你。”

“我没有啊，鸭先生，”比尔辩解说，“我真的没有。”

“去吹雾角，”鸭先生说，“我们马上就要看清你的真面目了。”

他调整了一下野猫号的方向，重新回到航线上来。帆鼓起来了，一切都准备妥当了。对于这艘小帆船来说，在这浓雾中准备驶进航海通道入口，现在已经万事俱备了。刚才那艘不定期货轮突然从雾中冒出来，猛地矗立在他们面前，着实吓了他们一跳。他们原先都急着想知道，红发男孩儿独自漂在海上做什么呢。然而，现在他们都明白了，目前最要紧的是竖起耳朵来听海上的动静，然后继续航行。这会儿除了鹦鹉和猴子，其他人都在甲板上了。皮特鸭一直在掌舵，每隔两分钟，红发男孩儿就听他的指令吹响三声雾角。而弗林特船长不停地从船头走到船尾，仔细倾听有什么动静，偶尔还溜进甲板室，看看他那张熟悉到不能再熟悉的航海图。

野猫号航行得越来越快了，已经把伍尔夫岩远远地甩在了后头，船上也很久没听到谁讲话了。提提和罗杰一起在船尾打量着比尔，不知道他干得究竟怎么样。只要鸭先生一点头，就听见他吹响雾角。忽然，提提发现船首三角帆不再被大雾笼罩住了，站在船头的约翰和苏珊看起来也不再像幽灵了。

“雾要散了，”皮特鸭突然说，“要不是那艘该死的蒸汽船，我们早走远了。”

“不可能事事都如我们的意，”弗林特船长说，“我真希望黑杰克会把船开到爱尔兰去寻找我们的野猫号呢，如果雾还不散的话，还真有这个可能。不过，现在我们不用担心再遇见那些粗鲁的不定期货轮了，至少别像刚才那艘挨得那么近。”

“黑杰克会去爱尔兰吗？”比尔说，“那我呢？他先得把我接走吧。”

“要是你真值钱的话，”皮特鸭说，“他可能会的。他可能回来找他的小艇和雾角，但我觉得他是铁了心不要了，你觉得他会回来找你吗？不可能的。”

“幸亏我抓到了你们的绳子。”比尔说。

“你很走运，”皮特鸭说，“那我们怎么办？”

比尔说：“你们这儿有好几位船长呢，肯定有人想再要一个见习水手。”

雾真的开始往上收了。很快，他们就能从甲板上看到一百多码远的海面。他们的帆船就像是在一个圆形池子的中央航行，周围是一圈雾墙。虽然池子不大，但池子内暗流涌动，潮汐翻滚，经常席卷整个大西洋，甚至波及比斯开湾。他们听到雾墙之外隐隐约约有汽笛在响，而墙内却只能看见他们孤零零的一艘帆船。

“你觉得怎样，鸭先生？”弗林特船长终于说话了，“现在没有人再来撞我们了。提提，你跑过去告诉约翰和苏珊，他们可以来船尾了。南希也在那边。我想叫他们过来一个替鸭先生掌舵，我们再听听这位乘客还有什么要说的……”

比尔一下子紧张起来。

提提立即跑了过去，她可不想错过他们说的任何一句话。那个红发男孩儿为什么一个人在雾里漂泊呢？他是黑杰克他们一伙的吗？他们是救了他还是绑架了他？昨晚漆黑的夜里，毒蛇号差点儿撞上他们之后，又窜到哪儿去了呢？皮特鸭驾驶野猫号假装向北驶往爱尔兰，其实是向南去西班牙的时候，浓雾中又究竟发生了什么事？

“过来，苏珊。”她说，好像担心黑杰克就躲在船首斜桅顶上偷听一样，“过来，约翰。过来，南希。弗林特船长觉得现在一切都正常了。雾没那么重了，他想叫个人去掌舵。他们马上要决定怎么处置那个红发男孩儿……”

他们一齐跑到船尾，恰好听到弗林特船长在说：“如果觉得他留在这儿还有点儿用的话，我们可要对他好点儿。”

“你总不能把他赶回去吧。”提提说。

“怎么不能？”弗林特船长说。

“我有一把备用的牙刷，可以留给他用，”苏珊说，“我给每个人都带了两把来着。”

红发男孩儿满脸疑惑地看看皮特鸭，又看看弗林特船长，又看看这帮孩子，他感觉这艘船上好像全是孩子。

“南——南偏西，半偏西。”皮特鸭说着，就放开了船舵。

“南——南偏西，半偏西，没错。”约翰接过船舵说。

皮特鸭突然转过头来看着红发男孩儿。

“那么，小比尔，跟我们讲讲你划着小艇，吹着雾角，在我们右舷边抢风航行做什么呀？你有什么话说？要告诉我们真相才行。”

“跟他一起出海可由不得我呀。”比尔说。

“别瞎扯，”弗林特船长说，“说说看，你吹那支雾角做什么？”

“黑杰克让我带着雾角上小艇，他叫我一次吹一下，要偶尔吹吹，好让他知道我在哪儿，等他回来的时候再把我拉上船。”

“回来？”弗林特船长说，“从哪儿回来？”

“他打算趁着雾色上你们的船，然后带走鸭先生。”

“哼！来这儿？那他想带几个人过来呀？”

“他们一共五个人。黑杰克算一个；还有西蒙·布恩，刚蹲过两年监狱的；还有一个黑鬼叫莫甘迪，比黑杰克还要黑；再就是黑杰克的兄弟，我们起航之前他一直躲在水手舱里呢，其实警察正在找他；还有‘双桅纵帆船之家’的一个保镖……”

“那是洛斯托夫特的一家渔民酒馆，长官。”皮特鸭说，“换了块招牌，你可能不知道。”

“还有就是我了。”

弗林特船长扭过头去，笑了起来。

“我们一共六个人。”比尔说。

“好了，”弗林特船长说，“那么毒蛇号上有五个人想登我们的船，是吧？”

“黑杰克跟他们讲这样做很简单，说你们的甲板上不会超过两个人，如果其中一个是鸭先生的话，嘿嘿，那就正好。如果鸭先生不在甲板上，黑杰克他就打算把住舱口，然后再要挟你们，要是不把鸭先生马上交出来，他就会扔点家伙下去把你们都炸飞。”

“痛快，”弗林特船长说，“可是，要是他真这么想，昨天晚上黑灯瞎火的，他从我们身边窜过去的时候怎么不上来呢？”

“昨晚他们有一半人都喝多了，”红发男孩儿说，“还有些人害怕了。他们正因为错过了这个好机会被黑杰克毒打呢，直到今天早上看到雾蒙蒙的，黑杰克才又把他们叫到了一边。‘所有人都给我听着，’他说，‘我一站在这儿，就会吓得他们哇哇直叫。把皮特鸭交出来，’他说，‘他们就得乖乖地把他交出来，回头还得感谢我呢。’”

“所以，当他们趁着雾色，爬上我们船的时候，你就去吹响雾角，对吧？”弗林特船长说。

“我该怎么说呢，”比尔说，“自打我们离开洛斯托夫特码头，他们就不是因为这个就是因为那个把我痛打一顿。我全身都肿了，我，黑杰克把我丢在小艇上，我还能怎么办呢？‘把桨都递上来，’他说。‘你不需要的。呃，’他说，‘你要是不按时吹响雾角，你就会被撞沉喽。’‘如果他真被撞沉了呢？’莫甘迪说。‘那只小船又没名字。’黑杰克说，然后他把系船索扔到小艇上，再把小艇从船尾那边放下水，接下来，我在雾里就看不见他们了。没有桨我能怎么办呢？游上岸去？我只能吹响那个雾角了。”

“嗯，还真像那么回事儿。”弗林特船长说。

“然后你们就来到我跟前，扔给我绳子，我就上船了。我会干活为自己赚路费的，长官，”他赶紧补了一句，“要是你们能把我留下，和你们一起回洛斯托夫特的话。”

“假若我们不回去呢？”弗林特船长说。

约翰和南希不安地看了一眼苏珊。

“假若我们不回去呢？”弗林特船长又说了一遍，“你看怎么样，鸭先生？他不只是偷听而已，他还要绑架！真的是海盗啊！这家伙无法无天了！鸭先生，不如把你说的宝藏挖走提回家去，让他的计划彻底泡汤。一旦他知道宝藏没了，你就太平了。”

“我可从没说过那地方有什么宝藏啊。”鸭先生说，“以前我都说，我是不会再去那个小岛了，可自打昨天我和你一起经历了这些事儿，长官，我决定了，我要竭尽全力带你去那个地方。万一有你喜欢的东西，那就更好。要是螃蟹偷吃了那个袋子，吃光了里面的东西，我们就顺着东北信风兜一圈也是不错的。”

然而，最终还是苏珊投了决定性的一票。

“不管袋子里是什么，”她说，“都不该让黑杰克拿走。就因为听了你们在考斯港说的那番话，我和佩吉昨天算了一整天，我们准备的食物和水够我们走上很长一段日子。”

“要有六个月的储备才行，”弗林特船长说，“要是不够的话，我们可以在马德拉补给一下。”

“我觉得我们应该去那儿，”苏珊说，“黑杰克简直就是个杀人犯。他干了这么多坏事，绝不该让他得到那东西。”

“苏珊，”弗林特船长说，“来握个手。你真了解我呀。”

“说得对极了，苏珊，”南希说，“我还以为要等到最后一刻你才同意呢。”

“你呢，约翰？”弗林特船长问。

“苏珊说得没错，我们应该去。”约翰说。

“燕子号和亚马逊号万岁！”南希喊起来。

“别喊，南希。”约翰说，他抬起头看着北方。

“要干吗去？”罗杰问，“究竟怎么回事？怎么了？怎么了？”

“我们要去蟹岛寻找宝藏！”听得目瞪口呆的提提说。

“那我们真的可以看到那些螃蟹了？”罗杰说。

比尔盯着这个看看，又盯着那个看看。

弗林特船长匆匆往前走，走到船头又折回来。他笑着回到船尾，一脸兴奋的样子。“我们要把他带走，”他说，“没有什么能拦住我们。黑杰克把这个小水手扔在小艇上漂了一整天，简直是丧尽天良。对了，你这个小海盗，”他转过头问比尔，“你在毒蛇号上是住在什么地方的？”

“帆缆库。”比尔说。

“要是你能加入我们，我们会对你好点儿的。”

“鸭先生怎么说，我就怎么做。”比尔说。

“我们会在医务室给你安排个铺位，”弗林特船长说，“那儿除了罐头食品外，什么也没有。你们几个带他去吧，给他介绍一下吉博尔和那只鹦鹉。其实，”他看着皮特鸭说，“约翰和南希那天在港口把他捞上来，然后把他送回毒蛇号的时候，我就有点儿担心这个小家伙。”

比尔听到这话，精神头又起来了。

“来吧，比尔。”南希说。

“走吧，”罗杰说，“吉博尔见到你会很高兴的。”

“你们的船长和大副那些人呢？”比尔问。

大家都笑了。

比尔这个看看，那个看看，很是吃惊。

“来吧！”罗杰又说了一遍。比尔就壮着胆子跟着他爬下甲板舱口，准备去餐厅见见那满满一屋子的高级船员们。

“你最好和其他人一起下去给他疗疗伤，”弗林特船长对约翰说，“我来掌舵。去问一下苏珊和佩吉，能不能给我们送点儿吃的来。”

“南——南偏西，半偏西。”约翰说。

“南——南偏西，半偏西。”

“毕竟是远洋航行呀。”皮特鸭边说边看着四周那渐渐散去的大雾。

弗林特船长看看罗盘，笑得很开心，因为野猫号没有偏离去菲尼斯特雷的航线，他甚至想起了马德拉，还有更遥远的加勒比群岛。

第十四章　甩开毒蛇号

人们听到了开饭的钟声，但立刻又忘了，因为他们都在想着比尔的事，还有他们做出的决定，所以即使是罗杰，现在也忘了吃饭这样的事儿。

“太好了！”当他们挤进餐厅的时候，南希兴奋地说。比尔看看四周，惊讶地发现这儿没有一个高级船员。“我们出发喽。我就知道，他不会满足于在家门口转转的。我们要感谢克里斯托弗·哥伦布！”

“好在我们从一开始就算计着怎么节约用水。”苏珊说。

“这是一次真正的航海！”提提说。

“你是什么意思呢？”比尔问。

“鸭先生的那座小岛呀。”约翰说。

“那些螃蟹呗。”罗杰说。

“值得高兴的是，我们撞上了你，”约翰说，“这才让我们下定决心去远航。”

比尔瞪大了眼睛。

“什么呀，”他说，“我们在洛斯托夫特的时候就知道你们要去那儿。你们上船的第一天晚上，我们就已经起航了，当时只有黑杰克一个人看到鸭先生在和你们的船老大说话。然后第二天，他又看到鸭先生拿着行李上船，就什么都明白了。再后来，就是他把我推下船的那一次，我就跟他讲了你们的船老大跟大伙儿是怎么说的……”比尔压低了声音，眼睛不住地往船舱里看。

“那天他真的推你下船了？”提提说，“不过，我相信他会这么干的。”

“当然是真的，”比尔说，“不是我自己跳下水的。当我回去把你们船老大的话转告给黑杰克之后，他就叫其他人把我看住了。第二天早上他来到甲板上的时候，发现你们已经不在港口，以为你们趁我们不备溜走了，我就遭了一顿毒打。后来，我们正要去找你们的时候，你们又回来了，那次他们打我就更狠了。我们知道你们一切都很顺利。黑杰克就对莫甘迪、布恩还有其他人说，只要他们抓住了鸭先生，一辈子就不愁钱花了。今天早上他们还这么算计来着。”

燕子号和亚马逊号的船员们相互看了一眼。比尔刚才说，从一开始就十分肯定他们是冲着蟹岛去的，这似乎有点蹊跷，连苏珊也觉得有点奇怪了，他们从洛斯托夫特起航的时候，根本就没打算去寻宝呀。正在这时，弗林特船长把船舵交给了鸭先生，匆忙跟在他们后面下到了餐厅里。不一会儿，他就把那张大西洋海图往餐桌上一摊，指给他们看他们要去哪儿（他也早忘了吃饭）。他们也看得出来，比尔根本就不相信这是他们第一次看这张航海图。这没什么好奇怪的，因为人们一说起出海远航，就会马上联想起寻宝探险，比尔也认为这是理所当然的。

的确，他们一心想让比尔成为他们的一员，几乎都忘了航海这件事儿。南希给他做了一顶白色的帆布帽子；约翰给了他一条短裤，但比尔还是喜欢他那条打了补丁的长裤子；他的脚和佩吉的刚好差不多大，而她恰恰又有多余的一双凉鞋和一双旧海靴；至于雨衣嘛，船上多的是。“无论何时，”约翰说，“我们都不可能同时穿上雨衣的。”苏珊和佩吉将医务室的下铺留给他，帮他清理了床铺上的一大堆罐子。提提在墙上给他钉了一张洛斯托夫特港的风景明信片，让他有一种家的感觉。他们给他安排就餐座位的时候，猛然想起弗林特船长还没吃饭呢。苏珊和佩吉就赶快跑了去，冲上甲板舱口，到厨房做饭去了。罗杰带着比尔去看了看船上的引擎，而约翰和南希带他去看了看水手舱。罗杰还把吉博尔介绍给了他，吉博尔很乐意，还要他在它耳背挠痒痒呢。提提也给他介绍了一下那只鹦鹉，鹦鹉狠狠地啄了一下他的手指头。

“可你们的船长和大副们在哪儿呢？”比尔最后压低了嗓门问，“都在睡觉吗，他们？”

“没有呢。”提提说。

“我们就是。”南希说。

然后，他们就给比尔讲了他们驾驶燕子号和亚马逊号的冒险经历，虽然他们的故事好像都不太精彩，但比尔听了之后乐开了花。“害得我还踮着脚走呢，”他说，“生怕打扰了他们。”突然他的脸色一变，“幸亏你们船老大给我说你们这儿有三个船长。哎，要是黑杰克知道……要是他知道了真相的话，你们途经英吉利海峡的半道上，他就下手把鸭先生劫走了，他才不会等到雾散了之后呢……”

这时候，甲板天窗上传来弗林特船长欣喜自信的声音。

“上来看看吧，伙计们。雾散了，我们重见天日啦！”

他们争着爬上甲板。正如皮特鸭先前预料的那样，摇晃的船身说明天气彻底变了。有很强的西北风刮过来，而且越刮越猛。除了大洋涌浪，海面上又掀起了一排排巨浪，一浪一浪地扑来，撞击出的水雾简直令人窒息。海风呜呜地吹动船上的缆绳，野猫号身后一条绵延的尾流在不断翻滚着。海上没有雾，但看不见陆地，也看不见那艘黑色纵帆船了。

“我们终于驶出大雾了！”弗林特船长说，“你们看，那儿有一艘、两艘、三艘蒸汽船，两艘货轮，一艘油轮……哦，还有更多的船，只见桅杆不见船身呢……还有一艘法国渔船……还是没看到毒蛇号。看不到。哎，我们总算出来了。”

“但愿他喜欢都柏林。”南希说。

“或者北极，走得越远越好。”约翰说。

“是的，”皮特鸭沿着海平线细细察看了一遍之后说，“看来我们是甩开他了，有那么远了。”

“谢谢你，鸭先生。我们总算甩掉了他，还把他的船员，当然不是他自己，变成了我们的。”弗林特船长高兴地说，“喂，比尔，不知道黑杰克会不会想你呀？”

“毒蛇号上再没有像我这样的人了，谁都可以揍我一顿。”

“所以你认为他们会在伍尔夫岩附近提着鞭子找你？”

“嗯，管他呢，反正我又不在那儿。”比尔说。

那天的午饭推迟了几个小时，几乎到了傍晚才吃上。虽然大家吃得很香，但吃得最不安稳。海上的天气急剧恶化，他们头天晚上还感觉海峡上只有点儿微风，可现在风已经刮过了陆地，刮到海上来了。他们正朝着南边的西班牙方向驶去，这可就完全漂在大西洋的水面上了。老皮特鸭可高兴了。“这片海域我最熟悉，”他对那几个给他盛饭的船员们说，“从桑岛一直到这个海湾，这一带我都熟悉。当年法国船的渔民把我送给了路易斯安那贝利号的船老大，换了一袋子烟丝，他们就是在这儿交易的，我给你们讲过的。刮过东风后，又起了雾，现在又刮起了西北风。一直到天黑前，我们都要顶风航行。明天上午天气才会好转。”他吃过饭后，点上烟斗，然后又上去接过船舵，换了弗林特船长下来吃饭。

弗林特船长是第一个说要吃饭的，但苏珊说了，如果他吃饭的时候还是喋喋不休的话，给他做饭简直就是在浪费时间。他从甲板室的书架上取下了两卷哈克卢特的《航海》，又把他那一大张航海图带了下来，用盘子压着，把航海图摊在餐盘座上，一边翻翻书，一边看看图。后来，他想起皮特鸭来，起雾的时候他一直在值班呢，于是就叫约翰和比尔快点儿上去接班，然后狼吞虎咽地吃完饭后，赶紧跟了上去。

当他来到甲板上的时候，发现他们都站在船舵旁，而皮特鸭还没有去休息。他就靠在甲板室门口站着，看看那两个孩子，又看看天气。

“风刮起来了，真大啊。”他看到弗林特船长就说，“雾后起风，往往是这样的。不过对我们来说，这风来得正好，就是刮得太猛了。”

“这儿可找不到避风港啊。”弗林特船长说。

“我们不需要，”皮特鸭说，“我们往南边走得越远，水就越深。不出意外的话，船一进了深水区，航行就顺溜了。其实浅水滩才会出危险，搞不好就会有麻烦，运气差的话，还可能被淹死。我们最好收起一两张帆来，要是还不行，晚上干脆就停船，船就会像海鸥一样平平稳稳地伏在海面上入睡。”

收帆可不太容易，但最终还是收好了。然后，弗林特船长一个人待甲板上，老水手就回去睡觉了。他睡不踏实，刚躺下一两分钟，又起身站到那儿去看着，一直担心这艘小纵帆船会出什么岔子。

“你不去睡会儿吗，鸭先生？”弗林特船长说。

“时间还早，待会儿再睡。”鸭先生说。

时间过去了一个小时又一个小时，收了几张帆，船走起来更顺利了。但海上的天气越来越糟，风势越来越猛。吃过午饭后，大副们本来打算在甲板上洗餐具，但海水涌上来太多了，好像是在洗她们自己一样。罗杰拉着吉博尔一起坐在甲板舱口最上边的一个台阶上，他们想看看外面的情况，不料一个大浪扑面而来，他和猴子浑身上下都被打湿透了，他们又不得不关上那道舱门，以免餐厅进水。天窗也早就关上了。那天下午他们都穿了雨衣上甲板。除了掌舵的，甲板上的人就都躲在甲板室的背风处，但甲板室顶上还是有水打过来，一不小心就会滴进他们的脖子里。现在总是有两个人同时掌舵，海水一拨又一拨地涌过来，一次又一次地拍打在他们的穿着油布雨衣的后背上。船身晃得更厉害了，在倒开水的时候，苏珊和佩吉都觉得很难稳住水壶。最后，天快黑的时候，约翰听到正和他一起掌舵的皮特鸭冲着站在一旁的弗林特船长大喊："目前为止，我们航行得还不错。不过，趁现在东西还没被冲走，也让今晚过得消停一点，我们现在停船怎么样？"

"要是那个家伙跑到我们前面去了怎么办？"弗林特船长说。既然决定了去蟹岛，他就恨不得一刻也别停下来。

皮特鸭说："他肯定要到这边来的，否则的话，他一路都是逆风行驶。帆船没别的路好走，只有走这条西班牙人和葡萄牙人开辟的老路，顺着东北信风，沿着马德拉和卡纳里斯的航线走。要是说我们遇上的天气还算坏的话，他遇上的肯定就更糟了。毒蛇号这会儿不停下来的话，过了兰兹角以北，黑杰克就会后悔的。虽然毒蛇号喜欢孤注一掷，但在这种坏天气里，它是不会张帆的。"

"前面还会有这么糟糕的天气吗？"南希紧紧裹住雨衣问。

"我们路过菲尼斯特雷角时，天气就会好转，"皮特鸭说，"这种天气不会持续到明天早上。"

"只要好转就行。"南希说。她庆幸自己居然没有晕船。

"不错，"弗林特船长说，"这片海湾的情况你比我更熟悉，我差点儿都忘了，本来我们昨晚都可以睡一会儿的。"

接下来的半个小时里，比尔的勤快赢得了大家的好印象。他并没有忙前忙后的，但只要干起活来就很卖力，似乎成了船上不可缺少的一员。终于收工了，休息的时候，他们个个都累得直喘气儿。野猫号上沉重的吊杆都固定好了，普通帆都收了起来，挂在上面的只剩下一张小小的风暴三角帆和一张斜桁帆，两张帆保持着平衡，船身稳稳地停了下来，虽然还有海浪的扑来，但帆船已经不再遭受猛烈冲击了。

"这船停得多漂亮啊！"一切完成后，皮特鸭说。陆地上的人们可能不会这么想，然而，对于野猫号上的人来说，经历了傍晚几个小时的紧张后，现在就像放了假一样，可以不再折腾了。现在再也没有海水涌上船来，船晃得也没那么厉害了。不过，两位大副还没有准备去做晚饭，每人都端着一大杯热气腾腾的可可汁，兴高采烈地摇晃着走下船舱去了。

上床睡觉之前，提提和罗杰被允许再到甲板上去转一圈。这是一个狂野之夜。当船身时不时地被大洋涌浪托起来的时候，他们还能远远地瞥见蒸汽船上的灯火，别的可就什么也看不见了，只有头顶上空飘过的云块儿，还有海里翻腾的白色浪花。然而，野猫号现在够舒服的了。这艘小小的纵帆船只挂着两片小帆，就这样停了下来，就像是在一片嘈杂声中熟睡了一样，然而睡梦中又会随时踏上征程，出没于层层小山似的海浪里。野猫号的灯火孤零零地悬挂在漆黑的夜晚，但却显得明亮而自信，就像皮特鸭先前说过的那样，他们的小船如同伏在波浪上的一只海鸥一样，睡着了。

令比尔感到惊讶的是，一吃完晚饭他就被叫去睡觉了。

“今晚所有人都要好好睡个觉，”弗林特船长说，“船舵摇晃得厉害，我和鸭先生会去查看的。比尔，你回去吧。眼睛睁不开了还坐在那儿是不行的。收帆的时候你干得很不错，小伙子。你现在就去睡觉吧。明天早上你想几点起床就几点起床。”

其他人都离开餐厅之后，约翰、苏珊、南希，还有佩吉一起坐在餐桌旁，头上的灯还在晃来晃去。他们聊了聊往后在海上的日子以及鸭先生的那座小岛，但很快又聊起了还没走多远的比尔。

“他爬桅杆还真有两下子。”南希说。

“谁都看得出来他以前出过海……真正的出海。”约翰说。

“肯定是在拖网渔船里待过。”苏珊说。

“我觉得他根本就没当回事儿。”佩吉说。

“什么事儿？”

“顶风停船。”佩吉说。正在这时，野猫号好像往上颠簸了一下，紧接着又向两边晃了晃，佩吉连忙抓住了桌子。

“那也不算坏呀。”南希说。

“他到处都帮得上忙。”约翰说。

“要是我们没救他上来，他会怎样？”佩吉说。

“很可能会被淹死，”南希说，“黑杰克连半根船桨都没给他。”

“嘘，”苏珊说，“他可能还没睡着呢。”

他们四个人紧紧抓着桌子、床头，或者其他能抓牢的什么东西，慢慢地爬到那间半掩着门的舱室。那间舱室原先是用作医务室的，但现在门上贴了个新标签“一等水手比尔”。约翰把头探进去看看里面，其他几个跟在后面听动静。

“他没脱衣服就睡了。”约翰说。

“哦，是我没想周到，”苏珊说，“是我疏忽了。应该到谁那儿弄套多余的睡袍给他。”

“把我的给他。”佩吉说。

“现在弄醒他可不好，”苏珊说，“也许他太累了。”

上面的甲板室里，皮特鸭正躺在他的床铺上补袜子。苏珊想替他补的，但他说补袜子可是海上生活的一大乐事呢。弗林特船长坐在航海图桌旁，边玩扑克，边随着船身的晃动来回摇着椅子。他玩的是密里根牌，已经赢了两把了。每赢一把之后，他都要去甲板上转转，看看有没有什么新情况。

“要是我连赢三把，鸭先生，”他说，“要是我连赢三把，那就说明命运之神在向我招手，我们就会找到你说的宝藏。呃，鸭先生，你觉得黑杰克赢还是我赢？”

鸭先生手中的针线活越做越慢了。

“东北信风，一路顺风。”他说。

几分钟过后，弗林特船长突然转过身来，又赢了。

“连赢三把，鸭先生，”他喊起来，“这个信号再明显不过了。”

但这时鸭先生的袜子已经掉在了地上，那枚针就扎在一条长长的灰毛线系船索的一头。鸭先生耷拉在床铺上，半张着嘴。他的呼吸变得更有规律了，耳边响起了他一贯的呼噜声。鸭先生睡着了。

弗林特船长捡起袜子，用那枚针别住，把它们一起丢进挂在鸭先生床头的百宝囊里，然后站起身来，又一次出去巡逻了。

“连赢三把，”他说，“连赢三把。呵，没错，就像我们船上装的东西一样确定无疑。”

第十五章　比尔乐得其所

比尔从床上一觉醒来，觉得浑身都很舒坦，只是有点儿怪怪的。这条一直盖到脖子上的软毛毯是怎么回事？怎么不是盖着毒蛇号帆缆舱里的硬帆布呢？比尔猛地醒来，像一只受惊的小动物一样，突然一扭，没想到撞到了床后边的靠板。见习水手往往睡在墙面与地板的夹角处，或者床铺上、帆缆舱或者别的什么地方，可以防止突然飞来的绳结打在自己身上。但他身边没有飞舞的绳结，也没有绳子砰地落在地板上。不，他误会了。他没有睡过头，也没有人怪他不去厨房生火做饭，因为那儿根本就没人。就他一个人待着，盖着箱子里拿出来的那两条褐色毛毯，很暖和，而且不管他怎么伸胳膊踢腿，毯子的长度都绰绰有余。

他想起了他现在在什么地方，那张斑斑点点的红脸蛋上渐渐露出了笑容。

“老毒蛇号的厨房里，现在会是谁在生火做饭呢？”他想着想着，浑身哆嗦起来。他想起了昨天的大雾、漂泊的小艇、汽笛和雾角发出的声音，还有突然从大雾里冒出来的船头，像只黑影一样压过头顶，接着就有人给他扔绳子，然后惊讶地看到是鸭先生在掌舵，这才知道救他上来的是一条什么船。他是多么的幸运啊！

从天窗透进来的光线，越过走廊和餐厅，一直照进这间小小的舱室，然而比尔却看不到外边，他也没必要看。出生在多格滩的他也算没有白活，只从船的动静来看，他马上判断出野猫号是在顶风停船。这样也挺好，不着急。比尔偷偷地笑了。

“这里只有船长和大副啊。”他在想，“哎呀，黑杰克要是知道这船上没有别人的话，他三两下子就能把鸭先生抢走，那样他就……也很难讲，要是这些孩子不好对付呢？”

其实他还没有南希大，只是没有人告诉他罢了。在这些人面前，他觉得自己很老似的。船老大和皮特鸭感觉还不错。船老大就是船老大，能驾驭这艘船。而皮特鸭呢，人们都说，从洛斯托夫特码头就没有走出过像他这样优秀的水手，这是众所周知的。可是其他人呢？“船长和大副们！船长和大副们！黑杰克一伙人会吃掉他们。幸亏我上了这艘船，不管怎样，这里有三个航海好手了。”

他掀开毛毯，伸手去拿头顶小行李架上的那把新牙刷，牙刷是苏珊前天晚上给他的。他把牙刷拿在手上，很好奇地看着。“船长和大副们！”他又在说了，“他们怎么都不知道用缆绳线头来刷牙呢！”

这时候，有人从头顶的甲板上走过，他听到约翰和罗杰从他们的舱室里出来，争先恐后地跑到甲板上去了。很快，他也跟着走过去，手里还捏着那把牙刷呢。他们穿的衣服好像很特别，就像雅茅斯码头上的街头艺人一样。他跟着冲上了甲板舱口，也来到了甲板上。

“早上好，弗林特船长！早上好，鸭先生！”他们边跑边说。甲板起伏不定，所以他们的脚步也不稳。他跟着跑过去，也跟着打招呼。一路上，船老大还冲他点点头。

弗林特船长和皮特鸭正忙着用六分仪和经线仪做观测。太阳时不时地穿过一片片漂浮的阴云，人们也看不到之前那么多的白色浪花了，虽然海风依然强劲，但再也掀不起大浪了。

“来吧！”约翰喊着，一边把睡衣扔下舱口，一边把帆布桶甩过船舷。

“来吧！”罗杰一边说一边脱下睡衣，也跟着扔了进去，就等着约翰把那桶海水往他身上泼过来。

他们穿的那种睡衣当然很好脱下来。比尔在吊索堆找了个安全的地方把夹克塞好，然后扯下他那件破破烂烂的运动衫，好不容易才脱掉了那条打了补丁的蓝裤子，最后脱下那条暖和了他几个星期的贴身背心。挺冷的，不过，要是别人都能挺住，他也能。

“来吧！”比尔说，他已经挺直了腰板，就等着满满一桶水哗的一声倒下来。

“你过来，”约翰说，“你拿桶去打水，也泼我一桶……我说，你知道怎么用桶打水吧，要满满一桶啊，你泼给我的第一桶水从来就没有满过。你好！你没带毛巾吗？快点儿，罗杰，去拿一条毛巾上来。我们来冲澡吧，我也给你好好冲个澡。”

几分钟过后，比尔就用罗杰从舱口扔出来的毛巾把浑身擦了个遍，然后，他费了好大的劲儿才穿上了上衣和裤子，顿时感到暖和极了。一旦决定了要做什么，他就会彻头彻尾地做好的。他提着帆布桶，抛过船舷，又打满了一桶水，然后掏出那把牙刷在里面沾了沾水。

“不用那样，”约翰说，他想起了咸水的味道，“苏珊会给我们一点淡水来刷牙的。”

“我只是想把它打湿一下。”比尔说。这样是错的，不是吗？好吧，一个人不可能一次学会这么多诀窍的。他满怀希望地往船尾瞅了瞅，也许他们在扬帆起航呢。要是那样的话，他就又可以在这些孩子们面前露一手了，不像那该死的牙刷！

不过，这要让他一直等到早餐过后才有机会呢，现在还没到扬帆的时候。

那天的早饭吃得很晚。但是很奇怪，大家肯定很饿了，怎么没有人叫吃饭呢？那两位大副急匆匆地赶过来道了声歉，然后就直奔厨房去了，进去一看，船老大亲自在用双保险压力锅煮粥呢。这是千真万确的，野猫号可真是一艘奇怪的船啊。随后，除了船老大之外，其他人都下到餐厅里去了。苏珊正在用勺子舀粥，佩吉正在把热可可汁倒进杯子。比尔看来看去，觉得很纳闷，可能这只是做给别人看的吧。但是你看，老皮特鸭吹了吹他那杯可可汁上的热气，就若无其事地大口大口喝了起来。不过也有人传说，海上的事情没有皮特鸭不知道的。野猫号上的生活和格里姆斯比的拖捞船有点区别，和弄得他鼻青脸肿的毒蛇号大不相同，但他相信，时间一长他就会熟悉这里的生活。他一边瞄了一眼鸭先生，一边也学着他所崇拜的老水手那样，很淡定地吹一吹自己那杯热气腾腾的可可汁，又旁若无人地咽下麦片粥。至于那帮孩子嘛……大家吃完早饭后，弗林特船长才下来吃，而鸭先生上了甲板。当弗林特船长也走了之后，餐厅里就剩下这帮小船员了。比尔觉得机会来了，要让他们看看其实他也懂得挺多的。据说那天野猫号晃得厉害，南希还摔了一个趔趄。比尔摸了摸口袋，嗯，那一小半截黑烟草还在呢。

弗林特船长和皮特鸭在甲板上待了有一段时间，他们在甲板室的屋檐下抽烟，也不知道要等多久天气才会好转，野猫号才能再次扬帆起航去菲尼斯特雷。弗林特船长在栏杆上敲了敲烟斗，突然发现吃完了早饭后，甲板上除了他和老水手之外，一个人也没有。

“奇怪，他们怎么变得这么安静了，”他说，“我以为他们还有好多话要跟小比尔说呢。”

南希从前舱口走出来，踉踉跄跄地走到船舷，望着舷墙外灰蒙蒙的大海，白色的浪花一浪接着一浪扑向野猫号，似乎每一次都要涌上船舷了。

“你好，南希？”弗林特船长喊起来。

南希看看四周，并没有理睬。

“南希这是怎么了？”弗林特船长说，“我还以为她第一天就适应过来了。”

正在这时，脸色煞青的提提也从甲板舱口走了出来，然后站在那儿抱住了桅杆。

“你也这样了？”弗林特船长说，“你们在甲板下面都怎么了？昨天晚上都好好的，那会儿船晃得更厉害呢。”

提提看着他，就像是看着一个站在三码之外的人一样。她滑倒了又爬起来，刚站起身又要跌倒，就这样跌跌撞撞地爬到了舷墙边，死死抓住了侧支索。

“出什么事儿了？”弗林特船长又问。

“没……没事儿。”提提说，可是她已经靠在船舷上吐得很厉害了。

“他们究竟在那儿干什么呀？”弗林特船长说着，就转过甲板室，从舱口走下餐厅去了。

餐厅里看不到一个人，不过可以听见有人在水手舱里说话。弗林特船长走上前去听个究竟。

“那是两码事儿。”是比尔的声音，他坐在一卷缆绳上，正和约翰、苏珊、佩吉和罗杰他们说着话。

“好啦，我跟她们说过不要试的，”苏珊说，“比尔，请你不要再吐到地板上了，你还是往那只旧油漆罐里吐吧。”

“我觉得我再也受不了了。”约翰说。

“让我再嚼一点点儿好吗？”罗杰说。

“不行！”苏珊说。

“我不嚼了。”佩吉说。

“不用那个，我也能治好你们，”比尔说，“晕船其实没什么的。嚼烟草不管用的。我跟你们讲讲他们是怎么治好我的吧。‘怎么样，受不了吧，’他们说，‘熬过去了就会好受点儿。’他们给我的方子就是去吞肥熏肉。你们有肥熏肉吗？”

“有。”佩吉说。

“那好，你还得弄点儿线，”比尔说，“用线系住一块大点儿的肥熏肉，能吞下多大块儿就多大块儿。你吞下去的时候一定要拧着那根线，然后就……”

接着就传来了一阵嘈杂的脚步声，他们爬上楼梯，走出了前舱。

正当罗杰那张放在老鼠夹子上的奶酪般颜色的脸从水手舱里探出来的时候，船突然倒向一边，他一下子被甩了出来，急忙抓住舱壁，然而，他一路打滑，从走廊一直摔到了餐厅，避开了弗林特船长，在餐桌旁挣扎着起身，却又重重地砸在甲板舱口的楼梯上，然后又拼命地往上爬。

从水手舱又传来了比尔略带惊讶的声音。

“好吧，要是他们等不及了的话……”

弗林特船长捂着嘴巴，不让自己笑出声来。他转过身来走上甲板，这时候所有的船员，当然除了比尔，都在那儿了。南希、苏珊和佩吉都在船头，半信半疑地你看看我，我看看你。约翰趴在起锚机上，强忍着想尽快吞下肥熏肉。提提和罗杰一起靠在舷墙上，提提就抱着罗杰的脑袋。而鸭先生根本就没注意到他们，他只是在看天上飞快移动的云朵。

弗林特船长一言不发，只是慢慢地朝前走去，恰好看到一头红发从前舱口冒出来。比尔爬出了前舱，他的破烂的裤脚塞在一双航海靴里，那双靴子还是佩吉借给他的。

“你要一直拧着线不放，”他还在说着，“你要扯一扯那根线，动一动那块肉呀……”

南希、苏珊和佩吉赶快转过身去，而约翰一下子还没喘过气来。

“喂，年轻人，”弗林特船长对比尔说，“要是你一大清早就把我四分之三的船员弄得不省人事，我们可就不能留你在这儿了。”

“我只是告诉他们怎样对付晕船。”比尔说。

“好了，你别告诉他们更好。”弗林特船长说，“那两位大副是我们的大厨，要是你还这样教她们的话，我们就没饭吃了。你最好就此打住，去帮她们削削土豆。”

“我削土豆是把好手，”比尔很得意地说，“剖鲱鱼我也在行，在洛斯托夫特，没有哪一家的孩子能剖得像我那样……”

“得啦，”弗林特船长说，“叫那两个大副拿些土豆给你削，可别跟她们说什么鲱鱼，别说。”

“嗯，她们可能还不愿学呢。”比尔说。

没人再提起比尔治晕船的方子，也没有人对这事儿耿耿于怀，不过，那一天他还是看明白了，有些事儿在毒蛇号上能做，但在野猫号上却不行。那天午饭过后，弗林特船长觉得船不能再这样颠簸下去了，他觉得，减过帆后，船只应该可以在强风里行驶了。当他们在收船帆的时候，比尔又来炫耀了，他说有些活儿没有一个孩子比得上他的。当小小的前顶帆被收起来的时候，野猫号侧倾了一下，接着起身加速了，顺着西南方向飞快地驶过比斯开湾。比尔去了船尾，又把他那黑色的口嚼香烟掏了出来，切了一小片，趴在船舵旁边静静地嚼着，稳稳地坐在那儿，以一个专业舵手的眼光观察着弗林特船长的一举一动。

“你嚼烟草有多久了？”船老大突然问他。

“年轻的时候就开始嚼了，”比尔说，“您用不着担心，嚼完了我都是背着风吐的。”

“那就好，”弗林特船长说，“不过，你的香烟可别让其他人给糟蹋了，也别在甲板下面和你的舱室里嚼香烟。”

那一天，包括那天晚上，还有第二天一整天，除了弗林特船长和皮特鸭，谁也不许去碰船舵，因为野猫号正冒着山一般的巨浪向南疾行。比尔一有空就到甲板上看着他们。直到第三天，风浪才平息了点儿，可比尔一点也不高兴。他承认弗林特船长在掌舵方面虽然比不上黑杰克，但也是把好手。当然，皮特鸭驾船的本领也是无懈可击的。但他以为第二天他们就会抖开船帆，会加挂风帆的。

有一次，皮特鸭让他去甲板室送个信儿，他就待在那儿看了看弗林特船长竖在行李架上的几把猎枪，每只枪口都用油布塞着，以免进了灰尘。

“这支是什么枪？”他问。

“来复枪。”弗林特船长正在看航海图，他抬起头来瞅了一眼说。

“这只呢？”

“散弹枪。”

“这是打兔子之类的吗？”比尔饶有兴趣地看着第三支说。

“那个啊，打大象的，”弗林特船长说，“我在锡兰搞到的。”

“毒蛇号上可没有大象，”比尔说，“不过，我觉得您有这几把枪，很有福气。”

“经过上次那一搏，我们可把毒蛇号甩掉了。”弗林特船长说，“即便他没在那场大雾里上当，直接去爱尔兰海找我们，也没关系。”

“黑杰克一逮住什么，就不会那么轻易放手的。”比尔说。

“得了吧，”弗林特船长说，“我们是不会把你交出去的。”

“我也觉得你们不会那么干的。”比尔说。

野猫号真是一艘怪船，船上的人也很怪，这些事儿他们好像都不当真。他们真不了解黑杰克那帮人。比尔再不说什么了，走了出去。

南希刚才一直在看着航海图，看弗林特船长用铅笔标出他们所处的位置，这会儿她也跟着比尔出去了。比尔待在甲板室的背风处，正抬起头看着船帆。

“有什么问题吗，比尔？”她说。

“假如这艘船是我的，”比尔说，“而且鸭先生在船上，又知道黑杰克在追他，我就不会这么轻易地放过这艘船了。我会扯满风帆，加速前进，不到桅断船沉都不会罢休的。要是知道黑杰克在追我，我就会这么开船。”

第十六章　黄昏时的马德拉

野猫号甩掉毒蛇号，并且收留了红发比尔后的第四天，瞭望员佩吉第一个看到了菲尼斯特雷角。暴风雨过后，起了很大的雾。弗林特船长每隔半小时左右就看一看航海日志，他在甲板室里花了好长时间，一笔一笔地算着他们走了多远，当佩吉突然喊起她看到陆地的时候，他真的很欣慰。雾气慢慢向东南方散去，海面上呈现出狭长而陡峭的海角，海角上的盛拓罗岩蜿蜒而去，还看到两三艘捕金枪鱼的渔船，都悬着高高的船帆。弗林特船长走出来，坐到甲板室的屋顶上，自豪地凝望着菲尼斯特雷角，像是看到了自己的土地一样。毕竟，他是在浓雾中离开了大陆的尽头，又在暴风雨中航行了好几个小时，然后才找到了驶出比斯开湾的航线。这种情况下，谁都盼望着一个路标或者一座灯塔出现在眼前。野猫号的全体船员都挤到栏杆边，调整望远镜的焦距，眺望这个著名的海角。

海角还离得很远，但是再靠近一点也毫无意义，至少弗林特船长是这么认为的，后来大家也都这么认为了。起初有些人还在想，要不在比戈和里斯本登陆，要不就沿着西班牙和葡萄牙的海岸线航行，那该多有趣呀。但现在他们可以找到充足的理由，不要把时间耽误在单纯地看风景上。

“要是我们去了比戈，”弗林特船长说，“然后待上一两天的话，黑杰克早就抢先到达蟹岛了。”

皮特鸭赞同船长的说法，一半也是为自己考虑的。“海港，”他说，“到处都一样，都是脏兮兮的。如果只是去找点儿吃的，或者是淡水用完了，那还说得过去，不过，像我们这样一艘装备齐全的船就不必了。就拿赛莫霹雳号来说，从遥远的地方出发，即使经过一百二十天的航行，要是无货可卸，它会停港靠岸吗？当然不会。那我们为什么要靠岸？我并不是十分想去蟹岛，但那是我们必须去的地方，我只想让船不停地航行，早点儿到达才对。这是我们赋予这艘船的使命。”

“黑杰克难道不知道怎么去那里吗？不会吧。”比尔在和别人议论，“如果他先到的话，我们最好去别的地方。”

所以，虽然野猫号不是一艘赛莫霹雳号那样的快速帆船，只是一艘小型纵帆船，架着几根桅杆和几张小帆，但所有的人都认为必须要争分夺秒。弗林特船长每天晚上都要卸掉上桅帆，因为这一带的海风变幻莫测，谁都不愿在漆黑的夜晚匆匆忙忙地去卸帆，而每天一大早，他又得把帆升上去。每个人都悉心呵护着这艘小船，对于约翰、南希和比尔来说，最希望的是，无论谁在掌舵，都要让船稳住，不要不停地摇摆。

他们在菲尼斯特雷角以南又遇上了好天气。这会儿，他们正沿着博令兹和附近的海岸线航行，以往有许多船只都是在这两处的岩礁上出了事。因为现在是黑夜，他们远远地就看到博令兹岛上灯火通明，法利胡兹虽然近得多，却只能看见一些微弱的绿光。第二天上午，他们离开了里斯本城外的罗卡角，这意味着他们的近海航行结束了，而弗林特船长也制定好了去马德拉的航线。当罗卡角消失在地平线下，他们心里清楚，要想再次看到陆地，只能一直等到将近六百英里以外的圣港岛出现在眼前了。

其实，头四天他们穿过比斯开湾的时候，就已经习惯了没有陆地的视野。起初，有些船员会觉得枯燥，但一路上似乎还是有些可看的东西。他们有时会看到海鸥紧随船尾的波浪，宽大的翅膀几乎一动不动，快速俯冲下来，从海面上叼起从船上扔下去的饼干屑，或者闪电般掠过船舷，捕捉抛向空中的屑片；他们还看到汽轮、从南美驶来的班轮，以及又长又浅的油轮，只有船尾上的烟囱而没有吊杆，只要看上一眼，谁都能猜出那是什么船；还有成群的海豚，翻腾在船尾的浪尖上，像是在海上玩跨栏比赛，它们辗转出没于海面上，阳光下闪烁着它们黝黑的脊背，他们总是跑向船舷，遥望它们追逐的身影，直到它们泛起的白色浪花远离了视线；还可以看到飞鱼，像一道道银光穿梭于波浪之间，长长的鱼鳍呼呼作响，像是雪白的山鸡飞过，一头扎进另一朵浪花里，马上又横穿出来，有时它们会掠过很长的一段水面才销声匿迹。

总有可看的东西，而且，还有别的事可做。苏珊和佩吉从早到晚都忙于做饭和料理家务，可有一天罗杰提出来了，“你们的活儿应该叫作料理‘船务’。”因为苏珊说她忙于做“家务”，却没空给吉博尔做顶绒线帽子。不过，吉博尔最终还是得到了绒线帽，但那是皮特鸭补完袜子后，用蓝毛线按自己帽子的样式给它织的。当苏珊看到这顶帽子时，就把手上的“船务”活儿撂在了一边，给它在帽顶上缝了条红毛线做的流苏。

每天都要把船上的大水箱装满水，水是从压在船底的水箱里倒过来的，每个水箱顶部都上了小螺旋盖。就这样，苏珊一笔笔地记着他们用了多少水。她的算术一直就不太好，佩吉也一样，不过，直到这次航海结束之前，也没有一个人发现她们的加减乘除出了问题。她们整天都在计算着。苏珊经常一大清早醒来就在想，哪一笔算错了。于是，她就在床铺上坐起身来，想重新算一遍，然后告诉睡在下铺的提提。提提就会去取来笔和纸，帮她一起算。甲板室门后有一张卡，每次从船底取一箱水倒入大水箱，苏珊都要在卡上做个记号，这样也好让弗林特船长及时了解水用了多少。他们的淡水用得很节省，衣服基本上都是用海水和特制的碱水肥皂来洗的。这种肥皂不起什么泡沫，但洗过的衣服感觉黏糊糊的，不过，总比浪费饮用水要好。后来，弗林特船长说，这都要归功于苏珊，要不是因为苏珊这么细致，没有水喝，他们什么也干不了。

当然啦，他们也时刻关注着海上的动静。天气好的时候，每天下午约翰、南希，还有比尔，他们两个一组或三个一起，一连要看管四个小时的船。现在只能用罗盘导航了，因为眼前看不到一块陆地。要是遇上其他船只，或者风向突变，他们就会去敲甲板室的门，叫皮特鸭或者弗林特船长出来。船长他们白天要抢时间休息，因为晚上还要在甲板上轮流值夜。不过，比尔从记事起就一直驾驶小帆船的，约翰和南希来这之前也学了不少。当然，在料理船务的时候，不管遇到什么情况，谁在甲板上，谁就有责任当好瞭望员。

皮特鸭教他们怎么织渔网，然后叫他们自己轮流做，他只要稍加点拨就可以了。结果他们织了一张渔网一样的吊床，挂在前桅和顺风方向的侧支索之间。野猫号在海浪的冲击下跌宕起伏，所以每次爬上爬下这张床，都把他们撞得青一块紫一块的。这样一来，虽然吊床做得很成功，但谁也不愿长时间躺在上面，因为你要是不想掉下去，你就得设法稳住它。他们还在甲板上玩丢套环游戏。皮特鸭教他们用绳索系成了套环，然后，他们就把这些绳套抛来抛去的，套到东西后再拉回来。没想到一玩起来，老是把绳套抛过了头，掉海里去了。玩到最后，也没人愿意去做新的绳套，而且皮特鸭也说，船上再没有多余的绳子给他们这样玩下去了。

后来，他们又玩起了跳绳。起初弗林特船长提议的时候，大家都认为这是小孩子玩的游戏，但很快他们发现，这比吊床更容易摔人。在一艘小型纵帆船的甲板上跳绳可不是开玩笑的，因为甲板的倾斜度上一秒钟和下一秒钟都不一样。比尔看到弗林特船长沉住气，用右脚一连跳了一百下，左脚一百下，然后两脚并跳五十下，但最后也几乎累趴下了。他看出来了，这里面肯定有什么窍门的。比尔也试了试，他可没累趴在甲板上，因为头一回他连三下都没跳完，甲板就往上蹿，重重地撞了他。不过，最终他们所有人都跳得很在行了，而且，比起用那张吊床来打网球，跳绳可费不了多少绳子。

一切就像上了发条一样按部就班，日夜轮回。马德拉就在眼前了。他们已经过了圣港岛，正期待着在丰沙尔港抛锚上岸，然后在这个外国码头上买点东西，还要把水箱注满淡水。一天下午，罗杰正在玩望远镜，突然发现还有一艘纵帆船远远地跟在他们身后。

那天他们穿过了几艘葡萄牙渔船之后，罗杰闲着没事，把大望远镜架在船尾栏杆上，想再看它们一眼。这一小队渔船都升起了帆，正尾随野猫号而来，毫无疑问，是向着马德拉归航了。当野猫号的船尾往下压的时候，望远镜也就跟着往低处瞄了瞄，那些渔船就立马映入了罗杰的眼帘；而船头往下压的时候，船尾就会往上翘，除了天空，罗杰的望远镜可就什么也看不到了。这样一来，罗杰看腻了这些渔船，突然间，他发觉那边还有一艘不同帆装的帆船。

“渔船后面还有一艘船。”他说。

没人搭理他。罗杰一个人占着望远镜的时候，没人相信他能看到什么有价值的东西。比尔和约翰在掌舵，除了船老大和皮特鸭，其他人都站在船头激动地眺望着马德拉。很快，马德拉就在眼前，越来越清晰了。弗林特船长还在甲板室里忙着看航海图，他在想，能不能不请领航员上船，就可以让野猫号顺利地驶进丰沙尔港呢，这时候，皮特鸭正在睡下午觉。

罗杰说："有两根桅杆呢，两根桅杆上都张着好大的帆！"

比尔听得真真切切。

"我也去看看。"他丢下约翰一个人在掌舵，蹲下身子，稳稳地把住望远镜。

下一刻，他一头扎进了甲板室，打断了弗林特船长的活儿，用脚推了推正在美美地打鼾的皮特鸭。

"醒醒，鸭先生！船长先生！是他！他又跟在我们后面来了。"

"别吵吵，"鸭先生坐起身来说，"你嚷嚷什么呀？"

不过，等他们一起看过望远镜后，他的脸沉下来了。他们都认为，那艘船即使不是毒蛇号，也是一艘与它非常相像的船。

"来得好快呀！"弗林特船长说。

其他人看到弗林特船长和皮特鸭都在甲板室外面，就都赶到船尾来了。

"是谁？"南希问。

"还是黑杰克。"约翰说。

"不是真的吧。"苏珊说。

"当然是真的，"罗杰说，"是我先看到的。"

"我想知道的是，"弗林特船长说，"那家伙看到我们了吗？还有，如果看到了，我们该怎么办才好？"

"不管怎样，先喝杯茶再说吧。"过了一会儿苏珊才说。

茶水弄好的时候，他们都搞清楚了，那艘纵帆船和他们一样都来自南方，正是毒蛇号！要不是因为那些葡萄牙小渔船，他们早该看到了。

除了南希要掌舵，其他人都下到餐厅里。"他会怎么猜我们的意图呢？"弗林特船长很为难地说。

"不用猜，"皮特鸭说，"首先，他肯定要径直去蟹岛的。他知道你也有一样的目的，他还知道你会在丰沙尔或者卡纳里斯群岛靠岸去补充淡水，他自己也会这样做。"

弗林特船长突然从椅子上站起身来，眼光里有一种别样的神情。

"苏珊，"他说，"我们再看看你做的用水记录吧。"

十分钟过后，他们又回来了。

“多亏了苏珊。”弗林特船长拍了拍她的背，举起手中的大茶杯一饮而尽，向她表示小小的敬意。他接着说：“多亏了苏珊，我们还是能打败他的。我们的水还足够多，所以我们要继续前进。丰沙尔在那座岛的南边，在我们拐过那座岛之前，天就要黑了。我们不能去丰沙尔逛街，也不要入港停泊了，我们要向加勒比群岛和鸭先生的那座岛继续前进。”

皮特鸭直勾勾地盯着他的茶杯底，似乎在想着什么。

“哎，鸭先生？”

“先生，如果您确定我们的水够用，我对这样的计划没有意见。他肯定会亲自来这儿加水的，一千艘纵帆船里也没有一艘能带几吨重的淡水作压舱物呢。他会在丰沙尔加水，他断定你也会在那儿做同样的事。现在你可以不用在丰沙尔加水，等他猜到你不会在那儿靠岸的时候，肯定就过去两三天了。然后，他只能猜到你要向南边更远的地方去找水，比如说特纳利夫岛或者是大加那利岛，他绝对想不到像你这样一艘小船会一路不停地往前走。”

对这么好的计划，谁也不可能说出一句反对的话，即使他们要去丰沙尔的沙滩上吃冰冻果子露的打算泡汤了。他们可以再一次甩开黑杰克，如果皮特鸭说得没错的话，黑杰克会接着去卡纳里斯群岛。那样的话，他们就有充足的时间，很有可能抢先到达蟹岛，去看看那里鸭先生说过的树下到底埋了什么东西。然后，在毒蛇号到达之前，他们就在返航的路上了。

当夜幕降临这片热带海域时，野猫号的全体船员一齐站到船尾，远远地望着那艘紧随其后的黑色纵帆船。他们现在倒希望黑杰克那帮人看得到他们，好以为他们正要驶向前方那座岛屿。他们在黄昏的时候驶过马德拉岛东端，但等到毒蛇号转过这个弯儿时，早就是漆黑的夜晚了。如果毒蛇号上真的有人认为野猫号不是去了丰沙尔港，那可就奇怪了。的确，野猫号在继续航行，虽然前方的海面和山坡上闪耀着港口的灯火，但他们并没去丰沙尔港，而是依然坚定地向着黑暗驶去，朝着西南偏西的方向前进，终于在午夜时分驶进了广袤的大西洋深处。

当丰沙尔的灯火慢慢退出视野后，弗林特船长有些遗憾。

“坏了，”他说，“我还指望在马德拉买一柄像样的铲子呢。”

第十七章　信　风

第二天清晨，马德拉那边的地平线上只能看到团团低垂的乌云，却看不到毒蛇号的任何踪迹。野猫号再一次重新安顿了下来，恢复了原有的生活秩序。从日出到日落，东北方不断地吹来信风，船儿乘风破浪，一路疾行，只在黄昏时分稍微放缓了脚步。这些天真是一帆风顺啊，弗林特船长和皮特鸭都觉得可以整宿地挂上上桅帆了，应该不会有事的。每天早上，太阳还没挂那么高的时候，船上所有人都会来到甲板上洗洗刷刷，用帆布桶打满海水上来冲洗甲板，或者泼到同伴身上给他冲个凉。他们每天的生活都是这样开始的，日复一日地重复。瞭望、敲钟、做饭、吃饭、洗锅、洗碗。大部分时间里，皮特鸭都扛着鱼竿去钓鱼。鱼钩很大，鱼饵是一大包熏肉皮，他本来指望能钓到鲨鱼的，可是一条也没弄着，还不如用小点儿的鱼钩，他还能时不时地钓到一点儿美味可口的东西。当然，也有飞鱼一不小心飞上了甲板，你可知道，这对船上的厨房来说是求之不得的。至于钓鱼的收获，他经常说，是怎么也比不过在诺福克湖区的。

皮特鸭教大家绳索怎么打结的知识，许多都是书本上找不到的。弗林特船长教给约翰和南希怎么用六分仪观测方位，如果遇上那些比他们上学时还要难得多的数学问题，他们三个还会争得面红耳赤。起初，他们用六分仪对准太阳（你知道，在摇晃的甲板上使用六分仪可不是件容易的事）观测，测出的数据表明，野猫号要么是航行在撒哈拉沙漠里，要么是在穿越安第斯山脉，要么是穿行在美国中西部众多的名城中间，但没过多久，他们就有十足的把握，认定这艘船还是航行在大西洋上。就在这次航海的最后几天里，他们俩计算出的结果和弗林特船长的就相差不大了，几乎不会超过五六十英里。这可能是大家在船上感觉到的最真实的课堂了。弗林特船长经常跟他们讲起历史上著名的“淘金热”，不过，你可不能称之为历史。就像皮特鸭说起他被鲨鱼拖着走；说起他不止一次亲眼看见过海蛇；说起他在悉尼港看到的会领航的盘罗杰克海豚一样，为了保护它还专门制定了法律呢：你总不能把这些故事都归为自然科学吧。

每天中午，弗林特船长都要算一算他们目前所处的位置，然后用红笔在航海图上打个小叉，并在旁边注明日期。大家经常去甲板室看看这幅航海图，图上无数的小红叉连成了一条线，从利兹角到菲尼斯特雷角，再到马德拉岛，再向西南拐进东北信风带，然后一直向西，几乎只有这条线才让他们意识到，他们确实在前进，在向大西洋的另一边靠近。其实每一片海域都很像，不过，看着这些小红叉在海图上一点一点地延伸，倒让人觉得他们就像是航行在一个巨大的盘子里，虽然走得艰难，也走得很快，但依然被困在盘中央，好像都没有动弹一下。

一连好几天都没见到一艘船了，终于有一天，当天色渐亮，星辰隐退，太阳刚升过船尾的时候，南希和弗林特船长正在瞭望，远处的地平线上突然出现了一艘整装航行的三桅快船，鼓满风帆，正向西北方驶去。起初他们还可以隐隐约约地看到船只，但现在阳光斜照在海面上，把船帆照得像一朵白色的野玫瑰，每张鼓满的风帆就像盛开的花瓣一样。

“我觉得有必要去叫醒鸭先生，请他过来看看。”弗林特船长说，他去了甲板室，只有南希一个人掌舵了。

没过多久，皮特鸭就起床了，他很警觉，似乎随时都准备去值班一样。他走出甲板室，拿望远镜看了看远处的那艘船。这会儿太阳爬得更高了，野玫瑰似的风帆也变得更白了。

“这倒让我想起了路易斯安那贝利号，”他说，“那是美国佬的快船，肯定是在回家的路上，我说的那艘船也是这样的。今天真是走运，又让我见到了一艘这样的船。你看，顶桅上有天帆，主桅和后桅都挂了支索帆。”

他有些难过地回过头看了一眼野猫号的船帆，多希望再加几张帆上去啊。

弗林特船长笑了。

“没办法了，鸭先生，一针长的帆布也补不上去了。”

鸭先生沉默了，他想起了赛莫霹雳号，想起了他的青春，想起了过去的时光。然后，他又举起望远镜，看着那艘船在地平线上渐渐远去，而南希和弗林特船长只能用肉眼看，他们看到的船帆只剩下阳光下一个耀眼的小白点了。

“再过一个小时，我们就什么也看不到了。”皮特鸭终于说了句，“我们这一路恐怕再也见不到这样的船了。可恶的螺旋桨蒸汽船，”他狠狠地蹦出一句来，“把这样的帆船都从海上赶走了。”

当其他人来到甲板上时，那艘船早已经消失在地平线下了。南希就给他们描述了一下。

“我们肯定是在横渡大西洋，”她说，“鸭先生认为那艘船应该是从合恩角过来，驶向波士顿或者纽约。”

“我们现在就该看看有没有树枝，还有鸟儿。”提提说，“哥伦布发现新大陆之前就是看到这些的。”

弗林特船长说：“他的航线比我们的要偏北一点，所以他看到的是马尾藻海里的海藻。”

“他还抓到了螃蟹呢，”提提说，“还采了好多花儿。你不记得上星期你念给我们听的那一段了吗？”

“我们会留意那些东西的。”弗林特船长说。听得出来，他说这话的时候，根本就不相信能马上看到什么。

又过了两天。晚上，约翰在掌舵，并且和皮特鸭一起瞭望，突然约翰听到黑暗中传来受惊的吱吱的鸟叫声。天亮时，他发现一只小鸟躲在小艇下，像是一只灰斑鹟，只不过翅膀是绿色的。它不吃大米，也不吃燕麦，连饼干也不吃，大家都担心它会饿死。佩吉想起了那一点生了虫的面粉，苏珊原先打算扔掉的。当时罗杰就说过：“如果我们的船失事了，才不会介意那些虫子呢。”苏珊就说，要是他乐意，就叫他留着呗，只要别弄丢了就行。为了以防万一，罗杰就把面粉装进了一只旧的可可罐，放在他的舱室里了。值得庆幸的是，这只小鸟对家常便饭不感兴趣，就喜欢吃面粉里的虫子。它一连吃了十几条，喝了点水，在茶托里洗了澡之后，就站在阳光下的主帆索上，抖抖身子甩干羽毛，突然飞过了船艄，往西边飞走了。

“我们一定是靠近陆地了，”提提说，“否则它不会这么快就飞走的。”

“鸟儿都像傻子一样，”比尔说，“我们在北海撒网的时候，我看到它们都直接往灯上撞，和飞蛾一样，它们真傻。”

“不管怎样，我们肯定离陆地很近了。”提提说。

“不知道那是不是我们要去的那块陆地呢。”佩吉说。

“我还没想过这个问题呢，”罗杰说着，就走进甲板室想求证一下，“我们现在是在什么地方？”他问弗林特船长。

“你自己看吧。”弗林特船长说。

罗杰看了看。

桌子上摆着航海图，图上的小红叉离外侧的岛屿越来越近了，直指一个被红墨水圈起来的小圆点。

约翰就站在罗杰身后，心里默算着每个小红叉之间的距离，再算算最后一个红叉离那个标志着蟹岛的小圈还有多远。

“我说，”约翰说，“假如我们今天能走昨天那么远的话，明天我们应该能到那儿。”

“我不敢肯定，”弗林特船长说，“今天可不如昨天，除非海面又平静下来，否则我们明晚之前应该看不到蟹岛。”

他边说边走出甲板室，四处看了看，感觉这会儿的海风更清新了。野猫号似乎听懂了他的话，要下定决心，赶紧前进，完成任务。

“我们钉一枚金币到桅杆上，”提提说，“奖给第一个看到陆地的那个人好吗？或者奖他一笔钱？哥伦布就是这么做的。”

“船上一枚硬币也没有。”弗林特船长说。

提提想了一会儿。

“有了，”她说，“第一个看到陆地的人，咱们就让他第一个上岸。你们想啊，总不能让后边的人踏上一座荒岛吧，总得有一个人做拓荒者吧。”

“这听起来很公平，”弗林特船长说，“登陆的地方，我们就用他或者她的名字来命名。也有可能会用我们这艘船的名字命名哦。”

说完，人们继续往前走，走到船头去看看西方。不过，弗林特船长说过，要等到明天才能看出一点儿眉目。

“我们已经又走了好一段，可能比他认为的更远一些吧。”罗杰说。望远镜和双筒镜都在超负荷工作，每个人都想快点轮到自己。

“今晚谁值夜班？”南希喝完茶后，走上甲板问了一句。

“没人。”弗林特船长说，“下面那位值班的今晚要睡觉，好像我们离陆地还有千里之遥似的。”

“可惜我们离得没这么远，”皮特鸭说，“除了备点不划算的船上物料，就算登了陆也没什么好的。”

没人理他。大家都知道皮特鸭就喜欢畅行无阻地周游世界，永远不用上岸才好。他倒是可以成为“荷兰飞船[1]”上一名合格的船员了，那艘古老的船千百年来就一直航行在海上，而且永远不会停息。

“晚上没什么可看的了。”弗林特船长说，“南希，我和你一组，鸭先生和约翰一组，我们轮流值守，要换班的时候，我们就派个人下去叫你们上来。明天我们每个人的任务都很艰巨，所以为了更好地工作，必须保证有充足的睡眠。仅仅看到陆地是没什么用的，真正要干的活儿还在后头呢。”

不过，还是没有人那么早下船舱去休息，所以值第一班的时候，皮特鸭和约翰一点也不孤单，直到弗林特船长和南希半夜里来接班的时候，甲板上的人才散去。苏珊也没有像往常那么冷静了。这一路走来，她感到很欣慰。他们的罐头食品还没吃到一半，水箱里的水还够用六个星期的。此刻她可能在想，她不用再那么谨小慎微了。过去的这些日子里，她每天都要哄着罗杰和提提去睡觉，然后自己要坚决带着佩吉一起去休息。不过，今晚是他们在海上度过的最后一晚，都快十点钟了，她和佩吉还在甲板上走来走去。提提在甲板室里徘徊，看着海面上的月影，想起了当年站在舵楼上的哥伦布。罗杰本来已经要去睡觉的，又从前舱口爬上甲板来跟大家说，他本来要去和吉博尔道声晚安，可发现这只猴子还在乱蹦乱跳，看来空气中肯定出现了棕榈树的味道。南希知道要轮班，于是成了唯一一个按时休息的人。比尔一直都不用值夜班的，可这一晚上数他熬夜熬得最久。他是一个从不浪费任何休息机会的人，可就在昨天吃完晚饭后，他并没有回到舱室去睡觉。大家都以为他睡觉去了，他却趁人不备，从前舱口溜出来，爬到了船首斜桅的尽头，骑在翼梁上。月夜下的海水深沉，他独自一人在船头上空晃荡。

---

[1] 飞行的荷兰人，或者鬼船。传说有个荷兰水手被上帝惩罚，判处在海上驾船漂流直至最后审判日。——译者

“你在那儿做什么？”弗林特船长喊道。他半夜来到甲板上，正要往前走的时候，发现比尔把船首斜桅都压到外边的三角帆下面去了。“小心掉下去！”

比尔溜回船内舷，飞快地逃进前舱，就像一只受惊的小兔子躲进了窝。

弗林特船长把这事儿告诉了老皮特鸭。“他爬到船首斜桅顶上去了，是吗？”皮特鸭说，“我年轻的时候经常干这种事儿。那可是个好地方，你可以在上面数星星，感觉身下的船只就像在飞行。”

第十八章　陆地呀！

野猫号的船员和甲板一大早就洗了个咸水澡，比往常早了一个小时。凌晨四点，皮特鸭和约翰来接班，弗林特船长和南希回去睡觉了。这是天亮前的最后一班，也是他们最后一次看到黑夜里的风帆渐渐变白，也将是最后一次看到朝阳掠过船尾染红海面。不过，和其他船员一样，弗林特船长还是在七点钟起了床。约翰当时正在掌着船舵，听到甲板室里的抽屉在响，抽出来之后又砰的一声关上，然后就看到弗林特船长出来了。他带着一个水砣和一大卷线，线上系了牛皮做的结子，上面用旗布做标记水深的标签。看来他们是要靠近陆地了，虽然海面上还没有任何迹象表明，野猫号比前一个星期更接近陆地，因为四周的海水还是跟以前一样，漫无边际。然而，船老大拿出了水砣，把水砣绳挂在系索栓上，已经做好了准备。难怪船员们的眼神都不一样了，尽管身上还湿漉漉的，他们都眺望着远方的地平线，似乎期盼着能早点看到陆地上的风景。

吃早饭的时候，大家又问起皮特鸭，岛上究竟怎么样。

“从我最后一次见到那座小岛起已经过了整整四十年，”皮特鸭说，“是个水手指给我看的，当时我们的船都走出很远了。那儿有两座小山，如果往北走，小山就会呈现在眼前。最高的山位于岛中央。西北边还有一座高山，而东南边是一座更小的山，你几乎看不见它。那个水手对我说，他去那里取过水。我敢打赌，只要一看到那地方，我就能马上认出来。不过，我自己也不知道现在那里的情况怎么样，所以也没有必要讲。”

“你会一直待在甲板上，想抢先看到那地方吗？”看到皮特鸭正要走进甲板室，提提问了一句。

“就这么一会儿，我们是不会那么快看到的，”这位老水手说，“轮到我掌舵之前，我会一直待在床上。我相信你们会一直等到那座岛出现的。”

确实，这个时候没有人会去想别的。甚至是被带上甲板的吉博尔和鹦鹉也很不安分，它们要么是以自己特有的方式感觉到陆地临近了，要么是感受到了所有船员心里的那份骚动。谁都安不下心来。苏珊抱怨说，那天吃早餐的盘子是这次航海以来洗得最不干净的。

到了中午，鸭先生又来到甲板上，和弗林特船长一起观测太阳，计算帆船的位置。除了鸭先生，所有人都挤进了甲板室去看那个小红叉，刚用铅笔划上再用红墨水涂上的，因为小红叉可以显示出他们离那座岛究竟还有多远。

“现在随时都有可能看到，”弗林特船长说，“不过对你来说，看没看到都是一回事。”看见佩吉正要往前冲，想去占个好位置，他就一把拽住了她说，“到时候，炊事员可不能降低我们的伙食标准啊。”

饭很快就吃完了，苏珊心想，是不是不用马上去刷盘子，正好佩吉也说：“等我们看到那座岛之后再洗也不迟，还能洗得更干净呢。”于是苏珊答应了。大家都在眺望。比尔第一个爬上了前桅，坐在桅顶横杆上。约翰也爬上了桅索梯，站在侧支索上，就在比尔下面。南希登上了主桅侧支索，而佩吉、苏珊、罗杰、提提、吉博尔，还有那只鹦鹉都来到了前甲板。弗林特船长让他们拿去双筒镜，约翰拿了那个小单筒望远镜。皮特鸭一个人在掌舵，弗林特船长就在右舷边的甲板上走来走去，从甲板室走到绞盘，然后又往回走，还时不时地用那个大单筒望远镜扫视一下地平线。

“看呀，看呀！”罗杰突然说，“快看吉博尔。”

吉博尔手里拿着系索栓，它一路小跑，紧跟在弗林特船长后面。看到弗林特船长在用望远镜，它也举起系索栓，像船老大举着望远镜一样对着眼睛看。

大家又喊又叫地笑起来，弗林特船长还不知道他们在看什么呢，就猛一转身，看到吉博尔对着系索栓，像模像样地扫视地平线，这时大伙就笑得更欢了。

这时候，甲板上没有一个人想着那座岛了，突然前桅顶上传来一声尖锐的喊声。

“陆地呵！”

一眨眼的工夫，比尔竟然宣布了这个重大消息。

“在哪儿？在哪儿？”甲板上一片嚷嚷声。声音穿过主桅，南希正在那儿拭目以待呢，一直期待着海边突然出现那座小岛。

“船头右舷方向！”比尔大喊，“我们看下望远镜，约翰船长。”

“我也看到了，”约翰说，“就在正前方。不错，你眼真尖啊。”

“比尔真棒！”船上的人都在喊。

吉博尔看到所有的人都在看着比尔，就放下系索栓，一溜烟从他身边窜过去，抱住了前桅最顶端的转轴。

弗林特船长也爬上了前桅侧支索。

“我想叫鸭先生来看看。”他说，“喂，约翰，你下去掌一下舵好吗？”

听到比尔的叫喊声，所有的船员都很激动，只有皮特鸭无动于衷，他连瞅都不瞅一眼。他正在掌舵，他的职责就是保证让船顺着罗经航向行驶，他才不管爬在侧支索上或者横杆上的那些人在吵嚷些什么。

“确实是陆地。”弗林特船长边说边递给他双筒镜。这双筒镜还是他爬上桅杆之前，用大望远镜和苏珊调换来的。

“是蟹岛。”皮特鸭说，“那儿有两座小山，但从我们这个方位看的话，应该成一条直线了，看上去就变成了一座小山。也许我们要往船头左舷方向改变一点航线，然后顺着这股风，就可以绕到岛的北端找个下锚的地方了。如果往这边靠岸的话，会出事儿的。哎，先生，说实话，我可从来没想过还能见到这地方。”

那边海面上隆起了一块微微泛白的东西，大家都找准了方位，现在每个人都看得到那块陆地了。当然，第一眼见到它的时候，还相隔很远。其实野猫号并不比前一天开得慢，只是大家感觉比较慢，好像在一点一点地慢慢挪过去一样，慢得让人难以置信。直到下午很晚的时候，他们才看到有一线白浪拍打着海岸。整个下午他们都在轮番使用双筒镜、望远镜，看到小山的白色轮廓慢慢变得坚硬、黝黑起来，他们肯定那是山坡上成片的树林。弗林特船长终于忍不住了，不再看这座岛，而是走进甲板室玩起了密里根牌，玩了一盘又一盘。

傍晚时分，他们真的看到了两座小山，其实应该是三座：一座低矮的小山在南边；中央那座高点儿的山上，山巅是一块黑色的岩石，突兀在树林之上；还有一座更高点儿的山，虽然林木葱郁，远远看去却像是躲在另一座山的背后。沿着小岛的东海岸看去，好像还有一排连绵的碎浪冲向海滩，激起了无数白色的浪花。

“你的船是在哪儿失事的？”提提问。

“当时天好黑，”皮特鸭说，“所以我说不清了。但我敢肯定是在岛的这一边搁浅的，汹涌的波涛将它掀起又摔下，重重地撞到了船底，没两下子就粉身碎骨了。那天晚上那么大的海浪，凡是去靠岸的船没有一艘幸免于难的，我能活着上岸就是个奇迹了。可对黑杰克或者我们的船老大来说，我死了倒还可以给他们省去不少麻烦。整个海岸线上，就只有一个地方风浪会小点儿。不管怎样，就差那么一两步，我现在就不可能站在这儿了，那些鱼呀蟹呀什么的，早就把我给吃喽。”

“棕榈树！”提提说，她刚才还在想象那次船难的情景，突然眼前一亮，“看啊，蓝天下的那些树呀，小山上的。”

“你看得到螃蟹吗？”罗杰拉住弗林特船长问他。船长已经把牌丢到一边，正从望远镜里看着那座岛。

“这么远怎么看得到，”弗林特船长说，“你说，鸭先生，你就是在这边海岸线上看到东西被埋起来的吧。”

“就是在我说的那棵树下，我看到他们俩把一只口袋塞进了他们挖的洞。就在这片树林旁边，有棕榈树一直长到沙滩上的那块地方。是的，他们就是从这边过来的，我跟着他们回去的时候，翻过了一座较高的小山，然后下到另一边去的。他们在那边的海湾停了一条船，他们俩可能对这座小岛很熟悉，所以能得心应手地把船靠了岸。”

“我们今晚就停在他们那块锚地吧，”弗林特船长说，“到时候，苏珊大副可以给水箱加满水了，她肯定很高兴的。”

“明天大家都有淡水用了。”苏珊说。

“我要洗澡。”提提说。

“南希想洗头。”佩吉说。

“难道你不想洗头吗？”南希说。

“泼点水给鹦鹉，它也会很高兴的，”提提说，“我用海水给它洗澡的时候，它似乎从来就没有满意过。”

“那些小山真漂亮，”约翰说，“爬山应该很好玩。”

“一旦把宝藏弄上了船，我们就去探险。”弗林特船长说，“我们上岸的地方就叫‘比尔登陆点’，这名字不错吧。那座高点儿的山就叫‘吉博尔山’怎么样？我们在这块地方会找到很多乐子。”

“下了锚，麻烦也就来了。”皮特鸭说。他似乎对任何岛屿都毫不关心，一心只想早点儿再次起航。

比尔看着岛上，一言不发。他太熟悉北海了，就像大多数人熟悉他们的出生地一样，所以，出海对他而言，就和去多格滩捕鱼那么司空见惯。但在这儿，情况似乎不一样。马德拉，这个黑杰克穷追不舍的地方，这个毒蛇号紧跟不放的去处，黄昏时看过去，他觉得已经没有多少意义了，因为他们已经把敌人甩开很远一段距离了。不过，来到这座绿色小岛，看到白色的沙滩，沙滩上棕榈树在信风中摇曳，树林背后的山峰上，耸立着黑色的悬崖，这的确是一幅奇妙的域外风景画。不过，比尔能管住自己的嘴巴，不让别人看出他也很惊讶的样子。他什么都看在眼里，只是不要说出来才好。他可不像这帮孩子们，想说什么就说什么。

然而他心里又犯嘀咕了。这帮孩子似乎很容易就忘掉了黑杰克，但比尔了解他这个人。皮特鸭曾坚定地认为，黑杰克要是发现了他们不在丰沙尔港，就会猜测他们是不是去了卡纳里斯群岛，可要是他没那么想呢？要是不知怎的他早就来到了小岛上呢？你知道，毒蛇号是艘快船，比野猫号要多好几张帆呢。比尔盯着那摇曳的棕榈树和耀眼的白沙滩出神，心想能看得到一些别的什么东西就好，比如海岸上有人在走吗，树底下有人在挖洞吗。

野猫号绕过小岛北端后，太阳已经西垂，斜照在海面上。晚风吹得很舒缓，然而比尔却难以抑制心中的恐惧。当其他人还在谈论眼前的海岸风景时，他又一次爬到了前桅的横杆上。要是小岛后边停靠着一艘船……至少他还能做个最坏的心理准备。

这艘绿色小帆船绕过海角驶了过来。起初，弗林特船长一直驾船在外海航行，生怕船底会触到浅滩和暗礁，没想到船一转帆之后，就滑入了一道平静的水域，四周环绕着一片高地。弗林特船长亲自掌舵，而皮特鸭则举着大望远镜仔细查看海岸。他本来打算爬上前桅杆头，想更好地留意一下岩石和浅滩，但一看到比尔已经在上面了，他就对比尔大声喊，要是看到浅滩了，一定要提醒他们。约翰和南希在前甲板上，他们正在整理一条十二寻长的铁链。整个下午他们都在帮鸭先生，他们要把那个大锚扣在铁链上，那样就随时可以投下水了。提提和罗杰，还有吉博尔跟那只鹦鹉，他们都待在弗林特船长身边。那只猴子就在甲板室屋顶上窜来窜去的，都蹦了几个小时了，它一兴奋起来就经常这样，而那只鹦鹉还待在笼子里。

苏珊推着佩吉，一起进了厨房。

“我们可别耽误了做晚饭啊。”她说。她俩忙前忙后的，想给大家做一顿特别好吃的。随着帆船慢慢地靠岸，岛上一道道陌生而荒凉的风景掠过厨房门前。

太阳像一团燃烧的烈火，慢慢地沉了下去。鸭先生悄悄转向弗林特船长说：“我看见那条小溪的出口了。我清楚地记得，把我救走的那艘玛丽·卡胡恩号就停在那个滩头南边。瞧，就在这片滩头和那片之间。”

“收帆！”弗林特船长喊道。

听到指令，比尔立刻顺着前顶帆的升降索滑了下来。

“黑杰克不在这儿！”他和鸭先生一起拉主帆索的时候高兴地说。

“谁说他会在这儿？”鸭先生说，“你就站边上吧，等船老大想离开的时候，你就接过手去掌舵。”

野猫号朝前驶向海岸的时候，夜幕很快降临了。

“我不会把船靠得太近，”弗林特船长说，“尽管我知道这一带的岛屿，西岸的海水一般都很深。你站边上测一下水深好吗，鸭先生？”

其他人都屏住呼吸看着鸭先生。他把水砣抡了起来，在空中转着圈，转着转着，水砣呼的一下飞了出去，正好落到船头下方的水里。

“十个刻度深。”皮特鸭喊了一声，他一边拉起砣线，一边看那张串在线上打了孔的牛皮。“约翰船长，帮我去甲板室门后拿一下那罐牛脂，我之前准备的。”

不一会儿，约翰回来了。皮特鸭用大拇指揩了点牛脂，塞进水砣底部的一个小孔里，就像往烟斗里塞烟叶一样。

野猫号继续向前滑行。水砣又一次转着圈被抛进水里，水面上溅起了水花。

“八个，有沙。”皮特鸭喊道，一边在水砣底部摸索着，像是在摸粘在水砣底的牛脂上的东西。

“八个。”站在弗林特船长身边的比尔回应了一声。

接着，水面上又一次溅起了水花，鸭先生绷紧砣线，感觉已经触到海底了。

“五寻……有沙。”

弗林特船长在继续驾驶着帆船，水面上起风了。

“卸三角帆、支索帆。”

前帆慢慢飘落。

皮特鸭仍在继续测水深。

“五个。”

又一次。

“五有二分之一个。”

又一次。

“五个。”

“下锚！”

“啪”的一声，沉重的船锚落入水中，接着就是锚链咔嗒咔嗒的声音，约翰和南希正在下锚。野猫号一点一点地后退，铁链也就跟着一寻一寻地下滑。

“出去了十五寻，先生。”约翰喊道。

“再放五寻。”弗林特船长喊道。

野猫号终于结束了一段航程，在新大陆下锚了。

很快，天就黑下来了，大家还在甲板上忙个不停。弗林特船长和皮特鸭、约翰、南希，还有比尔，他们一起收起了船上的风帆。能走这么远，全靠这些帆了。然后他们装好了吊艇架，把小艇吊到甲板上来。

“不行，不行，”弗林特船长说，“今晚谁也别上岸，鸭先生要去布下小锚，我们要继续收拾这些风帆。比尔，你可以跟鸭先生一起去。约翰，你把那些绳子准备好了吗？我们动手吧。”

十分钟后，野猫号就完全沉浸在夜色中了。船的两边都是低矮的海岸岬角，在夜幕的衬托下，岬角上的棕榈树就变成了一个个高大的黑影。突然间，一声鹦鹉的尖叫掠过上空，引得正要下甲板的波利也发出了一声尖叫，而吉博尔早就待在床铺上了。大家说话都很小声，为的是能听到岛上的声响。棕榈树那干燥的羽状叶子随风摆动，发出沙沙的声音，还有树蛙在吹着哨子，蚱蜢在啧啧啧地叫着。

突然，树林边有无数盏漂移的小灯亮了起来，就像是无数颗火花在暮色中跳跃。

“是萤火虫。”弗林特船长说。

“不可能。”提提说。

“终于看到真的萤火虫了。”南希说。

接着，厨房里传来了悦耳的叮当声，一下子打破了船上的沉寂。

“我们的晚饭迟了点儿，”苏珊说，“不过，现在已经好了。”

“来吧，”佩吉说，“她可准备了一份大餐呢。”

“好呀，我觉得是该犒劳犒劳我们了。”弗林特船长说。

第十九章　蟹岛的早晨

个子小有时也有自己的优势。如果提提比苏珊个头大，她就得睡上铺，那样的话，她想早点儿起床都不成，怕下床的时候会吵醒室友，睡在下铺就好办多了。这是他们停靠在蟹岛后迎来的第一个早晨。她起床后就套上了泳衣，小心翼翼地爬出了舱室，没有碰到任何东西。接着，她踮起脚，溜过餐厅，悄悄穿过了走廊。快上甲板的时候，她停了下来，先听听前舱口下面有什么动静。她喜欢先听后看，因为听见之后再看到，等于重温了一次喜悦的心情。很久以来，她就盼望着来到一座荒岛，然后好好享受一番。她站在那儿听了一会儿，听到林子里的风声，还有草蜢和鸟儿的叫声。此外，她还听到陆地与海面共鸣的声响，无穷无尽的海浪滚滚而来，拍打着海岸，只要你捡起一只大海贝放在耳边就能听到。她也听到笼子里的鹦鹉很不耐烦了，但又不敢“嘘”一声，万一这个波利没领会她的意思，还不得呱呱地大叫一阵子？至于吉博尔，她看到它还蜷在笼子里睡觉呢。

提提两手抓住梯子，一只脚踩在最低的那根横档上，然后闭起眼睛。她一直闭着眼睛往上爬，本想就这样爬到甲板上，然后一睁眼就能看到岛上的风景了。然而，还没等她爬过船舱的一半，就听到烟斗敲击舷墙的声音，这才知道有人比她起得更早。她睁开双眼，看到皮特鸭站在船尾那头，斜靠在舷墙上，似乎在看下面的海水。他没听见她的脚步声，所以，这会儿也没有喊她，感觉就只有她一个人一样，漂洋过海来到了这个热带海湾。

一切都来得这么真真切切，所有的色彩都比她想象过的更明亮。漫天的彩霞，翠绿的羽状棕榈叶，还有高过树梢的黑色山岩。太阳正从岩石背后冉冉升起，照得岩石熠熠生辉，而山岩脚下的绿色灌木丛里还是一团漆黑。阳光照在野猫号甲板上的时候，山底还是阴森森的一片。一群鹦鹉正从昏暗的树林里飞出来，飞出了那片阴影，飞过了树梢，它们明亮的羽翼在林子上空扑腾着，在阳光下显得十分耀眼。是的，这座岛真真切切地出现在她面前了，连它飘在水面上的气息，那种麝香味儿的热带气息，都与提提爬过船舱时闻到的那股缆绳上的焦油味儿截然不同。

皮特鸭突然站直了身子，提提看见他一节一节地往上拉着线。没过一会儿，就看到一条色彩艳丽的鱼划过半空，闪闪发亮，接着"扑通"一声，落在了甲板上。皮特鸭一把抓住它，从鱼钩上把它脱下来，然后又把它扔下了水。提提跑到船尾往外一看，那条小鱼落入水中，溅起了一片小水花。它犹豫了一会儿，接着摆动鱼鳍和鱼尾，游进了一个光彩夺目的世界。

"早啊，一等水手，来到这个陌生的港口，你和我还是第一个上甲板的吧。我们都是一等水手。"皮特鸭说。

提提说："早上好，你怎么把鱼放回去了？"

"色彩鲜艳并不代表美味可口啊。"皮特鸭说，"过来，瞧瞧这些。（他指着身边那只用作鱼筐的旧箱子，里面有一堆大鱼。）每条鱼都像穿着红色的彩衣似的，不像刚才那条穿得那么糟，而且骨头也没有它的一半呢。那条全身都是骨头，只是披了件艳丽的外套而已，连只耗子也不会去啃它。好了，我们晚饭的时候，可以美美地吃上一顿鱼了。去冲洗一下甲板怎么样？"

"好。"提提说着，又往船舷下看了看。

"清楚得很。"皮特鸭说，"这里有五寻深，你还以为不过两三尺吧。好了，我再钓上一条就收杆。"

提提仔细盯着下面的海水，看上去比一块玻璃还要清澈。海水很深，海底的沙滩上长着一簇簇绿绸缎似的海藻，一群色彩斑斓的鱼在游来游去的。那群鱼缓缓游过一个个海底森林，忽然，它们齐刷刷地散开，或者冲向前去，或者改变了主意，原路返回来了。

"有一种大嘴鱼就以它们为食。"皮特鸭说，"看那儿，有四五条呢，灰色的。它们慢慢靠近，然后，哗啦！'红彩衣'仓皇逃窜，大嘴鱼就逮住了一条开小差的或者躲不及的。快看，看那条，往这边来了，要犯错误了。”

提提看到水下有一片银色的鱼片，浮在两簇海藻中间，那是皮特鸭做鱼饵用的。鱼饵动了动，一条大灰鱼慢慢游了过来，就是鸭先生说的那种大嘴鱼。鱼饵一下子往上拉了一尺，就像一条小鱼想要逃跑似的。接着，鱼饵不见了，没等提提反应过来，就听到皮特鸭说“钓到了！”，她这才意识到是大嘴鱼猛地一扑，吃掉了鱼饵。接着就开始收线。那条大嘴鱼窜来窜去的，想挣脱掉鱼钩，扁扁的鱼肚子银光闪闪的，后面还跟着一大群小鱼。那条大嘴鱼快要被拖上水面时，皮特鸭猛地一挑，想把它挑到空中，突然水面上溅了个水花，渔线上只剩下了鱼饵还留在鱼钩上，大嘴鱼又重新回到了大海。那些跟在后面的小鱼，惊奇中略带着惶恐，迅速向四面逃窜了。

“还是让它跑了，”皮特鸭说，“不过，我们的鱼已经够多了。趁现在还凉快，我们把这些鱼处理一下，好吗？”

“我能不能拿绳梯出去，让我先下去游泳啊？”

“你自己还没吃早饭，却要去给鲨鱼当早饭，这样不公平吧。”

“连鲨鱼的影儿都没见着呢，况且弗林特船长答应过我们，到这儿之后可以洗个澡的。”

“今天早上就有一条，我都看见两回了。我钓到一条大嘴鱼的时候，正要拉起线，唉，转眼就让它给叼走了，只剩下个鱼头还在鱼钩上。”

“好吧，”提提说，“我还是不去了。”不过，她不知道鸭先生是否在吓唬她。

游不成泳，她就选择了另一件最喜欢做的事。她把帆布桶的绳子一直放到底，满满地打上一桶水来，再把水倒在自己头上。皮特鸭也帮她打了一满桶水，把水浇在她头上。接着，这两个一等水手就一本正经地忙活起来了，他们先在船头用吊桶打水上来，倒在甲板上，然后趁着水流，赶紧用长柄大拖把把船头的甲板拖了一遍。

正当他们往船尾拖去，快到甲板室的时候，弗林特船长从甲板室走了出来，跨过舷墙，一头扎进了水里。这下子他们都惊呆了。

皮特鸭扔下拖把，迅速爬上还挂在船舷上的绳梯。

“有鲨鱼！”看到弗林特船长露出水面，他急忙喊了起来。弗林特船长摇了摇他的光头，抹去眼角的海水，又听到他喊：“小心啊，先生！”

此时，提提觉得心都快要跳到嗓子眼儿了，因为她正好看见了一条鲨鱼，难怪鸭先生这么着急地叫喊。

水面上竖起一张巨大的三角翅，下面是一大团阴影，正向弗林特船长游泳的方位蹿过来。皮特鸭弯下腰，从他那个鱼筐里抓起一条大嘴鱼，朝弗林特船长和鲨鱼翅之间使劲儿扔了出去。鱼砸进水里，溅起了水花，砸中的地方立即出现了一个巨大的漩涡，那条鱼和那个巨型三角一下子消失在漩涡中了。弗林特船长迅速向船身游过来，刚爬上绿色船舷上的绳梯，就看到一条长长的灰影在水中翻起了白浪。那条鲨鱼一转身，啪嗒一声，只差一两寸就咬到了他的脚。那一刻，提提几乎觉得自己要吓出病来了。她一把拽住弗林特船长湿淋淋的胳膊，仿佛他自己没有力气翻过舷墙。

“好了，提提。鸭先生，谢谢你。那头野兽很可能会把我的一条腿没收了，那样的话，我就不能顺顺当当地走路了。”

这时候，其他人都穿着泳衣，跌跌撞撞地上了甲板。

“谁先下去了？”南希喊道，“我听见有人跳水了。不管怎样，我要先跳。来吧，约翰，和我比一比，你能从这儿游到对岸去吗？”

“别跳，南希！”弗林特船长说。

“你好，怎么回事？”南希问。

“刚才他差点儿就被鲨鱼吃了。”提提说。

罗杰跑到船边，趴在舷墙上，探出头去。弗林特船长笑了起来。

“还记得你要我跳水的那天，你在船屋边上找鲨鱼吗？你还说，恐怕鲨鱼不够大，吃不下我呢。”

“这次可不同。”罗杰说。

“天啊！”南希说，“真有一条鲨鱼呢。看！”

七八十码远的地方，他们又看到了那张三角翅，正在水中破浪前进。不过，那条鲨鱼消失了以后，很奇怪，再也没看见别的鲨鱼了。

“我真傻，真不该像刚才那样。”弗林特船长说，“来到这儿，太兴奋了，就想下海去游一游。你知道，今天很特殊，就是那种心情。好啊，你们俩把地都拖好啦。来吧，我们先把水泼到这些懒虫身上，然后再去吃早饭。”

“现在首先要做的是翻过这座岛，找到鸭先生说的那棵树，然后把东西带上船。”早餐的时候，弗林特船长说。

“你说什么，先生？”皮特鸭说，“我们首先应该考虑一下这艘船。说不准我们要在这里待多久，也说不准什么时候就变天了，所以我们应该做的第一件事是把水箱全部灌满水，以防万一，然后再把索具检修一遍。经过这么远距离的航行，肯定有些磨损的地方，我们要趁此机会，在下次起航前把船上的东西修整一番。”

“我们右舷边整整用了四十三箱水，左舷边用了四十四箱，”苏珊说，“总共是八十七箱。”

“你看，要搬这么多水箱下船，还要运到岸上去，接下来的天气估计就没这么好了，”皮特鸭说，“我想，现在的机会不容错过啊，你看，现在气压计还很稳定。”

“这些我都清楚，”弗林特船长说，“正因为这样，我们才必须快点去岛那边把东西挖出来。嗨，你会带我们去找那东西的吧。”

“尽力而为吧，不过，那儿可能不会有什么东西了。不管什么东西，过了这么久，可能都没了。”

“那也行，”弗林特船长说，“没了就没了。我们既然来了，总不能不去看看吧。我们得下船去，你自己也说，不能指望天气一成不变。也就这一次机会，我们俩去了那里，就不用再操心这艘纵帆船了。”

此时皮特鸭和弗林特船长似乎要吵起来了，其实没有。

苏珊说：“我们去装水，你和鸭先生翻到岛那边去，这样行吗？”

“好呀！”弗林特船长说，“必须留个人负责船上的事务，这样吧，我们不在的时候，你们就听约翰船长和南希船长的，他们俩，再加上两位大副，要是这点儿事都办不好，那就完全出乎我的意料了。”

“嗯，还是有点不妥，”皮特鸭一边说，一边把烟丝使劲儿塞进烟斗，“要是下船，我会等天气好的时候。”

这次是罗杰开口了。

“我们不是要去取宝藏吗？”

“又用不了多少时间，我们也一起去吧。”南希说。

“哦，看啊，南希，”弗林特船长说，“我还指望你和约翰照看好这艘船呢，装水的时候也好帮帮两位大副……”

比尔坐在那儿一言不发，看上去很郁闷。他只关心能不能和鸭先生在一起。虽然这帮孩子都不错，但鸭先生去哪儿，比尔就想去哪儿。水手们总是团结一致。

“好啦，比尔，”弗林特船长笑着说，“他不会丢下你不管的。”

比尔不知道弗林特船长懂不懂他的心思，不过他还是咧开嘴笑了，而且笑得很开心。

最后，大家都同意让约翰、南希、两位大副，还有那只猴子和那只鹦鹉留下来照看帆船，弗林特船长、皮特鸭、比尔、提提，还有罗杰一起去翻越这座小岛。罗杰一直都以为能让他一起去，所以弗林特船长也觉得很难让他留下来。但如果带上他，怎么能不带提提呢？鸭先生也说过，一起去也没什么不好。苏珊和佩吉开始给那几位探险者准备口粮。后来，他们都准备上岸去，去见识一下那条小溪也好。

小艇已经在水面上了。一切都布置好了之后，在约翰和南希的协助下，弗林特船长和皮特鸭把燕子号抬到了船舷，然后钩住吊艇架的滑轮，把小帆船吊了起来，再慢慢放下水去。提提看着很着急，生怕碰坏了燕子号上新刷的油漆。

“这些吊艇架正好可以用来吊水箱。”皮特鸭说。他拿了一只空水箱走上甲板，让南希看着，教她怎么把一根绳吊索穿进水箱边上的拉手，怎样用吊艇架滑轮把水箱吊起来，又怎样把吊艇架转进船内舷，再把水箱卸到甲板上。

“这些水箱并不很重，”他说，“要看你怎么操作了。”

终于，一切都准备好了，从厨房拿来的小水桶也被吊进了小艇。苏珊说过：“不管怎么样，我们总要把小桶洗洗吧。”有两只水箱被吊进了燕子号，而约翰已经竖起了桅杆，南希就站在一旁正准备升帆，提提和罗杰就坐在那两只水箱上。比尔听从安排，在燕子号找了个位置。当然，看到皮特鸭和两位大副坐上了小艇，他心里很不乐意，所以这会儿还抓着绳梯不丢。

“嗨！嗨！吉姆舅舅！弗林特船长！”南希叫喊，“我们就要出发了，你们干什么去呀？”

弗林特船长一转身翻过舷墙，爬下绳梯。他手里拿着一个长条状的纸包裹，一上船就开始解带子，是考斯港糖果店里的那种宽带子。他把包装纸塞在座板下，摸了摸那两柄宝蓝色的铁制玩具铲。

“肯定生锈了，”他说，“但我觉得还管用。”

比尔推了一下野猫号的舷墙，小帆船就脱离了野猫号。南希升起了褐色的旧船帆，小小的燕子号就开始右舷抢风航行，向海岸进发了。

提提深吸了一口气。

“我们上次开这船，还是在洛斯托夫特。”她说。

“之前我们还到过湖上。”约翰说，“我们从马蹄港归航的时候，还真没想过我们今年又要乘这艘船去一座荒岛。”

“真希望亚马逊号也在。”南希一边说，一边看着皮特鸭他们乘坐的棕色小艇。皮特鸭和他身后的一位大副坐在船头，另一位大副面对着他坐在船尾。他们都快到岸了。

“你们的燕子号真像英俊的小水手。”比尔说。

“野猫号也像个美女呀。”提提说。如果他们只是夸燕子号的话，弗林特船长心里肯定会不好受的。

的确，这艘抛了锚的绿色纵帆船看上去还真可爱。

然而，那天早上，弗林特船长和罗杰都没有心思看那两艘船，他们心里只想着蟹岛，想着他们在岛上会找到什么。

燕子号驶过一片海湾，然后调转方向，往那片明亮的沙滩海岸驶去，那条小溪的出海口就在那儿。约翰突然发现他们这会儿靠不了岸，因为那片海湾实际上被分成了两半，中间横着一小块儿滩涂，所以不得不再次抢风航行。后来他们才明白，这条小溪是改过道的，原先的河床已经干涸，这块滩涂就在新老两个出海口之间自然而然地形成了。

燕子号的船头触到沙滩的时候，皮特鸭和两位大副也把小艇划了过来。

“比尔，快下去！”提提说，她感觉到了龙骨擦在沙滩上嘎吱嘎吱的声音，“真像沙漠啊。你是第一个踏上沙滩的！”

比尔拿着系船索，扑通一声跳下船舷，然后把燕子号往岸上拖了一两英尺。

“你们先前说这个小海湾该怎么称呼啊，先生？”他笑着问。

“比尔登陆点。”弗林特船长说。

“我要自豪地宣布，欢迎你们的到来！”比尔说。

第二十章　小路上的标记

其他人也都跟着比尔爬上了岸，然后跑去和鸭先生他们会合，这时候，他们正划着小艇过来。正当他们准备跑起来的时候，却发现自己的腿脚好像出了毛病，要么就是沙滩有什么问题，不过他们确实是站在坚实的地面上啊。原来，这么多天来，他们都在船上摸爬滚打，这一时半会儿还真难适应，觉得要在这片海岸上站稳脚跟比站在野猫号晃荡的甲板上还难。

“这边的海滩怎么动个不停呀！”罗杰说。

比尔笑了。

“有一次我看到一个人，在海上航行了有一段日子，上岸的时候，就从洛斯托夫特港的码头上掉下水了。”实际上，他自己也没适应过来，还像在船上走路一样，踉踉跄跄地走在沙滩上，其他人看着也笑了。

现在海滩总算平静下来了。这一天，这帮探险队员们都陆陆续续感到有点儿晃，还有点儿晕，就觉得这地面和船上的甲板一样，忽上忽下的。

“要开始干活了，我们的腿脚可要听使唤呀，”弗林特船长喊起来，“动手吧！”他把两柄小铁锹插在沙滩上，然后把燕子号再往岸上拖了一点，其实根本没必要的。鸭先生早就把小艇上的小桶提了出来，用船桨挑起来递给了两位大副，然后她们就像海盗一样拎着小桶，往小溪那边走过去了。弗林特船长取出燕子号上的空水箱，紧跟在她们后头。“不对，不对。还要上去点儿。”他说。接着，他发现树荫下的黑岩石之间有个小池子，那里正有他想要的东西呢。他跪了下去，捧起水来尝了尝。

“好极了，”他说，“过来尝一尝，鸭先生。”

大家都尝了下，觉得这水还真不错，只有罗杰一个人在下游流经沙滩的地方喝的水，那儿的水当然有点儿咸。

“上这边来尝尝，”看见罗杰不迭地把嘴里的水吐了出来，弗林特船长喊道，“那儿的水肯定是咸的。”

“到这儿来洗洗你的嘴巴。”苏珊说。

罗杰过来了，说：“我觉得这儿的螃蟹也没什么。”

他一直惦记着螃蟹，没想到只看到了几只淡黄色的，而且长得也很小。

“它们白天会躲起来的，”皮特鸭说，“我记得岛那边的更大些。晚上你就会看到成群结队的螃蟹了。”

岩石下是个很深的小池子，这条小溪就是从这里流出树林的。池子虽然只有几尺宽，还不够让人下去洗个澡，不过按个水箱下去刚好，这下水箱灌满水可就容易多了。这已经很走运了，否则的话，他们要用杯子一点点舀上来，别提多费劲儿了。

“那好吧，”弗林特船长说，“就让他们在这儿打水。时间不等人啊，两位管事儿的船长，他们还想干什么？要派个人回到船上去，我们可不想让吉博尔把船开走了。”

“好的，吉姆舅舅，”南希说，“那我走了。我们这就把燕子号开回去，再运些空水箱过来。我和约翰会轮流守在野猫号上。你们回来之前，我们就会把水箱都灌满藏好了。鸭先生已经教过我们了，我们知道怎么用吊艇架把水箱吊上船。来帮我们把燕子号推下去吧，你把它往沙滩上拖得太高了。”

“明白了吧，南希船长，”皮特鸭一本正经地说，“你们吊水箱上船的时候，可别忘了把滑轮两头的绳子都要拴在系索栓上。否则的话，万一你松了手，水箱就一下子掉到底了。你也一样，约翰船长。你要穿好另一条绳子，这个我不担心，可要是真出了这样的岔子，那就不像老水手的样子了。我们可不愿见到野猫号上发生这样的事。要是我跟你一起待在船上的话……”

“我们走吧，鸭先生，”弗林特船长一听他讲这种话，就迫不及待地说，“他们不会搞错的。再说，我们也该动身了。”

南希笑了。苏珊看了他们最后一眼，看到罗杰背好了背包，两条背带一样长的那种，而弗林特船长就把两柄小铁锹夹在了腋下。大家都在喊“再见！”“祝你好运！”，这支探险队就顺着小溪，走进了森林。

海滩上突然变得安静下来。

“我倒想跟着他们一起去呢。”约翰说。

“别说了！”南希说，“这可是我们唯一一次机会，可以全权掌管这艘船了。来帮我抬个水箱下来。你们两位大副去推另一个吧，不会太沉的。”

几分钟过后，燕子号这艘褐色小帆船离开了小海湾，向那艘下了锚的纵帆船驶去。苏珊和佩吉待在溪水旁，她们要把那只橡木做的旧水桶好好地清洗干净。这只饮水桶在船上用了很久了，最近几天喝水的时候，老感觉有一股很重的橡木味儿。

“看上去有点儿不一样了。”皮特鸭说。他和弗林特船长，还有跟在后面的比尔、提提和罗杰一行人钻进了那片郁郁葱葱的森林里，皮特鸭老在说：“真的不一样了。我一直记得有一条小溪，好像是从别的地方流出去的。这些树好像也不一样了。不过，只要我们顺着这条小溪往上走，翻过这座小山到东边去，应该不会错的。”

树荫下有一股细流在静静地流淌，时而穿行于深色的土壤和黑色的石头之间，时而隐匿在参天大树的根系下。有些树长得很像松树，这让提提和罗杰想起了家乡湖边上的小树林。树底下是焦灼的棕褐色针叶，铺得满地红彤彤的一片，有些叶子似乎在微微颤动，仔细一看，原来上面有蚂蚁在急行军；也有堆得和罗杰一般高的蚁冢，还在不停地摇晃，里面肯定有无数只蚂蚁在活动吧。一路上他们还看到了桉树、巨型蕨类、各种各样的棕榈树，以及许多不知名的开花树。最让他们开心的是一株野香蕉树，上面吊着一大串一大串的成熟香蕉。比尔、提提和罗杰都摘了点儿在路上吃，弗林特船长还割了一大串放进自己的背包里。

“你们几个都穿的什么鞋？”他突然问了句。

“沙地鞋，”提提说，“苏珊不让我们打赤脚。”

“我也穿了一双他们那样的鞋。”比尔说。

“她想让我们穿海靴来着。”罗杰说。

“她说得没错，”弗林特船长说，“我说，你们路上要尽量踏响点儿。”

“最要当心的不仅仅是蛇，还有毛蜘蛛呢，你该不会让这种东西爬上船吧。”

“看这条蜈蚣，”提提说，“我还没见过这么大的呢。”

“最好离它远点儿，”皮特鸭说，“比起我在马来人那里看到的，这根本不算什么。那里的蜈蚣像涂了焦油的系船索一样，有的简直和栓状黑烟草一样……也很危险的。”

“马来人？”弗林特船长说，“还记得槟榔屿吗？有座小山上全是寺庙。”他们俩一说起很久以前的那次见闻，就好像眼前的原始森林几乎不值一提似的。

比尔从林子里弄了根粗木棒，一路上对着地面和树干敲敲打打的。罗杰和提提也时不时地跺跺脚，可是没过多久他们就不跺脚了，因为要看的东西实在太多了。

他们没遇上什么真正的危险，却见到了许多从没见过的东西。比如，那些艳丽的蝴蝶，足足有茶托那么大，还有树上挂的攀藤，层层叠叠地缀满了红色和紫色的花朵，这些花丛上面还簇拥着一窝窝的微型小鸟，只听到嗡嗡嗡地直叫。这些鸟儿实在太小了，提提一开始还以为是大一点的蜜蜂呢。有些像翠鸟一样，蓝色的，有些是紫色和暗红色的，它们在树叶之间翩翩起舞，飞在阳光下的时候是一种颜色，而飞在树荫里的时候，颜色又变了。当然也有大个儿的鸟儿，主要是像波利一样的绿鹦鹉，还有那些嘈杂的呱呱鸟，叫起来比鹦鹉还要吵，不过，鹦鹉受到惊吓的时候，声音还是能盖过去。这几个探险队员看到一大群鹦鹉飞过头顶的树梢，简直是遮天蔽日，形成了一道绿羽毛做的屏障，根本看不清鸟的影子，只能听到高空中传来刺耳的尖叫声。

走在如此浓密的灌木丛中，一路又有藤蔓缠绕，非常艰难。

“我觉得我们不应该带着你们这帮孩子。”他们走过一段相当艰难的路之后，弗林特船长说。

“我们不会回头的。”罗杰说。

“当然不能。”提提说。

“好啦，我跟你们解释一下，”弗林特船长说，“我们沿着这条小溪走到尽头，然后就要另辟蹊径了。我们可以把你们留在溪边宿营，等我们回来的时候再叫上你们。”

然而，大家觉得这个主意并不怎么好。几分钟过后，前面出现了一大堆岩土，稀稀疏疏地挡住了去路，这个时候就更没有人想起刚才那个提议了。这块地方长满了大树和蕨类，就像悬崖绝壁一样矗立在他们面前。

“山崩。”弗林特船长说。

“这儿有水，先生，”比尔说，“是从山上流下来的，你看。”

“向左转，上山。”

他们沿着断崖边儿，慢慢爬上那道陡峭的山坡。这会儿，我们的一等水手和见习水手，船老大和水手长，都在闪身避过树枝，揪住树根和石头使劲儿往上爬。他们一直顺着这股涓涓细流，一步一步往上爬。比尔走在最前头，用他那支木棒左敲右打的。终于爬上了断崖顶，回头往下一看，可以看见他们曾经立足的地方，就是那一片塌下去的岩土，以及上面的小树林。看得出来，这片滑落的山坡原先就是小溪的流经之地，现在这条小溪只能沿着山崖的边缘流淌了，然后在某个地方找到一个出口，曲曲折折地泻入山谷。

“不知道这是什么时候塌下来的。”弗林特船长说。

“大概我上次来这儿就这样了，”皮特鸭说，“但时间也许不长，不会很长……也许十年或十二年吧，你看看长在那里的小树就知道了。”

那次巨大的山体滑坡形成了一个断截面，原先上面是光秃秃的，现在也长了一些小树。

比尔、罗杰和提提他们一直在树林里往前赶，突然发现眼前再也没有树了，只有晒得发烫的黑岩竖立在头顶。

他们一下子就走到了林子的尽头，不过，他们注意到的并不是岩石，而是大海，离他们脚下还很远的那一片无边无际的大海。

“喂！”比尔刚喊起来，就发现帽子差点儿被大西洋的风吹走了。

“这儿有点像达恩峰的山顶呢，”提提说，“当然，高兹那个矮胖子才不这么想呢。”

“大海呀，”罗杰说，“站在这顶上，真是看得远啊。”

“高兹是谁？”比尔问。

“是个西班牙人，”提提说，“他爬上了一座小山，看到了太平洋。”

“外国人啊，”比尔说，“不过，他们在海上基本上都会瘦下来的。有个人，人们都叫他‘皮包骨’，他就是这样的。他在一艘蒸汽拖船上专门铲煤，眼看着自己一天天地瘦下去，皮带眼一个个地往前打，否则皮带就系不紧了。到最后，他也不用去打眼儿了，因为整条皮带都晃在皮带扣之外。他就是那种外国佬，你说的高兹肯定不是那种人吧。”

“这么说，他还有点像诗里面的人物呢。”提提说。

“外国人都瘦，”比尔又说了，“不过，写诗的人也许没见过他。”

皮特鸭和弗林特船长也跟着爬了上来。他们越过随风摆动的绿色林冠，看到了一片夹杂着白斑的蔚蓝色大海，那可是他们一路驶来的方向啊。

弗林特船长像狗鼻子一样嗅了嗅这儿的空气，然后往脚下一看，心想他们不远万里来找的东西，可能就埋在下面的某个地方吧。

“从这儿一直延伸下去，都是浅滩，”皮特鸭说，“这一带的岛屿东边几乎都是浅滩，因为信风的缘故，海水会不断地把沙子往这边推上来，你要是靠近一点就会搁浅，而且也没有一处可以避风的地方。要是你走这边来，就得等到风停，风起了又得马上离开。即使是风平浪静的时候，大洋涌浪也会冲上东边海岸。”

“一片帆也见不到，”弗林特船长说，“我们下去吧。”

过了断崖顶才几码远，这队探险者又开始上路了。

“这儿是小溪的源头了。”弗林特船长说。他看到头顶上的黑岩缝里有一线水渗出来，而整个岩块似乎就要从山坡上倒下来了。“我可不喜欢爬这种地方，”他又说，“虽说我喜欢攀岩，可这也太陡了。我可不想爬在这上面的时候，稍微动一动哪里，就有一大块石头滚下来。那可就糟了。记得有一次在福尔摩沙[1]就……”

“谁在那棵树上做了标记？”提提说。

“什么树？在哪儿？”弗林特船长喊着，不一会儿就爬了过来，顺着一块岩石的斜坡滑下去，来到一棵刮破了皮的松树跟前。这棵树是这边山的森林前哨，粗糙的树皮却早被砍了一个大疤。

“不像是樵夫干的，”弗林特船长着急地说，“樵夫是从上面砍下来的两刀。”

提提发现自己走神了，在想着，好像是有个笨头笨脑的刽子手吧，他要去砍

[1] 福尔摩沙：即台湾，某些外国人沿用16世纪葡萄牙殖民主义者对中国台湾的称呼。

一个英国骑士的头，连砍了三回呢，然后不知道是哪个人，叫他把斧子磨得锋利一点，下手要麻利一点。有时候就是这样，你会突然想起一件毫不相干的事情，真的很奇怪。

“也许是船上的木匠干的吧。”皮特鸭一边说，一边小心翼翼地爬了过来。

“是山崩之后干的，”弗林特船长说，“肯定有什么目的，否则不会爬到这么高的地方来刮树皮。你好！过来，这儿还有一棵。过来，你们仨，难道你们想在那儿等我们回头吗？”

“怎么会呢。”罗杰说。

“那好，那就过来呗。”弗林特船长说。

“依我看，”皮特鸭说，“那可能是黑杰克做的记号，差不多五年前，他来过这里的。他肯定跟我们一样，也是在西海岸抛的锚，他也清楚，我是在东海岸遭遇的船难，这样就合情合理了。他们跟我们一样，也会沿着这条小溪爬上来，然后在这个地方做些记号，好让他们原路返回。”

“你说得没错。”弗林特船长说，只用一手握住那两柄小铁锹，大踏步向山下走去。

“这是什么？”罗杰一边说，一边想拔掉钉在另一棵记号树上的东西，拔着拔着就断开了。

“是把旧的鲱鱼刀，”比尔说，“你不知道吗？就是这样拎着鲱鱼，然后剖开，就……”

“只有美国东海岸的渔民才用这种刀。”皮特鸭看看刀柄说。骨柄上锈迹斑斑，像发霉了一样。有一颗铆钉穿过刀柄，是用来拴住刀刃的，也生了锈。罗杰在拔的时候多扭了几下，刀刃就断了。

“也许是黑杰克亲自钉在上面的，”提提说，“可能是想给他的哪一位朋友留个记号。”

“他的刀可不止给一个朋友留过记号吧，”皮特鸭说，“只不过不是留在树上罢了。”

“这儿还有棵树做了记号。”比尔说。

“好啦，”弗林特船长说，“我都有点儿想好好谢谢人家黑杰克了。要不是因为他，你才不会跟我们讲起你的故事。要不是他在海峡追着我们，我们也不会跑这么远来。他还借给我们一位非常优秀的一等水手。就是你，比尔！依我看，他现在又给我们开了条去往东海岸的路，我们可以图个方便了。”

“你要是见过他，你可能会后悔的。”皮特鸭说着，朝大海看了最后一眼，然后跟着弗林特船长从树旁的空当里钻进了树林，后面紧跟着比尔、提提，还有罗杰。罗杰带上那把刀，一路上刮刮擦擦的，想把刀子上的锈迹除掉，然后放进自己的口袋。

“你不会真想留着它吧。”提提说。

“当然想啦，”罗杰说，“真的。我还要把它放到我的博物馆去呢。”

然而，这把生了锈的小刀在他手里还是烂成了碎片。他就用手帕把骨柄的碎片和生锈的刀刃包起来，叫提提塞进背包的外口袋里。

“海盗的刀，”他说，“没有几个博物馆能收藏到这样的东西呢。”

提提心想，就当它是个宝贝吧。比尔却一言不发，在他看来，留着这种东西只配随手拿来砸别人。这把小刀要是比尔发现的，他可能就用来砸鹦鹉了，但是他们却用手帕包起来！嗨，你弄不懂这帮孩子的，他们真的好古怪。

这些树皮路标把一条老路清楚地标了出来，当然，即使原先有一条老路的话，现在走在这里也看不出来了。横倒在这条路上的树早就腐烂了，有些被蚂蚁啃过，有些烂成了红色纤维，脚一踩就碎了。一路上还长满了各种各样的植物，要不是因为这些树皮路标，人们才不会把这儿当成一条路呢。好在路标又多又显眼，弗林特船长和皮特鸭才能带着其他几个人在这种荒芜的山林中踩出一条路来，不过，他们还得时不时地砍掉一些藤蔓，像金银花之类的，因为这些东西拦住了他们的去路，不管怎么用力去跨，都是通不过的。这一小队人马就这样从山脊一直往下走，头顶上是密密麻麻的树叶，所以他们根本看不到太阳，只是经常听到鹦鹉和呱呱鸟受到惊吓时发出的刺耳的尖叫声。

鸟儿的叫声让人小声交谈都成了问题，此外，他们还要承受另一种噪音。他们翻过那座断崖之后，从吉博尔山的山肩开始，他们就顺着那条老路往下走。一路上，他们没少听到山下那海浪拍岸的声音。在比尔登陆点安安稳稳地下锚的时候，他们就听到过这样的声音，而现在他们正穿越森林，要走到吉博尔山东麓去，这种声音就开始变得震耳欲聋了。这种有节奏的声音是大洋涌浪发出来的，涌浪在不停地翻滚、破碎，直至拍打在滚烫的沙滩上，泛起白色的浪花。弗林特船长听见这声响越来越大，迫不及待地一个劲儿地往前赶。他走过一棵又一棵路标树，总希望前面的树越来越少，早点儿看到开阔的天空，看到那大西洋的涌浪拍打在海滩上。

“别走那么快呀，船老大。别那么快。”皮特鸭一次又一次地说，弗林特船长说声对不起，然后迟疑一下，放慢脚步，好让其他人喘口气。然而，海浪的声音始终在召唤他，不知不觉地，他又一个劲儿地往前赶了，而且越走越快，连那些揪住他膝盖的灌木丛他都能趟过去。

后来，皮特鸭怎么喊他都没用了，因为他已经瞥见了大海。他跑出最后一片棕榈树林，往下一看，脚下是一片陡峭的沙滩，太阳照得沙滩很晃眼，可能是因为他们在森林里走了这么久，习惯在阴凉的树荫下看东西了吧。

皮特鸭走得没有以前那么快了。到了最后这一片高大的棕榈林，比尔一路狂奔起来，提提和罗杰紧随其后，留下这位老水手在后面慢腾腾地走。他听见弗林特船长在叫喊，还有其他几个人在欢呼。突然，就在这片林子边的沙地上，一丛烧焦的细草之间，有个东西引起了他的注意。他隔着树林往外看去，弗林特船长和其他几个正弯着腰，他们在看林子边上那几个半埋着的坑。皮特鸭摇摇头，又看看他刚才注意到的东西，那是一堆白骨。他弯下腰去，从白骨中间捡起一根裂了的陶烟管，但样子很古怪，烟管是一直斜下去的，最后连着一只小烟钵儿。接着，他又用脚拌了拌沙子，结果刨出一具裂了的白色头骨。他又用沙子埋了起来，然后带着那根陶烟管离开了棕榈树林，走到他们那边去了。

“黑杰克确实来过这儿。”弗林特船长说。

“是来过。”皮特鸭说。

“来完成一项艰巨的任务呢。”比尔说。

“什么任务？”提提问。

皮特鸭拿出那根陶烟管。“看，”他说，“上面印着1915，是1915年的。战后的那些年头，洛斯托夫特的人都是用这种烟斗抽烟的。洛斯托夫特的人来过这里。”

“看上去，黑杰克好像挖了不少坑，”弗林特船长说，“你觉得他不可能找得到那东西？”

“他挖错了地方，”皮特鸭说，“我当初不是在这儿上岸的，还要往北去一点儿。这儿没有岩石。我敢打赌，到了那地方我就知道的。”

比尔、提提还有罗杰，没等他把话说完，就沿着海岸朝北方跑了去。

皮特鸭又转过头去看着弗林特船长。

“黑杰克肯定来过，”他说，“而且还有个人是受雇来的，打劫，或者谋杀。很可能是这样的，他们不知道挖哪里，又不想再挖下去了，他们就打了起来。”然后他把弗林特船长带到那边树底下，指给他看那堆白骨，还有那具裂开的脑壳。“摔跟头也不会摔成这样啊。”他说。

“还好，没让我们的一等水手看到这个。”弗林特船长说。

“我们这样回去的话，也就不虚此行了。”皮特鸭说。他又把头盖骨埋了起来，然后一起走了出去。

有那么一会儿，弗林特船长脸沉了下来，他在想，要是黑杰克一伙人真的和皮特鸭所想的那样，跟着野猫号来到这座岛的话，那该怎么对付他呢?

他架起双筒望远镜，仔细查看了一下东边的地平线。除了白色的浪峰，海上什么动静也没有。

他又转过头来看着皮特鸭。“好吧，”他说，“我们最好加快步伐，我们赶紧找到你说的那棵树，然后把东西取走。剩下的岛屿就送给黑杰克吧，他肯定会高兴的。”

“我没意见。”皮特鸭说，然后他们就跟着孩子们往前走去。

第二十一章　鸭子港

沿着耀眼的海滩，他们几个赶往北边去了，弗林特船长和皮特鸭跟在后面。他们走走停停，一路上看到树底下有许多坑坑洼洼，一半以上都堆满了流沙，还看到一截断了的铁锹柄，一只生了锈的水壶，一口破旧的炖锅，上面还有个大窟窿。

“这里像是他们挖的最后一个坑了，”弗林特船长边走边说，“他们好像挖到这儿就撒手不干了。”

“很有可能，”老水手说，“从我们走出树林的那地方起，他们一路挖过来，一直挖到这里，差不多挖了四分之一英里呢。依我看，像这样挖呀挖，一点成功的迹象都没有，他们真够蠢的。”

“哼，”弗林特船长说，“我也不在乎会在这里挖一次还是很多次。既然这是一块儿宝地，谁不想来挖呀？谁也不愿意眼巴巴地看着别人把东西一锅锅地端走，然后再过个把月，风风光光地回家做富翁了。”

“挖金矿啊？”

“是的，”弗林特船长说，“到头来，说不定还不够给一只猴子打个戒指的。”

“人们不是说吗？习惯了就好了。”皮特鸭说，“即使是挖到了一只还不配你吐口痰的旧布袋，你也要把厄运抛在脑后，我们一起锚，回到海上就什么事儿都没有了。”

“好吧，鸭先生，我们能尽快挖到那只布袋就好。嘿，那几个孩子在干什么呢？”

他们看到半英里开外的地方，一段黑色的岩石穿出树林，横卧在沙滩上，一直延伸到海里。每当一波巨浪涌来，就像喷泉一样喷出白色羽毛状的水柱，水柱迎风飘散，就像有水蒸气笼罩在海滩上一样。提提站在岩石上正朝他们招手呢，而比尔和罗杰在看着沙滩上的什么东西。

看得出来，提提可能是在喊他们，但是皮特鸭和弗林特船长什么也听不见，因为海浪拍岸的声音实在太吵了。

“海水喷出来的地方，”皮特鸭说，“我记得很清楚。依我看，好像他们不用我指点就找到了那个地方。”

“赶快，鸭先生！”弗林特船长说着，就赶紧沿着海岸往前走了。

快到岩石堆的时候，提提跑过来接他们。

“是个海港，”她喊起来，“海港。这里真有船只失事过。”

比尔和罗杰正在捉螃蟹。

“要是你再快一点点，”罗杰责备他说，“就看到它们了。就在刚才，岩石底下还有好多呢，淡黄色的。不过，船只残骸那边，还有数不清的螃蟹呢。”

“这个海港是不是很可爱呀？”提提说。然而她发现，弗林特船长并没有在听她说话，他一双眼睛只是盯着皮特鸭一个人。

皮特鸭看看下面，岩块中间有一条窄窄的小水湾，尽头是一小块沙滩地，在那儿停一艘小船是相当理想的。外面的涌浪推举着海水，轻轻地拍打在水沟两旁的岩石上，漫过岩石的海水平缓地起起落落。而从岩石堆往北或往南，都是一行行翻腾的碎浪，浪尖溅起白色泡沫般的水花。只有这块地是平静的，大西洋涌浪撞碎在暗礁上，等到飞溅在这些岩石上的时候，早已变得温顺平和了。碎浪拍打在暗礁和岸边岩石的交接处，而那儿的岩石突兀陡峭，时不时地就有一声巨浪腾空而起，飞溅的水花消融在空中，老远看去，就像喷泉的水雾一样。

“这儿肯定有好大个儿的螃蟹爬过，”比尔说，“你看那些大钳子，挂根线在上边晾衣服怎样？”岩石缝里有一大堆被冲刷过的碎蟹壳，他从中捡起一对漂亮的橘黄色蟹钳。

“不过，这确实是个不错的海港。”提提说。

“是的，”弗林特船长说，“你完全可以把燕子号停靠在这里的。”当然，提提知道他根本没在考虑什么燕子号，他一直在看着皮特鸭呢，而皮特鸭正眯着眼，笑得很奇怪。

“怎么啦，鸭先生？怎么啦？”弗林特船长着急地问。

“我从没想过是这么小的一个地方，”皮特鸭终于说了句，“都缩小了，螃蟹也变小了。我当年一个人待在这儿的时候，这些螃蟹就在身边，看上去比现在可要大一点呢。”

“真是这个地方吗？”弗林特船长从海滩一直望过去，看到森林外围的一棵棵椰子树。

“嗯，”皮特鸭说，“是这个地方。喷涌的水柱，还有这一切。”他擦去脸上的水雾。“我居然还记得。嗯，是这个地方。要是当初我错过了这块地儿，被海浪掀了起来，就死无葬身之地了。要么撞上了暗礁，我也会像这些蟹壳一样粉身碎骨的。我肯定是恰好和暗礁擦了个边儿，被卷到这一片静静的水湾来了。我觉得这简直是个奇迹。如果是在别的某个地方上岸，我可就少了六十年的航龄了。六十年的大好时光呀，想想看吧。”

提提盯着他，心里在想他六十年前的样子，那么点儿个头，在海里又湿又冷，抱着一截桅杆，从一艘失事的船只那里漂泊到海岸，多可怜呀。鲁宾逊·克鲁索可比他好多了，身边还有许多东西可以派得上用场，可他呢，除了一把小折刀以外，什么都没有。

“原来那艘船还在吗？”她问。

就在岩石堆的那头，他们看到了一艘装了甲板的船只残骸，只剩下船头竖在沙堆里，板条之间的堵缝早就烂掉了，而船舷被撞开了一个洞口，身体没那么胖的话，都可以从肋条之间爬进去的。他们第一眼看到的时候，还真想钻进去，可走近了一看就不敢想了，因为那儿有活生生的黄螃蟹在爬进爬出的，只有比尔是差点儿想跟着螃蟹一起爬进去了。

皮特鸭来到这堆岩石的边缘，往下看了看那艘船的残骸。

“从我那时起就毁了，”他说，“不过，被沙堆埋成了这样，也要好多年哩。”

“可你说的那棵树呢，鸭先生？”弗林特船长都忍不住要使起他那两柄小铁锹了，好像根本就没听到他们在议论什么破船。

皮特鸭沿着海滩慢慢走去，一边享受着大西洋吹过来的清风，一边看着椰子树在摇曳。其他人都跟在身后，随时等他一发话，大家就往哪里挖了。

“把人搞糊涂了，”皮特鸭终于说了句，“这些树就像系索栓一样，又像锚链上的链子一样，谁也分不清啊。”

“这附近原来有树吗？”

“岩石上去一点点就是。最小的一棵，也是最容易爬的。那个时候，我的块头跟罗杰差不多大。”

“树有可能长大了吧，”提提说，“也许是最大的那棵吧。”那儿确实有一棵高高的棕榈树，明显地盖过了其他树梢，羽毛状的树冠在随风招摇。

“许多树都会长的。”皮特鸭说。

“真是见鬼，”弗林特船长说，“有些树会长，有些树会垮掉，有些树可能被蚂蚁啃了，还有些树都可能烂成泥了，早就被沙尘给刮走了。我不知道棕榈树能活多久，也许它们还不如老水手坚挺吧。”

“那倒是真的，”皮特鸭说，“我都差点儿忘了。我要想想怎么能把我的树床认出来。这里的树和钉子一样多，要是从中找出一棵来，我觉得就像是不带航海图去寻找芬兰的海岸，让人稀里糊涂的。你到过芬兰海岸吗，船老大？那儿全是像系船桩一样的粉红色岩石呀。”

“我们吃午饭好吗？”罗杰说。

比尔满怀希望地看看其他人。

“只好如此了，”弗林特船长说，“这活儿可比我想象的要花时间，我还以为不费吹灰之力就能找到那棵树呢。”

“我们就在这个海港吃饭吧。”提提说。

他们又沿着海岸走回去，到了岩石边，把背包卸了下来。在那儿可以看到那片避风港一样的沙滩。弗林特船长把他在路边割下的香蕉掏了出来，还有一大包牛肉糜压缩饼，是佩吉在早餐过后做好的。每个人都分到了一小包船上带来的饼干，还有一小包甜点心。南希让鸭先生借了她的背包，背包里的东西都是苏珊准备的，其中有一大块荷兰干酪，还是在洛斯托夫特的最后一天里买的，她知道他特别喜欢吃这个。还有，每个人都带了一只水壶。

他们吃午饭的时候，其实已经很晚了，他们也饿了。不过，即便是这样，这餐饭还是吃得不太踏实。弗林特船长还念念不忘那笔财宝，也不管它究竟是什么宝贝，总想着它就近在咫尺。吃饭的时候，他又起身出去走走，手里拿着饼干，穿过这堆岩石，走近那艘失事的小船，想再仔细看看，然后又回过头来问问鸭先生，是不是除了黑杰克就没有别的人来寻宝了。鸭先生说，这个他也说不准，但可以肯定的是，不会有人特地坐着那艘船来这儿的，它肯定是被暴风雨摧毁了，然后被卷上岸来的。

“倒是可以做个临时的住所啊。”弗林特船长说。

“我可不要跟那些螃蟹住在一起。”提提说。

“我们到时候还要搭个帐篷，我们可能要在这儿挖上一个星期。”

“如果我们要留下来，”提提说，“我们就把燕子号开到这边来，不行吗？在这儿靠岸最合适了。”

弗林特船长又躺了下去。

“这正是我们接下来要办的事儿，”他说，“我们所有的人都要到这边来才行，每棵树底下我们都要挖一遍。这儿又没有一条路可以运东西，我们总不能把所有吃的东西、睡的床铺都背在身上吧，更不用说喝的水了。我们得把燕子号改装成货船，然后把东西从海上运过来。那样的话，我们就可以在这边驻扎下来了，一直待到我们挖到宝藏的那一天。”

“那我们就把这个海港叫作鸭子港吧，”提提说，“因为这是鸭先生被卷上岸的地方，希望他不要介意才好。”

老水手说：“没什么关系啊，对鸭子家族来说，鸭子港这个地名肯定很中听，刚好可以灭一灭那些螃蟹的威风。要不是因为有你们说的这个鸭子港，一只小鸭子早就夭折了。鸭子港也是一个很合适的地名，标在海图上看着也顺眼。”

“再拿一块牛肉糜压缩饼三明治给我好吗？”罗杰说。

“你这块还没吃完呢。”提提说。

“最后这一小口我还有别的用处哩，”罗杰说，“我想从洞里钓出一只螃蟹来，要是你不能再给一块我自己吃的，我就钓不成了。”

“给他两块，”弗林特船长说，“叫他一次吃俩。你看，鸭先生，怎么把燕子号弄到这边来呢？风险可不能太大了啊。”

“这不费吹灰之力呀，就跟合恩角的南风把你刮走了一码远那么简单，”皮特鸭说，“只要你不在信风吹起来的时候行驶就行啦。在日出之前或者黄昏时候，等到海岸上的风停了，你就可以把船开过来，要是找准了位置靠岸，那就一点儿风险都没有了。”

“我会做好记号的。”弗林特船长说着又站起身来，沿着海岸阔步走去，而鸭先生就跟在身后。提提犹豫了片刻，也跟着跑了进去，只有比尔和罗杰还在忙着钓洞里的螃蟹。

“你们觉得最高的那棵树怎么样？”弗林特船长说着，取出了他的袖珍罗盘，“那棵树最显眼了，正好位于那块儿岩石的上方，正对着暗礁的尽头，这个标记再好不过了。”

他径直走到那棵树旁，背靠着树，看看大海，又看看小罗盘。

“从这棵树看过去，东南偏南方向就是暗礁的尽头。我们快到这边的时候，只要盯住这棵树，往西北偏北方向走就错不了。”

“你的三明治掉了。”提提说。

“谢谢，”弗林特船长说，“你这个海港可要派上用场了。”

“你得趁着海岸的风停了，抓紧时间过来，”皮特鸭说，“你轻而易举就能做到。”

“嘿，那两个家伙在忙什么呢？”弗林特船长往鸭子港那边看去，突然喊了起来。他看到比尔和罗杰慌慌张张的，正沿着身旁的岩石一步步往后退呢。

“快来呀，”比尔大喊一声，“螃蟹吃我们的食物啦。”

大家就急忙赶了过去。小海港口内的那一湾静水旁，他们刚才蹲着吃午饭的地方，只看到黑压压的一大片。那边有好几千只螃蟹，罗杰解释说。

“我们守着洞口，用这点儿三明治引那只螃蟹出来，可它就是不出来，然后听到一阵响声，我们就往边上一看，发现背包上爬满了螃蟹，可我们又没办法，因为比尔的棍子就横在它们中间呢。”

“嗨，你们俩笨蛋。”弗林特船长跳上那块岩石，要把背包夺回来。那些螃蟹，不管是黄颜色的还是棕褐色的，这下子都向四处逃窜了。弗林特船长揪起一只来的时候，它还抓住背包不放。他使劲儿一甩，那只螃蟹重重地摔在岩石上，其他螃蟹就马上围了过去，把它扯得四分五裂。

“太可怕了，好吓人啊！”提提说着，转身走了。

“这些螃蟹也太没人情味儿了。”比尔说。

皮特鸭的身子奇怪地颤抖了一下："就像回到了过去，一见到它们我就发抖。不过，好像比以前见到的要小好多啦。可能是老惦记着它们，老说起它们，感觉它们就变大了。不过，在晚上……"

"我想，同样一只螃蟹，夜里可能看上去更大点儿，我们要是在这儿宿营，就得想好法子对付它们。"弗林特船长说。

"你得安排个人值夜，否则它们会把你们的衣服都扒掉。"皮特鸭说。

不过，剩下的食物还够这帮探险者们吃。他们都饿了，也不介意那些饼干被螃蟹的黄蟹钳夹过。弗林特船长给每个人的水壶里都倒了点儿酸橙汁，然后举杯预祝挖宝成功。

为了碰碰运气，他们走向那棵高大的棕榈树。比尔、提提和罗杰三人轮流使一把铁锹，而弗林特船长使另一把。皮特鸭独自一人坐在沙滩上，凝视着那块许多年前曾让他惊心动魄的地方。弗林特船长看着笑了。

"这样没用的，"他说，"你真傻。我们得好好挖一下，纠缠往事是没用的。"他抬头看看天色，太阳要落山了。"快点儿，"他说，"我们可没多少时间了。收拾收拾行李，我们得找一条捷径回去，路上做好标记，好让我们明天早上原路返回。"

"天黑了更好，"皮特鸭说，"没有鹤嘴锄，你什么也干不了。明天我得花点儿工夫做一把，黑杰克留下来的都生锈了，用不了的。再说了，那样一算，也刚好到了信风快要停下来的时间，你可以驾着小船顺利靠岸了。"

他们又走到鸭子港那边去，赶走了螃蟹，背上他们的背包。

"不行，"弗林特船长说，"那些破船残骸对我们没什么用，我们到时候还得搭个帐篷。"

"用船帆搭？"提提说，"还有桨？南希船长肯定很高兴的，她跟我们讲过，去年就是那么搭的。"

"唉，先生，"他们一起走在海岸上的时候，皮特鸭说，"故地重游啊，我很高兴，我从没想过会有这么一天哩。"

"你明天还要来的。"

"那谁去看管我们的帆船？"皮特鸭说，"不行。我跟你一样，我现在也不知道那个袋子埋在哪儿。我已经跟你说过那东西可能埋在哪儿了，我本来不打算告诉任何一个人的。不行。我得去看看那艘船，要是刮来一阵强风，它可就待不住了，就会往岸边靠，到时候就跟那艘失事的船只一样，一点儿用也没有了。我们才不想等到黑杰克来这儿，然后把我们带回家。何况我也不想饿着肚子待在这儿，到时候又得去吃那些螃蟹和椰子。你们也不想吧。”

这时候，他们这一小队人马已经走到了沙滩尽头，正要钻进森林里去了。弗林特船长早已拿出罗盘对准了吉博尔山的山肩，一眼望去，那儿只有黑色的岩石突兀在林冠之上。进了森林，他们只得又一次单靠罗盘来指路了。这时候，在这海岸边一字排开的高高的椰子树下，他突然停下了脚步。

“想想看，”他说，“我们随时都可能就站在那东西上面吧。”

然后，他领着大家走进了森林。

第二十二章　告别野猫号

他们爬过吉博尔山的一道道山坡，穿越浓密的树林，走得很辛苦，也花了不少时间。每走几码地他们就得停下，要么是皮特鸭，要么是弗林特船长，就在树上划一个很大的标记，还有提提、罗杰和比尔，他们一路上也做了许多小点儿的记号。平时好像用不着的小刀，这会儿还真派上大用场了。有了这些记号，大家明天肯定就能找到回鸭子港的路了。弗林特船长领着他们新走了一条路，一条谁也没走过的道路。他不辞辛苦地这儿砍一根树枝，那儿砍一根树枝，又把树上绕来绕去的藤藤蔓蔓砍断，好留出条路来。准确地说，这不是在开辟道路，只是为了让明天走陆路的人走得更方便些。他们已经说定了，每个人都徒步走去鸭子港，什么东西也不用带。至于食物和搭帐篷的帆，还有宿营要用到的其他东西，都由燕子号带过去。

终于，他们爬上了山肩。比尔看到了黑杰克留下来的老路标，同样，罗杰也看到了一个，这样，他们刚开辟的新路和来时的老路就接上了头，现在也就没必要盯着罗盘看了。接下去的路，他们再也不用刻路标，直接沿用老路标就行了。这下子他们走得更快了，一口气就爬到了那块断崖的顶上。然后，他们沿着悬崖边爬了过去，就在山巅的一段峭壁之下，他们找到了那股涓涓细流。他们各自捧起几捧水，喝过之后，顺着这一线水，往断崖那边更远的地方爬了下去。夜幕降临之前，他们匆匆地走出树林，回到了比尔登陆点。

从小溪的新旧两个出海口之间望过去，野猫号还停在海湾里，挂在前桅支索上的系泊灯就像夕阳余晖中的蝴蝶一样，发出一道淡淡的金光。岸边燃起了一小堆篝火，是约翰陪着燕子号在等待他们归来。小艇早已划回去了，正摇曳在纵帆船的身后。早上去的时候，皮特鸭一路上还拖了后腿，现在他们走向岸边的时候，他可就抢着走在了前头。他是第一个走出树林的，仔细看了看纵帆船，再看了看燕子号，一艘都不少，他终于松了口气。

“喂！”约翰喊起来，“你们找到东西了吗？”

“东西倒是没找着，”提提回答他，“不过，我们找到了藏东西的那块地方，还找到了鸭先生被卷上岸的地方呢。”

“那儿有很多螃蟹。”比尔说。

“都好大呀。”罗杰说。

“还好吗，船长？”弗林特船长问。

“嗯，很好，先生。”约翰说，“我们大概一小时前就运完了水，一共87箱。南希点了系泊灯，怕你们来晚了，或者从海岸其他地方过来，我也在这儿为大家生了堆火。”

“干得好，”弗林特船长说，“你们运水的时候，我们也没瞎耽误功夫，只不过还没开始挖。”

一两分钟后，燕子号满载着一船都累坏了腿的探险者归航了。约翰掌舵，驾驶小船出了内湾，径直奔着那盏系泊灯驶去。夜色越来越浓，他们离得越近，都觉得那盏灯就越明亮。

“嗨，约翰船长，”弗林特船长说，“明天晚上驾着燕子号绕到岛那边去怎么样？”

“当然可以，我很乐意，”约翰说，“我还没让它见识过真正的风浪呢。”

“我可不希望风浪太大，”弗林特船长说，“到时候卸货可是个问题。那边我们只有一个地方可以停船。”

“鸭子港，”提提说，“就只有燕子号这么大，和我们家乡那座岛的港口一样。很不错的一个小海港。那儿有一艘破船的残骸，就丢在岩石堆的另一边，很漂亮，不过我们没法儿进去……”

“里面挤满了螃蟹。”罗杰说。

“只有一小块地方可以让我们停船，那儿也就是我们要挖的地方。那里确实不错，有一处暗礁横在外面，而里面却风平浪静的。我都测好方向了。我和你一起过去，给你领航。”

“我们不能一起去吗？”提提问。

“很抱歉，我的一等水手，燕子号今晚挺空的，但是，等给它装满了东西，比如我们这伙人要用的食物和床铺啦，搭帐篷的旧帆啦，我们船上最好的水桶啦，还有一两口锅，就不会有多余的空位置了。”

“我们要在那边宿营吗？”约翰问。

“只能这么安排了。那儿大概是一百码长的地盘，每一处都可能埋了那东西，又有大概一百棵不同的树，每一棵都可能是我们的目标。可能要挖上好一阵子，我们也没有必要起早贪黑的，一整天都耗在上面吧，那样会弄得人很疲惫，到时候还得扛着那东西到处走……”

这时候，纵帆船那边传来高亢的欢呼声。

“南希船长，我们能上船吗？苏珊……你们船上饭菜的香味儿都飘过来啦。给我们准备了什么？”

“只要不是吃咖喱饭，”罗杰说，“我们至少要八份。”

“不是咖喱，”佩吉说，“我们想了一下，我们要让弗林特船长开心开心，就想上一次是什么让你们嘴馋的。我们烧了好多鸭先生钓的鱼，还做了奶酪通心粉，是顿大餐，我们正烧着。”

几位探险者一个接着一个，有些僵硬地爬上绳梯，登上了船，顿时感觉又回到了家。

“我说啊，”皮特鸭跌跌撞撞地走进甲板室说，这一路翻山越岭的，他可累坏了，“还是回到船上好，我可不愿待在岛上。岛又不会动，我最喜欢漂在海上了。”

“这座岛，不知道什么时候，已经动过好几次了，”弗林特船长说，“那个山崩不就是吗？”

“我说的可不是这种，”皮特鸭说，“我要的是会动的船。”

“他没找着那东西？”其他人都去船舱了，南希下到燕子号上，帮约翰收拾，就悄悄地问。

“没有，”约翰说，“不过，也没我们想象的那么糟。他们找到了那地方，我们还要驾着燕子号过去呢，去那边露营一段日子，直到挖到宝藏为止。”

晚饭的时候，他们就制订计划了。南希担任陆路小队的领队，由罗杰和提提带路。

“带上波利怎么样？”提提说。

“那你得提着笼子才行。”苏珊说，“要是让它飞走了，肯定会被那些野鹦鹉围攻的，它待在船上应该更开心吧。”

“它要给鸭先生做个伴儿。”提提说。

“我很乐意。”鸭先生说。

“那我要带上吉博尔，”罗杰说，“应该让它去看看它自己的那座吉博尔山吧。”

“好吧，不过得让它自己走，”苏珊说，“晚上你还是要照看它。”

“它可能会睡在树上。”罗杰说。

“我也这么想来着。”苏珊说。

“它身上一只跳蚤都没有，”罗杰不满地说，“上次洗完澡之后，一直就没有了。”

大家都同意了，让吉博尔跟着陆路小队一起走，不过一路上罗杰得用链子拴着它，就怕它不知道大家都在赶时间，自己乱跑，那可耽误不起。苏珊觉得仅说说还不够，她还准备用毛毯去做一只睡袋给它，袋口可以用绳子收紧，必要的时候就可以把它装里面了。

他们几个走陆路，而弗林特船长和约翰要驾着燕子号过去，皮特鸭、比尔，还有那只鹦鹉就待在野猫号上。皮特鸭不想再踏上那座岛，而且，他也要看管着这艘船。比尔巴不得和皮特鸭待在一起，而弗林特船长觉得这样也好，多个人，可以跑跑腿送送信什么的。当然，其他人其实都想坐燕子号过去，而弗林特船长必须坐船领航，他要在那片暗礁尽头的碎浪区找到一条缝隙，然后把船领进去。再说约翰，他是燕子号的船长，不让他上船可说不过去。就这样，约翰带着弗林特船长做领航员，驾着船驶向鸭子港。船上载满了必需品，也就带不了其他任何人了。

“再说了，”弗林特船长说，“要是我们出个差错，就得游上岸。在那种地方游，两个人刚好结个伴儿，人多了就顾不过来了。约翰和我还可以相互照应，要是其他人都同时落海，乱嚷嚷的，那可就难办了。”

大家这下都变得通情达理了，就不再讨论这个事儿，他们开始聊起工具来。他们有两柄考斯糖果店里买来的小铁锹，弗林特船长觉得越来越中意了。但是，他们缺一把鹤嘴锄。在开挖的时候，他们看到过黑杰克留下来的破玩意儿，可那些早和罗杰珍藏进口袋的那把刀一样，都烂成碎片了。那把刀被他细细把玩后，用一点儿纸给包了起来，上面还写着“博物馆收藏。海盗用刀。罗杰·沃克呈送”。那些破铜烂铁没有一块儿用得上的。正在这时，皮特鸭站起来，走进了水手舱，点着了灯，不过却把吉博尔吵醒了。他在橱柜里倒腾起来，那儿有他从船上各个角落里收集来的零碎，他准备着这些，就是考虑到什么时候用得着，随手一拿就行。他拿出一具断了只锚爪的旧船锚，然后回到餐厅，大家借着灯光一看，觉得这个玩意儿很笨拙。皮特鸭说这东西还是可以利用的，不过，要把锚爪磨尖来用，然后再把那只长长的铁爪接到备用的起锚棒上去。“那些可都是上好的榆木棒啊，”他说，“正常情况下，什么都能扛得住……更不用说去挖一只破布袋了……不过，他们埋那个袋子的地方也不是块硬地，只是些沙土。我跟你们说过，他们也就是用别在身上的刀子挖的。”

弗林特船长越听越来劲儿了。

“我们的工具不用愁了。”他说，“要是那宝藏就近在咫尺，而我们只能眼睁睁地看着，那怎么受得了！万不得已的时候，我们只能用汤匙去挖了。”

当然还没到那个地步。第二天一大早，大伙儿还没起来冲刷甲板，弗林特船长早就在埋头苦干了，他在做两柄木头铲，能铲动那些疏松的砂岩就行，而皮特鸭在用锉刀使劲儿地锉，要把那具小船锚的锚爪锉尖来，然后做成一把鹤嘴锄，不过，这锉刀的声音很刺耳，弄得整个船上都听到了。吃了早饭，没过多久他就锉好了。做好的那把鹤嘴锄看起来很古怪，也比较小，不过，足可以对付海滩上那层松软的沙土了。

那天早上大家都忙个不停。两个大副列出了食品的清单，把橱柜里的罐头都搬了出来，然后在清单上一项一项地打钩。提提和罗杰在赶着把东西搬到甲板上，然后堆起来，准备给燕子号装船。弗林特船长和皮特鸭就待在帆缆库里，他们在找可以拿去搭帐篷的废旧船帆。终于，他们找到了一张很轻的大帆布，以前还做过气球一样的支索帆，不过上面有许多补丁，已经有点破烂了，反正留着也没用。皮特鸭捡起来，在关键的几处又缝了缝。而弗林特船长走去甲板室，给南希画了张岛上的草图，这样一来，即使那两个向导迷了路，她也不会走错的。约翰和南希把水桶搬出了厨房，他们先放到船上固定好，免得它滚来滚去的，然后再去装其他的东西。大家都在忙前忙后的，直到下午，陆路小队才出发。那天的午饭吃得很晚，饭都凉了。然后，比尔划着小艇，把第一批人送到了对岸：佩吉、提提、罗杰，还有吉博尔。吉博尔差点儿被落下了，临行前的最后一刻，它看到罗杰要下船了，这才从主桅杆的横桅索上爬了下来。南希抓住它的链子，把它拎进了小船，随后他们就走了。苏珊和南希站在纵帆船上，从望远镜里看着他们登陆，看到提提和佩吉坐在沙地上，而那只心急的猴子因为又回到了陆地，所以拖着它的主人到这儿到那儿，兴奋不已。

比尔很快又回来了，苏珊和南希翻过船舷，下到小艇上去了。弗林特船长趴在舷墙上，他要给南希船长最后交代几句。

“在山这边的话，顺着那条小溪走就不会错。到了断崖底下，还是沿着溪水往上爬。上了崖顶，一直走到路标树那儿。接下去的路，你就不会搞错了，不过，要记得留意一下新旧路标交汇的地方。从那儿开始往左走，一直沿着我们昨晚刻的路标，你就会走到鸭子港正上方的海滩上。还有一点，要是你们比我们先到，就在海滩上找个地方，对准大椰子树和暗礁尽头之间的那条线，然后生一堆火。”

“做灯塔用吗？”

“是的。我们要等到晚上风停了再出发，到时候，我们进港之前，天可能就黑了。”

“遵命，长官。”

“祝你们一路顺利。南希，要管好你的人，走路踏响点儿。我们没看到蛇，但也说不准就没有。”

“晚上见！”南希大声说，“再见，鸭先生。再见了，约翰。”

苏珊也和他们道了别，比尔就推开了小艇。他还没划一两下，南希就抽出了另一对船桨，让比尔到船头去了。南希还对了对表，然后比尔和她就各自划着两支桨，把那只小艇划向了对岸。

“真像艘船长快艇。”皮特鸭说。

“本来就是嘛。”约翰说。

“没错，”皮特鸭说，“我都差点儿忘了南希也是船长，你看她那样，还跟船员一起划船呢。”

约翰、皮特鸭，还有弗林特船长都站在甲板上观望，看见他们登陆，看见比尔把小艇推靠岸，还看见其他人走上海滩，然后停下来挥手。他们似乎听到岸上的人在喊再见，他们还看到比尔在挥舞帽子，接着就什么也看不见了，只剩下空荡荡的一片沙滩，一片绿林，当然还有比尔，他正划着小艇回来。黑压压的一大群鹦鹉又飞了起来，飞在那片林子的上空。这支队伍已经上路了。

燕子号从来没有像今天这样塞得这么满。铁锹、木铲，还有皮特鸭做的鹤嘴锄，都被安置在最底层。上面放的是食物和一些不怕压的东西，除了巧克力，什么奢侈品也没有。再上面是放着一些炊具，水桶早就绑在了桅杆后头。所有这些零零散散的东西都用羊毛睡袋给塞紧了，睡袋里也装着东西。最上面紧紧裹着那张旧帆布。这样一来，船上只留了舵手一个人的位置，弗林特船长只能躺在这堆货物的顶上了。

一个下午就过去了，他越来越急着要出发了。一看风刮得没那么紧了，他就把双筒望远镜挂在脖子上，把背包卸下来交给约翰，让他把背包和水勺一起塞在船尾地板下，然后拍拍比尔的背，和皮特鸭握了握手，跨过舷墙爬了下去，约翰早已经升起了褐色的小帆。

“再见了，鸭先生。”弗林特船长大声地说，“野猫号交给你和比尔，我很放心。要是看到要变天了，我就会翻过山头赶回来的。”

“再见了，鸭先生。”约翰船长也大声叫起来，“解开缆绳。”

皮特鸭哈哈笑起来，把系船索拉到船尾，一卷，就给他们扔了下去。

“再见，约翰船长，”他说，“一路顺风！”

燕子号鼓满了风帆，向船尾方向漂去。它紧挨着船尾下方驶过，然后驶出了海湾。

约翰瞟了瞟船上的几个大字“野猫号：洛斯托夫特”。这几个字还是他在洛斯托夫特港亲手刷上去的，可现在洛斯托夫特是一个很遥远的地方了。

比尔靠在船尾栏杆上往下看。

“再见，约翰船长，”他说，接着又说，“祝您好运，长官。”

“再见，比尔。”约翰大声说。

“多钓点儿鱼啊。”弗林特船长大声说。

皮特鸭和比尔在甲板室边站了一会儿，看着那一张褐色的小帆向小岛南端漂去。

接着比尔就开始检修那条盘在甲板室顶上的钓渔线。

“那些鱼钩呢，鸭先生？”他问，可没人回答，他又问了一次。

直到那片褐色的小帆拐了个弯，再也看不见了，皮特鸭仍在看着远方，脑袋里想着完全不同的事情。

“哦，”他说，“要是这样还找不到，那我就很抱歉了，如果值得找的话。呃！少废话，小比尔。你说什么，鱼钩？我床铺下面的柜子上就有，你也可以把线拿出来，鱼饵就在厨房门后。都说傍晚咬钩的是大鱼。他在那边会遇到一点儿风浪的，不过，他应该知道停下来等一等。又说什么？少废话，孩子。来了，来了……”

他往甲板室里瞧了瞧，看了一眼经线仪，又看了看钟，然后出来敲了三下船钟，两声短，一声长。

“敲了三下，”他自言自语，当比尔从钓渔线那儿抬头往上看时，他又加了句，“不敲钟就太安静了，好像回到了我的老货船上一样。”

一两分钟过后，有两条挂着鱼钩鱼饵的线甩过了船舷，“啪”的一声落入水中。皮特鸭靠在舷墙上抽着烟斗，一只手把着线，哪怕是有鱼轻咬了一口，他也知道。至于比尔，就站在一旁，嘴里还嚼着皮特鸭给他的那一点儿烟叶。

“他们什么时候能回来呀？”他终于问了句。

“他可没那么快就撒手不干的。”老水手说着，重重地往水里吐了口唾沫。

比尔也跟着吐了一口。“其他人也不会的，”他说，“他们这帮孩子可不赖呢。”

第二十三章　燕子号的航程

他们就这样出发了。约翰昨天把一箱箱淡水从岸边运到纵帆船上去，忙得不亦乐乎，这回更好了，是一次真正的航行。他想起了洛斯托夫特港，想起了家乡那片群山环抱的湖泊。他看看岸边的棕榈树，树冠就像绿色的羽毛一样，又看看岛上的吉博尔山，漫山都是绿色的森林。面对宽阔的大海，他握着舵柄，驾着燕子号穿行在这片热带海域上。海岸上有神奇的热带风景，但水里却暗藏杀机，时不时有鲨鱼出没。是的，对约翰来说，一生之中也没有几回像现在这么心满意足的了。如果有人问他，这辈子还有什么未了的心愿呢？恐怕他得承认，再也没有了，还能有什么比这更惬意的呢？

野猫号依旧锚定在那里，卷了帆，静静地横在水面上。弗林特船长恋恋不舍地看着，多漂亮的绿色纵帆船啊，直到驶过海湾的南边，海角上的树林挡住了他的视线。

"有他们俩在船上，"他说，"船会没事的，除非真有什么不测风云。不过，坏天气到来之前，总会有一些征兆，到时候再赶回来也还来得及。"

他不再惦记野猫号了，转过身，平躺在燕子号的一堆满满当当的货物之上。他把遮阳帽往脑后一拽，哼起《流浪的强尼》的调子来。他心里高兴的时候，就把这首曲子挂在嘴边。

"没有比这更舒服的了，"最后他说，"船越小越有趣。我说，小船长，你有没有在波涛汹涌的海里划过小船呢？一离开这个避风港就能体会到了。"

“在茅斯港有过。”约翰船长说，“当然，那年夏天，我们在湖上也有过一两次，水面上非常不平稳。”

“呃，”弗林特船长说，“但这次不同，不过，也没什么好担心的。这是一艘相当不错的海船，只要不让船停下来就没问题的。”

他们的船正飞快地掠过小岛西边最南端的一个海湾。远远望去，在那光秃秃的海岛尽头，大西洋涌流不停地拍打在沙岸上，溅起一行行白色的浪花。约翰还从没听到过这么大声的浪涛。

“再过几分钟，我们就进入宽阔的海域了，”弗林特船长说，“要是你觉得风太大了，我们就在这儿逗留一会儿。现在吹的依然是东北风，绕过这个海角之后就要顶风航行了。”

“我们的船扛得住，”约翰说，“咱们不是把沉的东西都压在船底了吗。”

“你应该清楚的，”弗林特船长说，“这是你的船嘛。不过，作为领航员，我还是得说一句。我们走远一点，水面会更平静。海水越是接触到海岸，就越变得不安分。当然，这你也是知道的。”弗林特船长翻了个边儿，侧着身子，抬起手来划了根火柴，点上了烟斗。接着，他吃力地挪到上风舷，权当自己是块压舱石，去平衡一下船的重心。他看看升降索是怎么系的，万一有什么紧急情况，他好下手去降帆。他还看了看桨，万一用到的时候，是不是好拿出来。

“鸭先生说过这风会变小的，不是吗？”约翰说。

“如果我没弄错的话，风已经小很多了。太阳落山的时候，我们就可以准备登陆了。当然，也不一定。”

“我觉得我们肯定行的。”约翰说。

小岛最南端的那个海角上，原先还看到棕榈树在风中飘摇，这会儿好像一下子都从他们身后消失了。透过树林边的一块沙角地，他们看到了一片更为宽广的海域。燕子号开始在海面上起伏不定了，好像它也感觉到已经出了避风港，约翰也是出了避风港才知道有这么大风浪的。弗林特船长蜷着身子，压在上风舷那头的货物上。他看到舷缘边裹着货物的旧帆布松了一点，就挪上前去塞紧它。这时候，一股水雾喷洒上来，飞溅在他的脸上。

约翰紧咬着牙，任凭大西洋的风扑面而来。他把身子尽量往后仰，拼命地拉紧风帆，暗地里在较劲儿，要看看这船帆到底能拉多紧。这时候，他看到提提的小燕子旗还在桅顶迎风飘扬，顿时感到一阵欣慰，但又怕自己会出什么岔子，嗓子眼就有些颤抖了。他把自己的激动咽了下去，感慨地对弗林特船长，同时也是对自己说了句：“船能扛得住。”

“没错，”弗林特船长说，“不过，这风浪也没什么恶意，你看这波涛虽然汹涌，可它也没想过要伤害谁呀。”

风浪确实很大。滚滚的波涛席卷而来，燕子号被波浪一层层地抬高，一直被推到了波浪的顶峰。接着，浪涛又像等不及似的，继续向前翻滚，而燕子号就借势冲下波谷，尽管倒腾得厉害，可这艘船还是稳住了阵脚，燕子号可从来没有表现得这么神勇。每当船被推到波峰的时候，约翰的心都跟着悬了起来，但看到船沿着层层波浪继续爬升，他的心又放了下去。他一直忧心忡忡的，时刻担心大洋涌浪会扑面而来。而且，在这涌浪下面，以及浪峰之间，还有海风吹起的层层细浪在翻滚。不过，约翰现在也不去想那么多了，每一次迎风破浪他都坦然面对，其实他正乐此不疲呢。毕竟在那艘纵帆船上的时候，这样的风浪他可见识了不少，只是从燕子号上看起来，这些海浪似乎凶猛多了。不过，约翰看到撞上船的只是些水雾而已，他也就放心了。他这才理解，为什么弗林特船长事先提醒他说不要让船停下来。在两个浪峰之间的谷底，船一点都不受风了，褐色的小船帆就像是在平静的海面上一样收了下来，发出啪啦啪啦的响声。当船又迎上下一排波浪的时候，好像突然来了一阵强风似的，船帆又鼓满起来。船被海浪一层层地抬高，然后又顺着海浪俯冲而下，而海浪就一直向着远处的海岸翻滚了过去。约翰发现弗林特船长在笑着看他，他也笑了。

“没问题吧，约翰？”弗林特船长说。

“看来还是要费点儿工夫的。”

“别着急。只要坚持住，我们就会万无一失的。什么都别想，挺挺就过去了。再拉紧点儿，你只能靠自己啦。千万要记住，不能半途而废啊。”

约翰咧嘴笑了，去年夏天他教提提怎么驾船的时候，他对提提也说过同样的话呢。

他使劲儿拽住风帆，连身子都横出去了好远，等到另一股更大的浪涛咆哮而去，海面又恢复了平静，这个时候，他就觉得不费吹灰之力了。燕子号又开始往岛上进发了。

“这下好了。”弗林特船长说。他蠕动着身子，又爬到了船的另一边，想压一压那边的船舷。看到吊杆安然无恙地悬着，他又抬起了头。“如果有风当面吹来，可要记得调转船头或者改变航道啊。哈哈，我们可以看清吉博尔山了。那儿就是我们经过的地方，就在那堆黑岩石下面。哦，对不起，约翰，你还是小心驾驶吧，别管我。你看，我们昨天爬过的那处断崖，边上还有一处断崖。对，边上还有。山顶上的那块坡地太陡了，可能要塌掉。真奇怪，这些海岛的样子怎么变个不停呀。”

“不知道南希他们从那上边能不能看到我们呀，从那儿看燕子号，肯定很小吧。”

“要是南希船长不开小差，没让他们在路上瞎转悠的话，他们应该早就过了那处断崖，下到山这边来了。有那些树挡着，你可什么也看不到。昨天我们翻过那座山冈以后，直到走出了树林，到了海滩，我们才看得到大海。”弗林特船长翻过身子，从裤子后袋里掏出手表来看了看，“你看，时间过得很快哩。如果他们现在还没到鸭子港，或者在猜我们到底什么时候能带着吃的上岸，我觉得都很正常。”

约翰的身子又横出了船舷，而弗林特船长一边注视着周边的动静，一边若无其事地躺在货物顶上，再也不用担心够不够得着升降索了。燕子号又在海上迂回起来，一会儿向前，一会儿向后，不过，约翰已经渐渐习惯了。只有那么一次，可能是约翰太过自信了，他昂起头来看了一眼对岸，没想到就让船头撞到浪里去了。还好不碍事，船头被裹得严严实实的，只有一点浪花涌上了船。而且，皮特鸭用一张焦黄的旧帆布盖在上面防水，下面的空当又被塞满了，所以桅杆前头就像装了块结实的甲板一样。

“毫发无损，”弗林特船长说，“不过，下次再遇到这种情况，就不能让它这么硬扛着了。”

“好。”约翰说。弗林特船长也注意到了，约翰才是燕子号的船长。要是在野猫号上，约翰肯定就会说“遵命，长官”。他和提提一样，特别在意这一点。

这座岛的样子看上去可真是千变万化啊。西南角的小山头上本来有一片林子冒出来的，就像是一个人单膝跪在绿毯子上一样。可当他们沿着南海岸航行的时候，这座小山看过去就渐渐成了吉博尔山的一部分。现在他们正往北行驶，这座小山却不见了，完全躲进了那座怪怪的黑顶子山后面，而前面的半山腰上，满眼都是郁郁葱葱的树林。吉博尔山的山顶也起了变化，这会儿看上去，就像是树冠之上戴了顶光滑的黑帽子，又过了一会儿，看到的却是一处处峡谷和断崖，山顶的黑岩就变得四分五裂了。

岛上的太阳慢慢地落山了，突然间，风也停了。燕子号一下子迷失了方向，只听见褐色的船帆啪啦啪啦地响，桅顶上的小旗也耷拉着，舵柄也感觉不到后坐力了。约翰有点儿害怕，觉得整个船都要失控了。

“船不听使唤了。”他一边说，一边拼命地摆动船舵，想让小船继续破浪前进。

“风向变了，”弗林特船长说，“再过一会儿，岸边的风就会停下来。鸭先生不会错的。”

然而，时间一分钟一分钟地过去，燕子号上的帆桁还在头顶上摇摆，吊杆就在弗林特船长的头顶晃来晃去，离他那顶白色的遮阳帽只有一两寸高。

“划桨怎么样？”约翰说。

“没有别的选择了。”弗林特船长说。他降下船帆，抽出了船桨。

一切似乎又回到了正轨，燕子号不再像浮标一样晃来晃去了。弗林特船长用力划了一把，让船头转向了大海。

“真扫兴！”约翰说。

“没办法的事。”弗林特船长说。

他们没想到的是，这时候，岸上吹来了一丝风。约翰感觉脖子后面凉飕飕的，就转过头来，觉得有点不可思议。弗林特船长也感觉到脸颊骨有丝丝凉意。他们抬头看看那只小旗子，一上一下的，接着就扑腾扑腾地展开，飘起来了，而且扯得很急。

“船得起帆了。”约翰说。

过了会儿，弗林特船长又调转了船头，让船迎风而上。褐色小帆竖起来了，他们又沿着北线出发，当然，这时候他们离海岸还有相当一段距离。

“你现在可以看到北边的山了。”弗林特船长说，“想起来也真奇怪，四十年前的那一天，鸭先生都知道他来到了什么地方，看到这些小山的时候，他怎么也不想再靠近一点点儿呢。”

“你们是在哪儿发现了黑杰克挖的坑的？”约翰问。弗林特船长突然朝大海四周张望了一下，然后才回他的话。

“就在那边，”他指着海岸说，“其实离埋宝藏的地方不远。”

“鸭子港在哪儿呢？”

“也不是很远。到时候你会看到有一堆岩石横出树林。不过，我们最好仔细找找。我以那儿的一棵大树定的方位，要是看到那棵树就好了。那棵树蛮高的，可我不记得树后面的地界有多高了。”

“要是我们找不到，有其他的登陆点吗？”

“没有了。沿着这边的海岸，那是唯一一处不受大洋涌浪侵袭的地方，也是唯一一处我们能安全靠岸的地方。”

船继续前行，他们两个也不说话了，只是默默地朝海岸望去，看着那一行行白色的浪潮，永无休止地涌向岸边。

“要是我们找不到那地方该怎么办呀？”约翰终于开口问了句。

“没办法，那就只能返航了。返航倒是没什么问题，只是其他人会说，我们怎么能撇下他们不管，让他们整宿没有吃喝的，也没有地方住呢。”

约翰想起了苏珊，似乎听她对罗杰说过，燕子号一来，他就有晚饭吃了。也许就在这个时刻，他们那伙人就在海岸上的哪个地方翘首期盼，盼着早点看到这片褐色的船帆呢。要是看到这艘船要调头原路返回，他们会怎么想啊？况且，现在太阳已经下山，夜幕马上就要降临了。

突然有什么东西在他眼前一晃，一下子让他想起了去年的夏天。他远远地看到，在一片树林的映衬下，一股淡淡的青烟袅袅升起。不知有多少回，一看到远处的炊烟，他都会匆匆地赶回家去的。

“好棒呀，南希，”弗林特船长说，“这下我们不用愁了。不过，我们如果要赶在天黑之前完成任务的话，那一丁点时间也不能耽误了。”

“你准备领航，好吗？”

“好的。准备进港吧。”再看那股青烟，都已经变成了浓浓的烟柱，看着烟柱从海滩扶摇直上，弗林特船长掏出他的袖珍罗盘，大致对准了方位。“短程掉抢。顺着浓烟的方向就八九不离十了。”

几次短程掉抢之后，燕子号离海岸越来越近了。他们都可以看到火堆的星星点点了，却还是找不到一条进港的通道，眼前这一串长长的碎浪似乎根本就没有一个缺口，在这儿登陆似乎没有指望了。这时候，约翰突然喊道："是那棵树吗？最高的那棵，在浓烟后面。嗨。在我们和海岸之间，还横着一堆岩石。"

"看来你不需要领航嘛，"弗林特船长说，"你好像来过这儿。对，就是那棵树。就是那堆岩石圈起来的一个小港。朝岩石堆的南边走，我们就可以进到岩石堆背面的那一片平静的水域。"

"风又要停了。"

"那我们只好把船划进去了。"

话音一落，弗林特船长就收起了帆，划起了桨。他朝海岸上望了望。"你看暗礁的那头浪花四溅，我们要和暗礁那头以及那棵大树或者那股浓烟保持一条直线。南希就是在指定的地方生的火，真不错！"

"什么？"潮水的声音越来越响了。

弗林特船长叫喊起来，约翰凑近了才能听见。

"你把船开往岩石堆的尽头，和浓烟、大树保持一条直线。"

燕子号乘着翻滚的涌浪，飞快地冲向那一排排水雾和浪花之中。

约翰紧握舵柄，只盯着暗礁尽头和那股浓烟，以及那棵巨大的棕榈树上的羽状树冠，现在，那股浓烟都已经悬在半空了。近了，更近了。

弗林特船长又昂起头来看了看。

"没错，"他喊起来，"就这么走。"

有好几次，水雾呛得他们差点喘不过气来。当船划到一个波谷的时候，可以清楚地看到水面下的暗礁，暗礁和右舷船首挨得很近。涌浪不断撞在海岸边隆起的那一段长长的黑岩上，发出阵阵雷鸣般的响声，激起漫天的水雾。船的左舷边可以看到排排海浪滚滚而来，不住地拍打着金色的海滩。燕子号晃过暗礁的尽头，水面顿时平静了下来。这段黑岩形成了一道天然的防洪堤，里面可就安全多了，水面上只有一点小浪花。再往里走，有一块狭长的干沙地，潮水是涨不到这边来的，可这时他们看到的岩块越来越多了。突然，他们看到有人爬上了不远处的岩石，多熟悉的面孔啊！只看到那些人在向他们招手，似乎还在喊什么，然而他们却听不到。

再往前，眼前的岩石堆似乎开了道口，弗林特船长就顺着往前划了两桨。这条道虽然没有风浪，但太窄了，划过去的时候，都有一支桨磕到岩块上了。没过多久，燕子号在这个小港池里顺利靠岸了。半个多世纪以前，当皮特鸭还是个小见习水手的时候，就在那场暴风雨中船毁人亡过，只有他一个人抱住了一截桅桁，从这儿被冲上岸。时至今日，这里可热闹了。南希把燕子号往岸上拖了拖，让它停稳了。弗林特船长迫不及待地跳上岸来数了数，他的船员一个也没少。提提、罗杰、佩吉和苏珊都在抢着说话，小猴吉博尔趁机跳上了船，沿着舷缘跑来跑去，想看看约翰在干什么。看见约翰正忙着卸舵柄，它才放下心来。

“你那堆火点得太好了，南希，”弗林特船长冲着她耳朵喊，“你可知道，就因为后边那片林子，在海上稍微远点的地方，都看不到那棵大树了……是的……树林……后面的树林。”

潮汐的声音实在太大了，大家说话的时候都要扯起嗓子来，恐怕还很难听清楚说了什么。

“你带灯了吗？”那是苏珊在问。

“燕子号这次的航行实在太漂亮了。”这可能是提提说的。

“这个海港还真不赖，对吧？”是南希的声音。

“跑了，它们都跑掉了。不过，它们还会回来的。”这肯定出自罗杰之口。

“来吧，”弗林特船长喊起来，“快点把东西卸掉。我们要把帐篷搭起来。是的，用桅杆。两位大副，去做晚饭吧，他们都饿了。好的，拿锅碗瓢盆。”

第二十四章　挖宝者的营地

陆路小队是轻装出发的，所以省了不少时间。他们一直循着那条刻了路标的小路走来，走得很轻松，而且一路上也没有耽搁，不过也稍微逗留了几次，都是南希叫停的，因为她看到弗林特船长刻的路标有的不太明显，所以就掏出小折刀给加工了一下。他们一起走出树林，来到鸭子港这边的时候，那艘挂着褐色风帆的小船才驶出这座岛的西南角，正在海上搏击风浪，远远地望去，只有一个小斑点在海面上忽隐忽现。他们的向导，提提和罗杰，指给他们看了看这个小海港，那只失事的旧船，当然还有螃蟹。就跟上次碰到的那样，那些螃蟹一看到就逃走了，罗杰心里可不舒服了。接着，南希对准那棵大树和那处浪花四溅的暗礁尽头，在两者之间的连线上找了块地儿，他们就在那儿急忙生起一堆篝火。后来燕子号就是靠着这堆篝火做导航，才找到了进港的路线。随后，苏珊和佩吉忙着把绿树叶堆到火上，让它冒烟，南希和提提、罗杰他们自己就去寻宝了。他们三人沿着海岸向北走，一路上还有点儿收获，不过，他们讲好了，当晚是不许和别人说的。苏珊给他们每个人分了一份巧克力，然而，等到燕子号停靠在鸭子港的时候，大家都很想吃晚饭了。

大家都去帮忙卸货了，一个也没闲着。他们一抬下那只水桶，马上就把它搁在手够得着的地方，水桶两边用岩块塞好。苏珊和佩吉打开水龙头，给水壶灌满水，然后跑去烧水了。过了一会儿，弗林特船长把所有的压舱物都取了出来，然后，他把她们俩叫了过来。在这个岩石堆圈起来的小水湾里，大家齐心协力把船往上拖，拖过了高水位线之后，她们又回去做饭了。她们还要热一点牛肉糜压缩饼，而弗林特船长和其他人就去搭帐篷了。南希找了一个好位置，地上是平整的沙土，东北方有块岩石，一直延伸到海里，对面也有块岩石矗立着，刚好可以给这块地挡挡风。后面冲出来岩石堆的一段骨架，高度恰好可以搭架一根横梁的。弗林特船长就捆起船桨搭了个支架，把横梁的另一头搭在上面。

“要是我们带了把锯子，这些东西就不用燕子号从海上运过来了，”南希说，“我们本可以锯一根木头来做帐篷横梁的。明天还是去砍一棵树吧，这桅杆做横梁有点儿短，只是今天晚上就这么凑合用了。”

桅杆在这里做横梁，确实有点儿短，因为它一头要搭在岩石上，另一头要搭在桨架上，两头还得留点余地，中间就没那么长了。不过，有那张旧支索帆一盖，这顶帐篷倒也不赖。这么多人要住进去，挤是挤了点儿，但也没办法。有人想那只失事的破船可以住几个的，可又想到里面爬满了螃蟹，就打消了那个念头。

“真讨厌，”南希说，“我们怎么钉住帆布脚呢？”

“用这个。”弗林特船长说着，就把一小包木橛子倒在了地上。

“难怪昨天晚上我听到有削木块的声音呢，”提提说，“刺啦刺啦的，当时还真想不到是哪来的声音。”

“鸭先生还给帆布上缝了不少绳圈哩。”

十分钟过后，他们晚上宿营的帐篷就搭好了。南希、提提和弗林特船长都进去了，罗杰正从篝火那边赶过来，他边跑边喊。虽然大家习惯了在嘈杂的海边说话，可谁也没听到他的声音。

“水开了，”他说，“苏珊要我来叫你们带杯子过去。那边有螃蟹，她和佩吉都不敢走开。”

“怎么，螃蟹不会是想抢我们的水壶吧？”弗林特船长说。

“它们会悄悄地靠近火堆，”罗杰说，“我和佩吉一直在赶它们走，稍不留神就有螃蟹赴汤蹈火地爬上去，除了我们几个，那一大群的螃蟹都烫死了。”

“再等一会儿，”弗林特船长说，“我就赶过去，看看有什么法子。南希，你把那边尽量扯紧，拔掉那两颗木橛子，往外边钉一点。”

“我说。”罗杰说。

“你说什么？”弗林特船长说。

“你觉得这些螃蟹和咬鸭先生裤腿的那些螃蟹是一样的吗？这些看起来可小多了。”

“要是岛上只有你一个人，你也会觉得它们长得很大的，”弗林特船长说，“而且，我敢打赌，将来你跟你的孙子孙女们讲起这些螃蟹的时候，它们可能会又变大点儿。”

“可能晚上出动的螃蟹都要大点儿的吧。”罗杰说。

“夜里看起来可能是要大点儿。你想想看，小皮特鸭当年看到它们的时候，身边可没有火呀，而且也没有我们这样一大帮朋友站身边，帮他吓跑那些螃蟹。所以，我觉得这次他躲得远远的，不用再见到这些螃蟹，心里边肯定很高兴的。”

天很快就黑下来了。弗林特船长翻过岩石堆，往沙滩上的那堆篝火走去。他看到佩吉和苏珊正忙着赶那些侧身而行的黄螃蟹呢，这些螃蟹在熊熊火焰的映照下，都变成橘红色的了。尽管两位大副在尽力挽救，可还是有许多螃蟹碰到了火，烧焦了，火堆边上躺着一大群死螃蟹。

“没辙了，”佩吉说，“我一转身的话，就会听到有螃蟹被烧得嗞嗞响。”

“比飞蛾还难缠，”苏珊说，“飞蛾扑火嘛。”

“一会儿就能摆脱掉它们了。”弗林特船长说着，就从佩吉手里拿过木棍，把火堆旁的死螃蟹耙出来，扔到一边儿去了。其他螃蟹一下子就对火堆失去了兴趣，都转移到它们同类的尸体上去了。

弗林特船长又匆匆赶回帐篷，他想过来帮提提和南希带那些其余的杯子。

“有只螃蟹爬进帐篷了。”正当他从岩石上翻下来的时候，南希喊起来。

“踢出去。”弗林特船长喊道。

“可别伤着了它。”提提说。

等晚饭做好还要好久呢。在这蓝色的夜空下，海滩上燃着一堆明亮的篝火，而他们在想方设法对付那些螃蟹，连提提都变得铁石心肠了。当然，首先是螃蟹自己就没心没肺，你看它们相互拼杀、撕扯，听到那嘎吱嘎吱的咀嚼声就令人心惊胆战的。甩掉它们的唯一办法，就是扔几只死螃蟹到一边，其他的螃蟹就会立刻扑上前去美餐一顿，吃掉它们的同类，边吃还边转动着眼珠子，挥舞着大钳子。看到这些，我们这六位燕子号和亚马逊号的船员，还有弗林特船长，就再也没有什么好怕的了。螃蟹也不算那么大，只是觉得很龌龊，它们的字典里从来就没有

“不应该”三个字。当然，它们也不知道它们多么不讨人喜欢。南希也说：“要是比尔在这儿就好了，他肯定会拿螃蟹当球踢的。”他们这伙人虽然不怕，可里头也没有想踢螃蟹球的，但是吉博尔越来越怕螃蟹了。起初，吉博尔只是戳着一两只螃蟹玩玩，它也小心翼翼的，不让自己的爪子尖被钳住，就揪着蟹壳把它们扔走。突然，一只大螃蟹刚好爬在它身后，瞧着它的尾巴，虽然毛茸茸的，也想咬一口试试，就狠狠地钳了一把。吉博尔疼得吱吱直叫，一个劲儿地追着自己的尾巴团团转，尾巴尖儿上的那只大螃蟹就跟着飞了起来，就像线头上吊着个球在绕圈。最终，那只螃蟹还是被甩了出去，嗖的一下，不知飞到哪儿去了。这下吉博尔可紧张了，一有螃蟹靠近，它就呜呜地叫起来报警。

这些螃蟹把大家的晚饭搞得乱七八糟，古里古怪的，喝水的时候，放点牛肉糜压缩饼或者饼干什么的在地上都不保险，没准儿转眼间就不见了。不过，有点什么垃圾倒也容易清理。

“这下我们饭后的打扫就轻松多了。”苏珊说。

“只要它们别抢在我们之前收拾就行。”弗林特船长说，“你看，那只刚抢了我好大一块压缩饼，就是长着一对大眼珠子还在啃的那只。”

“你一块也没留住吗？”罗杰郑重其事地问。

“我也不知道，”弗林特船长说，“但是，让哪一只螃蟹吃了都可惜呀。”

他们这队来挖宝的人都进到帐篷里了，那些讨厌的螃蟹还过来惹事儿。不过，也不是每个人都被骚扰过。约翰经过了这一段从比尔登陆点到鸭子港的航行，自己都没想到会有这么累，他根本就没在意什么螃蟹，也听不到潮水的声音，一钻进睡袋就蜷着身子睡着了。佩吉也几乎是倒头便睡。苏珊躺在那儿，心里还在想，在这边露营的日子里怎样才能把饭做好，心里还在默数那一件件家当，担心时间长了会忘掉。突然，她感觉到有只小螃蟹爬上了睡袋，猛地坐起身来，一把揪住它，使劲儿扔出了帐篷外。这下可好，提提和罗杰也醒了，盼着也有螃蟹来光顾他们的地盘。可是，和苏珊一样，他们等着等着就睡着了。弗林特船长吃过饭后，就在沙滩上踱来踱去，有好一阵子，都闹得萤火虫到处乱飞。他脚下踩的地方，说不定就埋着皮特鸭提到的宝藏，这么多年了，谁知道玛丽·卡胡恩号的船长和大副当初把宝藏埋在哪里了。他散步回来，钻进帐篷，看到大家都裹着睡袋，差不多都睡着了。他就在帐篷的入口躺了下来，万一有什么意外，好给大家把门。他躺在那儿盘算着明天的挖掘情况，没想到总有一些小螃蟹来打扰，想看看他是不是也很美味。实在忍不住了，他站起身来，拿了柄木铲子把它们全都敲蒙了，然后扔了好多下水，这下才清净了下来。睡得最少的是南希船长，这个海上的霹雳女神，这位成功带领陆路小队的队长，一直在听着岸边潮水的声音，心里却担心着那些螃蟹。她不喜欢那些活生生的螃蟹，也不喜欢那些死螃蟹，最让她恶心的是摸到它们。她现在感觉碰到她的所有东西都是螃蟹，她就想在第一时间能把住自己的嘴，别让睡袋边沿揩着自己下巴的时候尖叫起来，那样可就吵醒别人了。“后斜帆桁，斜桅支索！”她在自言自语，“都不管用了，比佩吉遇到雷雨时还要惨啊！”她暗自窃喜自己逃脱了，没过多久，她就全然忘了那些螃蟹。海潮发出阵阵轰鸣，就像是一艘迎着强风航行在海上的巨轮，从船头底下传来了一声声巨响一样。南希正驾着野猫号在辽阔的海面上一路前行，继续前进。她肯定没做过这样的美梦吧。

第二十五章　寻　宝

太阳出来时，所有人都起床了。他们在海上待太久了，刚过了上岸后的第一晚，所以还有点不大习惯呢。弗林特船长早就来到棕榈树下的沙地上，东转转，西瞧瞧。看到他那急不可待的样子，其他人都有点不好意思了呢。南希问他："鸭子港里有鲨鱼吗？"他却对他们说，最好现在就去洗个澡，不过要担心海胆，千万不能踩到它们。礁石底下藏着很多海胆，刺儿可尖啦。接着，他走到这小海港的入口处，替他们放哨，提防可能会出现的鲨鱼，让他们痛痛快快地洗个晨浴。尽管这么做会浪费一点时间，但是很合算，因为他们很可能要在沙地上折腾一整天呢。站在礁石上远远望去，比起辽阔的大西洋来，鸭子港只是一个小得不能再小的游泳池。

燃烧了一夜的篝火熄了。然而，哪怕只有一丁点儿火星，螃蟹们还是会争先恐后地爬来。所以火堆旁躺了一圈死螃蟹，全烧焦了。到了早上，大厨师们看到一群活蟹正在抢吃那些死蟹，急忙跑过去把那些活的、死的通通扫走了，留出一条干净的路来，然后重新点燃篝火，准备做早饭。

吃过早饭后，挖宝开始了。

上次来鸭子港的时候，弗林特船长就知道，毕竟过去了这么多年，即使是皮特鸭本人来了，也不能直接走过去给他们指出布袋埋在哪儿。不过，他还是觉得了解到的信息已经够多了，相信不用挖太久，就能把它找到。话说回来，鸭先生已经尽力了。

“唯一的麻烦在于，”他一边说，一边领着一队挖宝队员，沿着沙滩向前走，“如果鸭先生的树真在这儿的话，我们也摸不清到底哪一棵是。谁知道一棵棕榈树能活多久呢。他的那棵树可能早死了，这也说不定。不过，我们都知道，船只失事后，他是从这儿爬上岸的，所以他的那棵树一定就在附近。”

“我们把这里全挖一遍吧。”提提说。

“以这棵大树为圆心，从里向外挖，”弗林特船长说，“好了。就这么定了吧。约翰和南希用铁锹挖。等会儿大副们都洗刷完了，也拿木铲过来吧。大家站开点儿。嗯，开始！”

他抡起手中那把奇怪的小鹤嘴锄——那是皮特鸭用旧船锚和起锚棒做成的，迈开步子，走向最大的一棵棕榈树，然后扑地一下，挖进了柔软的沙地。接着，他拔出鹤嘴锄，再次使劲儿挖了下去。

“咣啷”，不知什么硬东西撞到鹤嘴锄的铁尖。

“哈哈！是什么？”他叫了起来，急忙猛挖好几下。然而，从沙地深处只挖出了一块儿黑卵石。

过了片刻，南希和约翰也拿起从考斯港买来的小铁锹，摆开架势，使劲儿挖了起来。提提和罗杰依着自己的估计，选了一块儿最有可能埋有宝藏的沙地，各自抓了一把木铲，开始猛挖起来。过了一会儿，他们发现木铲并不好用，就改用了小刀、手指，还有一根棍子。毕竟在鸬鹚岛上的时候，他们全靠自己找到了宝藏。不管怎么样，他们私下在想，到了鸭子港，说不定命运还会垂青他们，何况这里的宝藏更让人兴奋呢。还在鸬鹚岛上寻宝的时候，他们就知道，如果宝藏里面没有找到金锭，那它就不能被称为宝藏。然而，谁知道在这儿会挖出什么来？唯一知道答案的那两个家伙六十年前就在桑岛附近淹死了。提提和罗杰决心要在这里挖上一整天。

弗林特船长也准备挖上一整天。然而，在急切地挖了半个小时后，尽管他老想着下一锄就可能会挖出宝藏，可还是感觉工具有些不够用，真让人遗憾呢。如果他有五六把鹤嘴锄就好了，不光需要小的，还要有几把大的。约翰和南希手中的小铁锹倒是挺顺手的，可事实已经证明，木铲只能用来铲走鹤嘴锄挖松的土块儿，它们本身并不适合掘开沙土。即便是木铲，他们也只有两把，太可怜了。

“要是多几把铁锹就好了，”这时候，他停止了挖掘，抹了抹额头上的汗水，感叹了一句，“人手一把该多好啊。拿刀子挖个洞，把宝藏埋进去很简单，可要再把它挖出来就难了，何况这里还有遍地的树根和小石块儿呢。”

接着，他又挥动鹤嘴锄挖了起来。他径直向前挖过去，这样就能翻开更多的沙土，然后方便铁锹清理。两把小铁锹全都派上了用场，一刻也没有闲着。约翰和南希挖出了一条小沟。提提和罗杰已经挖松了一块儿沙地，这会儿就像小兔子一样，忙着在打洞呢。

“我来试试这把鹤嘴锄，”南希后来说，“我们不可能马上就找到那东西。今晚可能要睡在这里了。我们去砍一棵树，做一根横杆，然后搭个大帐篷吧。至少要一两天才能挖完你划定的区域。”

“说得没错。”弗林特船长说。他走了很长一段距离，回到营地取来一把手锯，选中了一株高高的小棕榈树，然后抬起锯子，锯了起来。锯了一会儿，他叫约翰接替了他的工作，自己又抡起鹤嘴锄，继续在沙地上挖。苏珊和佩吉一洗完吃早饭用过的大杯子，马上就赶过来帮忙了。她们俩拿的都是木铲子，弗林特船长返回来继续挖时，佩吉因为用力过猛，咔嚓一声，折断了手中那把木铲。不过她并没有就此停下，而是捡起断成两半的铲子，继续从洞中铲起沙子。

弗林特船长一边挖，一边留意身边的情形。忽然，他停了下来。

“这样不好啊，”他说，“我们需要更结实一点儿的铁锹。佩吉，我做的那两把小铲不太好使，可那不是你的错。挖断了我一点也不意外。”

这时候，那株又细又高的小棕榈树已被锯倒了。约翰兴冲冲地跑来问，接下来该怎么办。弗林特船长走过去瞧了瞧，告诉他说，还要锯掉树梢。就在林地的边上，紧挨着倒下的小棕榈树的一旁，还有一棵更粗的棕榈树横在沙地上。弗林特船长从约翰手中接过锯子，踩住那棵倒下的大棕榈树，快速锯起来，最后锯出一块儿木板来。其他人都在旁边看着，不知道他想干什么。

“我们得弄把体面点儿的木铲。”他说。没多久，他就做好了。那是一把铲头和铲把合二为一的铲子，看上去很粗糙，但比起佩吉折断的那把来，还是结实多了。不过，他手中的锯子可遭了殃，锯齿几乎都磨钝了。这会儿，他想起了皮特鸭的锉子来。

“这种木头硬得像铁块儿，”他说，“我怎么没想到要带一把锉子来呢？如果能把锯子重新锉利点就好了。”

“再把帐篷杆截好吧。”南希说，“锯子还是有齿锋的。”

“好吧，”弗林特船长说，“这个活儿比我想的更费时。当然，我们随时都可能挖到那个布袋，不过，我们也可能要挖上一个星期呢。”

锯好帐篷杆之后，他又扛到了鸭子港附近。所有人都停下手头上的工作，跑过去给他帮忙，最后，这根新做的帐篷杆架在了岩石和几支船桨之间。就这样，一个崭新的帐篷就诞生了。比起昨晚匆忙搭成的那个帐篷来，这个帐篷要大多了。看到燕子号上的船桨又派上了用场，约翰心里可高兴了。

弗林特船长一完成帐篷搭建的前期工作，就马上返回去继续挖宝。这时候，南希向他透露了她昨天发现的一个秘密。

“干完活，我们去那儿喝点儿水好吗？”她说，一边拿眼角瞟了一下北边的海滩，一边用手指了指。

“少搞点儿水面活动吧，”弗林特船长说，“我不想绕过岛屿去取水，那样太浪费时间了。如果从陆地运水，那也太费劲儿了。我可以忍到午饭时间。”

提提顺着林边悄悄溜了过来，罗杰紧跟在后面。他们俩一人端了一个铁杯子。

“我说啊，”弗林特船长说，“谁都知道挖地会让人口干舌燥，可苏珊大副知道你们要去取水吗？”

“我们只想试一试，”南希说，“这水能喝吗？”

弗林特船长接过罗杰的杯子，放在鼻子下嗅了嗅。

“没问题，”他说，“不可能有事儿的。桶里的水昨天才灌的。”

“这不是从水桶里舀来的水。”提提说。

“那你们是从哪儿弄来的？”

“从一块儿岩石旁边舀来的，”南希说，“不过那不是一条小溪。现在要消失了。”

“哦，管它哪儿来的，是淡水，能喝，”弗林特船长说，“还不错。”他一口气喝完了，“我们去看看那地方。如果那儿有水，就会省下我们很多麻烦哩！我真不愿提着那只水桶去打水。吃过饭后都会有些口渴，而且干这些活儿也把大家渴得够呛。”

南希说的那眼泉水很近，距离鸭子港不过三百码远。可奇怪的是，皮特鸭在六十年前竟然没有发现它。远处有一道山坡，一直延伸至海边，山坡上覆盖着一片绿色的树林。钻进树林之后，你才能发现林中隐藏着一大块黑色岩石，浓密的植被几乎把它遮完了。南希、提提和罗杰先去看了看破船上横行的螃蟹，然后沿着沙滩走向那片树林。刚一进去，他们就发现树上有鸟儿在骚动。一般来说，鹦鹉和其他鸟儿受到惊扰后，会从树枝上一跃而起，迅速飞上天空。然而，这里既有鸟儿飞走，又有鸟儿飞来。看到这么多鸟儿来来往往，探险队员们决定深入树林一探究竟。循着鸟儿的踪迹，他们在蕨类植物的深处发现了一汪小水池。成群的鹦鹉挤在池子边饮水。不过，没有见到溪水从池子里流出来，池水也许又渗入了沙地。然而，他们发现那块黑岩石中间裂开一道缝，一股细流从石缝中汩汩地流出来，源源不断地汇入那个水池。南希从池子里捧起水，放在嘴边尝了一下，但她并没有允许她的手下那样做。弗林特船长尝过之后，觉得这里的水可以喝，然后其他人才喝了起来。

“这儿的水和岛屿那边的水是一样的。”弗林特船长说，“真不错呀，南希，还有你们俩！不管怎么说，我们都渴不死啦。可你们要当心啊。水没有从池子里流出来，除了鹦鹉之外，说不定还有别的动物也在这儿饮水。我们上去看看！”大家跟在他身后，爬上了那块蕨类植物覆盖的黑岩石。从岩石上看过去，下方六英尺处就是那个小水池。水池边横着一条蛇，身子黑绿相间，尖尖的脑袋探入水下。过了一会儿，它抬起脑袋，慢慢溜进池子，在水下逗留了片刻，又绕着水池游了一圈，很快从水池中飞快地溜了出来，哧溜一声，不见了。

“站在高处观察水面，你就不会遇到危险，”弗林特船长说，“要注意脚下，最好要弄出一些响声来。”

后来，他们又回到那棵大棕榈树下，继续在沙地上挖。不过，去看南希泉就像给每个人放了一天假一样。他们个个铆足了劲儿，不停地在沙地上挖啊、挖啊，一直挖到午饭的时间。当时天气还很炎热呢。那把新木铲看起来就像原始人的工具，可比起佩吉那把断铲子来，还是要好用多了。不过，从考斯港买到的两把铁锹用起来最轻便，甚至能挖开鹤嘴锄都没能挖松的沙地。就这样，午饭后，弗林特船长迫不及待地走过去，又拎起鹤嘴锄挖起来，一直挖到黄昏时分。其他人也在不辞辛苦地挖着。他们轮换着抓起那两把称手的铁锹，热火朝天地挖着，总担心比别人落后呢。然而，所有人都没挖到什么特别的东西。这块沙地上是否真的埋着宝藏吗？大家开始怀疑起来。

“可能就像这些螃蟹，”佩吉说，“以鸭先生小时候的眼光看，它们似乎很大，可你也说过，在他讲故事的时候，它们就在他的记忆中变大了很多。其实这些螃蟹算不上什么。”

说着，她抓起一只正爬向饼干屑的螃蟹，胳膊一扬，把它扔得老远。

现在该吃晚饭了，当信风越来越弱的时候，夜幕就降临了。一天的挖掘工作总算结束了。弗林特船长转过身子，看了一眼他的小外甥女，发现佩吉也正盯着他呢，似乎觉得他对当天的工作有些无奈。

“当然啦，这没有什么大不了的。”他遗憾地说。

“找东西好有趣呀。”约翰说。

“要是永远都找不到，我们怎么办？”佩吉说。

“也许很早以前就被人挖走了。”

“真见鬼！”南希说，“没看到吗？我们的宿营地多棒啊。所有人都知道黑杰克挖错了地方。我们只不过挖了一天而已，况且还有一部分时间在搭帐篷呢。”

“我们一直挖下去，直至找到它。”提提说。

“你觉得呢，罗杰？”弗林特船长问。

“我打算和提提一起挖，”罗杰说，“还有吉博尔。”

“那么我们一定能找到它，”弗林特船长说，“听听看，你们俩大副，”他接着说，“我们的工作还没有完成一半呢。所有人都在这儿，没有挖错地方。如果每块地都挖透了，就不需要再挖了。这就像把田里的草割掉，然后寻找躲在草丛中的兔子一样。兔子随时有可能蹦出来，即使没有蹦出来也不打紧，割到剩下最后一片高草，兔子只能躲在那儿了。不过，要是我们中间有一半人想放弃，那我们就立即返回帆船。”

吃过晚饭后，他为了把粗糙的新铲子刮平，差点把自己的小折刀的刀刃弄折了。后来，他叼着点燃的烟斗，在薄暮中散步。不远处，萤火虫在树荫下飞舞着。挖宝的孩子们爬进那顶新搭的大帐篷，各自钻进睡袋，准备入睡了。

“找不到宝藏，他心里一定很难受，”南希从睡袋中坐起来，在黑暗说道，“他的确想得到宝藏，再说了，他大老远带我们来这儿，不管怎么样也不能空手而归吧。”

“如果这儿没有宝藏呢？”佩吉说。

“这儿找不到宝藏，别处也找不到。但是，不是吉姆舅舅说有就有的啊。”

“如果我们什么都没找到呢？”

“你这个大傻瓜，”南希说，“不管怎么样，我们都会找到一些东西的。也许我们可以把它送给大不列颠博物馆，或者其他博物馆，并且写上‘蟹岛探险者：野猫号船长携全体船员赠’。就像罗杰发现的海盗刀……我们只是协助他找到的。他失败过很多次了，如果能找到点儿东西，他一定会很高兴的。”

“我们在这儿准备了一星期的食物，”苏珊说，“不管怎么样，我们都要一直挖下去，直至找到它。”

“这样最好不过了，”佩吉说，“可能南希说得对。”

“明天早上，也许我们一挖下去就能找到它。”

“我还没用过一次鹤嘴锄呢，”罗杰说，“明天早上我要第一个挖。”

弗林特船长从海滩散完步回来后，心里仍惦记着晚饭时说过的话。为了让大家睡个安稳觉，他消灭了大批入侵的螃蟹，如此一来，那些肉食同伴们就不缺肉吃了。后来，他躺在帐篷的入口处，不一会儿就睡着了。可能他自己都没有意识到，他的心里可是憋足了劲儿，希望大着呢。

第二天，大家继续在沙地上挖掘。

早上罗杰抡起鹤嘴锄挖了第一下。不过，他没有如愿以偿地挖出一袋金锭来，只挖出了个小浅坑，看上去效果欠佳。他又挖了一两下，然后心满意足地把鹤嘴锄还给了弗林特船长，接着又拿起那把最适合他的破木铲，在已经挖松的沙土中搜寻起来。

今天的工作更加有序，也更像回事了。昨天每个人都想了一些不错的办法。大家认为最可能的地方应该是树下，所以他们一会儿跑到这棵树下挖几锹，一会儿又跑到另一棵树下挖几锹，或者干脆把弗林特船长叫过来，让他拿鹤嘴锄刨几下，看看树下有什么东西没有。后来大家一致同意，认为他们还是应该沿着事先确定的直线，一点一点向前挖。

“我是这样认为的，”弗林特船长说，“如果那俩坏蛋把袋子埋在一棵小椰子树下，他们必然有法子把它再次辨认出来。”

“他们可能在树皮上刻了记号。”提提一边说，一边查看着棕榈树的高大树干。

“对不起，提提，我想他们是不会那样做的。如果刻上记号，所有人都可能会联想到什么东西。绝对不行。他们可能选择一棵不用刻上记号就能辨认出来的树。他们只需要在一两年内，或者愿意回来的时候，再找到它就行了。”

“可是所有的小椰子树都像系船桩一样粗啊，”罗杰说，“皮特鸭说过的，我亲耳听见他那样说的。”

“问题就出在这儿，”弗林特船长说，“他们必须选择一棵能用别的法子辨认出来的椰子树……比如，这些岩石。树林深处的一棵树可能不行，因为周围有很多类似的树。皮特鸭也是那样做的。还记得吗？他选择的是同一棵树。他可以逃上树顶躲避螃蟹，但不会逃到更远的地方去，没那个必要。考虑到这些，依我看，他选择的那棵树应该离他被冲上海岸的地方不远，所以他们选择的应该是一棵很醒目的树，很可能就在树林边上。或许是滚落在海滩上的岩石的南北侧的第一棵树，也可能是岩石两侧的第二棵或第三棵树。不过，其中一点很清楚，况且皮特鸭也说过……所以那棵树很可能靠近我们站的地方。”

“在我坐的地方吧。”罗杰说。

“闭嘴，罗杰，”提提说，“这会儿你坐在食物上啦。”

罗杰慌忙站起来。弗林特船长又接着说了下去。

“我以这棵大树为航行标记，它正好处在鸭子港口的上方，也就是鸭先生被冲上岸的地方。我之所以从那儿开始挖就是这个原因。我们从那棵树开始，继续向两侧挖过去。假如我们彻底挖一遍，一定能找到它。”

他在大树前的沙地上竖起了两根小棍，在棍子之间粗略地划出一道沟。“这就是我们要挖的地方。如果沿着树下的这条线挖下去，应该能找到那件东西。”

“这条线太长了。”苏珊说。

“这是为了确保找到那东西。我们不像黑杰克，他一开始就挖错了地方。我们知道从哪儿开始挖，这是最主要的。”

到了傍晚，划定的那条小沟和林地边缘之间的土地全被挖了个遍，就像刚犁过的麦地一样。从沙地中挖出来的石头堆放在一边，罗杰用它们砌了一个锥形的小石堆。附近的树木前后都挖过了，然而还是一无所获。现在天还没有完全黑下来，弗林特船长还在忙碌着，汗水已经湿透了他的衣服。他把树林边上的地面清理得一干二净，为明天的挖掘做好了准备。

“你们瞧啊，”他说，现在所有人都围坐在篝火旁，一边吃晚饭，一边还在驱赶苍蝇般令人讨厌的螃蟹，“早上我根本没有想到，这里的海风多数是东风，所以岛屿这一侧的海水比较浅。六十多年过去了，这里的大海要么退下去了一点儿，要么沙滩堆高了，所以沙地和树林都延伸到海边上来了。也许那些树木并不是六十年前的树木，兴许我们还没有走到原来的森林边上呢，所以我们应该向前走远一点儿，然后再去找。”

“嗯，我们有的是时间。”南希说。

弗林特船长急忙抬头望了望笼罩在黑暗中的海面。

第二十六章　危险的天气

第三天早上，挖到宝藏的希望似乎越来越渺茫。四处都是从沙地上挖出来的石块，就好像是一座座墓碑，代表着一个又一个的失望。每当铁锄挖到埋在地里的石头，发出叮叮当当的声响，大家再也不一窝蜂地狂奔过去，以为终于发现了宝藏。大家已经习惯了这样的一幕：双手小心翼翼地从土里捧出一块黑乎乎的石头，生怕要弄坏了什么宝贝似的。

要吃午饭的时候，约翰差不多准备放弃了。就连弗林特船长也觉得他们终究是要一无所获了。可是，大副们的情绪却截然不同。苏珊已经习惯了鸭子港的生活。就目前来说，她不想再搬家了。南希发现了泉水，这样宿营的生活比她预想的要容易得多。弗林特船长说了，泉水是可以放心喝的。在帆船上时，用水可是要精打细算的。这样一来，苏珊更不愿挪窝了。佩吉站在苏珊这一边。这两个管家婆打定了主意，要一直驻扎在鸭子港，直到食物吃完为止。这本身就大大地鼓舞了这些犹犹豫豫的人们。就在吃饭前，罗杰还不停地问提提，是不是该回到船上去了，而约翰也在想，要是能再次驾船出海也是一件好事。但是苏珊理所当然地认为他们至少还得再挖上四天，约翰听到她这样说，几乎把担忧抛在脑后去了。“是啊，要是我们吃点蟹肉的话，待上一年也没问题。”罗杰说。大家看起来准备要继续挖下去了，弗林特船长当然就觉得不好意思放弃了。因此吃完饭后，大家又开始继续挖宝，干劲儿和第一天一样大。整个下午，他们在树荫下不停地挖呀挖呀。突然间，不知发生了什么，大家都停了下来。

罗杰猛地喊叫起来：“吉博尔怎么了？”罗杰身旁的南希抬起头，看到猴子吉博尔全身颤抖，像是受到了突然惊吓。

“你怎么了，吉博尔？”南希问。刚才南希还看到它拿着一根木棍，学着主人的样儿，一会儿在这里抓抓，一会儿在那里抓抓，装模作样地挖东西。

猴子呜呜地叫着，咧着嘴，牙齿上下打战。它死死地抓住罗杰，想把头埋在罗杰的衣服里，浑身抖个不停，罗杰自己也都有点摇晃起来。

“吉姆舅舅！吉姆舅舅！”南希大叫，“吉博尔像是发烧了。”

弗林特船长听到南希叫喊，连忙放下鹤嘴锄，快步跑过来。“不是发烧。”他握住猴子的腕部，像是医生在帮病人号脉，“它是给吓到了。没错，恐怕是看到蛇了。它刚才在干什么来着？”

“帮我挖土呢，”罗杰答道，“可是，这儿没有蛇呀，我一条蛇也没有见到。我们一直都在挖那个洞呢。”

“它很可能是受到了惊吓。”弗林特船长说。

这时候，传来一阵怪异而嘈杂的巨大噪音。尽管鸭子港两边的海滩上不断传来哗啦哗啦的海浪声，大家还是能够清清楚楚地听见那种声响。

鹦鹉的尖叫声和小鸟叽叽喳喳的吵闹声，大家也都听到过，觉得没有什么好奇怪的。但是此刻，似乎小岛丛林四面八方的鸟儿突然在空中盘旋尖叫起来，听上去十分刺耳，持续了大概三分钟的时间。接着，声音突然又消失了，一切都安静下来，大家只听见海浪声和风吹过树梢的声音。

“这些鸟儿到底怎么了呀？”南希问。

“它们也受到了惊吓。”弗林特船长朝着大海的方向望去。无论什么时候，只要一有什么东西让他想起了黑杰克，他就会像原来那样眺望大海。

过了一会儿，忽然刮起了一阵冷风，大家都吓了一跳。几分钟后，冷风消失了。可就是在这短短的几分钟里，起先因为干活而冒汗的人们都开始像猴子那样浑身发抖。接着，又刮起了温暖的信风，但很快也停息了。此刻仿佛已经是深夜而不是下午。大伙儿在冷风中冻得瑟瑟发抖，对于这个炎热的海滩来说，这股冷风让人觉得冰冷刺骨。

“气候很反常。”弗林特船长沿着沙滩跑向鸭子港。他把自己的大衣挂在帐篷的横梁上，这样螃蟹就没法爬进去了。

船长慢腾腾地往回走，他先是看了看北边，又看了看南边，接着又看了看北边，然后回头看了看大海，还时不时地低头查看一下刚才回去拿过来的袖珍气压计。

“气压降得很快。”他说，“差不多降了一英寸。难怪猴子这么心烦意乱呢，它知道怎么回事，鸟儿也知道。”

“怎么啦？怎么啦？”

“可能会有糟糕的事情要发生。真见鬼，我要是早料到了就知道该怎么做了。”

“要做什么呢？”南希问。

“我们的船。”弗林特船长答道。

“我们不是已经把船拖到岸上了吗？”提提说。

“燕子号还好，”弗林特船长说，“但是野猫号一旦出事，那我们的麻烦就大了。”

“野猫号停在那儿挺安全的呀。”约翰回应说。

“那是天气好的时候，”弗林特船长说，“如果信风白天吹一天，到晚上就息了，野猫号就会一点事儿都没有，这样再好不过了。它有小岛护着。可是刚才吹来一股冷风，说明海风要转向了，而且还远不止这样。万一起了强劲的南风，从这一片海域横扫过去，我们该怎么办？要是遇上了旋转风暴呢？别忘了，我们可是在热带呀。”其实，他不仅是在说给其他人听，同时也是在提醒自己。“如果是刮西南风或者刮西北风呢？那样的话，野猫号就处在下风岸，海水会冲过来，要是那样，什么船锚都不会管用了。唉，我先前要是想到看一眼气压计就好了。”

“要是真那样的话，怎么办才好呢？”约翰问道。

“那就得先出海，离开陆地，等到了海上，再让船顶风停航。风停之后，再返回岸边。”

“鸭先生会不会这样做呢？”南希问道。

“我拿不准他会不会这样做。”弗林特船长回答说，“一旦刮起强暴风，单单靠比尔给他帮忙是远远不够的。”

“你觉得会有强暴风袭来吗？”罗杰接着问道。

“当然啦，”弗林特船长说，“还有什么能比刚才那股冷风更说明问题呢？而且我们还有气压计，绝对错不了。吉博尔也知道风暴要来了。”船长说。

“它现在又恢复正常了。”罗杰说。

“要是野猫号出事了，而我们又被困在这个岛上，我永远都不会原谅自己。”弗林特船长说。

“那就等黑杰克来把我们接走好了。”提提说。

弗林特船长又朝着大海和地平线方向远眺。

“瞧那边！”他说道。大伙儿都朝着他指的方向朝南边看过去。

弗林特船长看到的并不是船。在其他船员们眼中，谁也不明白那究竟意味着什么。那是一长串赤褐色的云团，出现在遥远的南方，紧贴在海平面上。

“现在刮的是北风，云团从南边过来，逆风。没时间了。我们很快就有大麻烦了。别再管挖宝了。需要多长时间能整理好行李？”弗林特船长问道。

“要回到燕子号上去吗？”苏珊问。

“得等风停了我们才能试着到燕子号上去。不过，那样就晚了。拿不动的东西就留在这里吧。”弗林特船长说。

南边的云团明显升起来了，呈现出一片赤褐色。云越升越高，而且不再是一长串了。云团的底部越变越窄，云端越来越宽，就像雷暴云一样，来势非常凶猛。不过，谁也没见过这种颜色的雷暴云。

“我们不能什么都不要吧？多半的东西都是我们的必需品。如果我们要赶路的话，罗杰和提提肯定跑不过约翰和南希呀。”苏珊说道。

“睡袋怎么办？要是回到野猫号上，咱们还是得要睡袋呀。”佩吉说道。

“燕子号怎么办？”提提接着又问道。

船长四下观察了一下，然后抬起头看了看北边，那一阵阵奇怪的冷风就是从北边吹过来的。后来他又看了看南边，凶猛的赤褐色云团如同一把巨扇在蓝色的天空铺开，看上去就像一块儿被人为切下来的金属片。

“风暴马上就要来了。一刻也不能耽误了，可能时间刚够翻越岛屿。”船长说。

“那就别浪费时间来告别了。”南希以命令的语气坚定地说，“多说有什么用？你马上就出发吧。要是我们的船出事了，我们还能怎么回去呢？快啊。我们在这里不会有事的，不会出现什么差错，何况鸭子港很安全的。我们在陆地上，这里既有食物又有水源。”

“要是我有十足的把握，鸭先生会驾船出海就好了。”船长说道。

“他不会的。他会等着你，因为你说过，万一天气不好，你就会回船上去的。”约翰说。

“他绝对不会走的。他会想起当年他的船出事后，没办法离开这儿是什么感觉。”提提说道。

“你们说得没错。”弗林特船长苦恼极了，想到马上要来的暴风雨，心里非常担心他们的帆船，那可是他们回家的唯一工具呀。“听好了，南希。你很有主见。约翰也是。如果肯动动脑子的话，没有什么事会难住你们。苏珊也可以照顾你们其余几个。”弗林特船长说。

“你回来的时候，千万别忘了带几盒火柴回来。虽然我们的火柴还够用上两天，但以后还需要更多的火柴。”苏珊请求说。

“再带点巧克力来。”罗杰补充说。

南边吹过来一阵热风，热得好像是从熊熊燃烧的炉门中直接喷出来似的，给人的感觉十分难受，就好比之前从北边刮过来的刺骨冷风。

弗林特船长急忙掏了掏大衣口袋，找出三盒火柴，但都空了一大半。他又从一个裤子的口袋里找到两盒差不多全满的火柴，另一个口袋里也有一盒，不过里面只剩下一根火柴了。

“我猜就是这样。”苏珊笑着说，“差不多啦。”她放了十根火柴到空盒子里，然后递给弗林特船长，“这些差不多够用了。你快走吧。”

“我们肯定没事的。”南希说道。

“代我和吉博尔向皮特鸭问好。”罗杰说。

“我们都爱他，还有波利。”提提说。

“别忘了还有比尔。”南希说道。

“要记住一件事情，”船长紧盯着那片赤褐色的云层，整个天空几乎有四分之一都被那种云层覆盖了，叮嘱他们说，“如果真的开始刮风的话，天黑前可能会有飓风，千万别到树林里面去，树越少的地方就越安全。树本身倒也没什么，但是你们也不希望风把树吹倒了，然后砸到你们头上吧。你们要留在空旷的地方。也许你们留在这里会比到船上去更安全。不管怎么样，我觉得海风像要转成西南风向了。你们待在这里会没事的。我越早让野猫号离开陆地，那样对我们大家就越好。”

“别再说了，吉姆舅舅。你现在又不能分身呀，我们已经和你道过别了。”南希催促道。

“燕子号与亚马逊号友谊万岁！”弗林特船长大吼一声，把大衣胡乱披在肩上，然后匆匆朝着树林方向走去。

“燕子号与亚马逊号友谊万岁！再见。祝你一路顺风！”大家冲着船长大声叫喊。但船长的身影早已消失在树林中。这时候，从岛屿南面又吹来一阵奇怪的热风，大西洋上的信风停息了，然而激浪仍然不停地冲击着海滩，发出巨大的轰鸣声，船长很可能听不到他们的声音了。

“你觉得真的会很糟糕吗？”苏珊问道。

“哎呀，我怎么知道呢？”南希答道，“不管怎么样，这又不是我们第一次遇见飓风。想想那次我们在海湾的顶风航行，还有在野猫岛上度过的最后一个晚上，我们不是也遇见过飓风吗？”

“要是船长没走就好了。好像要打雷了。”佩吉说。

“打雷！”南希船长大声说，“打雷又怎么样？别忘了你可是亚马逊号上的水手。我简直不明白我的水手为什么怕打雷呢。”接着她又说了一句，“要是听到枪炮声，她反倒不害怕。”

“你觉得飓风来临前船长能走出那片树林吗？”提提问道。

“螃蟹都跑哪儿去了？”罗杰突然问道。他们四处张望着，但一只螃蟹都没有找到，就连沙滩上的火堆旁也找不到，而之前哪怕挪挪脚就能踩到一只。

“它们和吉博尔还有鹦鹉们一样，也害怕了。”提提说。

“可能要发生非常可怕的事情了。”佩吉说。

“以后回忆起来可能更有意思呢。”南希安慰说。

第二十七章　狂风呼啸

幸运的是，苏珊在暴风雨来临前就打算煮好晚茶。

“还记得去年夏天的事吗？”她说，“最后那个晚上要是暴风雨早来一点儿的话，我们就会饿肚子了，至少没有热饭吃了，所以赶紧喝茶吧。”

“把晚饭也吃了吧。”南希说，“这样我们就做好了一切准备。”

“也行。”约翰说，那片奇怪的赤褐色云层逆着海风，连绵不断地涌上天空，“木柴怎么办？要不要在帐篷里储存一点呀？”

“我会抱点进去的，”佩吉说，“火堆旁边已经堆满了木柴，除了够做这顿饭，还能再做一顿饭呢。”

“太好了。”约翰说，“那我们就继续挖吧。虽然弗林特船长没告诉我们该干什么，但他要是知道了，肯定很高兴。”

“没错，”南希说，“如果他刚一离开，我们就挖到了宝藏，他会难受死的。”

“才不会呢，”提提反驳说，“不管是谁找到宝藏，弗林特船长都会很开心的。不知道他现在走到哪儿了呢？”

“只要他愿意，他跑起来可快了。”南希说。

“好吧，过来挖宝藏吧。”约翰说，“大副们，要是饭好了，就叫一声吧。”

“遵命，长官。”苏珊答应说。他们从前也是这样。约翰和南希负责指挥大家，像是回到了家乡岛上时的情形。“快点啊，佩吉。把火点着，再添点柴。谢天谢地，周围没有螃蟹了。中午做饭时剩下的篝火还没熄呢。出发吧，水手们，去挖宝藏吧，饭好了我们就叫你们。”

“你们不会就饿了吧。”佩吉问。

“是有些饿呀。”罗杰说。

“好吧，现在没有巧克力了，”苏珊说，“我们马上就能喝上茶，吃上晚饭了。风暴来的时候，你可以吃点儿巧克力。要是真来了……”

“风暴要没来呢？”罗杰问。

“烦死了，”苏珊喊叫起来，“快去吧！一样少不了你的巧克力。”

“这样还算公平。”罗杰一边说，一边去追提提。吉博尔跟在他身后，又开始呜呜地叫着，似乎盼着有人能安慰它一下。

大副们在篝火边忙碌了大概半个小时的样子。铜褐色的云层迎着海风越升越高。此时弗林特船长正在小岛上飞奔，希望把野猫号开到安全海域去。寻宝队员们正在兴奋地忙碌着，好像一切才刚刚开始，好像他们从来没想过要放弃，个个干劲十足。弗林特船长并没有在旁边看着他们。约翰和南希轮流用那把临时做的木铲挖坑，提提和罗杰则用最好的铁锹铲掉松散的沙土。他们干得十分卖力，像是在和暴风雨比赛。吉博尔看到大家这么繁忙，也在沙地里东抓抓西挠挠，似乎忘了恐惧。

他们的确应该找到点什么，可实际上什么也没有找到。为了赢得这场比赛，他们近乎绝望地挖着。时间在飞逝，云层逐渐盖住了天空，天色越来越暗。最后当佩吉跑到沙滩上，冲着他们大吼的时候，他们全都吓了一跳。

“你们听不到吗？”她喊道，她负责做的饭已经做好了，“我喊过你们至少两遍了。”

大家都没有注意到她的声音。但即便是听见了，他们也听不清，因为周围全是海浪和海水拍打暗礁的声音。

“走吧，约翰。”南希叫他。

“好吧，我们已经尽力了。”约翰说，“嗨，罗杰，把铁锹扛到肩上，不然会绊住你的脚。”

晚饭和茶水一块儿享用通常意味着冒险取得了完美的结局。可是今天却不同。没有人叽叽喳喳地聊起刚才发生的事情。谁都不愿说话。每个人都在心里琢磨：船长走到哪儿了？暴风雨什么时候要来？岛屿另一侧会是什么情况？野猫号此刻正停泊在他们看来是世界上最安全的锚地——就在吉博尔山的脚下，离比尔登陆点并不太远。然而，看到一贯沉着冷静的弗林特船长也担心起了野猫号，大家心里都开始忐忑起来。

“比尔太幸运了，”吃过饭后，提提开口说话了，“野猫号出海的时候，他可以待在船上，可我们只能傻坐在岸上。”

“我们不可能都出海。”约翰说，“风暴随时会来。弗林特船长如果要等我们的话，估计他永远也到不了锚地。他应该来得及的，我们在这里要看好燕子号。大伙儿都过来吧，搭把手，我们再把它往岸上拖一点儿，以防万一。”

大家默默地把燕子号往鸭子港旁的海滩上拖。搭帐篷时砍下的横梁还剩有几截，他们把那些剩下的横梁做成了滚木，然后利用这些滚木把燕子号往上拖了好几码远。其实那些滚木是弗林特船长特意留着的，专门供燕子号下次出海时用的。那天晚上，他们都忙着搭帐篷，船帆是弗林特船长安装的，但是约翰不喜欢他的做法。所以约翰这次做得更加干净利落。他沿着帆杠往上一卷，把主帆索当成一条带子，很容易就把帆杠和帆绑在了一起。

苏珊爬到鸭子港北边的岩石上，看了看陷在沙地上的失事船骸。真奇怪啊！以前总会有几只螃蟹爬进爬出，船舱内还会有成百上千只的螃蟹爬来爬去，可现在一只螃蟹都不见了。她从岩石上慢慢爬了下来，回到了帐篷旁和大家待在一起。

“怎么了，苏珊大副？”南希问道。

“我刚才在想，这个帐篷能扛得住多大的风呢？”苏珊回答说。

“扛得住很大、很大的风。”佩吉回应说。

这时候，赤褐色的云层已经涌上了他们的头顶。从海面吹来的信风突然消失得无影无踪。接着，又吹过来一阵热风，像是云层本身在释放热气。热风沿着海滩从南面吹来，茂密的绿色棕榈树渐渐隐没在红褐色的薄雾之中，像是躲在古铜色的丝绸面纱后面。

第一个开始咳嗽的人是罗杰。紧接着，大家都开始咳个不停。他们试着屏住呼吸，可是不呼吸，人怎么能活呢？然而，一旦开始呼吸，他们的嘴巴和鼻子就立刻塞满了红色的灰尘。原来红褐色的云层就是由这些灰尘组成的。漫天的灰尘四处飘落。篝火熄灭了。罗杰的白色搪瓷盘也被他丢在火堆旁边，上面还放着的几块儿饼干一下子就变成了古铜色。

“我……没……法……”罗杰说不出话来。

苏珊救了他们。

她大声叫喊：“把头钻进你们的睡袋！”大家一溜烟地冲进帐篷，都把脑袋先钻进睡袋，就像螃蟹进洞一样。罗杰把吓得惊慌失措的猴子脑袋朝前塞进它的睡袋里，然后把袋口的绳子绑紧，这样吉博尔就出不来了。“跟它解释它也不懂。”罗杰一边想，一边钻进自己的睡袋。虽然羊毛做的睡袋让人感到窒息，不过或多或少还是起到了过滤器的作用。空气能进来，而大部分灰尘被挡在袋子外面。灰尘颗粒不停地飘落下来，很细很软，但又很密集，让人喘不过气来。偶尔有人会把头伸出来，憋得满脸通红，眼睛里充满了惊恐，似乎要闷死在睡袋里了，但又很快、很急切地把头钻了回去，以便从那令人窒息的袋子里吸一口比外面干净一些的空气。大家就算被睡袋慢慢闷死，也要比红色的尘土把鼻子、嘴巴和肺部塞满强上许多。

红褐色的云逐渐散去了。南希第三四次把头探出来的时候，发现空气里尽管还有灰尘，但已经不像之前那样浓得让人无法呼吸。空中一丝风都没有了，周围的情况可以看得一清二楚。海滩沿线的树林不再裹在那层铜褐色的灰雾中，但是树木好像变成了深棕色。南希喊其他人：“出来吧，你们这些鸵鸟！”说着用手指戳了戳佩吉的肋骨。一个个脑袋从睡袋里钻出来。约翰从地上一下子跳了起来，身上蒙上的一层深红色灰尘被抖落了，飘进周围的空气中。

“小心点儿，”苏珊提醒说，“别再搅起灰尘了，慢慢站起来。”

可不管他们多小心，身上的尘土还是会被抖起来，飘在空中。每个人身上都盖了一层尘土，像是一层厚厚的深棕色毛毯。

“到处都是这种恶心的东西，”约翰绷紧嘴巴，从牙缝里挤出一句话来，“天呀，苏珊，要不是你想到钻进睡袋的话，大伙儿可能都被灰尘呛死了。快瞧，帐篷顶上！还有海滩上！”

海滩完全改变了颜色。他们熟悉的明亮沙子已经暗淡下来。从野猫号上拿下来做搭帐篷顶的升降索也不再是风吹雨打过后的灰褐色，而变成了红褐色，仿佛是用厚厚的毛毡做成的。

“到底发生什么事了呀？”南希问。

“一定是哪个地方的火山爆发了。”约翰回答说。

“可能是几百英里外的皮利火山，”提提说，“说不定整座山都被吹走了。”

“变成了灰尘飘落到这里。”罗杰说。

“大家快看燕子号呀。”约翰叫道。

那艘小船的横梁上铺满了从空中飘落的灰尘，完全变成了铜褐色。船底也被尘土覆盖了，船舷的上缘好像升高了不少。

“快过来帮忙解开吉博尔的睡袋，”罗杰说，“它急着要出来。”

“你绑成了死结。”南希埋怨说。

“哦，真见鬼！”罗杰说，“任何人都难免的。”

南希终于解开了那个死结。吉博尔呜咽着从袋子里钻出来，立即嗅了嗅脚下飘起的红色尘土，结果弄了一鼻子的灰。它一下子跳到罗杰身上，不停地打喷嚏，牙齿上下打战，紧紧抓住他的脖子不放。

“我们该怎么睡觉呢？”苏珊很犹豫，要是睡在这儿，呼吸这些灰尘可不太好。如果还要他们把头钻进睡袋里去睡，那他们是怎么也睡不着的。

然而，这个问题很快就解决了。

“起风啦！”约翰说，“是从海上吹过来的，你们快看呀！”

“听听！”提提说。

伴随着一阵盖过海浪咆哮声的巨大嘶嘶声，从大西洋上冲过来一道白色泡沫，直扑向他们所在的岛屿。不一会儿，海风也吹了过来。他们转过身来，背对着海风，好像靠在一堵墙上。顷刻间，空气中又弥漫着红色的尘土，但很快就消失不见了。沙滩也恢复了明亮的金黄色。大风把覆盖在所有东西上的尘土都吹走了，而且全吹进了树林。

“小心，帐篷要被吹走了！”苏珊喊叫起来。狂风凶猛地袭来。罗杰拼命想稳住自己的身体，结果狂风正好吹在他的脸上。吉博尔一把没抓住罗杰的脖子，一下子被吹到海滩上去了。

“趴下！”南希大叫一声，整个人都趴在了地上。

远处传来三四下响亮的噼啪声，还有帆布被扯破的声音。用来搭帐篷的那块打满补丁的旧帆布挣脱了绳索的束缚，一下子被掀了起来，绕着横梁不停地摆动，接着又拔起那些起支撑作用的船桨，最后就像一张薄纸片一样飞到了空中，在空中旋转着，越飞越高，飞过树梢，飞出视线之外，彻底消失不见了。他们再也没有见过那块帆布了。

“保护好我们的睡袋！”约翰大声叫喊。他把整个身体扑到睡袋上，同时拼命抓住能够得着的睡袋。

南希、苏珊和提提希望保住宿营地上的东西，不让狂风吹走。佩吉直挺挺地倒在沙滩上，一双胳膊抱住脑袋，不想看到眼前发生的一切。在家的时候，她最怕雷雨天气了，现在虽说不是雷暴天气，也把她吓得难以忍受。

“有一个睡袋给吹跑了。”苏珊叫喊着，“又跑了一个。”

第一句话大家都没有听清，但是第二句话可听得清清楚楚。苏珊自己也吓了一跳，发现她扯着嗓子在吼叫。不过，狂风来得快，去得也快。他们听见远处树梢上的风声渐渐弱了下去。除了阵阵海浪声，沙滩上已经归于平静。狂风恐怖的嘶吼声过后，这些浪声根本就不算什么。因此，苏珊的声音听上去就像在一间空旷的房子里放声大吼。

“都结束了吗？”佩吉上气不接下气地问。

“才刚开始呢。你找着你的睡袋了吗？”南希说。

“我不晓得我的睡袋被吹到哪儿去了。”佩吉苦恼地回答。

“好吧，我们去找找看。”南希说，“只要没有和帐篷一道吹到吉博尔山顶上去，我们还是能找着它们的。”

他们的宿营地一片狼藉。可即便如此，苏珊还是很感激那阵狂风，让他们摆脱了那些红色灰尘，所以它比什么都好。现在他们还剩下四条睡袋，要是算上吉博尔的，那就还有五条。罗杰扑倒下去的时候，正好抓住了吉博尔的睡袋。佩吉和提提的睡袋都被吹走了。虽然马上要天黑了，但天色仍然足够明亮，他们看见两条睡袋都躺在大概一百码远的地方，靠近树林的边缘。约翰和罗杰走过去把睡袋捡了回来。约翰还找到了他的帽子，帽子中灌满了沙粒，正好落入他们挖的洞内。

他们回到此时变得混乱不堪的宿营地。苏珊从沙滩上捡回一盏破旧的船灯，摇摇晃晃地站在那儿清理那盏灯。

“赶紧加点油吧，”苏珊说，“天马上要黑了。小油壶还在燕子号船上吧，那里应该很安全。灯油差不多要用光了。快点儿！你们几个，各拿各的睡袋。”

“我找到了装巧克力的盒子。”罗杰说。

“亏你还想着这个。”南希笑着说，“你要干什么，苏珊？”

“我们去那艘破船上过夜。螃蟹都给吓跑了，那里可能会有点味道，但我们不能让罗杰和提提睡在露天里，万一要下暴雨的话，他们怎么办？”

“这下真糟糕，”约翰说，“不知道哪里出了问题。可能什么地方出大事了。”

“你们俩，抓紧啊！”苏珊催促说。

大家离开鸭子港残破的营地，匆匆赶到位于岩石北侧的破船。那儿的破船大半个船身都已经陷在沙子里了。沙滩上已经完全暗下来了。苏珊看不清楚，所以没办法穿过破船舷骨上的洞。这时候，约翰把灯提过来了。早些时候，苏珊已经查看过了，她发现破船上没有螃蟹，但是那是在奇怪的云层和灰尘来袭之前，当时狂风还没有把尘土和帐篷一起吹走。现在，随着夜幕降临，螃蟹很容易就会回到破船上来了。约翰迅速给船灯加满油，把灯光拨得亮亮的。破船里面没有一丝风，火柴的火苗抖也不抖。约翰提着船灯，跟在其他人身后，爬过岩石，从洞口把船灯伸进破船的船头，然后把它挂了起来。灯光下可以看清这艘曾经自豪地航行在大海上的船只，现在仅剩下乌黑的船体以及干燥、开裂的甲板。这里没有一只螃蟹。

“太好了，一只螃蟹都没有！”约翰边说边往里爬，“这里地方不大呀。”他刚想站起来，头嘭的一声给撞了一下。

“躺下去。”南希又开始指挥了，“再进去一点儿。最好现在就钻到睡袋里头去，你们的胳膊不要戳到别人的眼睛。我们等会儿就可以安定下来了。小心点，提提！你的右胳膊肘又尖又利，就像一根针呢。”

“是够尖厉的。”罗杰说。可是没有人笑，也没有人去反驳他，现在大家已经没有精力去浪费口舌了。

船灯的光线笼罩在人们身上，周围的黑暗仿如一道厚厚的帘子。约翰又从破船里爬了出来，以便腾出空间让其他人钻进去。他抬头看了一下远处，竟然发现已经看不到树林的尽头，也看不清天际线在什么地方。突然，一阵狂风又呼啸而来。不过，这次狂风不是从海面上吹过来的，而是从岛屿的另一侧吹来。

“狂风又要吹来了。”他一边爬进破船，一边急切地说。他眨了眨眼睛，看见灯光下五个船员像木乃伊似的躺着，在破船的底甲板上一字排开。船身已经陷入沙子中，唯一看得见的是船头，它高高地竖在沙地上面。这是一个外形奇特的避难所，大家都没有办法平躺下来，只能斜着身子侧躺在船板上，把脚丫子都伸进沙子里了。他们中间个子最小的钻到最里面，因为那儿的空间最狭小。约翰把船灯放在破船内的沙地上，借助灯光，可以看见蹲在一旁的猴子、南希的欢快笑脸，以及苏珊、佩吉、提提和罗杰的忧虑面孔。所有的脑袋似乎都看不见身子，因为它们都是从睡袋中伸出来的，而且破船内部的空间实在太窄了，以至于看上去不像五个睡袋，而像一个合为一体的大睡袋，袋口留有五个洞，每个洞口都伸出一个脑袋来。

"快点进来。"苏珊说，"你们俩最好赶紧睡觉。"

但在这样一个疯狂的夜晚，大家似乎都难以入睡。约翰还没来得及把自己也裹成一个"木乃伊"，就听到狂风呼啸着吹过海岸，向他们席卷而来。

"那是什么声音呀？"罗杰问道，"什么东西裂开了？"

"一定是树折断了。"南希回答说，"不过听上去像是有人在暴怒之下把棉布撕裂了一样。"

狂风怒吼着从吉博尔山扑下来，它穿过森林，然后又突然停住了，留下令人恐怖的寂静，接着又从对面的海上刮过来，发出刺耳的啸叫声和震耳的轰隆声，掀起的飞沫喷溅在岩石和破船的残骸上。他们永远无法预料狂风袭来的方向，只知道它越刮越猛烈。

"这风比我们路过桑岛时遇到的大风要厉害多了。"约翰趁着狂风的间隙说道。

"野猫号这会儿肯定很难熬吧。"苏珊说。

"幸好弗林特船长及时赶过去了。"提提说。

南希咯咯地低声笑起来。

"你笑什么呀？"约翰问。

"我想起比尔和熏肥肉来了。"南希仍然笑个不停。

"别笑了。"提提说，"就算我们在岸上也不能这样笑。"

接着，狂风又刮过来了，它从破船的船板缝隙中呼啸而过，伴随着树木倒下时发出的噼啪巨响。

狂风停下来了，而且停了很久，躲在破船上的六个寻宝人开始觉得最糟糕的时候可能已经过去了。

“我说呀，”南希对佩吉说，“其实也没有比在家时的情况要糟糕多少嘛，不管怎么样，还没有下雨呢。”

“也没有打雷。”佩吉兴奋地说道。

然而，佩吉的话音还没落，就听到远处传来一阵嘈杂的声音。听上去不太像雷声，倒像是雷声减弱时的那种缓慢的、带着回音的轰隆声。不过，那声音并没有逐渐平息下来，反而转成云层间震耳欲聋的霹雳回声。刚开始，轰隆隆的声音比较低沉，忽然间，它变得越来越响亮，逐渐变成令人胆战心惊的怒吼声。它一阵接着一阵，分秒不歇，最后汇成了一场大合唱，有乱石相撞发出的噼里啪啦声，有大树折断的咯啪声，但听上去仿佛是插火柴棍时的断裂声。

大家都没动那盏防风船灯，但它却突然自个儿倒地上了。猴子发出凄厉的尖叫。破旧的船体猛烈摇晃起来，像是一捆木头要散开似的。睡在船头上的提提和罗杰碰撞了好几回。南希几乎滚到了过道边。约翰赶紧弯下腰去拾船灯，结果一头撞在正对面的板子上。岩石破裂的咔嚓声，巨石相撞发出的隆隆声不断从鸭子港那边传来，距离他们大概还不到三十码远。约翰已经拾起了船灯，灯光照射下，每个人都是一脸惊慌失措的样子，罗杰还伸出了一只手。

“苏珊，”罗杰尖叫，“苏珊，真的不要紧吗？”

苏珊紧紧握住罗杰伸出来的那只手，感觉他在不停地发抖。外面可怕的声音太震耳了，约翰听不清苏珊在说什么，只看见佩吉把头埋在南希的睡袋里，南希不停地安抚着佩吉和猴子，但眼睛却睁得大大的。猴子因为灰尘刮过来的时候曾被绑在睡袋里，现在说什么也不愿再钻进到袋子里了。南希看着约翰，对他说了句什么，但约翰听不清她的话。

“是地震吗？”她的口型似乎在这样说。

“是大地震。”约翰扯着嗓子回答说。

他们再次感到身下的海滩猛烈抖动起来，伴随着巨大的轰鸣声。过了一会儿，轰鸣声逐渐开始减弱，听上去像是从岛屿四周传来的上次巨响的回声。紧接着，狂风再次扫过岛屿，成千上万棵树木一瞬间被折断了，有的树从土里被连根拔起，还有的顺着风势倒伏在地上，石块的撞击声完全被树木断裂的声音淹没了。狂风中夹杂着一种奇怪的味道。有那么一会儿，约翰担心他们是不是又要被红色的尘土给呛死了，但是气味很快飘散了。不久，他们听见噼里啪啦的雨点掉落的声音，仿佛有人把满满一大杯子的水从高空直接倒到破船裂开的甲板上。终于下雨了！他们心里多少有些感激。

过了一会儿，雨水开始从甲板和船舷的裂缝中奔流而下。他们拼命护住睡袋，不让雨水流进去。比起刚才地震、大地颤抖、乱石横飞、啪啪作响的感觉来，这种情形让人不再胆战心惊了。不知道什么原因，他们竟然忍不住哈哈大笑起来，然后一个个向上提了提自己的睡袋，然后把睡袋的口翻过来一点儿，像盖子似的盖住脑袋，这样雨水就不会灌进脖子了。

最后雨终于停了。周围陷入一片奇怪的寂静中。暴雨浇灌之下，海面似乎变平静了，没有了汹涌的海浪。约翰从他们的避难所的门口伸出自己的脑袋。

“外面真黑呀，什么都看不见。”约翰说，“不过好像没有风。”

“都结束了吗？”罗杰问道。

“我不知道。”约翰回答说。

“这是我们第一次经历真正的地震呀。”提提说，“和在家时那次太不一样了，当时只听到盆子落地时发出的咣当声。”

“来点巧克力吧，罗杰。”苏珊说。

每个人都吃了几块儿巧克力。接下来，让人意外的是，可能是因为累过了头，他们就这样睡着了，既不是躺着睡，也不是坐着睡，而是蜷缩在湿湿的睡袋里或者倚靠在滴着水的船舷上睡着了。猴子倒是给自己找了一个新地儿，它在罗杰和苏珊两人中间蜷成一团，也睡着了。

天大亮了，约翰醒了过来，惊讶地发现脚边沙地上的船灯还在亮着。他一时缓不过神来，不知道自己在什么地方。他挣扎着从袋子里钻出来，然后爬出破船，走到海滩上。他伸了伸僵硬的身体，站在那儿向四周张望了一会儿，接着嘭嘭地使劲儿敲响破船的外壳，希望把其他人也叫醒。

“苏珊！南希！”约翰大声叫喊，“快起来啊！出事了，吉博尔山不见了。”

第二十八章　发现宝藏

每个人都感到浑身僵硬，肌肉酸痛。他们一个个睡眼惺忪地从破船里钻出来，吃惊地望着沙滩和树林。昨天傍晚，他们越过树梢还能看到吉博尔山的山峰，现在那座山峰已经不见了。

约翰第一眼就发现昨天的山峰不见了，只剩下奇怪而残破的山体。其实吉博尔山并没有完全消失，不过，那些黑色的险峻岩石再也看不到了。整座山峰垮塌下来，滑入一片森林，那片森林也被彻底摧毁了，仿佛有无数个巨人在恶作剧，像拔草一样把树木都拔了起来。岛屿更远的地方还残留着几棵棕榈树，似乎在向那些残山招手，但在吉博尔山和东部海岸之间的那片森林中，一棵直立的树都没有了。那些树木无一例外地倒下了，有的倒向这一边，有的倒向那一边，仿佛有人把它们扭了个转儿，从地上扯出来，又丢在一旁。

“这是真正的地震。”提提说。

“糟了，我们的船首帆桁和斜帆支索！”南希说，“我早该想到它们的。”

然而，树林附近发生了奇怪的事情。苏珊刚从破船中钻出来，揉了揉眼睛，似乎还处在半醒半睡的状态。尽管还感到十分不适，但她拔起腿就向原来的营地跑。吉博尔山或者消失了，或者改变了形状，但罗杰和提提并没有消失，他们瘪瘪的肚子还在等着早饭去填饱呢。但刚跑到鸭子港，她就发现那里的一切都变了。岩石的位置移动了，石块间出现深邃的裂缝，看起来再不像是从沙地上冒出来似的。

“约翰，约翰，”她叫喊着，“一切都变了。”

“燕子号怎么样了？”约翰说，“快过来，南希！”

提提听到喊声，跟在其他人身后也跑了过去。巨大的岩石挡住了他们的道路，每一块都有些晃动。佩吉、罗杰，还有吉博尔跟着其他人小心爬过岩石，就像蜗牛一样缓慢。

乍看起来，事情不是那么糟糕，约翰心里在想。鸭子港还在那儿，仍然是一个港口的样子，尽管那里的岩石滚落了不少。燕子号仍然停在那儿，似乎没有受到损坏，但在地震前，它明明是右舷侧躺在沙地上的，现在却翻转过来，左舷落在地上。约翰、南希和提提着急地走过去，看看它是不是受到了严重损坏。他们发现右舷露出了光秃秃的一片船板，原来新刷的白漆已经脱落了，好像被砂纸打磨过一样，但其他地方完好无损。

“风沙造成的，”约翰说，“真没想到，它们竟然这么厉害。”

“够幸运了，情况不是太糟，”南希说，“要是我们把它靠在岩石上，结果可能不止这样了。船帆怎么样了？我的天，你把它收妥了，真是太好了。要是没有收好的话，它会像帐篷一样，一下子就飞到美洲去了。”

约翰已经解开了缠绕着的船帆主帆索。

“看上去好好的，”他说，“不过要等打开之后才知道。任何意外都可能发生。”他心里在想，狂风掀起的砂石会不会在船帆上磨出一个洞呢。即便卷了起来，也不能排除这种可能。然而，当整张黄褐色的旧船帆在沙地上铺开后，他们看到情况没有想象的那么糟。船帆的外侧部分还是湿的，但其余部分依然干燥。然而，他们解开船帆的时候，阵阵铜红色的灰尘从船帆的褶皱中飘落下来，或许狂风把灰尘吹了进去，而不是吹走了。提提好奇地看着那些灰尘。

“我们把脑袋躲进睡袋之后，难道一闭眼就过去了好几年？”她说。

真的，太让人难以置信了。昨天下午他们先是注意到有些异样，然后看到铜褐色的云朵迎风升向高空，接着又目送弗林特船长急忙穿越森林，去岛屿另一侧帮忙照看野猫号。虽然这一切还历历在目，但仿佛是很久以前的事情了。

“我说呀，”罗杰说，“去看看我们挖过的地方吧。”他指着高处的那片沙滩。昨天那里还长着一排羽毛似的棕榈树，其中最大的那一棵曾经是燕子号的地标。那里还堆放着一堆石头，是他们挖掘过的壕沟标记。今天这里的一切都变得凌乱不堪，奇形怪状的树根裸露在空气中，上面还夹着石块和泥土，显然是被狂风掀出来的。

这时候，苏珊带来了一条最糟糕的消息。她走到原来搭建帐篷的地方，看到搭帐篷的横梁已经折了，横在岩石的另一侧。两支船桨仍然被绳索捆在一起，被风吹到二十英尺外的海滩上。他们的储备食品也被风吹得七零八落。其中一个饼干盒被藏在岩石下，但岩石翻倒了，正好砸在盒子上，盒子四分五裂，里面的饼干也不能要了。另外一个盒子空了一半，狂风把它刮到沙滩上，盖子已经掉了下来。饼干盒子后面还散落着好几罐沙丁鱼罐头。剩下的储备也都消失不见了，更糟的是他们的饮水桶。小水桶曾经拿石块垫高了，以便从水龙头处接水，而且桶盖也曾被打开过。现在地震把桶下的石块全震倒了，小桶沿着沙滩滚出老远，桶口朝下停在那儿。里面一滴水也没有了。

“我们做不成早饭了，除非有人去南希泉打些水来。”

“我去吧。”南希说。

“我也要去，”佩吉说，“我们怎么把水抬过来呢？”

“哦，麻烦大了！”苏珊说，“水壶不见了，炖锅也不见了。”

“水壶在这儿，”南希说，“石头把它压瘪了。”

这的确是他们的水壶。然而，当南希把它从岩石下面拽出来的时候，它的喷嘴已经失踪了，只剩下一块儿扁平的铁皮，靠着扭曲的铁片儿连在壶身上。不知道为什么，这个不幸对苏珊来说，甚至比失去帐篷还要难受。但是，炖锅找到了，她又感到一丝安慰。锅沿被岩石砸豁了几道口子，看上去就像一顶破帽子。锅把弯了一个对折，不过还可以盛得住水。

“走吧，”南希说，“我们去那儿打水去。来啊，佩吉。我们拿上一支船桨，再带上几根燕子号上的缆绳，把水桶吊起来抬着走，弗林特船长不会介意的。每一趟都不能把水装得太满。”

“我们回来的时候，你们可能连炖锅都装不满呢。”罗杰说。

“如果你去的话，可能是那样的，”南希说，“但不管怎么说，我们最好立刻去打水，然后抬回来。”

不一会儿，约翰和南希就把小水桶绑在了船桨上，他们翻过岩石，每人用肩膀抬着船桨的一头，沿着海滩出发了。

“过来啊，罗杰。”佩吉说。

“对，一起去吧，”苏珊说，“去活动活动你的两条腿，弯曲了一夜，够难受的了。我和提提去生火，有些木柴看上去还是挺干燥的。”

“一切都没问题，”南希说，她和约翰走在沙滩上，“可我们该从哪儿拐入森林呢？我在树上做过记号，是一棵弯弯树，看上去就像一棵折断过又长好了的树。现在所有的树都倒了，分不清哪儿是哪儿了。我记得我们当时没走多远就看到那些鸟儿了，它们飞起来钻进了树林，当时还以为是怎么回事呢。”

“我们最好沿着森林边上走。”约翰说。他们沿着高出水线以上的沙滩行走，但在这儿行走要比在下边坚硬的沙地上行走更艰难。眼前是一片凄凉的景象。前一天森林中到处都是高大碧绿的棕榈树，还有和船长一样高的蕨类植物，开满花朵的灌木，以及蜿蜒卷曲、四处攀爬的藤蔓。现在那些树都已东倒西歪，压坏了很多蕨类植物，瀑布般的鲜艳花朵也被扯得七零八落，嗡嗡飞翔的忙碌蜂鸟也不见了踪影。其他鸟儿也绝迹了，像螃蟹一样消失了。就连鹦鹉也不再开口鸣叫，不知躲到哪儿去了。

“抬着水桶翻过这些横七竖八的树干，可不容易呢，”南希说，“没人能做到。我们到了之后，把水桶卸下来吧。”

“这不是那棵你做过记号的树吗？”约翰说。

南希看了一眼。虽然地上有无数棵折断倒伏的树木，但她一下子就认出了她那一棵。“这是我做的记号，”她说，“可是一切都变了。水池上方的黑色岩石跑哪儿去了？”

越过缠成一团的断树，他们朝着曾经郁郁葱葱的森林望去。就在昨天，他们还曾翻过岩石，捧起流淌的泉水品尝，也曾站在蕨类植物中观察那一方小水池。现在一切都变了。大岩石已经裂开，变成了千百块碎石。树木和蕨类植物都被夷为平地，掩埋在泥土和砂石堆下。这里似乎从来没有出现过什么南希泉。

“你们最好不要靠近。”南希对佩吉和罗杰说。

她和约翰放下水桶，爬过折倒在地上的树干，吃力地钻进林地，去寻找昨天的涓涓细水。那股泉水已经渗入泥土，无迹可寻了。尽管刚下过一场热带暴雨，但地上一点儿水流的痕迹都没有，甚至连一块儿潮湿的岩石都找不到。两位船长四下分头寻找，不一会儿，他们就看不到对方了，两个人同时呼喊着对方的名字，“约翰！”“南希！”一个人孤零零地待在野外的感觉太可怕了，哪怕只有一小会儿，也叫人难以忍受。他们挣扎着翻过一根根卧倒的树干，又从林中一步三跌地爬了出来。

“你把水弄泼了吧。”罗杰看着南希空空的炖锅说道。

“根本没有一滴水。”约翰说。

“那我们的早饭怎么办？”罗杰说。

“我们只好不喝东西了。”南希说。

他们回头望了望海滩。那艘破船的灰色船头虽然经历了狂风和暴雨的袭击，仍然倔强地矗立在沙滩上，昨晚他们就是在那里躲了一夜。稍远处是长长的黑色礁石，依旧坚定地守候在鸭子港的周围。鸭子港旁边还可以看到苏珊点燃的篝火，蓝色的烟雾袅袅地升了起来。他们心里知道，她这会儿一定在寻思：什么东西绊住他们了？他们拿走了唯一的一口炖锅，却没能为他们一天之中最重要的一餐弄来半滴水，那她点一大堆火还有什么用处呢？

几个人提着空桶和炖锅，垂头丧气地返回了鸭子港。

提提跑过来迎接他们。

“苏珊说，‘赶快回来！’火烧得很旺了。”

“我们没有打到水。”罗杰说。

“南希泉不见了。”佩吉说。

苏珊平静地接受了这个听上去不太美妙的消息。

“哦，好吧，”她说，“不管怎样，我们还是需要生火，先把那些睡袋烤干。过来吃点儿沙丁鱼吧。我已经开了三罐，每人可以吃半罐。饼干盒里那些碎饼干还能吃。我们能坚持到弗林特船长回来，然后他会驾驶燕子号绕过岛屿，去小溪那边为我们打水。”

“要是小溪也不见了怎么办？”罗杰说。

“不可能的，如果真的不见了，我们的野猫号上还储存着很多水呢。”

“要是野猫号不能回来了怎么办？”

“这是你们的一罐，”苏珊说，“你和提提分一罐。两个人共用一把叉子吧。坐下来吃。”

苏珊和约翰分了一罐。她只找到了两把叉子，因此，她把其中一把给了南希和佩吉，另一把给了一等水手提提和见习水手罗杰。她担心他们不用叉子，肯定会把双手弄得脏兮兮的。当然，她和约翰不用叉子倒是还能应付。从罐子里挑出一条沙丁鱼，身体前倾，这样的话，油水就不会滴到身上了。她都寻思好了。

他们昨夜居然能熬过来，真是太幸运了。想想看，多危险啊，他们可能随时遭遇不测。地震加上山崩，整座岛屿都在颤抖。狂风不停地变换着方向，像割草机一样席卷着大片森林。虽然任何情况都可能发生，他们最终还是挺过来了，一个个都安然无恙。现在所有人都围坐在篝火旁，正在津津有味地吃着沙丁鱼呢。（她从约翰手中接过罐子，然后伸长手臂，去拿另外一条沙丁鱼。）当然，他们身上还是湿淋淋的，但是，亏了那艘破船和睡袋，她并不觉得身上的那点儿水珠算得了什么。即使没有太阳，熊熊燃烧的篝火也能立刻把东西都烤干。不过，如果天气再次变坏，那可就糟了。接着，她又想到了弗林特船长。他驾驶野猫号出海远吗？要过多久才能回来呢？不管怎么样，现在除了安慰一下罗杰，不要让他紧张之外，并不需要做任何事情。但用水是个大问题，没有水，喝不了茶，谁还能待在宿营地呢？沙丁鱼的油水不能喝，而且也不够喝。有那么一会儿，她几乎没有听其他人在说什么。他们看上去和平时一样快乐。

“只有等他回来了，否则我们就像皮特鸭一样困在这里了，”提提说，“既没有吃的，也没有喝的。”

“喝椰子汁，”南希说，“皮特鸭不是靠椰子和螃蟹活下去的吗？”

“我们不可能吃螃蟹。”佩吉说。

“螃蟹都跑哪儿去了？”罗杰说，“从昨天我就没见着它们了。”

“它们一定知道地震要来了，”提提说，“所以全都躲起来了。你们知道，要下雨的时候，奶牛看上去也是那样的。”

“好吧，即使有螃蟹，我们也不能吃它们。”佩吉说。

“我们可以吃香蕉，喝椰子汁，那样肯定很棒。”罗杰说，“我们还剩下很多巧克力，足够支撑到弗林特船长回来。他说过还要给我们带些来的。”

“翻越岛屿的时候可能会把他累死，”南希说，“可能要用上好几个小时。我们寻找泉水的时候，只能一点一点地挪动。”

“他可能把野猫号开到几英里之外去了，”约翰说，“像昨天晚上那种天气，他们必须尽可能远离岛屿。现在没有风了，所以要费点儿工夫才能回来。”

“我们多储存点儿椰子吧！”罗杰提议说，“森林里的大树后面有很多香蕉树。”

所有人都从沙滩向上望去。曾经指引他们进入鸭子港的高大椰子树已经倒在地上了，只剩下千缠百结的粗大树根还在风中摇摆、招手。

“没人会看出这是原来的地方。”约翰说。

“没人会看出这是原来那座岛屿，”提提说，“你认为呢，吉博尔？你的吉博尔山已经没有山头了！”

吉博尔正忙着吃花生呢。那可是罗杰翻遍了口袋才找到的。它现在又高兴起来了，再不像昨天那样不停地呜咽，害怕得浑身发抖了。地震结束了，看来不用担心岛屿再出现什么变化了。

最后几滴沙丁鱼的油水也被倒进干渴的喉咙，就连手指上沾的也用舌头舔光了。因为不用清洗餐具，所有人就都沿着沙滩向岛上走去，希望能在倒下的树丛中找到香蕉和椰子。

“如果我们继续去挖宝的话，弗林特船长肯定很高兴。”南希说。

“继续挖宝？”约翰说，“地震和狂风一夜之间就把这里翻了个遍，我们干上一年也不可能干成这个样啊。瞧瞧看，到处都是一团糟呢。”

海滩上的森林边上曾经矗立着很多棕榈树，现在除了一片残根败枝，什么也看不到了。虽然折断的树木不是很多，但要找到一棵直立的树木很难。地震似乎首先破坏了它们的根须，然后狂风很容易就把它们吹倒了。狂风的风向总是变幻不定，很多大树被扭成了麻花，后来又被连根拔起，剩下一个个张着大口的树洞。比较起来，他们用鹤嘴锄和破铲子掘出的壕沟不过是几个浅浅的齿痕。那些树洞紧挨着树木原来生长的地方，一个接着一个，一直延伸到海滩附近，满地都是奇形怪状的树根、匍匐倒地的树干，以及羽毛般的树冠。它们不再迎着信风招手，看上去还让人生出几分惆怅呢。

几位挖宝者站在昨天的沙地上，呆呆地看着一夜之间形成的巨大树洞。尽管大家一开始并没意识到，但突然之间，每个人都在那棵鸭子港的地标树的树根下看到了什么。苏珊和佩吉几乎同时发现了异常。

佩吉说不出那是什么。她的嘴巴没有吐出一个字，只是用手指着那儿。

“那是什么？”苏珊说，“是不是……是不是……”她不敢确定。

“什么呀？”其他人问。大家顺着佩吉胳膊和手指的方向看过去，立即发现了那件东西。黄褐色的沙土中露出一样东西来，上面沾满了黄褐色的沙粒。他们看到一个盒子的一角和一小块侧面。

这会儿，别的事儿都被抛到脑后了。

如果那不是他们满世界要寻找的东西，那它可能是什么呢?

约翰和南希一起跳进树洞，迫不及待地用手扒开泥土。

“这是什么呀？”约翰说，沙土从他的手指缝隙里掉落下来，一个扁平的小金属环呈现在他的手掌上。

“这儿还有一个，还有一个。”

南希也找到一个，拿在手上认真的观察。

“我们找到它了，”她突然大叫起来，“我知道这是做什么用的。还记得你们工具袋袋口上的圆环吗？鸭先生说过，他们埋的是个帆布袋子。这些圆环就是从袋子上脱落下来的。就像吉姆舅舅推测的那样，盒子装在袋子内。现在袋子已经腐烂了，只剩下这些捆扎袋口的金属环。可能还有更多的金属环。”

“哎呀，有好多啊，”约翰叫嚷起来，“瞧这儿。”他正在清理盒子顶部的沙土，那里堆了一打小金属环。

“我们能下去吗？”罗杰问。他也打算跳进树洞。

“最好不要，”苏珊说，“千万别太靠近洞口，可能会塌的。”

苏珊的话太迟了。她的话音没落，脚下站的地方已经滑落下去了，她和提提、罗杰，以及惊恐的猴子忽然发现，他们已经被半埋在大树根部的沙土里，身旁还有约翰和南希做伴儿呢。

“小心，苏珊，”约翰说，“那些圆环丢了一半。”

“没关系，”南希说，“要不要都行。”

“我敢打赌，弗林特船长一定希望看到它们。别动。现在不要想着爬上去。拿好这些圆环，我和南希一起清理一下盒子。它刚好卡在这些根须之间。”

“我来拿着吧。”罗杰说，“哦，不，不要，吉博尔！讨厌！它抢走了一个。”

“当心剩下的。”约翰说。

提提和罗杰接过袋口圆环，递给仍然站在洞口边上的佩吉。现在只剩她一个人没有掉进树洞。他们在沙土里扒来扒去，终于又发现了一两个。吉博尔已经从树洞跳了出去，正在用牙齿啃着它偷走的那个金属环，似乎有些纳闷，这到底是什么做的？它可能不认得金属。

“苏珊，你抓住树根，然后把它托上来，”南希说，“现在约翰从另一侧拽一下，我从下面顶一下。这样就好了。”

盒子被掏出来了。

“似乎没有那么重。”约翰说。

“只是个小盒子。”罗杰说。

“不管怎么样，它就在这儿了。”提提说，“我们终于找到它了，是佩吉和苏珊最先发现的。”

“燕子号和亚马逊号万岁！”南希大声欢呼，“为皮特鸭连干三杯！要是弗林特船长在这儿，他一定会高兴得手舞足蹈。抬上去吧。小心点儿，佩吉！别让它掉下来了。”

佩吉从他们手中接过盒子，迅速把它抱离洞口，其他人向上推着提提和罗杰。脚下的沙土太松软了，他们滑了好几次，然后才挣扎着从树洞里爬了上去。

“把身上的泥土拍拍吧，看上去干净一些。”南希说着抖了抖头发里的沙子，接着又把双手放在短裤上擦了擦。

佩吉把盒子放在地上，噘起小嘴，轻轻吹去盒子上的沙尘。

“它还可以埋藏更久，”约翰说，“看起来完整无缺，苏珊，”他接着说，“应该用手帕擦擦。”他说着从自己的衬衣口袋里掏出手帕，擦掉盒子上的尘土。所有人都围了过来，盯着地上的那个盒子。

这是一个外形小巧的柚木盒子，四角镶有黄铜花边。盖子上装有一片铜搭扣，一枚铜扣钉，一只锈迹斑斑的挂锁将它们连在一起。约翰用手指捏住挂锁，希望把锁上的泥土弹掉，然而，锁环已经锈穿了，轻轻一碰，挂锁就脱落了，掉在他的手上。

“应该用把铜锁，”南希说，“我觉得，他们当时可能很难找到一把铜锁，也可能他们把铜锁弄丢了。”

“现在可以打开盒子吗？”提提问。

约翰小心翼翼地把锁扣从扣钉上取下来，然后掀开了盒盖。盖子掀开的一刹那，大家的脑袋碰在了一起。盒子的里侧镶有一层铅皮，盒内装有四个小小的皮袋。每个皮袋的袋口都被鞋带子一样的牛皮绳扎住了，牛皮绳上还坠着一块骨头或象牙做的标签。盒子的另一头放着一个皮夹子。

“标签上写的是什么？”罗杰问。

约翰仔细辨认着。

“好像写着‘美女’‘麻子’，”他说，“到底是什么意思呢？还有‘黑人’‘玫瑰’，我们打开袋子看看好吗？”

“等他回来了再打开，”南希说，“把盖子合上吧。最重要的是我们找到了它。”

第二十九章　西班牙大帆船

多么雄伟的西班牙大帆船啊，穿过地峡，掠过棕榈婆娑的热带海岸，满载着一船钻石、翡翠、紫水晶，还有数不清的黄玉、肉桂和金币。

——梅斯菲尔德

几乎没费什么劲儿，他们就找到了许多椰子。有些椰子熟透了，里面灌满了椰汁。他们还在倒地的香蕉树上找到了成串的香蕉，有些香蕉的外皮还没有破。然而，找到柚木镶铜的盒子之后，他们就改变了事先制订的计划。毫无疑问，这就是六十年前皮特鸭躺在树上看到的那个盒子。他们用不着再挖下去了，也没有必要逗留在鸭子港了。弗林特船长马上要回来了，他接下来会安排大家去做什么的。昨天夜间的地震太可怕了，约翰、苏珊，甚至是南希，都不愿翻过岛屿，去另一侧的陆地上庆祝一番。大家不约而同地想到了燕子号。

他们在海滩上召开了一个会议。那只小巧的柚木盒子就摆放在沙地上，大家都不知道该干什么，只有等待弗林特船长回来，听听他有什么指示，然后给他讲讲为什么失败的挖掘会变成一场神奇的胜利。起初，他们都以为他很快就会摇摆着走上沙滩。但马上又意识到，不知道他和皮特鸭开着野猫号航行了多远。于是他们相互提醒对方，要想翻越那些山坡，钻过藤蔓缠绕的森林，无论是谁，都会花上很长时间的。“那天我们也用了很长时间，”南希说，“要知道，我们当时一切都很顺利，而且路上还有标记呢，他现在要穿越的可是连绵几英里的坚固树篱。”

约翰看了一眼燕子号。海上的暴雨已经停了，狂风也越去越远，在海岸附近航行应该不会有什么困难。但是，如果弗林特船长正在返回，而且马上就要走出树丛，如果他发现海滩上没有一个人，燕子号也不见了，他会怎么想呢？不行。现在他们唯一能做的就是原地等候。

“我想，只要他一到，我们就可以返回啦。”南希说。

“我们把燕子号拖到海里去吧，这样的话，我们就可以随时出发了。”约翰说，“而且不用费什么劲儿。那些用作滚木的树干还在那儿，如果天黑之前他还不回来，我们很容易就能把它再推下去。”

“天黑之前？”苏珊担忧地望着他。罗杰一直在抱怨，他说喝了椰子汁让他更口渴了。这里没有帐篷了，谁也不愿再去那艘破船上挤一夜。至少要让提提和罗杰好好睡上一觉，况且还有那些螃蟹，它们马上就要卷土重来了。苏珊去那儿寻找吃的东西的时候，她已经发现了好几只，它们正在压瘪的盒子里啃吃饼干屑。很快，罗杰和吉博尔也发现了一只。紧接着，去破船那儿打算再感受一番夜晚的提提飞快地跑回来了，她报告说，破船里面又爬进去很多螃蟹。“不知道它们是从哪儿钻出来的，”她说，“但它们真的在那儿。”

“不管怎么样，那意味着不会再发生地震了。”约翰说。

“可我们不能和螃蟹睡在一起呀？”佩吉说。

“别犯傻了，”南希说，“我们根本不用和它们睡一起。”但一想到天黑，南希也感到十分担心，他们没有帐篷，也没有热乎乎的茶水，或者可可汁，就连吃的东西也要没有了。她想到了椰子汁，可她喝椰子汁的时候总是皱着眉头，尽量不去品尝它的味道。

虽然香蕉和椰子汁非常不错，但到了中午，即便是喜欢它们的人，也已感到又渴又饿了。眼看就下午了，他们还是没见到弗林特船长的影子。

那些该干的活儿都干完了。他们在篝火旁烤干了睡袋，燕子号也被推到了海边。因为不用再去支撑帐篷了，他们还把那些船桨也收了起来，然后和船帆放在了一起。他们一直渴望打开那个盒子，看看皮夹子和那些小袋子里到底装了些什么，但南希坚决不同意。她说，等到弗林特船长回来了，大家一起分享成功的喜悦多好啊。他们甚至还把那个生锈的挂锁重新钉上了，这样的话，等到弗林特船长回来时，他看到的盒子就和他们刚找到时的一模一样了。有好几次，他们听到海风掠过的沙沙声，以为是他回来了。然而，听起来像他走路的沙沙声不时传来，几乎和林中倒下的树木一样多。最后，他们把盒子拿到燕子号上，小心藏了起来。弗林特船长返回营地后，他们再把它拿出来，希望给他一个意外的惊喜。他们坐在鸭子港周围的岩石上，你一句，我一句地聊着，想象着上次回家时的情景——暴风雨过后，迪克森太太从农场赶过来，手中提着一桶热气腾腾的稀饭，那似乎是很久以前的事情了。现在天空仍然灰蒙蒙的，团团乌云低垂在天边，沿着铅灰色的海面缓缓移动。从昨天起，他们刚来时的那种晴朗天气彻底消失了。突然，佩吉一下子跳了起来，一只手指着岛屿的北侧。其他人也跟着跳了起来，他们看到一艘帆船，船上的帆都降下来了，正向西北方向行驶。

“野猫号！”约翰大叫起来。

“是它！”南希喊道，“佩吉，你真幸运！总能最先发现东西。可能你总在一门心思地寻找我们想要的东西，从来没考虑别的事吧。有什么事发生的时候，我老在走神。”

帆船隐入海岸旁的雾霭中，过了一会儿，它又露了出来。不久，尽管看上去仍然很遥远，它却被岛屿的东北角挡住了。

“这下可好了。”约翰说，“要是我们振作起来，现在就出发的话，我们很快就会在比尔登陆点和它会合。这样的话，弗林特船长就不用穿越岛上难走的树林啦。现在要收拾东西吧，苏珊？海面上雨停了，风势也弱了，而且刮远去了……哦，我们走吧，南希船长！”

“我们不用带什么东西，”苏珊说，“而且东西几乎全丢了。”

“要是鸭先生看到我们这个样子，他会怎么说我们呢？”提提说。

“弗林特船长一定会很高兴的。”南希说。

“还有比尔。”提提说。

“今天晚上要睡在床铺上了，太好啦！”佩吉说。

“不用怕螃蟹了。”南希说。

苏珊看了一眼罗杰。自从看见帆船之后，大家都很兴奋，但他当时却在揉眼睛。

“你们确信这会儿海上已经风平浪静了？”她问。

“这是我见过的最棒的海况。”约翰说。他和南希从岩石上滑下来，抓起岩石上摊着的睡袋，飞快地跑向燕子号。

他们的东西很快就收拾好了。

“看来地震还是好事。”罗杰说。他相信他们马上就能吃上热饭了，而且想吃多少巧克力都行。他的心里别提有多高兴了，接着说：“没了那些东西，燕子号上宽敞多了。”

“它还带我们找到了宝藏呢。”佩吉说。

“我们的老帆船上挤得满满的，”约翰说，“可它能让其他物品更好地保持干燥。”他望了一眼大海，接着说，“刚才还有很多巨浪，现在竟然没有了。”

“把皮特鸭的宝盒放中间吧。”南希说，“挪开那只桶，我知道它是空的，不过最好把它固定住，以免碰到别的东西。”

“先在盒子下面垫个睡袋，”提提说，“然后再用它把盒子包起来，这样就不会有事了。燕子号就像一艘西班牙大帆船，装满了来自印度的财宝。”

“这次把吉博尔关进船舱，”苏珊说，“别再让它乱跑了，要不然它会搞得浑身湿淋淋的，躲在桅杆前面。”

他们六个人和猴子挤在一起，真够亲密的！然而，苏珊又担心他们会不会超重，但她又想到瞌睡的罗杰和那只空空的水桶，觉得不可能丢下任何人。所以她也就没说什么，只是认真的监督大副们的工作，要她们尽量把船上的物品摆放好。

离开鸭子港之前，南希就升起了那张黄色小帆。负责划桨的约翰把船头摆正，让它正对着大海。接着，他从船尾爬了上来，船身立刻就移动了。海风从海岸向海面吹去，礁石把巨大的波浪挡住了，只有细碎的浪花涌过来。燕子号离开港口，起航了。

他们回头望了望鸭子港。现在想想看，约翰和弗林特船长从海上过来的时候，费了多大的劲儿才找到它啊。南希在沙滩上点燃一堆篝火，他们看到篝火的烟雾后才找到它。当时他们心里多高兴啊。他们一离开港口，就什么也看不见了。高大的棕榈树一直是最好的路标。当他们足够接近的时候，虽然没有看到长满树木的山坡，他们却看到远处的天空中露出了树梢。可现在再也看不见它们了。那些小山的形状也变了。岛屿也不再是绿色的，已经变成了暗淡的灰黄色。地震毁坏了大片森林，不仅扬起了漫天灰尘，而且还引发了许多滑坡。岛上只剩下三座小山了。如果有人不知道这里发生了什么，他从海面上就无法认出吉博尔山了。现在它几乎和另外两座小山一样高。陡峭的山峰都被地震和滑坡削平了，黑色岩石顺着山坡滚下来，压倒了大片森林。现在只剩半山坡上还有几块绿色，原来从比尔登陆点出发，绕过断崖的那条小路已经被拦腰截断了，到处都是倒伏的树木和掉落的蕨类，小路上塞满了巨型土块儿和岩石。

“我相信我们离开是对的，”苏珊长舒了一口气说，“走完这样的路可能要花上几年时间，而且罗杰根本走不动。不管怎么样，再过一夜……”

“振作点儿，苏珊，”南希说，“任何事情都可能是对的。我们选择起航当然没错。何况天气这么适合航行。”

“难道不是吗？”提提说，“燕子号多像一艘雄伟的西班牙大帆船呀。瞧，它太适合航海了，完全就是一艘海船。”

“它真的很不错。”约翰说，“喂，南希，你来掌舵好吗？”

“你继续掌舵吧，”南希说，“我不介意的。你比我更了解它。”

这太简单了，约翰心想，他曾和弗林特船长一起驾驶着它，从信风掀起的巨浪中穿过。比较起来，这简直就是小孩子玩的游戏。海上那些小山似的巨浪已经不见了，那些从夕阳的余晖里翻滚而来的安第斯山、帕米尔高原、西拉斯峰通通不见了。它们消失了，阳光也跟着消失了。大海变得倦怠而沉闷，看上去灰暗无光，就像天空的颜色，仿佛有人打扰了它的睡眠，或者它自己做了个烦躁不安的梦。几天前，在海上航行有多难啊，但现在就像在阳光灿烂的日子里航行。这样的航行再简单不过了，约翰迫切希望它早点结束。然而，他错了。昨天晚上的风暴并没完全停息，现在只是暂时的平静罢了。新的风暴马上就要来临了。他望了一眼远处的海面，乌云压得很低，遮住了天际线。他又望了一眼被地震破坏的岛屿，这样的天气总是让人不太信任。虽说现在的航行就像小孩子的游戏，约翰还是决心竭尽全力驾驶好燕子号，让它顺利完成绕岛航行。一旦到达目的地，他就把它升上野猫号的甲板上，一分钟也不耽误。如果南希也想掌舵，他愿意让给她，这样才显得公平。不过，她拒绝了他的好意，他心里倒是暗自高兴呢。她仍然坐在船身中间，应付着各种可能发生的情况，船尾只留下他一个人掌舵。与此同时，提提和罗杰的嘴巴一直没闲下来，他们想象着来自印度的宝船返回的情景，稳稳地坐在船舱内，没有四处走动。实际上，除了那只猴子，没有一个人在船上走动。后来，他们驶出了海港，向岛屿南端进发。团团水雾从船舷上飞溅起来，落在他和吉博尔身上。此后，吉博尔就和其他人一样，蜷缩在主人身旁的船舱底板上，一动也不动了。

燕子号一直在抢风航行，时而进入外海，时而返回内海，岛屿沿岸的沙滩慢慢退去了。他们可以从远处看到岛上令人绝望的残破山体。不过当他们靠近之后，反而又看不出这里发生过多么剧烈的破坏。岛屿南侧的树木受损不是很严重，可能是因为山峰把最猛烈的狂风挡住了。沙滩上的棕榈树依然高耸入云。如果现在还有阳光，又如果绿色的叶子没有被尘土蒙住，约翰可能会以为一切照旧，同那天他和弗林特船长路过时的景色一样，美不胜收。然而，他们再次进入外海后，岛上更高的斜坡映入他们的眼帘，这里显然也被昨夜的风暴洗劫过。

燕子号经过长时间的抢风航行之后，终于带着他们来到岛屿的最南端。抵达了北侧的锚地附近后，约翰把船帆松开了一点儿。每次海浪托起船身的时候，他们就急不可待地向远处眺望，希望最先发现远处被棕榈树遮住的野猫号的桅杆。

“如果它不在那儿，我们该怎么办？”南希说，“就在附近下锚吧，让他们来找我们。”

“我们再到外海去迎接他们。”提提说。

“也许我们可以给水桶灌满水。”苏珊说。

“它已经回来了！”约翰大声叫喊着，这时他们已经接近了狭长的暗礁，在不远处可以看到溪流对岸被树荫遮挡的隐蔽锚地。

“刚刚返回，”南希说，“他们还没有卷好船帆。”

“他们不愿那样做，”约翰说，“他们可能故意松开了船帆。我敢打赌，他们昨天晚上可能被淋湿透了。喂！……”他猛地一惊，燕子号遇到了逆风。“对不起！”他立刻恢复了平静，“那儿还有一艘帆船。怎么会有两艘帆船？不会是……”

"黑杰克！"南希说。

"唉，他来晚了。"提提说着，用手摸了摸那只柚木镶铜的盒子，它安全地放在横梁下方，正躺在睡袋中休息呢。

"他一定也经历了一段难熬的时光，"约翰说，"他似乎比我们还惨。瞧那些垂在水面上的三角帆。真奇怪啊，他为什么不收起来呢？他的船帆全都乱糟糟的。虽然野猫号也没有把船帆收好，但看上去要整齐多了。"

真的，那艘绿色帆船躺在水面上，看起来十分整洁，主帆的吊杆还停在支架上，两根斜桁也摆正了位置，船帆也在甲板上摊开晾着。黑帆船上却完全是另一番模样。它的主吊杆东倒西歪地悬在那儿，一头靠在舷墙上；斜桁也被放了下来，被胡乱丢弃在甲板上；桅杆上的升降索松垮垮地吊在那儿，摆来摆去；其中一张三角帆上的升降索也被解开了，从船头斜桁上耷拉下来，拖在水面上。

"也许他们刚到达。"南希说。

约翰看着她说："也许我们从北侧过来时，看到的根本不是野猫号。"

"天哪！"南希叫了一声，"他们人去哪儿了？他们为什么不把船上整理一下？"

"如果他们刚到达，他们可能正在吃饭，不是吗？"罗杰说，"也许在喝茶呢。"

"所有人夜晚出海归来后，都想好好休息一下。他们也不例外。"南希说。

"上午风暴已经息了，难道他们没睡觉吗？"苏珊不太同意。

"那我们该怎么办？"约翰问道。

"真希望他们还留在这里，没有去岛屿对面找我们，"苏珊说，"也许我们应该再等等。"

"他们不可能都去的，"南希说，"鸭先生会在船上，可能还有比尔，天啊，"她接着说，"我想知道，黑杰克看到比尔时会是什么表情呢？"

"有人上岸了，"提提说，"瞧，登陆点那边停着两艘小艇。"

"真不知道毒蛇号上到底有多少小艇，"南希说，"那天比尔在大雾中曾弄丢了一艘。"

"其中一艘可能是我们的，"约翰说，"你看到有人上岸了吗？"

"没有，"苏珊说，"你要小心掌好船舵。"

“对不起。”约翰扫了一眼燕子号歪歪扭扭的尾迹，不好意思地说。他刚才在想着别的事情，多少有些分心了。

燕子号继续向前滑行，现在已经驶过暗礁区，正在进入海湾。两艘停泊在锚地的帆船上看不到一个人影儿。海滩上也没有人走动，两艘小艇已经被拖上了岸。两艘帆船中的野猫号距离他们较近，海水正拍打着它的绿色船身。稍远处停泊着黑色的毒蛇号，船身后拖了一根锚索。

“你看见那根锚索了吗？”约翰说，“黑杰克一定把他的锚链弄丢了。他拿来一根绞船索代替。”

“也许他只是投下了一具小锚。”南希说。

趁着暮色，燕子号越来越接近它们了。西风时强时弱，海浪非常柔和，只能亲吻燕子号的龙骨下侧。除了海浪冲刷沙滩的声音，他们再也听不见其他声音了。然而，海浪的冲刷声并没有岛屿另一侧的海浪声大，这儿的海浪声听上去就像窃窃私语，而不是轰鸣咆哮。岛屿的颜色已经暗淡下来了，周围似乎十分安静。

“他们现在应该可以听到我们的呼喊声。”约翰说。他似乎有什么无法解释的理由，说话比平时要谨慎多了。

“野猫号，啊呀喂！”南希打开她那银铃般的清晰嗓门，大声喊叫起来。

“野猫号，啊呀喂！啊呀喂！……”回声从码头后的小山处折返过来，越过锚地，又传入他们耳中。但绿帆船的船舷上并没有探出一颗红色的脑袋，老水手也没有从甲板室走出来欢迎他们。

“野猫号，啊呀喂！”约翰也叫了一声。他不知道自己为什么没有第一个呼喊。

“野猫号，啊呀喂，啊呀喂……”回声从海岸边返回来，“毒蛇号上也没有人，”南希说，“他们去忙什么了？”

“我们的梯子还吊在那儿。”提提说。那副旧绳梯还挂在野猫号的绿色船舷上，一阵海风吹来，它在空中荡来荡去。

“准备抓住它！”约翰一边说，一边突然逆风航行，“降下船帆，南希。”

“遵命，长官！”南希回答说，但她立刻意识到自己不该这么回答。

褐色的船帆降下来了。燕子号顺着野猫号的一侧向前滑行。南希抓住了绳梯。罗杰拾起系船索，在桅杆上绕了一圈。约翰爬到船头，接过系船索，绕在自己的手腕上，接着用双手抓住了绳梯。

“我们再喊他们一声。”他说。

“野猫号，啊呀喂！”他们一起大声呼喊。

片刻寂静过后，回声再一次从水面上传过来。

“没人应声。”罗杰说。

“你们听到有人回应了吗？”

“没有。”

“他们可能睡着了。”约翰说完，利用船身上浮的机会，双脚蹬上绳梯，很快爬上了野猫号。

第三十章 肮脏的勾当

野猫号被撞的一刹那，比尔马上猜到毒蛇号已经追过来了。

弗林特船长驾驶野猫号离开海岸后，他们再也没有休息过一秒钟。皮特鸭很早就说过，糟糕的天气随时可能到来，这样的帆船更适合待在海面上。比尔跳上小艇，很快划到岸边，把船老大接上了小艇。十分钟后，他们已经升起了船帆，打算起锚出海。比起船上有半打船员齐心协力地转动起锚机来，两个人起锚实在太吃力了。进入大海之后，他们朝西南方向较远的海面驶过去，因为弗林特船长估计风暴会从船尾方向席卷而来。不一会儿，他们也突然被铜褐色的乌云笼罩住了，红色烟尘差点把他们呛窒息了，当时留在岛上挖宝的那几位船员钻进睡袋才逃过了一劫。那是一个令人绝望的夜晚。虽然野猫号降了帆，但狂风依然一次又一次地呼啸着卷过帆桁，船身剧烈地左右摇晃。紧接着，狂风竟然把船身掀了起来，船尾开始在海面上打转儿。他们还没来得及调整船首帆，整个帆船突然一下子钻入狂暴汹涌的巨浪中。距离海岸已经很远了，船身随时可能被狂风掀翻过去，这让他们很担心船上的桅杆能否撑住这样的风力。然而，这种风暴显得十分奇怪，只可能是海床突然隆起引发的。无论是弗林特船长、皮特鸭，还是比尔，三个人没有一个人有过片刻的休息。弗林特船长不停地说，在这样的风暴中，什么情况都可能发生，鸭子岛上的宿营地可能会遭遇危险。

“我不该让他们留下的。”他说。不过，皮特鸭并不太在意。“他们脚下的土地厚实着呢，”他说，“他们在哪儿呢？如果野猫号靠岸后，我们去什么地方等他们？尽管野猫号靠岸并不难，可船锚或许承受不了这样的鬼天气，可能会走锚哩。”

当东方露出第一缕曙光时，弗林特船长就立即升起了船帆，急急忙忙地向海岸驶去。他张帆前进时太过匆忙，前顶帆被撕开了一道口子，两张三角帆也从缆绳上脱落下来。皮特鸭一再求他不要升起另外两张顶帆，但他根本听不进去。它们刚升上桅杆，还没有拉到顶部，就一下子迸裂了。“全升上去！”比尔听见他命令说，“即便不是我的，我也不能不管。”刚开始比尔还有些迷惑不解，但他很快明白了，弗林特船长不是在担心船帆，而是在担心那些孩子们。

不管怎么样，天气刚一出现好转的苗头，他们就火急火燎地返回岛屿。距离海岸还有很远的时候，他们透过望远镜看到吉博尔山竟然变得面目全非了。从那一刻起，弗林特船长一直沉默不语。他站在那儿，望着岛屿方向，脸色铁青，一动也不动。他们一直航行到下午才到达锚地。接着，支索帆升了起来，船锚也落了下去。大家齐心协力把小艇卸下了水。他带着比尔登上小艇，发疯般地划向海岸边的登陆点。抵达登陆点后，他飞快地跳上海岸，接着又把小艇推离了岸边。

“比尔，你回去吧，昨天晚上你的表现真不赖，像个男子汉，我不会忘记的。现在划回去，给鸭先生搭把手，整理一下船帆。要不是为了去找他们，我不会让鸭先生一个人忙活的。”说完，弗林特船长跑上海滩，不一会儿就消失在树林中。

比尔摇动双桨，返回野猫号，然后和皮特鸭一起降下了船帆，把它们晾在甲板上。干完这些活儿后，两个人累得要虚脱了。后来他们像原来一样，各自上床去休息了一阵子。皮特鸭进了甲板室，比尔下入船舱，躺在床上很快就睡着了。

他们一直没有发现那艘黑色帆船。风暴也袭击了那艘黑帆船，甲板上乱成了一团麻，不过也帮它完成了最后几英里的航程。它溜过岛屿北侧阴霾笼罩的浅滩，偷偷摸摸地靠岸了。他们没有听到它在海湾抛锚的声音。也许是因为黑杰克故意想掩盖自己的行踪，所以抛下了一具小船锚，没有抛下他那具沉重的大锚，而且最后几寻锚索是椰子纤维绳制作的，入水不会发出任何声音，不像锚链那样发出哐当哐当的响声。

不管怎么样，当比尔休息的船舱，或者附近的船舷撞上什么东西之后，他才意识到毒蛇号已经追来了。

虽然很困，比尔却躺在床上辗转反侧，没有完全入睡。那是一艘船撞击了他们的船舷吗？也许是弗林特船长又返回来了。他肯定忘了带什么东西。比尔又翻了一次身。在风暴中搏斗了一夜，他身上的每一寸肌肉都感到酸痛难忍。唉哟！他疼得叫了一声。他小心翼翼地伸了伸腿。可船长怎么上得了船呢？不对呀，他自己不是把小艇划回来了吗？那当然不是船长啦。小艇为什么会撞击船舷呢？这会儿又在撞击缆绳，而没有停靠在船尾。难道风向变了吗？风暴又要来临了吗？很可能是风暴又来了。他觉得自己应该上甲板上去，检查一下甲板上的东西是不是都安顿好了。他应该提醒一下鸭先生，不要让帆船走了锚。可那是什么声音呢？小艇不是系在船舷的一侧吗？也许是其他几个小伙伴回来了。可他们怎么返回的呢？比尔突然醒了，甲板上传来杂乱的脚步声，听上去十分沉重，而且还夹杂着男人的声音。比尔的腿伸出了铺位。是的，鸭先生正在甲板室翻身呢。

突然，他听见一个老人的吼声。

“你们这是在干什么？快点滚，否则我要把你们扔下去！”接着又听到他向其他船员大声命令说，“所有人都上甲板来！”似乎所有船员都在帆船上一样。

比尔立即从铺位上跳下来，光着双脚冲向舱门。他已经来不及去寻找他上床睡觉前蹬掉的鞋子了。他三下两下就爬上了梯子，钻出舱门，登上了甲板。

船尾的甲板上站着三个人，还有一个人正在翻越船舷，嘴里还叼着一把匕首。比尔认识这个人，那是黑杰克的兄弟，警方正在四处通缉他。他也认识其他几个人：黑杰克、费金·莫甘迪，以及前科犯西蒙·布恩。

“丢掉匕首，你这个蠢货，”那是黑杰克的声音，“我们不是来杀人的。”

莫甘迪紧握双拳，蹲在甲板室旁边。

叼着匕首的家伙现在已经爬过了船舷。他是个彪形大汉，脸上留着一道刀疤，就像一个帆船罐头一样，从船舷下方冒了上来。

“你们谁去关掉前舱门？”黑杰克说。

但就在这时，比尔再次听到老水手的声音。“快来人啊。所有人都上来啊！滚下去，你们这些人渣！”接着老人转过甲板室，似乎身后有几十个人在帮他。

“你在这儿搞什么鬼？”他说，然而他的话音还没落，躲在甲板室旁边的那个黑煤球忽然冲了出来，嘭的一拳打中了老水手的下巴。

“我来啦，鸭先生！”比尔大叫着，一边低下头，对准莫甘迪的肚子撞了过去。“哎呦！”大块头呻吟了一声，痛苦地弯下了腰。

砰！比尔的脑袋重重地挨了一拳。黑杰克扭住比尔，把他拎了起来，手指似乎抠穿了他的肩膀。

“疼死我了，我要杀了你！”莫甘迪带着哭腔说。

“你们把这个老头儿留给我招呼好了。”黑杰克气势汹汹地说。

“我来抓住这个小子。”

“我待会儿再处置他，”黑杰克说，“别忙着杀他们……听听他们能透露些什么。”他抓住比尔的脑袋，顶在甲板室的墙壁上，然后抡起拳头，噼里啪啦地打过去。

“你现在说说看！大声点！你那天离开小艇就是为了到这儿来？你没有被淹死？一会儿叫你尝尝滋味，保证叫你生不如死。快点说，船长去哪儿了？”

“不……知……道……”

黑杰克的拳头又一次挥舞过来，比尔的嘴巴已经吐字不清了。他那长满红发的脑袋已被甲板室的墙壁碰破了。他的身体畏缩下来，瘫坐在甲板上，有些不知所措。

有人在他的肋骨上狠狠踢了一脚。

恍惚间，他听到有人在说话。

“怎么处置他们？我把这个老头儿打晕了，你们把这孩子干掉吧。”

“把他们抬起来，丢到大海里。”另一个声音说。

“我要杀掉那小子……”莫甘迪又说道。

比尔的脑袋被砰砰地撞来撞去，就像打桩机一样响。啪啪啪啪，嘭！啪啪啪啪，嘭！他似乎淹没在一团红色的血雾中。他的小命几乎就要丢掉了。有一阵子，他完全失去了知觉。

突然，脚踝开始出现钻心的疼痛，他被痛醒了。有人踩到了他的脚踝，然后打了个趔趄。接着，一只沉重的靴子踏在他的背上。发生了什么事？

“拿绳子把他捆起来。嘿——”那是布恩的声音，他每说几句话就要嘿一声。他为什么要嘿呢？比尔勉强睁开眼睛，警觉地看了一眼周围的情况。

他发现自己躺在餐厅的地板上。西蒙·布恩站在他的旁边，他每拉紧一下绳索，然后把它捆紧，就会发出嘿的一声；每次抬起或放下一个沉重的身体时，他也会嘿一声。接着他又一次重复了刚才的动作：拉紧绳索，捆紧绳索。那是皮特鸭的身体，布恩从头到脚把他捆成了一个粽子。黑杰克也没有闲着，他在另一根结实的绳索中间打了一个粗大的活结。打好后，他把活结塞进了鸭先生的嘴巴，然后把活结绳索绕过他的脖子，再把两头绑在了一起。

“如果你不愿开口，你就永远开不了口！”他咆哮着说，一边把那颗失去意识的脑袋按在地板上。

“这样做有什么用？”另一个声音说，那是莫甘迪，“把他们丢进大海不就完了嘛。我们知道自己想要什么。我们难道看不见他们点燃的篝火？你不是说他们就在你原来挖过的地方以北吗？这老头儿一定告诉他们去哪儿挖了。这会儿我们站在这儿说话，他们可能正在把那东西挖出来。”

“我们找到枪了，”是黑杰克的弟弟的声音，“而且是很好的枪。”

“我们还等什么？”莫甘迪说。

“好！”黑杰克突然说，“我们不必再等了。你，莫甘迪，还有你，乔治，跟我来。其他两个守在这两条船上。这里储备的东西还真多，弄沉这艘船之前，我们还用得着这些东西。不过，在浅水区还真没办法弄沉它。我们三个人完全可以穿越岛屿。就算他们有六个人，我们也不用怕，长枪都在这儿。早在洛斯托夫特港的时候，我趁船上没人，曾经仔细查看过这些枪。他们可能还有左轮手枪。左轮手枪对付得了这些长枪？我们可以在很远的地方射死他们，就像打山鸡一样容易。我们必须干掉他们，然后，如果他们没有替我们把东西挖出来，哈哈，这老头儿还在我们手里，如果莫甘迪没有杀掉他，我们想办法让他开口……”

“容易，就这么办吧。”这是另一个人的声音。尽管比尔看不见他，但他立刻猜到这是谁。这是那个像罐头一样的大块头。他的声音狡诈而多疑。比尔瞄了一眼西蒙·布恩，他正抬起头恶狠狠地盯着说话的方向。

“是容易啊。布恩和我留在这儿，你们拿走那些枪。我们不会开帆船，你们都清楚这一点。你们拿走那些枪，跑到那边去，我们怎么知道你们会不会在那儿捣鬼？事先得说好，免得以后麻烦。我们好像没有定过什么协议。要我们留在这儿？没门。我们必须知道你们说些什么，我们必须知道你们干些什么。对吧，西蒙？”

“有道理，我也想这么说来着。”

黑杰克立刻屈服了。

“好吧，”他说，“我和乔治待在这儿，你们三个……”

“不行，不能这样，”乔治说，“我可不愿意留下，我要去挖宝。”

除了黑杰克，每个人都不愿撇下自己而让别人去登岛，也没有人同意让黑杰克一个人留守在船上。或许他们害怕他会耍什么诡计，或许他们会受到他的摆布，又或许如果没有导航员，他们可能会陷入绝境。

“别浪费时间了，依我说，”莫甘迪说，“我们大家一起去得了。船上这两个人跑不了的，你们把那个老傻瓜捆牢了吗？”

就在其他人都忙着把皮特鸭捆成一团软棉花的时候，比尔挣扎着站起身子，沿着甲板向前拼命逃跑。他为什么要这么做？他自己也不知道。这完全是出于本能，就像一只被猫抓住并咬伤的老鼠一样，猫爪子抬起来的那一刻，它为了获得自由，只能绝望地赌上一把。

“拦住他！”莫甘迪吼叫着。

他身后的甲板响起雷鸣般的脚步声。比尔啪的一声摔倒了，四肢着地趴在甲板上。有人重重地压在他的背上。比尔在下边用尽全力地挣扎着。但他的肩膀被死死扣住了，然后又被疯狂地提起来，在甲板上碰了又碰。猫又逮住老鼠了。比尔伸手拽住吉博尔的笼子上的栏杆。甲板门哐当一声打开了。黑杰克再次拎起比尔，凶狠地摇晃着，直到差点把他的牙齿从嘴巴里摇掉下来。黑杰克在门上碰撞他的时候，至少有一颗牙齿被碰飞了。

“救命哇——”，比尔突然听到自己尖叫的声音，尖叫声如此刺耳，以至于他都不敢相信那是自己的声音。他不停地尖叫着，尖叫着。

“你就嚎吧，我们治得了你。”黑杰克顺手从身边的甲板上抓起一大块儿肥皂，一下子塞进比尔的嘴巴，试图堵上他的嘴巴，然后又拿出一块儿手帕，横着蒙在他的嘴巴上。他蒙得太紧了，那块儿肥皂刚好抵住了他的嗓子眼，他难受得几乎要把嘴巴咧到了耳朵边上。

比尔大口喘着气。他根本没有来得及用上自己的双手，跟在黑杰克后面的西蒙·布恩已经从梯子上下来了，手中拎着一根绳索。比尔感觉他的胳膊被抓住了，接着被扭到身后，紧紧地绑在一起，随后整个身体也被绳索捆了一道又一道。

他从地上被提起来，接着头朝前，猛地被扔在吉博尔的笼子内的稻草堆上。

哐——舱门又关上了，接着吧嗒一声锁上了。

莫甘迪的脑袋探进舱口。

“我去杀了那小子。”

“我们有的是时间，”黑杰克说，“在我结果他之前，他会求你杀了他的。过来吧，布恩。我们先去把岸上那些人解决掉。”

接着传来脚步爬梯子的声音。比尔眼前突然暗了下来。前舱盖啪的一声盖上了。过了几分钟，餐厅里传来一阵骚动，还有储物柜的柜门合上的声音。脚步声逐渐上了甲板，接着又传来说话的声音。“有两艘小艇，我们还差一艘。”“有了这些枪，事就好办了。”而后是小艇撞击刮擦船舷的声音。最后，四周完全安静下来。

比尔浑身疼痛，躺在吉博尔的笼子里的稻草堆上，他使劲儿把脸歪向一边，以免喘不过气来。肥皂沫子已经呛进了他的嗓子和鼻子。再加上肥皂块十分坚硬，他的嘴巴不得不大张着。肥皂沫混着口水和血液从嘴角淌下来，落在稻草堆上。不过，总比把它咽下去要舒坦一点吧。

他心想，这下子可完了。他们会如何对待鸭先生？他被打死了吗？他想大声叫喊，但他的嘴巴被完全堵住了，根本发不出声音来。他只能安静地躺在甲板上，倾听周围的动静。甲板室里什么声音也没有。实际上，他们并没有打算杀死鸭先生，或者他们从来没想过要把他捆死。和比尔一样，他也躺在甲板的某个地方，仍然活着，无奈地等待黑杰克带着那帮坏蛋回来和他算旧账。弗林特船长怎么样了呢？还有那些孩子们呢？他们有没有机会逃脱这帮家伙的偷袭？他们可不打算让孩子们活着呀。船长什么都不害怕，比尔很清楚这一点。但他怎么对付得了那些不要命的恶棍？何况他们还拿着枪！比尔仿佛看到那些挖宝的孩子们正快乐地坐在鸭子港的沙滩上，叽叽喳喳地聊个不停，而黑杰克、莫甘迪和西蒙·布恩扛着猎象枪、散弹枪，还有来复枪，一个个趾高气扬，大摇大摆地爬上林木覆盖的岛屿。他再一次攒足了劲儿，想大声警告他们不要得意太早。然而，在黑漆漆的前甲板舱内，他的脸被猴子窝的稻草堆埋住了，他知道自己无论如何也喊不出声的，即便能喊出来，他们也听不到他的喊声。他的嗓子又噎了一下，眼泪混着血液和肥皂液，又从他的嘴角流了下来。他忘了黑杰克和莫甘迪对他的威胁，一心只想到其他孩子随时可能面临危险。他想到了一等水手提提，想到了南希船长，想到了他的古老迷信——用绳子吊一块火腿肥肉治疗晕船。他们是他永远的朋友。现在他们到底怎样了？那些凶残的刽子手是不是对他们下手了？比尔躺在黑暗的甲板舱内，孤独而又无助，眼泪啪嗒、啪嗒地掉落在稻草上。

尽管他躺了大概还不到一个小时的时间，但他觉得似乎过去了几年一样。这时候，他突然想到了自己的危险处境。他听到一个模糊的叫喊声，距离不是太远。难道海盗们又改变主意了吗？他们又回来了吗？难道他睡着了？“让他生不如死。”黑杰克曾经向他发过誓，而且比尔知道，黑杰克一向在这方面都会遵守他的诺言。

船舷再次传来撞击声。

比尔吓得浑身战栗，绑着的双手握得紧紧的，指甲已经掐破了手掌。他打定主意如果最后一刻来临了，如果他们要杀掉他的话，他一定要大声高呼“野猫号万岁！”。

接着，从更近的地方传来“野猫号，啊呀喂！”的呼喊声。那是约翰船长的声音，还有南希船长和其他人的声音。一定是小伙伴们回来了。他必须提醒他们……他必须……他必须……比尔又呛住了，肥皂又顶了一下他的嗓子。他并拢膝盖，艰难地支撑起他伤痛的身体，狠狠地撞向笼子上的铁栏杆，一下，两下，三下……

第三十一章　唯一的希望

“宝盒怎么办？”南希说，“我们要把它带上去吗？”

“暂时把它存放在这儿。你们先上船吧。罗杰，过来，该你了。好的，吉博尔。别抓我的头发呀，你怎么能拽着我的头发上去？”

罗杰松开猴子，双手抓住梯子，苏珊从后面把他推了上去。紧接着，猴子从他的肩膀上跳到了梯子上，它一把扯住约翰的头发，翻过了船舷，跟着他们，欢快地向船头跑去。

约翰把罗杰推了上去。提提看到该她上了，就跟在他后面爬了上去，然后踮着脚跳起来往甲板室里张望。她想弗林特船长和皮特鸭一定在睡觉，他们大概做梦也没想到他们的“西班牙舰队”带着宝盒来到他们面前。佩吉爬上梯子后，苏珊就把睡袋一个个扔了上去。宝盒仍然躺在燕子号最底下的船板上。南希小心推开燕子号，不让它碰到野猫号上的绿色油漆。

“过来吧，苏珊，”她说，“现在我们把盒子抛上去。”

苏珊也爬了上去。这时传来提提的叫嚷声，说她打不开甲板室的门，罗杰也不耐烦地叫嚷着，他跟在他的猴子后面，发现前舱门关上了，下面传来奇怪的哐当声。

“快来把舱门打开！”罗杰喊道，“他们在下面砸什么东西。我拍舱门，可他们听不见。”佩吉和苏珊慌忙跑了过去。约翰绕过甲板室的门，看到提提在晃动门把手。

“提提，你真是头笨驴！”他说，“钥匙都掉甲板上了。你差点踩着了！”。

“他们在干什么，干吗锁着门？”提提说。

突然从船头传来一阵呼喊声。“救命啊！救命啊！”提提和约翰顺着甲板跑过去。约翰生平第一次在厨房门口看到一大摊血。不过他没有感到害怕。前甲板上没有人。苏珊为罗杰打开了舱门，所有人都走进了船舱。苏珊从舱口探出头来，叫喊：“约翰，约翰！快来啊，快来啊！”

约翰跟着她直奔舱口。在暗淡的船舱灯下，大家都盯着吉博尔的笼子。吉博尔在笼外恼怒地挥舞着爪子，生气地看着它的笼子，那里曾是它跳上跳下的床铺。

“是比尔！”苏珊说，“他被关起来了。罗杰，挂锁的钥匙在哪儿？”

“在我脖子上挂着呢，”罗杰说，“一直在这儿挂着！”

“快拿出来！别浪费时间！”

罗杰拽开衬衫的领子，找到了钥匙绳，一把拉了下来，把钥匙插进挂锁。苏珊拉开笼子门，向比尔俯过身子。

“比尔！比尔！”她叫喊着。

比尔使出浑身力气转过身子，努力挤出一丝笑容，看上去十分恐怖。他立刻又被塞在嘴上的肥皂呛住了。

苏珊和约翰马上拿出刀子，为了不伤到比尔，不惜把好好的绳子割成了好几段。

“提提，别费劲解手帕了，”苏珊说，“我来吧。”她用刀把手帕割开了。比尔用劲儿把肥皂从他僵硬痉挛的嘴巴中吐了出来，但突然感到一阵恶心。

“鸭先生！”他一边咳嗽，一边试图挪动身子，同时呜咽着说，“快去！他在甲板室！”

“我就知道有什么事情不对劲儿。”提提说。

苏珊、提提和佩吉从甲板下方穿过去，飞快地爬上水手舱楼梯。约翰从前舱门爬了出来，迅速跑到船尾，打开了甲板室的门，罗杰紧跟在后面。

“嗨！嗨！”南希在下边的燕子号上叫嚷，“你们都跑到哪去了？我还要在这等多久啊？”然而，没有人听到她的叫喊声。

苏珊和其他人跑过船舱的时候，发现船舱里的东西都被翻动过，到处是一片狼藉。而甲板室里更加混乱，储物柜都被倒空在地板上，枪也不见了。地板上一边是倾翻的储物柜，一边是躺倒在地上的皮特鸭。他的身子被绳子一圈一圈地绑着，活像一个大包裹。一个储物柜的抽屉掉下来，正好砸在他的身上。他一点儿也动弹不了，连把抽屉抖掉的办法都没有。

“他死了吗？”罗杰问。

“当然没有死。瞧他的眼睛。”苏珊说，“可怜的鸭先生。快点啊，约翰！”

他们只能使劲割断好端端的绳子。

“黑杰克一定来过！”罗杰说。

“噢，是的，是的，”提提说，“但是，为什么他又走了呢？他去哪儿了？他……”她的声音突然颤抖起来，接着说道：“苏珊，约翰，弗林特船长在哪？”

皮特鸭的第一句话也是这个问题。

“船老大在哪儿？”约翰、苏珊和佩吉一起把老人扶了起来。他摇晃着走了一两步，靠在摆放航海图的桌子上，一只手抚在头上。“该死的莫甘迪，打了我几拳，”他含糊不清地说，紧接着，就像在他掌船时手表掉到海里一样，突然尖叫起来，“船老大在哪儿？小比尔呢？他在哪儿？你们怎么上船的？”

“乘燕子号过来的。”提提说。

“我们坐船绕过来的。”佩吉说。

皮特鸭慌忙地一瘸一拐地走出甲板室。

“他们一定会杀了小比尔！”他说。

但此时比尔已经从甲板上走过来了。他弯着腰，一只手还拿着那块儿塞住他嘴巴的肥皂。看到鸭先生，他张大嘴巴，露出血红色的笑容。有三颗牙齿不见了。

这时候，等得没有耐心的南希也爬过了船舷。

“你们在做什么？怎么啦？发生什么事了？弗林特船长在哪儿？”

“船老大上岛了，”皮特鸭说，“他穿过岛屿去你们的营地了，黑杰克带着一帮人，拿着我们的枪追他去了。他们的小船就是在那儿登陆的。”

“他们应该还没有翻过岛屿，”约翰说，“岛那边的树有一半都倒了，发生地震了。”

“没什么挡得住船老大，”皮特鸭说，“黑杰克也挡不住。”他又补充说。

“这里发生了什么事？”南希问，“甲板上是谁的血？”

“我的。”比尔说，嘴巴笑得比以往任何时候都要开。

“比尔，你的牙齿呢？”南希问。

“有两颗在肥皂里。南希船长，还有一颗一定在这附近。”

“船老大只有一次机会。”皮特鸭说。

“我们也只有一次机会。他们现在把枪拿走了。我们只能开船绕过去接他，在那一帮人赶到之前，立即带他离开。他一定会比其他人先到，他跑得够急的。”

“一个人穿越那座岛至少得半天，”约翰说，“岛那边成片的树林都倒了，而且还有山体滑坡。”

“什么也挡不住他。”老水手说。

“他当时心急如焚，担心你们昨天晚上遇到什么不测。”皮特鸭说，“我们刚开始不知道你们的情况。约翰船长，还有你，南希船长，你们能帮我把主帆再升起来吗？前帆已经破成了两半。其他人把船锚升上来。你们的小艇在哪儿？我们把桅杆升起来后，坐小艇出去，运两船压舱石到船尾，然后把你们的小艇拖上，以后还会用到的。你们的船上装着什么？”

“你的宝盒！”南希、约翰和提提异口同声地说。

皮特鸭睁大了眼睛。

“你们是不是在袋子里找到的？”他问，但是没人回答，“太好了，你们找到它了。要是船老大晓得了，他也一定高兴得不得了。要是黑杰克抓住了他，我会很难过的。”他迅速在系船索上的一端打个活结，然后丢给南希。南希已经下到燕子号上去运压舱石了，桅杆也竖了起来，马上就可以航行了。“拿这个绑紧盒子。”他说，“我们要把它安全送上甲板。如果把它丢了，船老大永远不会原谅我们的。快点儿，别浪费时间了。”

三分钟后，主帆的帆喉升起来了，约翰和老水手挂起顶帆。跑在前面的南希大声说，锚已经升起来了，支索帆也升上去了。过了片刻，野猫号移动起来了。慌乱过后，大家都屏住了呼吸。船锚吊在野猫号的船头，燕子号的系船索猛地一扯，然后平静地跟在船尾。大家一起把缆绳挽了起来，清理了甲板，最后聚集到了船尾。皮特鸭一个人掌舵，驾船驶过海湾的南端，一边愤怒地扫视着摆在甲板室门口的柚木盒子，盒子的花边已经生了铜锈。

“我敢说，这只盒子已经要了不止一个人的命，”皮特鸭说，“我希望它不要再索命了。你们谁把它拿进去吧，放在船老大的床铺上。我可不想看到它。”

风仍然从西边吹过来，但是很微弱。有时候，又会刮来一阵大风，野猫号就会向前猛地倾斜下去，然后又升上来。随着船头哗哗的水声，野猫号缓缓向前滑行。过了一会儿，几乎没有一点风了，船移动得越来越慢，眼看就要停住了。突然，又起了一阵风，在没有任何征兆的情况下，又把它往前推了一下，燕子号的龙骨前端露在水面上，被野猫号拖着前进。

“我不喜欢这种天气，”皮特鸭说，“还有一大堆糟糕的天气等着我们呢。还没有完全摆脱它们呢。”

“我们现在该做什么？”约翰问。

“尽量让帆船靠近海岸，船老大一下沙滩，我们就把他接上来。”

其他人都忙着问比尔野猫号上发生了什么事。比尔把自己知道的一切都告诉了他们，他甚至还夸大了一点儿。

“你的牙什么时候弄丢的？”苏珊问。

“没有弄丢。”比尔说，“我找到另外一颗了，就在厨房门口。等我有手表了，我要把它们安在我的表带上。要是你带上一颗不幸被撞掉的牙齿，对，撞掉的，不是拔掉的，你就不会有厄运，你也永远不会得风湿病。”

“他们上船时是不是像海盗一样，嘴里叼着刀子爬上来的？你们一定是经历了一场真正的战斗。”提提说。

“我已经尽力了。”比尔谦虚地说。他的确尽力了。

“嗯，的确是的，比尔一直在跟他们搏斗，我在甲板室门口也搏斗了一场。”

接下来，他们又讲述了那天晚上的经历，大家轮着讲。先讲了鸭子港发生的地震，又讲了野猫号在海上遇到的危险，最后又讲到帆船在什么时候，怎么找到了抛锚点，然后弗林特船长打算穿过岛屿，去看看地震中的那些挖宝人怎样了。

现在，每个人的眼睛都盯着岛屿。岛上的滑坡下方暗藏着危险的松土。在森林被毁坏的地方，弗林特船长正急着去拯救那些挖宝队员们。他必须越过一棵又一棵倒下的树木，爬过绊住他的一根又一根弯曲的藤蔓。然而，这些人早已安然无恙地回到了帆船上。在岛屿的另一侧，比尔和皮特鸭正在感受更加真切的黑杰克和他野蛮的手下，他们拿走了用来防备他们这些恶棍的枪支。比尔曾经多么喜欢那些枪支啊，现在他们再也没有什么可以依赖的了。皮特鸭和比尔心里很清楚，如果这些人发现了弗林特船长，船长就很有可能被自己的子弹打倒。

蟹岛沉浸在傍晚渐渐暗淡的光线中，既静谧又神秘。另一侧发生了什么呢？弗林特船长是否到了鸭子港？如果他发现挖宝人已经离开，他会折回来吗？或许他正在不知情地朝着他的敌人急忙跑过去？或许他还在倒下的树木的树枝中挣扎，希望在天黑之前赶到鸭子港？另一帮人是不是已经发现了他？他们是不是已经偷偷地接近了他？或许他们正带着枪尾随着他？他发现他们没有？他是不是正在躲避一次又一次的伏击？虽然岛屿就在眼前，他们却无法知道答案。在野猫号上的人看来，这个小岛是多么的荒凉，多么的冷漠，可能就连它自己也永远不会知道船长的行踪。帆船沿着小岛的东岸继续滑行，他们在夜幕中瞪大了眼睛。

"约翰船长，你来掌舵好吗？"皮特鸭最后说。他拿出望远镜，向海滩方向望去。六十年前，他就在那个地方被冲上了岸，卡在一块石头上。

"那棵大树倒了，"约翰说，"你找不到鸭子港了。"

"我找到了！"皮特鸭说，"只有那里有岩石从上边滚下沙滩。不是，岸上没有人。地震和风暴把那个地方搅乱了。即使一个人速度很快的话，他从那边穿过来至少也得六个小时。哦，我不敢把船开太近了，这一侧的海水很浅。"

他拿出水砣，开始探测水深。船在摇晃着前进，期间他们似乎可以感觉到野猫号正在擦着海底滑行。"唉，我就知道。水深不超过五寻，太浅了。约翰船长，转舵。好的……这样就好了。我们把支索帆挂起来吧。南希船长，下风满舵！顺着风走。"

他向前走了几步。就在这时，野猫号在风中停下了，没有再往前走。船锚放下了。

皮特鸭来到船尾："现在，有人得划小艇去岸边等着，船长一出现就把他接过来。时间很紧。如果风向变了，只有转舵离开了。他现在随时可能出现。不过，目前他似乎还没到这里，除非飞过来。好，谁去？"船上每个人都想去，皮特鸭最后选了约翰和南希。

"你们是最佳人选，"他说，"虽然苏珊大副更有理智。"大家都感到形势很严峻，但约翰和南希却笑了。

比尔把燕子号的系船索拉过来，约翰等小船靠近后，立马爬了下去。南希紧跟在他后边。皮特鸭走下船舱，回来时手里多了一个硕大的飓风灯，比他们先前在鸭子港用过的还要大，跟野猫号晚上抛锚后挂在前支索上的一样。

“天黑了，”他说，“看不见树的时候，用这个照亮。我们不想让他在黑暗中找你们。不要上岸，就待在船上，要是你们怀疑来的人不是船长，就把灯熄掉。但我想他一定把那一帮人甩得很远。要是风向变了，我们只能继续航行，我会用牛吼号给你们发信号。”

“嗯，嗯，先生。”约翰和南希同时回答说。

老皮特鸭接着说：“嗯，就这样。我来掌船。但我希望时间别太久。现在放开小艇，拉你们之前，你们不要乱动。天马上要黑了。”

别人还没想到向他们道别，他们就在众人的目光中离开了帆船的船舷。这时候，比尔跑上前大叫起来，因为牙上的缺口，他发出了奇怪的声音：“加油啊，船长们！”随后其他人也跟着喊起来。水面上也传来欢快的回应声。燕子号在波涛中起伏，已经超出了讲话能听到的距离。

“比尔，把顶帆降低点儿，”皮特鸭说，“你们俩大副把支索帆降低点，用纱线缠住，等会儿需要的话，我们可以再把它解开升起来。这片海域的天气明显有点不对头，风可能又会从东北方向刮来，我们选择了背风的海岸。”

“噢，鸭先生，”几分钟后苏珊说，此时她已来到船尾，“我们送他们走，忘了让他们吃点儿东西，他们早就渴了。”

“或许他们不会去太久，”皮特鸭说，“船长走时也没带吃的。你们要是能把吃的准备好就好了。”

他给每个人都安排了一些事做，但他自己没离开甲板。只要能看到海滩上的白线，他就一直用望远镜来回扫视着那片海滩。后来天完全黑了，飓风灯在远处的黑暗中闪着光芒，老人沉默着，独自从船舷的一侧走到另一侧，眼睛始终盯着远处的灯光。

第三十二章　夜幕下的脚步声

南希和约翰乘坐燕子号，一人挥动一支船桨，向岸边驶去。同那天跟弗林特船长绕着岛屿航行相比，今天的涌浪要少得多，但鸭子港外的暗礁也足以把船撞坏。他们靠近以后，约翰回头看到白色的浪花溅在岩石上，这让他非常高兴，因为可以确定小艇的航向。他和南希划桨的步调保持一致，用力划一两下，然后稍微放松，这样他就可以让燕子号驶向暗礁的末尾。南希让约翰控制方向，她只管尽可能平稳地划着，一次也没有回头看过岸边。

“他到了吗？”她上气不接下气地问，划船已经耗尽了他们的力气。

“我一个人也没看到。”约翰喘着粗气回答说。

他们继续划着。即使对南希那种急性子的人来说，事情也发生得太突然了。虽然这称得上是海上恐怖事件，但黑杰克和他那帮手下是真正可恶的海盗，他们的恶行又与其他事件不同。他们既霸道又懦弱卑鄙，五个人对付一个老人和一个小孩。南希咬牙切齿，狠狠地划了几下船桨，以至于约翰跟不上她的节奏。她的确感到他的桨都碰到了她的后背。

“对不起。”约翰说。

“是我的错。”南希说。

在家乡的湖泊中，他们在湖上划船的时候，如果步调不一致的话，他们也会向对方道歉。在这个黑夜，他们还是这样说的，他们正向可怕的岛屿划去，岛上有地震、泥石流，以及幽灵一般近乎疯狂的带枪海盗。一切依然和原来一样，无论在哪儿，你得会说“对不起”，如果你的桨打到别人的后背，或者如果你走了神，不小心变了步调，你得会说“是我的错”。

他们继续奋力前行。

“放松点，”约翰说，“我们已经离暗礁很近了。”

南希坚定地望着远处夜色中抛锚的野猫号。她不能转身，只是一下一下地划着，尽管船桨击碎波浪的声音只能传出几码远。

“我们到了。”约翰说。

右舷方向隐约出现一块岩石。南希继续平稳地划着，她在左侧看到了那块岩石，白色的浪花飞溅到岩石上。另一块岩石也进入了他们的视线，然后又有一块，而且高出许多。他们已经划进了礁石环绕的水域。

“鸭先生说不要上岸。”

“我们不上去。”南希说，“我们停在港口边上吧，等他一出现就接他走。如果他过来了发现没人，又转身走了可就糟了。”

“他应该还没来。”约翰说，“他到了海滩上，就能看到野猫号，那么他就不会转身离开。”

他们驾驶燕子号小心进入海港。然而，仅仅在几个小时前，她曾无比自豪地带着她的“西班牙大帆船”和宝盒离开这里。一切看起来和他们离开时没什么两样，然而又完全不同，因为他们不能再用同样的眼光看待这个岛屿了。这里已经不再是他们的岛屿，或者不再是他们独有的岛屿了。地震和滑坡也无法造成这种差异，但毒蛇号的到来改变了这一切。那帮登上野猫号的家伙隐藏在倒下的树木和被拔起的树根中，隐藏在无边的黑暗中。他们把皮特鸭绑起来，其中一个人差点把他一枪打死，然后把他扔在甲板上，让他无助地躺在那儿。还有一个令人感到耻辱的家伙，竟然把比尔的牙齿打掉了几颗，还把他塞进吉博尔的笼子中，差点把他噎死。然而，最糟糕的是，弗林特船长还在岛上想着他的船员们，还没有意识到危险已经临近。

起初，微弱的光亮可以让他们看到原来的宿营地。营地上的东西已经所剩无几了，只有帐篷的断梁，破碎的饼干盒子，苏珊的旧火炉，他们延伸到水边的脚印，以及燕子号的龙骨在沙滩上留下的印迹，默默地见证着他们如何从这儿下来，然后又如何登上船离开。当时他们希望永远离开这个地方。螃蟹回来了，他们看到几只螃蟹正在紧张地四处爬行，有时候，它们从地上抬起身子，挥舞着两只钳子，仿佛在迷雾中寻找出路一样。

“嗨，”约翰说，“你瞧，那边有苏珊的一把勺子。跳上岸把它拿来没什么要紧的吧。”

“没问题，我们去拿。”

那把勺子插在沙地上，勺把埋在沙里。约翰跳上岸，跑过去捡起它，顺着海滩左右瞄了一眼，又回到了船上。

“破船四周有很多螃蟹呢，”他说，“嗨，你怎么把船掉了个头了？”

“跳进来吧。”南希说。她撑出船桨，把燕子号的船尾调到岸边。“最好这样，我们可以很快离开。”

约翰爬上小艇，坐在船尾，南希再次把小艇摇离海岸，停在小港中间。

“一个人待在这儿确实很恐怖，难怪鸭先生小时候不喜欢这儿。快听！”

他们仔细倾听着。今夜树林里没有风声，不光因为风停了，而且还因为岛屿这边的树全倒了。偶尔能听到几声鸟儿的惊叫声，海浪拍打岩石和沙滩的哗啦声，除此之外，这里似乎比平时更加安静了。从东面而来的潮汐已经被风暴带走了。变幻莫测的大海阴沉着脸，似乎充满了暴戾之气。天气很炎热，不久，天全黑了，四周陷入一片黑暗，他们只能看到天边陆地的轮廓。森林已经被摧毁了，海滩与林地相接之处，竟然找不到一只欢乐的萤火虫在黑暗中跳舞。

约翰坐在尾帆上，忙着准备飓风灯。灯点着了。灯光射出来的一刹那，他和南希都看不到船外的一切，只能看到距灯很近的地方。他们随意漂流着，灯照亮了那块绕着鸭子港的大岩石的侧面，也照亮了南希小心呵护着的黄色船桨，还有他们的脸庞，白得有些古怪。接着约翰转向岸边，把灯举出手臂那么远。在南希眼中，灯光下的约翰变成了一个可怕的闪烁着的影子。

“他应该能看见我们。”约翰说。

“他们也会看见的。”南希说。

约翰凝视着黑暗，但似乎处处都有光，照得他眼花缭乱。

“哦，我们能不能看见不重要，”他说，“我们没必要。”

“我现在看不见野猫号了。哦，不，它还在那儿。甲板室的门透着光，它太远了。”

乌云笼罩着这个漆黑的夜晚，他们无法看清远处海面上的帆船，只能看到厨房或甲板室里透出的一丝微弱光线，它随着野猫号左右摇曳，若隐若现。

“我再把小船掉个头，”南希说，“船尾方便些，要是野猫号有光线照过来，事情就容易多了。你最好去船头，这样船长来了就不用换位置啦。”

“好吧。”约翰说。他提着灯往前爬去。

虽然不知道为什么，但他们的声音压得很低。南希偶尔会故意大声说话，但很快又停住了，似乎小声说话更容易些。

“我希望他快点。”南希说。他们已经静静地等待了很久。

“我觉得，”约翰说，“他该不会被抓住了吧？”

“他们当然没有抓到他，”南希说，“抓他会有战斗。他们有枪。如果有人开枪，我们不可能听不到。”

“我们已经等很久了。”约翰说。

“嗯，”南希说，“你想想看我们去森林中找泉水有多难啊。”

“沿着海岸绕过来会更快些。”

南希深吸了一口气。

“吉姆舅舅是直接横穿岛屿过来的。比尔看见他出发的，所以无论如何他也不会转回去，他一旦出发就不会回头。但是如果另一帮人从沙滩包抄过来……他们很可能会先到达这里。”

在明亮的灯光照射下，他们相互看了一眼，然后透过灯光，望向笼罩着他们的黑暗。

“如果他们从岸边绕过来，就会发现野猫号，那么他们就会跑回去看护他们凶残的毒蛇号。”

“要不就会冲向我们的宿营地，”南希说，“比尔听他们说过，他们看到了我们营地上冒出来的烟。”

“你口渴吗？”过了很久，约翰问道。

南希回答：“渴，也很饿，我们别去想它。”

他们又渴又饿，甚至比那个风暴和地震肆虐的夜晚还要疲惫。他们发现了宝藏，回到帆船上，看到令人震惊的一幕，又听到弗林特船长可能会被那些强盗抓住的坏消息。一想到这些，即使有点昏昏欲睡，他们还是使劲儿睁着酸痛的眼睛。

突然，约翰警觉起来。

“是他！”南希叫了一声。

他们俩终于听到期待已久的声音。远处传来树枝折断的噼啪声，树叶摩擦的窸窣声，以及有人在崎岖的地面上踉跄行走时发出的不均匀的脚步声。

“可能不是他吧。”约翰说。

南希睁大了眼睛。“你什么意思呀？”她问，“那帮坏蛋中的一个？”

“听听。”约翰说。

岛上没有野兽会发出那种声音，只有人才会用力推树枝，直到折断发出咔嚓声，或者弹回之后碰在一起发出的唰唰声。接着，又突然传来噼啪声，可能是有人挣扎走过错综纷杂的倒掉的树丛，不小心跌进了树根被拔起后留下的树洞。

“靠岸，南希，靠岸！”

“如果不是他，我们怎么办？”

岸上不知什么地方传来石头被绊飞后互相撞击的声音。“他绊倒在我们找到盒子地方了……他直接冲下海滩了。我们一会儿就可以见到他了。准备好船桨，把船摇回去……”

约翰站起来，尽可能把灯举高一点儿。

黑暗中传来跌跌撞撞的脚步声，深一脚浅一脚，急急忙忙，越来越近。

“谁在那儿？”南希突然大声问，一点也不像她自己的声音，倒像是故事里打仗时哨兵的叫喊声。

“是朋友。”黑暗中传回一个声音。几分钟后，弗林特船长一瘸一拐地出现在飓风灯的灯光里。他的脸被划伤了，衬衫变成了挂在身上的布条，一只膝盖被血染红了，他的法兰绒裤子上有一道很宽的裂口。他拄着一根粗糙棍子，上面还带有青叶和细枝。很明显，他不敢把右脚放在地面上。

“你们的营地怎么了？有没有人受伤？其他人在哪儿？”

“快点过来，”南希说，“其他人都很好。他们在船上等你。”

“我们的帆船？”

“它停在那边。大家都在船上，都很好。”

“你们的营地是怎么啦？”

“拆走了。噢，快上来呀。那帮人随时会来的，他们拿了我们所有的枪。”

“谁？你说什么？”

“先别说了，吉姆舅舅，快上来！”

“要不是踩在石头上扭伤了脚踝，我早就过来了。不过，幸亏皮特鸭想到把船开过来。”

“快上来啊。”

弗林特船长忍着疼痛，爬过燕子号的船头。约翰跳下船，站在浅水里给他让路。

“你们刚才说到枪是怎么回事？”弗林特船长问道，与此同时，他猛地撞了一下南希的肩膀，然后跨过主横梁，在船尾坐下。

“是黑杰克，”南希说，“他在这儿，毒蛇号也在这儿。他们上岛了，随时都可能出现。快点，约翰，把船推出去……”

“什么，什么？可是……”

“他们强占了野猫号……还好，我们又夺回来了。他们后来上岛追你去了。船动不了吗，约翰？是不是船尾太重了。”

南希站起来，用船桨撑着水底。约翰把灯放在前座板上，想腾出双手使出全身力气去推。燕子号滑动了。约翰一个膝盖跪在船缘上，另一只脚向后蹬了一下海岸，他们终于出发了。正在这时，南面传来一声刺耳的来复枪声，接着“哗啦叮当”一声，玻璃碎了，灯从横座板上掉下来，熄灭了。

“现在明白了吧？”南希问。

弗林特船长彻底清楚了。

“你们俩都躺下！”他说。

“不用，”南希说，“他们现在看不到我们了，灯已经熄了，他们找不到射击目标了。保持安静，我来把船划出去。不要撞到岩石了，把手伸出船尾护着它。”

“噢，太糟了，我把你们都卷进来了，”弗林特船长说，“真不该带你们到这个鬼地方来。”

“整座岛屿都被地震翻过来了，昨天晚上你们差点遇到不测，现在又遇到这些恶棍……我们快把船开走摆脱他们。那些宝藏见鬼去吧！他们能找到就让他们得了吧！我可受够了。在出发前我就该想清楚的，如果现在出了什么差错……我永远不会原谅我自己。”

“可我们已经拿到宝藏了。”约翰轻轻地插了一句，“那一定是礁石的尽头，”他接着说，“把船转过去，我来划前桨。”

“你们拿到了？”弗林特船长说，“拿到了？在哪儿呢？该不会在岸上吧？”

他们在黑暗中看不清他的样子，但感到船身突然倾斜了一下，约翰好像突然半站了起来。

“在甲板室你的铺位上。”约翰回答道。

“天啊！”弗林特船长说。

第三十三章　又起航了

三位船长不在，大家都没有心情吃饭。然而，看到苏珊和佩吉在餐厅里的桌子上摆满了食物，他们又非常眼馋，因为他们饿极了。茶壶还没烧开的时候，他们只喝过几口水，吃过几片饼干屑和一点巧克力。如果在平时，这样的食物还能凑合，但对这些从前天开始几乎都没吃过东西的人来说，这些东西根本不够填饱肚子。晚上登上野猫号后，他们就需要饱餐一顿，一顿把早餐、午餐、晚餐、茶点和夜宵合为一起的大餐。最后，苏珊问皮特鸭说，他们还要不要等下去。皮特鸭回答说，船长回来后，他也不愿看到他的船员还空着肚子呢。于是，罗杰、提提、佩吉，还有可怜的比尔，走到餐桌旁坐下来，弯着身子开始吃饭。比尔不得不把吃的东西都切成小块，因为他的脸肿了，还掉了三颗牙齿，不敢大口大口地咀嚼。

至于皮特鸭，他说他要去值锚更，不能离开甲板。于是，苏珊割了一大块牛肉糜压缩饼，代替蔬菜夹在两大块饼干中间，又抹上很多黄油，做成了一个三明治。在和其他人一起坐下来吃饭之前，她捧着牛肉三明治和一大杯热茶，爬上甲板，送给了老水手。老水手感谢了她，但眼睛一刻也没离开昏暗朦胧的海滩。

甲板下的船舱中，船员们吃完几口食物，喝光第一道茶后，马上就恢复了活力。吃饭的过程中，大家都不出声，好像每个人都是独自吃饭，面前没有其他人一样。忽然，沉默被打破了，大家急切而热烈地交谈起来。他们有太多的话要说，比尔想知道他们到底是如何发现宝藏的，其他人也有成百上千的问题要问。比如，野猫号在风暴中遇到危险了吗？黑杰克那帮人怎么跑到船上去的？他们怎么在甲板上进行短暂而惨烈的打斗的？后来，比尔掏出他的手帕，解开手帕包着的小疙瘩，露出里面保管的牙齿，然后一边传给其他人看，一边向大家解释他是如何撞击莫甘迪的肚子的，而那个黑家伙如何威胁说要杀掉他。“我想他会杀掉我的。”比尔说，他的神情好像在说，是他把强盗们赶下了甲板，而不是被他们抓住领口绑起来塞进了吉博尔的笼子。接下来，他又想起了什么，“我以为他们把鸭先生杀了呢。”他说。

提提看了看苏珊。

“苏珊，”她说，“苏珊，弗林特船长应该不会有事吧？”

“他们到达之前他就出发了，而且他走路的速度更快，一定没事的。”苏珊说。

她还想问什么，但看到佩吉忧心忡忡地盯着她，她突然又不想问了。他真的会安然无恙吗？苏珊咽了一口食物，眼睛有些发呆。

“我希望他会回来。”提提说。

“外面一片漆黑。”罗杰说。

皮特鸭站在甲板上，盯着黑暗中的岛屿。夜幕已经完全降临了。他们及时赶到了。他们带去的其中一盏系泊灯正在岸边闪烁着。海风还是从西边吹来，然而很微弱，以至于他有些担心今天晚上会不会转成东风。即使在海上，空气也显得十分沉闷，这样的天气什么情况都有可能发生。“如果海风从东边吹来，我们就必须离开这里。”他自言自语地说，一边用力咀嚼牛肉糜压缩饼和饼干做的三明治，一边喝了几口茶水。船老大为什么还没有回来？他现在应该翻过岛屿了。要是那几个家伙抓住他……皮特鸭想到摆在甲板室铺位上的柚木盒子，有些生气了。唉，不该把这个故事讲出来。如果他理性一些，闭住嘴巴，他们现在可能在英吉利海峡自由航行，或者在斯特兰福特湾入口游弋，或者在克莱德河上游的某个地方，或者去了波罗的海，停泊在里斯本或者比戈。总之，他们会去某个更有意义的地方，而不是来到这个蟹岛的背风处。现在船长还在岸上，后边还有半打从监狱中逃出来的凶徒追他，而且他们还拖着枪支。正在这时，他听到一声来复枪的枪响，海滩上的灯灭了。

皮特鸭的茶杯掉在甲板上，摔得粉碎，但他几乎没有注意到。他在倾听着。没有别的枪声了。可灯光为什么灭了？是不是约翰和南希故意熄掉的，害怕暴露目标？但船老大怎么能在黑暗中找到他们？是不是他们放弃了他，自己划船离开了？他们绝对不会那么做的。然而，他们该怎么做呢？如果他早点想到黑杰克那帮人会赶在船长之前穿过岛屿，他一定不会让他们俩单独过去的。吹响雾角把他们唤回来？他走进甲板室，发现了那个旧牛吼雾角，它是仅有的几件未被翻动的东西之一，仍然挂在屋顶上，左右摇晃着。他听到比尔因为缺了牙齿在下边含糊不清地说话。他该如何对孩子们说呢。如果万一……他拿上牛吼号又走了出来，把它凑到嘴边，向前急剧倾斜着。那是什么？是不是他听错了？不，无论如何他都不会搞错的——野猫号和海岸之间传来“哗啦哗啦”的划桨声。

是的，一点也不用怀疑，黑暗中有一艘没有亮灯的小艇，正朝着野猫号方向划过来。皮特鸭打算从甲板室取出船灯，为他们提供更充足的光亮。但他转念一想，又觉得那样不妥。来复枪的枪声？如果约翰和南希船长上了岸，在岸上遭到了突袭，而划来的小艇里面坐的全是那些恶棍怎么办？会不会是毒蛇号自己的小艇？上次他们利用野猫号的船员睡觉的机会，很轻易就登上了船，这次再也不能那样了，无论如何也不会了，除非他们同时开来好几艘。如果他们再胆敢从栏杆上爬上来，即使是小孩子也可以拦住他们，到时候可以用穿索针扎他们的手关节。他急忙绕过甲板室，朝下面的水手喊叫：“所有人都上甲板来！”

“所有人都上甲板来！”

皮特鸭向下呼喊的声音压得够低了，但他的声音里有一股莫名的力量，一下子让从盘子送到嘴边的盛满罐头梨的勺子停在了半空，甚至让罗杰的话只说了一半。餐厅里陷入死一般的寂静，持续了一秒钟。接下来的一秒，所有人都向甲板舱口跑过去。

比尔第一个爬上甲板，紧跟着的是提提和罗杰。苏珊和佩吉小心翼翼地站了起来，以免把桌上的东西掀翻，所以她们是最后出来的。即使这样，她们也几乎是踩着罗杰的脚后跟爬上了甲板。

“有船过来了！”皮特鸭说，“不知道谁在上面，我们不能第二次被抓住。不要站在灯光下，嗯，这就对了。把厨房门关上，每人抓一根穿索针，守在右舷侧支索旁。你们看到他们的手抓住栏杆的时候，立即扎下去，不要犹豫……比尔在哪儿？”

“他刚才还在这里，”提提说，“怎么回事？不是海盗们？”

“如果是的话，他们上不了船的，”皮特鸭说，“一天不会让他们上来两次。他们也不可能来。没有两艘小艇，他们是来不了的。我听到那边只有一艘小船。你们听！”

正在这时，从甲板室的窗户里漏出的灯光照亮了比尔缺了牙齿的笑容。他抓了一根起锚棒在手里，快步跑到船尾。

“这回让他们尝尝这个。”他说。

“别出声，听！”皮特鸭说。

“嘘，嘘！”其他人也发出嘘声。

小艇越来越近，所有人都听到了。船桨每划一下都会摩擦到桨架，发出尖锐的嘎吱声。

“听起来很像燕子号。”佩吉低声说，“约翰说过，他本来要给桨架上油的，但我想他可能没上。”

“他们为什么不点灯呢？”罗杰悄声问。

“嗯，是燕子号，没错，”皮特鸭说，“可船上的人到底是谁呢？”

“你该不会想到约翰和南希发生了不测吧？”提提说，“……还有弗林特船长？”

皮特鸭哼了一声。来复枪的响声仍在他耳边回响。能忍住的话，他还是不告诉他们的好。“要时刻准备应对各种情况。”

然而，正当帆船仍然迎着海岸吹来的微风，横躺在洋流上的时候，在离船头很近的地方，传来一阵急切的呼叫声。

“啊嗬喂，野猫号！快给我们照亮！”

皮特鸭在黑暗中伸直了身子。他本来一直弓着腰倾听，加上他的背稍微有点儿驼，似乎被恐惧压得更弯了。现在，他愉快地扬起了头，说：“遵命，长官！是船老大！”他说着立即冲进甲板室找灯，不一会儿，就提着灯出来了。“比尔，把梯子放下去。还有，苏珊小姐，你有没有给他准备一杯热茶呢？梯子搭在左舷那边。”他一边喊着，一边在船栏杆上来回晃着灯。灯光早就照亮了船舷下方几个人的脸，野猫号上的每个人都急不可待地盯着黑暗中的海面，他们已经看清小艇上坐着的三位船长，其中两人在划桨，一人坐在船尾。比尔从船舷上扔下去一根绳索，然后把它固定在前边的主侧支索旁。下边燕子号上的人也把绳索绑牢了。过了一会儿，弗林特船长顺着绳梯爬了上来。他衣衫褴褛，满身都是擦伤和剐痕，拖着一条疲倦的腿跨过船舷边的栏杆。

“唉，你们瞧，”他说，“我给你们找了这么多麻烦，我应该受更重的惩罚。”

其他人没有急着上船。

“嗨，鸭先生，把你那盏灯递下来吧。”南希说。

“你们的灯呢？”佩吉问。

“要是我们有灯的话，就点着了。”南希说，“谢谢，你确定你找到了吗，约翰？”

“我可以摸到它，你拿到灯了吗？”

接下来的时间，他们俩借助灯光，在下面的小船上寻找着什么，甲板上的人听到南希愉快的尖叫声：“确实有啊。你们听到了吗？燕子号中了一颗子弹。约翰找到了这颗子弹，可我们取不下来。”

“怎么中弹的？”罗杰问。

“是那颗打碎了灯的子弹。”约翰说。

“什么时候？”

“我们一直没听到枪声。”

“怎么没听到？”皮特鸭说，“幸亏打中的是灯，不是别的。你们俩上来吧，把灯递过来，我们在甲板上等着你们呢。”

南希把灯递了上来。接着，她和约翰也爬上了船。约翰从比尔那里接过绳索，把它拉到船尾绑好，燕子号又停在了帆船后面。

“你们告诉弗林特船长宝藏的事了吗？”提提问，跟在南希后面进了甲板室。

然而，弗林特船长此时根本不想去看挖到的宝盒。他扫了一眼甲板室，看到宝盒躺在他的铺位上：“是一个盒子，我想应该是的。你找到袋子没有？”接着，没等别人告诉他，罗杰从他的口袋里摸出了一个绿色的金属环。弗林特船长转过身，似乎感到有些惭愧。他不想再看他的床铺。“不，不行！我们现在必须离开这个鬼地方。今天我有十几次都希望那些宝藏沉入海底。鸭先生，你下的是哪只船锚？”

“只有一只小锚，我想如果风向突然变了，我就得把船挪个位置。”

“很好，”弗林特船长说，“起锚吧，我们离开这儿。可能的话，我们在天亮之前就远远地离开这个蟹岛。我再也不想见到它了。”

"我也这么想。"皮特鸭说。

于是，尽管每个人都想听点什么或者说点什么，尽管有人想讲讲野猫号是如何被毒蛇号上的海盗强占的，有人想讲讲他们是如何发现宝藏的，还有人想听听弗林特船长是如何翻越小岛的，燕子号在黑暗中如何在鸭子港等候的，以及那发打碎灯的子弹如何射进舷沿的，而且全船的船员都在期待着。然而，他们还是装好了起锚棒，挂好了船帆，升起了主帆和支索帆。他们拿出备用三角帆，代替之前被狂风吹走的那张帆，用一张斜桁帆换掉风暴中从上到下被撕成两半的那张前顶帆。船锚升起来了，野猫号伴随着断断续续的海风，在黑暗中驶离了蟹岛。

"风力还是很弱。"弗林特船长说，"我去发动引擎。"

"只靠灯光你看不清的，先生，"皮特鸭说，"否则，你会弄坏那头小毛驴。让它睡一会儿吧，也许明天早上你可以让它跑起来。不过这事不该你管，让该负责它的人去做吧。"

苏珊在餐厅里新沏了一大壶茶。弗林特船长、约翰和南希一坐下来，就立即吃喝起来。其他人都吃过了晚饭，都倚在桌子旁看着他们。有太多话要说了，他们甚至可以聊一整晚，或许他们觉得聊一整晚都聊不完。罗杰的脑袋慢慢低了下去，苏珊站起来，拖着他去床上睡觉。等她回到餐厅的时候，她看到了令人惊讶的一幕。很多人都睡着了，有的人用手臂枕着头，趴在没收拾过的餐桌上睡了；有的人就蜷缩在座位上睡了。弗林特船长猛地坐了起来，盯着苏珊，把已经喝空的杯子放在嘴边倒了倒，然后蹒跚着穿过餐厅，走到甲板舱口的梯子旁。

"唉，怎么办呢？"苏珊自言自语地说，"也许最好不要叫醒他们。"

她让其他人继续睡在那儿，自己悄悄爬上甲板舱口的梯子。

"现在朝东北方向航行，"皮特鸭正在说，"这样再好不过了。如果想走捷径，我们必须向北，直到进入西风带，没有必要进入信风带了。不，船老大，我没有事的。我当时只是被打晕了，也许我很幸运。不，不，我可以继续驾驶到天亮，到时候我们就能看清海上的情况了。"

苏珊听到身后燕子号的船头发出模糊的呼啦呼啦声。野猫号正在继续往前航行。她再次悄悄溜下船舱，碰巧看到提提摇摇晃晃地离开餐厅，走进自己的舱室，一副迷迷糊糊的样子。其他人还趴在桌子旁边继续沉睡呢。提提在黑暗中摸索着，找到自己的铺位后，倒在床上睡了。听到提提发出了均匀的呼吸声，苏珊轻手轻脚地爬上自己的床铺，很快也和提提一样，进入了梦乡。

第三十四章　海上龙卷风

引擎室传来咣当声，睡在餐桌旁的人都被吵醒了。天色已经大亮。他们伸展了一下僵硬的手臂，打了几个呵欠，揉了揉惺忪的眼睛。接着，他们都站了起来，像患了梦游症一样摇晃着走到船尾，进入甲板室下方洞窟一样的小引擎室。吉博尔和罗杰给引擎灌了太多的机油，弗林特船长正在设法捅开那些阻塞的部件。他浑身到处沾满了油污，再加上脸上的擦伤，身上撕破的衬衫，就像佩吉后来描述的那样，整个人就像一堆破工作服，真的难看极了。他只向他们道了一声早安，就去继续修他的引擎了。

“他一定遇到麻烦了。”南希看到他们爬上甲板窗的梯子时说。果然，他们一上甲板就知道发生了什么事。

整个晚上几乎没有什么风。蟹岛仍然位于不远处的地平线上。糟糕的事情还不止这些。天亮之后不久，皮特鸭和弗林特船长发现一艘黑色的帆船正从北边靠过来。瞧，它还在那儿，船上的两个桅杆都升起了船帆，毒蛇号又在追赶他们了。

这种情况足以让弗林特船长急着要发动引擎了。然而，正在掌舵的皮特鸭此时不仅在考虑如何应对黑杰克，他还在不安地观察着周围的海面。

每个人都能看出来，天气仍然糟糕透顶。几个星期前那种稳定的信风哪儿去了呢？那些小猫爪般的波浪一会儿出现在这一侧海面上，一会儿出现在那一侧海面上，它们意味着什么呢？天空像挂了铅一样沉闷，虽然东边天空呈现出橙紫色，但西边的天空却一片乌黑，而且还伴着滚滚雷声。大海也出毛病了。一般来说，在刮信风的海域，波浪应该从东北方稳定地涌过来，但现在情况有所不同，海面上只有不停翻滚的海浪。

这天早上，即便看到了毒蛇号，遭遇了坏天气，或者甚至看到了弗林特船长和皮特鸭的严肃神情，船员们也无法掩藏快乐的心情，因为他们现在已经登上了野猫号，而且还带着宝藏呢——无论那是什么宝藏，他们正朝着家的方向安全返航。不管怎么样，现在大家都安然无恙地站在船上，其他一切似乎都不重要了。他们急忙跑下船舱，拿出洗浴用的工具冲洗甲板，就像刚起航时的那些快乐的清晨一样。苏珊、提提，还有罗杰，已经在甲板上准备好了，佩吉和比尔也跟着两个船长从前舱口爬了上来。他们给水桶打满水，互相往对方身上泼过去，然后轮流用长柄拖把顺着甲板赶水。后来，他们围在比尔身旁，查看他右肩前后的大片瘀青，那是黑杰克残忍抓过之后留下的痕迹，然后又去轻轻抚摸他肿胀的脸庞。不过，比尔倒希望那些瘀青能像文身一样，永远留下来，因为约翰、罗杰和南希他们似乎很喜欢文身。但至少他的牙齿想保留多久就保留多久，他可以随时拿出来给别人看。在其他人把水扫进排水口的时候，佩吉和苏珊走进厨房，去忙活大家的早饭去了。真遗憾呀，佩吉说，竟然没人想到带一大串香蕉上船来。

水壶在火上煮着的时候，他们把衣服都穿好了。提提把鹦鹉也带上了甲板。罗杰也把笼子里的猴子放了出来。除了弗林特船长和皮特鸭，每个人的心情都非常好。

“到这儿来，来一个船长，或者是你，比尔，你们洗完甲板后过来掌一下舵。”皮特鸭最后大声说，“只要尽力掌好舵就行了，我来看看柜子里还有船帆没有，船老大还在忙着修他的小毛驴呢。”

这时候，弗林特船长顺着梯子爬上了甲板室，把头探出门外。

“小毛驴修不好了，鸭先生。我来掌一会儿舵，你去看看我们能不能多加些帆。”

“现在所有的帆都挂上了，”皮特鸭说，“没有帆可以挂了。我要是能把前帆修好，或者能给主桅杆加点顶帆就好了……”

“吉姆舅舅，”南希说，“你去打桶水把身上的污渍洗洗吧，这样你可能会感觉好点儿。”

弗林特船长回头望了一眼远处的黑帆船，笑了笑，尽管还有点担忧。“你要向苏珊学学，南希，”他说，“我相信你能学会的。你去掌一会儿舵，你们三个都去，就一会儿。”他走到起锚机旁，脱掉破衬衫，一桶接一桶地用水淋过头，然后他又回到了船尾，看起来干净多了，而且更开心了。这时候，佩吉敲响了早饭的钟声。

他和皮特鸭都没有下餐厅吃饭。他们的早饭是由提提和比尔送上来的。弗林特船长在掌舵，皮特鸭正在紧赶慢赶地缝补一张船帆。不管怎么样，他始终相信引擎不靠谱。

早饭过后，所有人都很清楚，毒蛇号正在追过来。虽然海风时断时续，而且船比较慢，但他们追得很紧。

“为什么不让我发动引擎？”罗杰说。

“你没听到我试过了吗？”弗林特船长说。

“你那只混蛋猴子用油脂把它塞得动不了啦，只有拆掉重装才行，否则没有任何办法。”

“确实不是吉博尔的错，”罗杰说，“它干得很不错，而且很卖力。”

“是的，我知道。”弗林特船长说，“不过，猴子懒点更好，那是它的美德。”

尽管如此，趁着约翰、南希和比尔有空看舵，弗林特船长还是把罗杰带到了甲板室下面，他们花了一个早上才把引擎拆开。吉博尔当然很乐意加入他们的工作，但后来罗杰也承认，猴子最好还是待在自己的舱室里。

拆卸引擎的过程中，弗林特船长偶尔会走上来，从甲板室的门口观察船尾。

“小毛驴帮不了我们。”皮特鸭说。

“我得找点事做，”弗林特船长说，“我可不太擅长用针。”

中午时分，南希敲响了钟。“当当，当当，当当，当当。”当钟声响了八下的时候，蟹岛终于从地平线上消失了。

“再见！”提提突然一边大喊，一边挥手。

“你在向谁挥手？”比尔问，“是黑杰克吗？我觉得我们还没有摆脱他啊！”

虽然岛屿消失了，但野猫号并没有独自航行，它后边还跟着那艘黑色帆船，而且很容易看出那艘船越来越近了。

天热得像蒸笼一样。太阳躲起来了，乌云铺满了整个天空。

“两艘船都要遇上麻烦了！”鸭先生说，“那种风暴还没有结束。现在最好来一阵微风。毒蛇号在微风中比我们要快，微风吹来之后，他们就会追上我们，然后他们就会收起船帆。不过，现在要来的似乎远不止微风。”

每个人都是在甲板上吃的晚饭。

没有人愿意开口说话。

罗杰还是说话了，不过，当他看到弗林特船长的表情后，不需要别人提醒，他也知道现在不适合提及甲板室里的宝盒。

整个下午，毒蛇号都在向前爬行。沉闷的天空下，微风时而向这边吹，时而向那边吹，有时候干脆就完全停止了，两艘帆船在躁动的大海上无力地漂泊着，时起时伏，沉重的斜桁和吊杆也在不停地左右摇晃。

“天黑前发动引擎没希望了。”弗林特船长最后走上甲板说。

“如果现在开始刮大风就好了，这样毒蛇号就不敢升上桅帆，那么我们就可以摆脱他们。”皮特鸭一边说，一边拼命地飞针走线，正在为野猫号缝制一张上桅帆。地震过后，野猫号上的两张上桅帆都在风暴中撕成了碎片，当时弗林特船长慌着要返回岛屿，担心前一天晚上挖宝者的宿营地会遇到不测。“马上要有大麻烦了，”老水手说，“可我们还有更糟糕的事要担心。”

海风仍然时断时续。然而，这样的海风丝毫没有引起黑杰克的担心。他把每一寸船帆都挂上了，每过一小时，毒蛇号和野猫号间的距离就会缩短一截。看来，如果他愿意的话，曾经脱离他掌控的小小绿帆船这次插翅难逃了。

毒蛇号越追越近，野猫号上掌舵的几个人不用望远镜就可以看清了。他们还可以看到黑帆船上有人站在船首眺望。它的三角帆不见了，只用了一张小帆代替，在这样忽东忽西的微弱海风中，它们根本起不了什么作用。然而，他们的主桅帆却高高悬起，这样就足以追上野猫号。除非遇到更强的狂风，否则对于野猫号来说，即使把所有的帆都挂上，也不能与它相匹敌。

最后，鸭先生的主桅帆终于缝好了。“缝得不太好，”他说，“但比光着桅杆强。过来，比尔，我们把它挂上。南希船长，你能给我帮个忙吗？约翰船长，你去照看一下船舵。”

主桅帆伸展开了，渐渐地在桅杆和主帆的斜桁之间绷直，提提叫喊起来：“帆船现在速度更快了。噢，要是前桅杆上再有一张帆就好了！”

正在这时，皮特鸭第一个发现了海上龙卷风。他快步走到船尾，观察远处的毒蛇号。蟹岛已经看不见了。

“望远镜在哪儿？”他说。

提提把望远镜递给了他。

“最恶劣的天气马上要来了，”他说，“看那边！快去叫船老大！”

在船尾远处海天相接的地方，乌云下出现了一条窄窄的光带，一直延伸到云层上方，看上去就像带了一条坚硬的铁边。一条似乎连接着乌云和大海的细黑线正好从光带中间穿过。

弗林特船长听到南希在上边叫他，慌忙跑了上来。

“你知道那是什么吗，长官？”皮特鸭问。

“看起来像是海上龙卷风，”弗林特船长说，“我曾经在印度洋见过。我们用望远镜看看。没错，是海上龙卷风。好吧，那就意味要来点风了。啊，好家伙！它的移动速度真够快的！”

“它往这边来了。”皮特鸭说。罗杰忙着摆弄一副小望远镜，正努力把小望远镜对准毒蛇号，没有看到其他人看见的东西。

“他们在前甲板上做什么呢？”他问。

“快看海上龙卷风，罗杰，让我看看。”提提已经把望远镜递给了皮特鸭。

“他们已经非常近了，”罗杰说，“不知道他们在前甲板上忙些什么。”

“我说吉姆舅舅啊，如果毒蛇号赶上我们，他们会做什么呢？”

“他们什么也做不了，”弗林特说，“一点也不用担心。”

比尔张了张嘴巴，又合上了。皮特鸭奇怪地看了一眼弗林特船长，然后又环视前方的海平线。

“我们不在常规航线附近。”他自言自语地说，但是提提听到了他的话。

“我们为什么要走常规航线？”她问。

皮特鸭表情严肃地看着她，脸上没有笑容。

“没有其他航伴。”他说。

弗林特船长往后看了一眼毒蛇号。

“是的，我倒是希望遇见另一艘船。”

然而，他们周围除了野猫号和毒蛇号船外，没有另外一艘船，而且两船之间的距离变得越来越近。

“海上龙卷风会跟我们擦肩而过，”南希说，“而且会带来巨大的吸力。”

乌云和大海之间的那条黑线开始变粗了。接着，乌云几乎覆盖了整个天空。海上龙卷风时刻都在改变着形状，看上去就像一根连接天空和海洋的巨型橡胶管。它和乌云相接的上端很宽，而下端铺展开来，就像一个烛台的底座。

“它像一个旋转的螺丝锥。”提提说。

“他们在降帆。”皮特鸭说。他的声音吓了弗林特船长一大跳。

海上龙卷风已经近得可以听到声音了，那是一种狂暴而尖锐的嘶嘶声，席卷了整个海面。旋转摇摆着的巨大水柱越转越近，似乎在海面上不安分地跳舞。灰色的海浪被搅成白色的飞沫。

“这下可够他们受的了，”弗林特船长说，“海上龙卷风带来大风，毒蛇号在大风中是不能悬挂上桅帆的，你说过的，是不是，鸭先生？”

“嗯，是的，长官。”他的眼睛仍然紧紧盯着海上龙卷风。

狂风袭来了，风势比当天任何时候都要猛。他们看到毒蛇号突然被掀了起来，白色巨浪不断从它的船头下方跃起。不久，他们自己也感受到了风力，弗林特船长看了一眼头顶新补好的船帆。

“我想用不了几分钟我们就能把上桅帆降下来了，”他说，“这是一场真正的飓风！”

但皮特鸭一言不发，仍然紧盯着前进中的龙卷风。它一边抽打白色的海面，一边旋转着向他们冲过来。

“朝我们扑来了。”佩吉说。她的声音很大，甚至把自己吓了一跳。她有些担心别人是不是听出了她的恐惧。

“关上所有舱口！”弗林特船长突然发现龙卷风距离他们太近了，“比尔，去关上前舱口！把天窗也关上！”

“如果那股水柱砸中我们的话，”皮特鸭平静地说，“我们会被砸扁的，关舱口也救不了我们。”

但这时比尔已经冲到前面去了。

过了一会儿，意想不到的事情发生了，吓得他们几乎忘记了龙卷风。

“我们必须降下上桅帆，鸭先生，”船长正在说着，“龙卷风比夏天里的风暴还厉害……”

噼啪!

那艘黑帆船船头白沫飞溅，船尾突然冒出一道白烟。怎么回事呢?

尖厉的嗖嗖声从提提和鸭先生之间穿过，同时传来刺耳的砰砰声，以及某个地方木头破裂的咔嚓声。

约翰和南希对视了一眼。又来了！他们还记得昨天晚上发生的事。燕子号现在不是唯一一条中枪的船了。

“他们在向我们射击，”罗杰说，“我刚才还在想他们会对我们做什么。”

弗林特船长从约翰手中接过船舵。

“下去，你们都下去！”他说，“卑鄙的醉鬼无赖！我们船上还有孩子！”

“我想醉鬼不会这样开枪吧。”皮特鸭说，他的眼睛仍然盯着龙卷风，并没有去看那艘帆船。

噼啪!

又一颗子弹紧贴着他们的头皮飞过。高处传来破裂的声音，新补的上桅帆从帆缘处裂开了。斜桁从上边突然掉下来，靠在桅杆上摇摆着。吊杆也掉下来了，要不是顶牵索在它下落的时候把它扯断了，它就砸在栏杆上了。

“这家伙的运气可真好，”弗林特船长说，“一颗子弹就能打断斜桁升降索。”

船舵旁的人们并没有吓得四散躲开。除了罗杰还在用望远镜观察恶人船，其他人都在抬头看着那一发子弹造成的损失，它竟然打断了野猫号主帆上的一根缆绳。

“替我们收了帆，”皮特鸭神色严肃地说，“补帆得一天的时间。好吧，也没什么大惊小怪的。看那边！”

跛了足的野猫号迷失了方向。此时，一阵狂风卷起白色巨浪，猛烈地抛向毒蛇号，它的中桅杆弯得像风中的芦苇一样。但皮特鸭此时并没有去看毒蛇号。

空气中又传来震耳欲聋的响声，就像巨大的瀑布落下的声音，又像海边刮来的飓风的声音。龙卷风变成了旋转的黑色水柱，比一座房子都要粗，有数百英尺高，正向他们压过来。水柱底部的海面被搅成了白色，黑色的水柱从白浪中扭动起来，一直向上延伸，进入笼罩在头顶上的乌云中。

“海上龙卷风要冲过来了！”佩吉说。

然而，他们忽然发现，它并没有冲过来。

“快看啊！快看啊！”罗杰尖叫着。

毒蛇号的两根桅杆先后齐根折断。几乎就在同时，龙卷风吞噬了它，似乎把它吸入自己的肚子，接着又撕成了碎片。在所有船员中，只有罗杰非常确信他看到了这一幕。其他人只看到龙卷风紧贴着那艘帆船，然后帆船被飓风击中，桅杆瞬间折断了。后来他们眼前只剩下龙卷风，再也没有了帆船。接着，他们面前的旋转水柱开始从中间变细，而且越来越细，直到从中间把自己扭断成两截，上半截仍然在快速旋转着，逐渐被拽入云中，而下半截则轰然落向海面，顷刻间，溅起一片冲天巨浪，仿佛过了很久，巨浪再次落下，接着，海面上出现一个巨大的漩涡，就像巨人洗浴后，水被排空时的样子。不久，漩涡被填平了，一点也看不出龙卷风的影子了。海面上没有了龙卷风，也没有了海盗船，唯一剩下的只有野猫号，它的桅杆上只挂着斜桁帆和前顶帆，独自在海面上破浪前进。

一切发生得太突然了。从枪响到主桅帆被打断，再到巨大的旋转水柱把海盗船打翻，没有一个人有时间跑开。虽然在第一颗子弹射过来的时候，那些孩子就被命令下到船舱去，但他们仍然站在甲板上，他们面面相觑，简直不敢相信他们眼前发生的可怕一幕。弗林特船长和皮特鸭像其他船员一样，沉默了好一阵子。不久，因为野猫号还处在生成和推动龙卷风的旋风边缘，皮特鸭连忙跑过甲板室，来到主桅杆旁，迅速降下了帆喉，但随着沉重的斜桁向外摆动，顺势带倒了上边缠绕在一起的帆索和船帆，最后落在甲板上。

“把斜桁帆拖过来，”弗林特船长高声说，“把支索帆也取下来。”

“你要干什么？”南希问。

“去把它们收拾起来。”弗林特船长说。

然而，当船上的主帆桁倒向一侧时，主桅帆变得毫无用处，顶升降索也断掉了，即使是世界上最好的水手，对此也会无能为力。慌忙之中，弗林特船长不得不迎着海风，把一只小小的斜桁帆升上前桅杆，然后又加了两张前纵帆。从毒蛇号上射来第二枪的那个人救了野猫号，但也让它变得难以驾驭。当然，或许野猫号应该有理由感谢他，或许上桅帆和主帆突然失去后，它正好避免了毒蛇号折断两根桅杆的命运。海上龙卷风的第一阵狂风来袭的时候，野猫号因为船帆缩短而逃过了一劫。如果弗林特船长现在想转回去搜寻毒蛇号上的船员，时间可能来不及了，因为皮特鸭还没有从主桅杆上把摇晃的斜桁安全拆卸下来，他现在什么也做不了。皮特鸭完成拆卸之后，弗林特船长立刻抢风航行，驶向黑帆船所在的水域。就在几分钟前，那艘帆船上的那帮人还在一心想着杀人和报复呢。

皮特鸭一边拽着斜桁帆，一边大声喊人来帮忙。

“比尔，”他大叫，“把支索帆降下来！比尔，把它降下来，快站起来呀！”

可怜的比尔坐在前舱口，身体靠在起锚机上，右手托着他的左臂。当帆船调转船头，迎风行驶的时候，船身发生了倾斜，比尔的脑袋也向一侧歪过去，接着整个身体完全瘫倒在地，滑过甲板后，他昏了过去。

南希和苏珊同时看到比尔出事了，她们急忙跑上前去。约翰也紧跟着过来了。

“把支索帆降下来！”弗林特船长大声吼叫，他不知道到底发生了什么事，支索帆为何还没有降下来。这时候，野猫号突然撞向一排巨浪，大片浪花从船舷上扑过来，一下子把比尔和前来帮他的人浇了个透心凉。

“把它拉下来！”皮特鸭说着，把支索帆的升降索塞进约翰的手中，“帆船要紧，赶快往下拉。我来收帆。”松开的船帆发出狂暴的拍打声、呼啸的风声、野猫号迅速撞击陡峭的海浪的声音，加上船员们的叫喊声，连成了一片。

溅起的海水让比尔苏醒过来。他睁开了眼睛，看见苏珊和南希俯在他身旁。

“怎么了？”苏珊问。

“他们射中他了！”南希大叫起来。

“怎么回事？”皮特鸭问。

比尔虽然很疼痛，但却开心地笑了。

“不是的。”他低声嘟哝着说，然后想尽力挪动身体。他的脸色变得惨白。

“在前舱口，”他说，“是第一枪。我的胳膊断了……没事……我看见海上龙卷风了。它不见了。”接着他又晕了过去。

“他的手臂完全断了。”皮特鸭看到比尔的胳膊垂着，轻轻卷起了他的袖子。

“断了，但里面没子弹。”他接着说。

“看看前舱口。”约翰说。一块木头完全被撞掉了。因为担心海上龙卷风，比尔跑过去关前舱口，他的胳膊要么被打在舱口上的跳弹击中了，要么被打飞的木头砸断了。没有人能确定到底发生什么了，因为比尔自己也不知道怎么回事，只知道前臂突然遭到重重一击。

皮特鸭没有再说什么，他抱起比尔，把他送到船尾的甲板室。苏珊慌忙下舱去取她的急救箱。

“他怎么啦？”弗林特船长问。

“第一发子弹打断了他的手臂。”约翰说。

“他受伤了。”南希说。

“哦，可怜的比尔！”提提说。

“可能会更糟糕的。”皮特鸭说，他把比尔放在他自己的床铺上后又走了出来，“那些造孽的家伙真不值得去救。”

“他们没多少存活的希望。”弗林特船长严峻地说，“一旦掉进龙卷风停止的海域，没人能活得了。我们现在离事发点很近了。海面有些残骸，但是，没有发现那些恶棍的影子，至少现在没有。如果他们放过我们的主桅杆，不去打那一枪，我们或许能快点来救他们。”

“依我看，”皮特鸭说，“如果他们没打那一枪，可能会避过海上龙卷风，我们也会避过。那帮家伙简直是在自寻死路，魔鬼满足了他们的愿望，这样再好不过了。这些可恶的家伙竟然对载着小孩的船只开枪。”

弗林特船长驾驶着只挂了斜桁帆和三角帆的野猫号，在海盗船最后出现的地方，迎着风浪在海面上来回巡航。海面上只看到一些甲板碎片，一只油漆过的救生圈，一些被缆绳缠绕着的断裂桅杆和其他杂物。然而，尽管他们在那儿转到天黑，除了比尔，所有人都在忙着仔细搜寻水面，他们还是没能发现任何生命的迹象。他们甚至怀疑，难道这艘突遭灭顶之灾的黑帆船上从未有过活着的生命?

第三十五章　“美女”和“麻子”

虽然没能救起黑杰克和他那帮狐朋狗友，但皮特鸭一点也不感到遗憾。那帮家伙偷偷登上过野猫号，结果他的下巴和后脑勺就疼痛起来，至少要一个星期才能忘掉呢。这帮人见过一次就够了，他可不想再见一次。不管怎么样，他说，他们不可能在那黑色的漩涡中活太久。要是船老大认为有必要去寻找他们，也好，随他去吧，但他这个老水手绝不会去船舷边望他们一眼，甲板上还有一大堆活等着他呢。干完那些活后，他还要去砍两块木夹板把比尔的断臂固定起来。这可是另外一件大事哩。现在他已经砍好了木夹板，正在同弗林特船长说话。

“先生，早点给他医治更好。”

弗林特船长叫来约翰和南希替他掌舵。

“万一风暴又要来了，”他说，“立马叫我一声。佩吉、提提，还有罗杰，你们帮忙盯着点。风暴到来前会有咆哮声，你们注意听。不管怎么样，我们不能指望船帆开口了。苏珊，你去甲板室吧，帮我和鸭先生给比尔打绷带。”

两位船长没有和其他人说话。他们稳稳地握住船舵，透过小窗查看罗盘，让野猫号在一张小三角帆和斜桁帆的帮助下，趁着夜色尚未降临，匆匆驶向北方。其他人也没有说话。每个人都在挂念着充当医院手术室的甲板室。比尔因为疼痛而晕倒后，他们见过他一脸苍白的样子。虽然他们现在不想听别人说话，自己也不愿开口，然而每次听到甲板室里的比尔发出痛苦的呻吟声、叹息声，或者其他声音，他们都会感到十分揪心。

然而，如果不是因为自己的痛苦叫声，比尔可能不会躲进甲板室。他们听见皮特鸭说，要是折断的胳膊固定好了，会比以前更结实。他们还听见他说自己的双臂也折断过。有一次，一股绿色巨浪扑向甲板，把船打翻了，他也落入海中，两只胳膊都断了。接着，他们听见弗林特船长的声音，“稳住，就这样保持住。现在应该不痛了。苏珊！再拿一条绷带来，把绷带展开。夹住！”但他们没有听见比尔说过一句话。过了一会，又传来弗林特船长的声音，声音更大，更加自信。“好孩子，比尔。我固定夹板的时候你都没有叫一声。只要你不动这些夹板，很快就会好起来，就像现在的暴雨一样，终究会过去的。不过，你最近只能用一只手吃饭，而且还要在这儿躺上一阵子。胳膊愈合前，千万不要爬上爬下的。我们俩交换船舱住几天。”

弗林特船长从甲板室走出来，皮特鸭跟在他后面，手中拿着用剩的绷带和夹板，扔到了一旁。

苏珊提着急救箱也走了出来。不管怎么样，这个急救箱太有用了。“好吧，比尔，我会告诉他们的。”她扭过头说。果然，她一走出门，就告诉了他们。

“比尔一直都在咧嘴笑，除了我们给他接骨头那会儿……”

提提和南希感到心里很不舒服，碰巧罗杰替他们换了一个话题，大家都没有介意。

“弗林特船长。”他说。

“怎么了？”

“你什么时候去看鸭先生的宝藏？”

弗林特船长扫视四周，抬头望了望天空。海风现在更平稳了，但还是不够强，甚至不能吹开野猫号的风暴帆。星星从几块清澈、湛蓝的天空中露出来。笼罩天空的乌云终于散了。

“天气好转了。”他说。

“嗯，”皮特鸭回应说，“坏天气来得快，去得也快。该来的已经来过了，明天早上一定是晴天！”

“是的，可你们到底什么时候去看宝藏啊？”罗杰不肯放弃自己的问题。

“好吧，”弗林特船长说，“既然你们拿到船上来了，我们终究要去看看。我们不能让它一直躺在我的铺位上。”

“吉姆舅舅，”南希不满地说，“你好像不希望我们找到它一样。”

“我来掌舵。”鸭先生说着接过船舵。

弗林特船长走进甲板室，其他人也跟在后面拥了过来。

比尔靠在皮特鸭的床铺上，身下支着一个枕头和一卷衣服，他的左臂缠上了粗粗的绷带，吊在胸前。其他人都找了位子站在一旁。还好，现在船可平稳多了。甲板室的灯光下，桌子上依然摆着那幅大型大西洋航海图，图上一连串的红叉叉标出了他们的航线。而海图的正中央就放着那只小小的柚木盒子，那可是他们不远万里找到的盒子。弗林特船长曾经下定决心要找到它，然而，最后这几天实在太可怕了，他后悔过千百次呢，早知道这样，他们就不来寻宝了。几十年前，皮特鸭还是个害怕螃蟹的孩子呢。他看到的埋在树下的东西到底是什么呢？现在他马上就要知道了。

“当然喽，盒子里面可能什么都没有，”他说，“没什么值钱的东西。”

“不，确实有东西。”南希说。

“挂着标签的袋子呀。”罗杰说。

“上面写着‘美女’和‘麻子’。”提提说。

正像约翰在沙滩上做的那样，弗林特船长从锁扣上取下生锈的挂锁。虽然只是轻轻地取下，但挂锁似乎马上就要散架了。一撮棕色的锈末从挂锁上脱落下来，掉在航海图上。苏珊正要用嘴去吹，弗林特船长伸手把它拂掉了，结果把图上广袤的大西洋弄脏了一大片。

“用橡皮可以擦掉。”苏珊说。

帆船突然颠簸了一下，甲板室跟着猛一倾斜，五六只手一起抢着去按住宝盒，不想让它从大西洋一下子滑到欧洲去，或者不要让它掉到桌子底下。还好，盒子没有滑动。弗林特船长的手伸得最快，早已死死地按住了盖子。过了一会儿，等到船只没有晃动了，他才打开了盒子。盒子里的东西没有动过，跟他们从倒下的大树的树根下挖上来时的情形一模一样，里面装着一个皮夹子和四个皮袋，每个袋子上都有自己的标签。

“这些标签是鲸鱼骨做的，”弗林特船长说，然后跟孩子一样一字一句地念起来，“‘麻子’，‘美女’，‘玫瑰’，‘黑人’。”

“都什么意思呀？”南希说，“这些傻瓜为什么不写清楚？他们到底是谁呢？”

弗林特船长拿起标有“麻子”的小袋子，它是四个袋子中最饱满的一个。他用手指拿捏了一下。

“可能是些干豌豆，”他说，“可能又不是。”

他解开系住袋口的牛皮绳，看到袋子里面还有一个小皮囊。

“不是豌豆。”罗杰说。

“好像不是的。”靠在皮特鸭的床铺上的比尔插嘴说。

“比尔，别坐起来。”苏珊说。

弗林特船长打开小皮囊，倒出一堆白色的小珠子，或者珠子似的东西。这些珠子中间没有穿孔，而且不是很明亮，不过，从皮囊里滚出来落入他手掌的一瞬间，珠子发出淡淡的光泽。他马上意识到这些东西是什么了。

“是珍珠，”他说，“‘麻子’这包不怎么样呢。”他沉思了一下，自言自语地说：“我们来看看‘美女’是不是好些。这包可没多少，还不够分的。”

“好漂亮的珍珠啊！”佩吉说。

不过，弗林特船长已经把那些有点黯淡的珍珠倒回了皮囊，放在装它的袋子里，又把袋子放回了原处。接着，他打开了那个标着“美女”的袋子。这个袋子里的内袋不算大，当里面的东西倒在他手上的时候，所有人都知道这些东西更好。它们看上去清澈透亮，有的跟豌豆一般大小，但干豌豆可没有那么好看。

“哈哈，‘麻子’和‘美女’的意思现在不难理解了，”弗林特船长说，“写标签的家伙要么是从一个葡萄牙采珠人那里弄到的珍珠，要么就是从一个巴西人那儿弄到的。你们看，这个南美人的拉丁文暗语其实很简单。‘麻子’……嗯，其实是‘丑’的意思，你们看，它们的确是一堆破烂货。‘美女’……嗯，漂亮。所以，‘美女’值得一看，只不过，我有些嫌少呢。”

“那‘黑人’又是什么意思呢？”提提问。

“‘黑人’，是小黑球，小黑球……嗯，黑色的，里面应该是黑色珍珠。他们的袋子里装了黑珍珠，难怪他们运气会不好。‘玫瑰’嘛，粉红色，所以里面应该是粉红色的珍珠，要是颜色自然的话，能值一大笔钱呢。”

他迫不及待地用手指解开“黑人”。里面的小黑球很少，只有二十来颗。不过，有三四颗看上去还不错。“玫瑰”有很多，但光泽都变淡了。弗林特船长就说，或许六十年前它们是最好的珍珠，过了这么久，它们都褪色了，再也恢复不了了。

盒子里面还有一个皮夹子，同装了珍珠的小袋子放在一起。皮夹子里面没有什么特别的，除了两张折叠起来的破旧羊皮纸外，什么也没有。弗林特船长把两张羊皮纸打开后，它们几乎都变成了碎片。随后他把第一张摊开放在摆放航海图的桌子上，并且靠近灯光。这张羊皮纸的左上角画着一个皇冠，底部盖着贸易会的徽章。弗林特船长大声朗读起来：

> 兹据枢密院贸易委员会上议院批准，授予罗伯特·查尔斯·波兰因大副证书，以证明阁下具备履行商业运输服务大副职务之能力。贸易委员会签章，1859 年二月一十三日。据委员会命令，等。

弗林特船长走到甲板室的门口，开口和掌舵的人说话。他找了一个很好的借口。

“鸭先生，带你离开蟹岛的那个玛丽号商船船长叫什么来着？”

“乔纳斯·费德勒。”黑暗中传来皮特鸭快而尖的声音。

“你还记得他手腕纹了哪几个字母吗？”

“R.C.B.[1]”

“我明白了。好吧，鸭先生，我们这里有点东西值得看看。”

“我们不大可能遇到什么船只。”外边传来鸭先生平静而认真的声音，“不过，把一切整理干净，再把我们的侧舷灯点亮，看来这样做也没有什么坏处，如果你愿意，可以让人去把这些灯点亮。”

“我来安排吧。”弗林特船长说完回到甲板室，“约翰，你去帮他把灯点亮……不……还是我自己来吧。”弗林特船长让船员们看好珠宝，亲自去点亮两盏侧舷灯，然后把它们安放在各自的保护罩内。

其他人也把这些证书读了一遍。第二张羊皮纸和第一张一样，只是上面写着不同的名字。“可是，他们为什么把资格证和珍珠放在一起呢？”约翰不解地问。

[1] R.C.B 是罗伯特·查尔斯·波兰因的名字首字母。——译者

这时候，弗林特船长又急匆匆地进来了。

“这和鸭先生的故事有关，”他说，“只有一点我们不太确定。不过我敢打赌，乔纳斯·费德勒船长当时已经葬身鱼腹，后来罗伯特大副假借他的名字接管了他的船只，驾驶着它四处航行，最后这艘船在桑岛沉没了。我想，他可能认为有一天他还会用到自己的名字，所以把他的资格证书藏在这个盒子中。但现在他们都死了，而且死了很久。这些珍珠是不是罗伯特大副和他的手下从费德勒船长或者别的倒霉蛋那儿抢来的，我们永远不可能知道了。但我想，这盒珍珠一定要了不少人的命。”

“还让我断了胳膊，掉了牙齿。”床铺上的比尔支撑起身体，咧开嘴笑着说。

“可你比别人幸运，你赚到了自己的一份。”弗林特船长说。

“它们很值钱吗？”罗杰问。

“我不知道，”弗林特船长说，“不管怎么样，这是我一生之中第一次寻到宝藏。我亲手打开了装有宝藏的盒子，而且还要把它带回家。当然啦，是你们发现了它，我非常高兴。不过，即便这只盒子安全地躺在这儿，我现在也要告诉你们，在刚刚过去的十二个小时里，我曾无数次希望我没听过这个宝藏的故事。我把你们这么多人带到这儿，真不知道有多么危险啊。”

“可我们自己愿意来啊。”提提说。

“你应该高兴才对呀，”南希说，“想想看，你可以在你那本《形形色色的苔藓》中再加一个章节了。”

“宝藏可比书珍贵得多，”罗杰说，“你向来都喜欢宝藏。”

“这是你一直渴望做的事，”佩吉说，“现在你做到了。”

“我们经历了一次难忘的航行，”约翰说，“太棒了，我们会一辈子都记得的。”

“还没有结束呢。”南希说。

“而且我们也没有犯下什么不可弥补的错误。”苏珊说，“比尔的胳膊也会好的，只可惜他的牙齿没了。比尔，是门牙还是磨牙？”

“都不是，它们没掉！”比尔说，“是别的牙齿。”

“好了，”弗林特船长说，“从明天起，我们又要按时值班了。早点睡吧，越早越好。”

“还没吃晚饭呢。”罗杰说。

“我马上去烧水。”佩吉说。

“你们都出去吧，”弗林特船长说，“我要和鸭先生说几句话。”

在野猫号上的所有船员中，皮特鸭对宝藏最不感兴趣，他甚至不愿离开船舵去甲板室看那些珠宝。直到晚饭过后，其他船员要去睡觉了，弗林特船长接过船舵，值八点到十二点的第一轮班。皮特鸭这才扫了一眼那些旧证件，借助海图桌上的灯光，一个字一个字地读起来。

“是的。”他说，因为弗林特船长已经告诉过他的猜想，“是的，玛丽号上没有乔纳斯·费德勒。不知道他遇到了什么事。遭到伏击了？有点不像。还有他的大副。这堆珍珠一定遭遇过一大堆麻烦。”

“你不想看看它们吗？”比尔问。

“珍珠？”老人说，“珍珠明天又不会飞走。我现在只想睡觉。”

第三十六章　西班牙女郎

再见了，美丽动人的西班牙女郎，
再见了，我心爱的西班牙女郎。
我们奉命要向古老的英格兰返航，
或许我们将永远只能隔海相望。

我们放声唱，就像真正的英国水手那样，
我们要跨越这咸涩的海洋，
从桑岛到锡利群岛，跨过百里海疆，
再回到古老的英吉利海峡身旁。

先到多德曼，再绕普利茅斯的雷姆角，
越过斯达特、波特兰和怀特这些地方，
还有比奇角、菲尔莱特和邓杰内斯，
直到看见南佛兰灯塔才算回到了家乡。

——海上号子

海上龙卷风过后，怪异而狂暴的天气总算结束了。东方不断吹来阵阵清风，抚平了狂躁翻滚的海面，吹平了骚动不安的大海，吹起一道道长长的涌浪。这里还有点儿故事要讲呢。

皮特鸭把风暴和敌人给他们造成的损失都修理好了。他在主桅杆上重新绑了一根升降索，原来那根被穷追不舍的毒蛇号给打断了，打得可真准呀。第二天天刚亮他就在缝补了，把风暴中扯破的船帆都补好了。约翰、苏珊和南希都围过来看，学习缝补船帆最好的针法，了解需要几英寸的绳子才能穿进船首三角帆。这活儿得耗去一天多的时间，然后他才能考虑去做别的事情。于是，他就坐在太阳底下缝了一天又一天，整天都哼着他家乡特有的一首老歌谣。

“听起来，你归心似箭呀。”弗林特船长说。一天早上，弗林特船长听他唱那首《流浪的强尼》，都听了一百遍啦。

“不想顺利返航的水手不是个好水手。”皮特鸭一边望着头顶上的船帆，一边说。船上再次飘起了上桅帆，虽然打了补丁，而且经过风吹日晒之后，都变成了灰色，再没有出发前那种油乎乎的崭新样儿了。不过，毕竟还是船帆，这会儿正鼓满了风，忠实地履行着自己的职责。野猫号就像衔了一根白骨头[1]，在阳光下蜿蜒前行。

这段航程很顺利，真是遇到了一条百里挑一的好航道啊。他们借助这股信风，一直航行到了马尾藻海，进入一片非常平静的海域。眼看船上的引擎就要派上用场了，罗杰非常兴奋，现在他已经摸索出了经验，用废棉球擦掉机油，有时候比油壶管用多了。吉博尔学着罗杰的样子，也在忙着擦洗。这回好多了，他们没有把油泼得到处都是。不过，海面上漂浮着一串串像泡沫似的绿海草，最后竟然把螺旋桨给卡住了。弗林特船长腰上绑了根绳子，跳下船去清理了一下，而皮特鸭和其他人就站在船边，他们要随时驱赶鲨鱼，必要时还得把船老大拉上来。没想到清理完之后，没过多久又卡住了，弗林特船长说，就让它闲着吧，等到进港的时候再用它。慢点就慢点吧，也不在乎这几个小时了。听他这么一说，皮特鸭高兴起来了，于是谁也不再理会那头“小毛驴”了，大家只管去钓鱼和捞马尾藻了。捞上来的海藻中还有一些小螃蟹，恐怕四百多年前哥伦布看到的也是这样的螃蟹吧。皮特鸭给他们演示了一下旧时水手们的通常做法，把一两只螃蟹同一些水藻放进一个窄颈瓶中，用一个浸过油脂的木塞子塞住，如果有封口蜡的话再

[1] 这是船在高速行驶时，船头底部喷涌出白色水沫的样子。——南希船长

用蜡封好。他们会把这当作一个稀奇玩意儿带回家，送给妻子或者爱人。要么在海边酒馆换一两杯酒喝，小酒馆喜欢把这些东西挂起来，显示自己的酒馆是招揽水手的最佳港湾。

很快又起风了。海风是从东南方吹来的，吹动了油腻腻的海面上一条条的绿海草。野猫号继续往前赶路，一直向北稍微偏西的方向前进，但没有向西偏很多。因为弗林特船长在寻觅真正的西风，所以他还要继续往北航行远点，好找一个更棒的航道。有天晚上，南风停了，整整一宿都刮起了西风，于是野猫号迎风扬帆，顺顺当当地踏上了回家的路。

从返航的第一天起，他们一直就在轮着值班。日子过得很快，也很轻松，一切都在按部就班地进行。航行在大西洋上，回家的路还没走到一半，他们就把岛上最后两天的磨难几乎忘光了。什么地震啦，飓风啦，滑坡啦，毒蛇号的追击啦，以及弗林特船长和那帮海盗一起待在岛上的那令人不安的几个小时，全被抛到脑后了。他们甚至连最后一天最让人恐惧的一幕也忘了。毒蛇号眼看要追上他们，海盗把他们的主帆都打掉了，就在他们都以为要丢掉性命的时候，敌人的性命却被可怕的海上龙卷风吞噬了，这一切仿佛就像一场梦一样，或者根本就不曾发生在他们自己身上。

有一天，天气十分晴朗，除了皮特鸭在掌舵外，其他人都闲坐在甲板上。弗林特船长从甲板室的图书架子上找来一本哈克卢特的书，给他们大声朗读了一段。他读的那一段碰巧讲的是一艘小船归航的故事。其实故事节选自托马斯·马萨姆船长于 1596 年前往圭亚那时的一篇报告，当时他是和沃尔特罗利爵士乘坐一艘名为“瓦特”的舰载艇一起去的。下面就是弗林特船长念到的那段：

> 离开西印度群岛的巴巴多斯，我们踏上返回英格兰的航程。一路上我们遇到三次比较大的风暴，还有几次是逆风航行。当然，海上多数情况下都是风平浪静。1597 年六月十四号那天，我们在船上看到了鲸鱼，它们在海里嬉戏玩耍，其中有一条越过了船头，然后又潜入水中，脊背擦过船只的龙骨……

“哦，”提提说，她想了想，突然眼睛一亮，“这种好事儿怎么没有发生在我们身上呢？我是说，这么刺激的事儿……”

弗林特船长把目光从书上移开，惊讶地看着她，然后又看看比尔折断的胳膊，他仍然吊着绷带，不过绑得很好。在他看来，他们已经经历过自己想要的所有刺激。

“哦，是的，”提提说，“但没看见鲸鱼呀！”

“嗨，你总不能什么都想见到吧。”弗林特船长说。

他们顺着西风一直航行到英吉利海峡口，然而就在这时，风向似乎跟他们开了个玩笑，竟然转成了东风，于是，他们不得不沿着海峡顶风航行，就这样一直到了怀特岛。不过，这也不能说毫无益处。要不是这样的风，他们就不会看到多德曼角的石头架。对约翰和苏珊来说，看到了多德曼就像回到了家。因为以前跟父亲从法尔茅斯出港的时候，就是紧贴着这个海角过去的，而海角外的暗礁上一直是波涛汹涌。后来，他们又抢风航行了一程，船离普利茅斯更近了，他们可以清楚地看见雷姆角，看到迪斯通灯塔上雄伟的柱子。

先到多德曼，再绕普利茅斯的雷姆角，
越过斯达特、波特兰和怀特这些地方……

提提独自哼起了这首歌谣，恰巧被皮特鸭听到了。

“嗯，”他说，“听得出来，那些水手也是逆风行驶啊，要不然他们怎么会唱桑岛离锡利群岛有百里之遥呢？如果他们天亮时到达桑岛，从西班牙过来一路顺风的话，他们就不会再想到锡利群岛了。他们也不会驶入普利茅斯海湾，不会的。他们一定是顶着东北风驶入海峡，这是他们的航线。他们一路经过多德曼、雷姆角，还有其他地方，说明他们是抢风航行过来的，要不是逆风，他们到圣凯瑟琳之前肯定什么也看不到。”

约翰和南希都看到了斯达特灯塔。早上四点钟，灯光从正横方向照过来，当时正好是他们的换班时间。弗林特船长驾船驶向莱姆湾的航标灯时，约翰看到灯塔越来越近了，接着南希看到灯光在船尾慢慢消失了，隐没在一片晨曦中。大家都去甲板上看了看漆着黑白条纹的航标，航标上还刷着“莱姆湾”几个大字，还听见莱姆港传来低沉忧郁的钟声。他们驶入波特兰那道狭长的浅水湾，与波特兰港擦肩而过时，已经是下午三点了。又过了四个小时，他们才慢慢靠近圣奥尔本斯角。到了晚上，他们能够看见圣凯瑟琳角的闪烁的灯塔了。凌晨四点，换过班后，东风逐渐停歇了，接着风向转了，刮起了西北风。八点钟敲响的时候，提提、罗杰，还有两位大副，才匆匆走上甲板换班，野猫号这会儿顺风顺水，正向比奇角驶去。岸上吹来的清风真不错，奥维斯灯塔船也可以清楚地看到了。

“‘还有比奇角、菲尔莱特和邓杰内斯’，”提提继续唱着，“不知道我们能不能看到这些地方。”

那天大家都不愿意待在餐厅里吃饭，于是苏珊和佩吉大副把大家的杯子和饭碗都装得满满的，然后端到了甲板上。他们背对着甲板室坐成一排一边吃饭，一边看着亲切的海岸线。他们经过了比奇角的七座白崖（罗杰说是八座），穿过了定期航行的一队小渔船，这下倒让比尔激动起来，他又开始谈论他的家乡多格滩。然后他们又经过了皇家灯塔船，看到了小山头上的菲尔莱特教堂，教堂看上去像一座深色的四方塔，从浓密的树荫中探出塔尖。夜幕降临后，他们到达了邓杰内斯角，夜色中的海角看上去十分狭长。第二天清晨，他们很快就驶过了多佛尔。后来，他们又驶过迪尔港。的确，他们不像歌中唱到的那样，路过南佛兰灯塔，因为当时那边潮水涨得很高，风力又不够，所以他们就去了不远处的迪尔。

“歌谣里提到的地方我们差不多都经过了。”提提说。

后来他们又航行了几个小时，西南角刮过来的海风正合适，然而弗林特船长说，坏天气要来了。返航途中他们再次路过那一艘艘熟悉的灯塔船，当初他们就是一路顺着这些灯塔船出海的。那天晚上，船上可闹翻了天，就连罗杰也不愿按时睡觉了，他们在熬夜数灯塔的个数呢。他们一会儿跑进甲板室，一会儿又跑出甲板室，看看海图上标出来的灯塔船或者灯塔，数目竟然和他们数过的一个不差。提提和罗杰最终还是被热可可汁给收买了，他们在餐厅里睡了一两个小时，一醒来就又跑上了甲板。他们看到了刚从哈里奇出港的鹿特丹蒸汽船上的灯火。此后，苏珊催着他们去睡了，不过，这次他们是听了弗林特船长的话才去睡的。船长说，他可不愿带着几个连眼都睁不开的水手回家。

终于，在一个灰蒙蒙的早晨，野猫号驶进了洛斯托夫特港。比尔的胳膊好多了，不过还绑着绷带，他这会儿站在甲板上，准备去收三角帆。而苏珊也抓着支索帆的升降索，时刻准备降帆。当帆船嗖嗖穿过防洪堤的外端的时候，命令马上传来了。接着，就听到前顶帆啪啦啪啦地落下来了，约翰和南希把帆收起来，然后折好。这时候，皮特鸭还在掌舵，“降下主桅帆！降下主桅帆！”约翰、南希、苏珊、佩吉、提提、比尔，还有弗林特船长，他们一齐努力，把最后那两张主帆降下来了。引擎也突突突地响起来，开始工作了，罗杰站在油门前等着发话呢。一听到命令，他就把油门推到“半速前进”的档位上，引擎的噪音马上就跟着变了，开始按要求运转了。接着，野猫号缓缓驶入内港，前方的平旋桥也打开了。一些过往的步行乘客在桥头停下了脚步，望着这艘小型纵帆船从桥下穿过。他们看到船上的船员们，皮肤都晒黑了，这会儿还在甲板上忙活着；看到了笼子里的鹦鹉；还有那只躁动不安的猴子，这会儿它不知道该往哪儿跳才好呢，不知道是该跟着罗杰（罗杰一直坚守岗位，从没离开过那柄引擎油门），还是去看那些有趣的码头和船坞，它们和之前见到的大海、蟹岛，还有加勒比海安静的港湾都截然不同呀。人们盯着下面船舵旁皮肤棕色的老水手，但他却看都不看一眼岸上的人。不过，老水手还是发现了他的老朋友——和蔼的港务局长。局长正在向他招手示意，指挥野猫号停到一个空泊位上去，那个泊位是他们初夏的那天早上离开码头起航的地方。然而，起航的时候谁也不曾料到他们会经历这么多的风险。

野猫号的航程结束了。

当然啦，这之后燕子号和亚马逊号上的船员们又得回去过他们的平淡生活了，还要把失去的时光再补回来。“不过，我们不能把它说成真正的损失。”就像南希说的，“因为我们都学到很多东西。”虽然这些宝藏并不值得去下这么大的赌注，但弗林特船长却并不在乎。他一生中寻过上百次的宝，就这一次才算没有空手而归。他可以给自己那本书（《形形色色的苔藓》，作者：滚石）加上绚丽的一章了。因此，即使他自己不要宝藏也没关系，他把自己那份宝藏几乎都给了小比尔。皮特鸭给他的三个女儿每人准备了一条珍珠项链，还可以给他的“诺维奇之箭”重新刷一层漆了。他带着小比尔先是去了阿尔克，接着去了波特黑根，最后又去了柏克尔斯。比尔最喜欢他在柏克尔斯的女儿，他那个女儿也挺喜欢他的。就这样，比尔留在了她和她丈夫的农庄，并且在那儿读了点书。不过，周末或者放假的时候，或者在其他空闲的日子里，他会和皮特鸭驾驶着那艘老渡船到处转转，在内陆航道上给别人运点货，同时还可以钓钓鱼。至于黑杰克那伙人嘛，再也没人问起过他们，所以他们的情况也就无从得知了。